闻鸡起舞的

首之○著

WENJIQIWU　DE SHAGUA

发现自己是傻瓜的时候，是慢慢变聪明的开始；
觉得其他人都是傻瓜，这个人才真是傻瓜。

百花洲文艺出版社
BAIHUAZHOU LITERATURE AND ART PRESS

图书在版编目（CIP）数据

闻鸡起舞的"傻瓜" / 首之著 .-- 南昌：百花洲
文艺出版社，2020.1
　　ISBN 978-7-5500-3587-4

　　Ⅰ．①闻… Ⅱ．①首… Ⅲ．①散文集－中国－当代
Ⅳ．① I267

中国版本图书馆 CIP 数据核字（2019）第 284673 号

闻鸡起舞的"傻瓜"　　首之　著

出　版　人	章华荣	
责 任 编 辑	杨　旭	
装 帧 设 计	文人雅士	
出　版　者	百花洲文艺出版社	
地　　　址	南昌市红谷滩新区世贸路 898 号博能中心一期 A 座 20 楼	
电　　　话	0791-86895108（发行热线）0791-86894717（编辑热线）	
邮　　　编	330038	
经　　　销	全国新华书店	
印　　　刷	廊坊市海涛印刷有限公司	
开　　　本	710 毫米 ×1000 毫米　1/16	
印　　　张	21.75	
版　　　次	2020 年 9 月第 1 版第 1 次印刷	
字　　　数	350 千字	
书　　　号	978-7-5500-3587-4	
定　　　价	85.00 元	

赣版权登字　05-2019-426
版权所有，侵权必究

这是一本自称"傻瓜"却"绝顶聪明"的作者，奉献给读者的书。

在书中他把自己所思、所感、所为，以及丰富多彩的生活经历，向读者做了极为坦率的叙述，这是十分令人欣喜和感谢的。

他像挚友般地与你絮絮而谈，把他波澜起伏般的一生向你和盘托出，不矫饰、不虚妄，谈自己的艰难困苦，自己的心路历程，曾经内心世界的苦闷与挣扎、彷徨与惘然，都无保留地向你倾诉。最后也有当他取得某些成就之后的快乐与自豪。

作者自称"傻瓜"大概是出于自嘲或者自讽，我们可以从他的文章中感觉到他"愚且直"的性格，这种性格表现为不耍小聪明，爱钻牛角尖。这是一种遇到困难不肯低头，探究问题较真认真的脾性。但就是这种性格特点终于使他在很多方面都取得了成就。看看他在著作、演艺、书法等诸多方面的成绩，就可以知道作者自称的"傻瓜"并非是真傻了。

作者的人生历程并不平坦：自幼没有父辈的庇佑，没有优裕的家境，青少年时期也非天资聪颖的神童学霸，一个平实的人，就这么磕磕绊绊地前行着、奋斗着。但他"穷且益坚，不堕青云之志"，终于成了生活中的勇者而没有被时光湮没。

　　古人所云"艰难困苦，玉汝于成"真是所言不虚吧！

罗柏林

2019年5月4日

据说这世上的书有一半是笨人写给笨人看的。

此话不可信。

因为我在浩如烟海的书籍中寻觅了几十年，如今头发都白了，也没能找到一本由一个真正的傻瓜写给真正的傻瓜看的书。

举目望去，帮助心有灵犀的聪明人获得成功的书籍比比皆是，而能帮助傻瓜变得聪明一点儿的书，却如同凤毛麟角一般难以寻觅。

谁肯根据我们"傻瓜"的特点，浅入浅出掰开揉碎地给我们说说，教教我们如何做人，如何做好人，如何做"傻瓜"，如何做一个能干出点名堂的"傻瓜"？

找不到！

我只好冒昧地写一本，因为我就是一个"傻瓜"。

"傻瓜"的一生总是问题重重。作为过来人，我对这一点再了解不过了。

首先，对"傻瓜"的确认就是一大难题。

如果老听有人说我是傻瓜，我该不该确认一下是否属实呢？可有什么法子能作出准确的判断呢？

这个问题很费思量，让人伤透脑筋：

如果我真的是"傻瓜"，能不能靠天吃饭，相信"傻人有傻福"，等着天上掉馅饼？

或者，我是不是就该自视为一架"造粪机器"，是不是就该一头撞死，给自家也给国家省点儿粮食？

如果舍不得死的话，我还有资格开开心心地活着吗？

我能做什么工作？我是不是也该像聪明人一样规划一下我的人生？

我怎样才能与别人搞好关系，我该交什么样儿的朋友？

我该怎么活才能活得有意义、活得精彩、活得让别人刮目相看，由衷地赞一声成功呢？

我做"傻瓜"很多年了，所以我知道，几乎每天都有层出不穷的问题等着我们。这些问题常常让我们绞尽脑汁百思不得其解。有的问题我们思考了几天几年甚至几十年，也没能得出一个让自己满意的说得过去的答案。

说实话，我也不是自打出娘胎就被人看出傻得冒泡的。在美好的童年记忆里，我也有过被称为"聪明孩子"的时光，不过那时到底是真聪明还是疑似聪明还是貌似聪明呢，说起来都快过半个多世纪了，问了老天爷不知多少回，他说位卑者不享有知情权，自个儿琢磨去罢！

我意识到我的智力不如人是在上中学的时候。在班上，大家有目共睹，就属我最用功，可是考试出来的成绩却老是与那些吊儿郎当的差生为伍。就冲这一点，不知道让多少不熟悉我的人错愕！当然，那些熟悉我的人早就见怪不怪习以为常了。

渐渐地我发觉有人或当面或背后叫我傻瓜。当初老妈这样叫我，我还甘之如饴，后来交情甚浅乃至只有一面之交的人也这么叫我，我的额头和后背就经常为之冷汗涔涔了。

我到底是不是傻瓜？

这个问题让我为之纠结了好多年。

直到五十岁左右知天命的时候，我才确认并且承认了自己傻后，就心平气和地接受了这个现实。

既然是个大傻瓜，那就傻吃傻喝地傻活着吧。甭管别人笑不笑话，做一点自己想做、爱做而又力所能及的事情。

可以想象的是，我不止一次地栽跟头，爬过沟沟坎坎，不止一次地爬起来。擦干汗水，擦干眼泪，继续前行。

凭着傻瓜的不知深浅，我甚至不顾囊中羞涩，单枪匹马去了欧洲，去了非洲。

广阔天地，饱经风霜历练，我的心也放开了。

死里逃生回国以后，我开始写书，开始出书。一本出版了，两本出版了，第三本初稿完成，第四本写完了正在修改，第五本写了约莫有一半，我也有机会被称为"高产作家"了。

凭着傻瓜得天独厚的脸皮，我同时还涉足影视圈，参加了多部电影电视剧和广告的拍摄。特别是在新版《三国》中，我所扮演的仙风道骨的神医华佗这一角色得到了高希希导演的称赞。

在年过六旬，白发搔更短的时候，终于有不止一人对我竖起大拇哥，慷慨赞我一句：成功！

作为一个地道的老傻瓜，请允许我感叹一句：我容易吗？

我觉得我完全有理由心花怒放！

紧接着我又一次陷入了无法回避的沉思。

在这里我要做个补充说明，作为傻瓜，我罕有灵光一现的时候，不想则已，一想便是沉思，因为一时三刻想不明白。

这回我沉思的内容是：在现实生活中，照一般人的逻辑，"傻瓜"与"成功"是完全不可能产生联系的两个概念，而我却可以说是小小地成功了一把，这又说明了什么呢？

在石化作"思想者"雕像之前，我终于得出答案，这就是，谁说傻瓜与成功无缘，傻瓜照样儿也能成功！

哈哈哈哈！

现在我最迫切想做的事情就是亲口告诉那些和我半斤八两不相上下的傻瓜们：尽可能去成功吧，没人能拦得住你！

我要把这么多年的酸甜苦辣、这么多年的成功经验和失败教训广而告之，让更多的小傻瓜、大傻瓜、老傻瓜，傻男、傻女，大家多走阳关道，少过独木桥，都能取得不同程度的成功，都能享受到成功的快乐，也不算白来世上走一遭！

于是，"大器晚成"的我，在年届六十四岁的时候，开始以资深"老傻瓜"的身份，戴上老花镜，对着电脑，苦中作乐使出"一指禅"的看家本领，点灯熬油孜孜不倦地敲这本书。

希望这本书能让"傻瓜们"看了开窍，智者们看了开心，则吾愿足矣！

目 录
CONTENTS

第一章
傻瓜贵有自知

中国有句古话，叫做"人贵有自知之明"。这句话的大致意思是：生而为人，最难能可贵的是真正透彻地了解自己，清楚自己是个什么样的人。因为有这种自我认识的人很少，所以非常难得，物以稀为贵。

我常感叹，这句话，实在就是对我们这些傻瓜们说的。

因为，在某种程度上，那些能够搏击政坛，冲浪商海，攻克科学尖端堡垒，指挥万马千军的人物本身就应该是对自己、对所处环境十分了解的智慧之人，只有这样的人才有可能在芸芸众生中，叱咤风云呼风唤雨，纵横捭阖游刃有余……

而我们这些傻瓜们，不仅对五光十色的外部世界一头雾水，就连对自己，也往往不能形成正确认识。比如说，我到底属于什么性格类型，我最适合做什么工作，我怎样才能与别人搞好关系，等等。这些问题常常让我们绞尽脑汁百思不得其解。有的问题我们思考了几天几年甚至几十年，也没能得出一个让自己满意的说得过去的答案。

平心而论，确认并接受自己是傻瓜这个事实，对一个傻瓜而言，颇具挑战意味——不是是个傻瓜就能做到的。

"我是傻瓜"，这是我经过了许多年、许多事才逐渐获得的一份非常宝贵的自知。

泰勒斯是一位古希腊哲学家，曾经有人向他提问："你认为人活在这个世界上，什么事情是最困难的？"

泰勒斯回答："认识你自己。"

认识自己难，这是先哲对普通人说的。

认识自己的不足才难上加难，因为在这世上，"聪明的"傻瓜太多了。

据此，我得出了一个毫无悬念的推论——不具备自知之明，几乎可以说是我们这些傻瓜们的通病。它既是我们性格中的一大缺陷，更是我们思维方式的错误之源。

一、为什么我说自己是傻瓜

每逢说起我自己是个大傻瓜的时候，几乎所有人都会想当然地把这看成是我这个老先生为人谦虚或者故作谦虚，大家几乎都会说出同样的话：

"说你是傻瓜，谁信啊？"

"傻瓜还能写书？傻瓜还能当演员，拍广告、拍电影、拍电视剧？"

……

这里有两个问题纠结着。

我说我是傻瓜，但从表面上来看，我的长相并非一副纯天然的傻瓜模样儿。而有时候人们似乎更愿意从相貌上来判断一个人是否弱智，医学界甚至有一个判断痴呆的相貌标准。

可是，在现实生活当中，我真的见过很多长相一点都不歪瓜裂枣儿甚至很漂亮的弱智者。

模样儿长得不像脑积水的傻瓜就得算我一个。

说句不怕列位扔西红柿的话，年轻时我也称得上眉清目秀玉树临风，上了年纪更显出仙风道骨鹤发童颜，于是，大家眼见为实，都不愿意相信我是傻瓜。

另外，因为我出版了几本书，演过电影电视剧，还拍过广告，而在大家的认知当中，这些都是需要较高的智商和情商的工作，连普通人都不一定能胜任，何况傻瓜呢？这些事儿压根儿不可能和一个傻瓜发生关联。

也就是说，大家普遍认为，地道的傻瓜不可能写书，也不可能演戏。所以，我就不该是个傻瓜。

在这里，首先要告诉大家的是，我的确很傻！

其次，我还要告诉大家，傻瓜也能出书，也能揣摩角色、分析人物的内心世界、心理特色而后，粉墨登场当演员。

现在先谈谈第一个问题，为什么我认定自己是傻瓜。

首先是从父母亲的口中得知，我是先天不足的早产儿，母亲怀胎七个月便生下了我。我出生的时候只会张嘴却哭不出声音，一岁之后才学会了翻身，两岁之后才能坐着，三岁才学会叫爸妈，五岁学会了走路，七岁到了上学的年龄，可是体力支持不下来一天的学习课程，八岁之后才勉强上了小学一年级。

根据儿童发育的标准，我的发育是极其不健全的。

我还有过一个哥哥，同样脑子发育迟缓身体衰弱，体质和脑力比我还弱，在不断的得病和治疗的过程中，他被千辛万苦养到三岁依然衰弱不堪，甚至于坐在床上玩的时候，会突然倒在床上失去知觉，最后是被一场感冒夺去了性命。

在我后面的一个妹妹，也因为身体先天不足导致脑子发育不全，体质和大脑发育略比我强一点，小学在上体育课的时候，因为力量不足把持不住，在练习双杠动作时，摔了一跤而失去了性命。

也就是说我的一个哥哥和一个妹妹，都是因为先天不足，身体和大脑发育不全，很早离去了。我是在母亲所生的前三个孩子当中，在母亲、父亲、姥姥和小姨这四个人万般精心呵护之下，侥幸又侥幸活下来的一个。作为一个"幸存者"，在慢慢成长的过程中，我清醒地看到在我后面的几个弟弟妹妹，身体和智力明显比我强得多了。

多年之后我才知道问题的原因，在旧社会，母亲为了婚姻自由，反抗姥爷的包办连着吃了五个大烟泡，在医院经过几个小时的抢救才活过来，医生却说，这个女孩虽然能活下来，但是不能生孩子了。也就是说她的生殖系统已经严重受损。

后来母亲与父亲结婚成家之后，两人处在恩爱的生活当中，这可能促使母亲的身体在精神愉悦状态下，逐渐地恢复了健康，但是还没完全恢复的身体生养了我们哥俩和一个女孩，我有幸活了下来，却是一个发育迟缓大脑严重受损的脑瘫儿。我体质衰弱到几乎每个星期都要得一次病。为了给我治病，爸妈带我去了很多医院，医生给出的结论是相同的，这个孩子先天发育严重不足，长大了也是个傻子。

经查询，所谓"先天"是指人或动物的胚胎时期。先天不足，原指人或动物生下来体质就不好，后也指事物的根基差。

我七岁到了上学的年龄，父母把我送到学校。我虽然坐在教室里听课，却全然听不懂老师在说什么，下课也不懂得走出教室去玩，累了就在课桌上睡着了，只上了一天学，学校让父母把我领回家，说这个孩子的身体状况和智力现在不适合上学。等到了八岁的时候，我才勉强上了小学一年级，依然是全班乃至全校身体最瘦弱的。

从小学到中学，我最讨厌的就是到别人家串门，无论是到亲戚家还是到同学家，别人家的孩子都是奖状挂满墙，而我家墙上一张也没有过。无论到了谁家大人们肯定都是要问问学习成绩，然后用我的二分三分，跟他们孩子的四分五分比较一番。丢人、无奈和抬不起头的尴尬，一直陪伴着我回到家之后，才会慢慢散去，以至于不愿意串门这一习惯，根深蒂固般保持了一生。

记得上初中的时候，我脑后的位置开始有白头发，自此之后越来越多，到了三十岁变成了花白头发，五十岁之后基本是满头白发了。我听说过这样一句俗语"少白头有人求"，可是一直也弄不明白，凭什么人家会来求长了少白头的人。后来我才明白了在一般情况之下，正常人积极求学钻研知识，用脑过度的时候，才会早生华发，知识多了自然会有人向你请教。而我的少白头从中医角度讲这是肾虚，"肾精不足不能上荣头目，则易导致头发发白"，头发又被称为血之余，用火烧成灰则是一味中药名为血余炭，所以估计血液也有一些问题，至少是气血不足。若是从遗传学上看，也是遗传了父亲或者母亲肾虚体弱的部分。

那时候学校的学分是五分制，整个小学从一年级到六年级，得到两分然后补考对我来说经常事，无论是小测验还是期中期末考试，能得到三分就算高分了，四分勉强见过几个，五分是从来没有过的事情。

可是无论我的学习差到了什么地步，不管邻居家的孩子如何优秀，哪怕我好几年都通过补考才及格，爸妈从来没有因此打骂过我，甚至都没批评过我。回想起来只要我能跟着其他孩子到学校去上学，学习成绩好坏都没关系。至于我上课睡觉、玩东西、说话、走神，回家不完成作业等等，老师在家长会上提出的批评，父母回家后也会唠叨几句，但是从不较真。

似乎只要我还活着，他们就很知足了。

我说自个儿傻，先举个不怕人笑话的例子。

几乎所有来过北京的人都知道，北京城方方正正，街道排列中规中矩，要辨认个方向方位什么的，对于一个土生土长的老北京土著来说，实在是小菜一碟儿。

可是我老人家，从小到大，风风雨雨，生于斯长于斯老于斯，到现在这个岁数，在北京城里，还常常分不出东南西北。

我偏偏又生性好动，喜欢率意而为，东跑西颠儿，结果，无论乘公交车还是地铁，经常到了一个新地方之后下车就发懵，就跟上了火星似的。

我万一碰着阴天下雨找不到太阳月亮北斗七星，由着性子走的话，"俨乎其若思，茫乎其若迷"，多半儿情况是南辕北辙，渐行渐远。操着一口北京腔儿，问路都不大好意思！

在我没有被记忆毁掉的童年里，还真有过几次因为表现得"聪明"而得到过大人们的夸奖呢！那些慷慨的褒赞对我来说实在太珍贵了，所以六十多年过去了，满头银发的我还记忆犹新。

印象最深的是，上小学四年级的时候，美术老师教画画，我画了一个梳分头的小男孩儿头像，老师看了很高兴，对大家说："这位同学不用照镜子，就能把自己画得这么像，真聪明！"

五年级的时候，语文老师布置了作文作业，我吭哧不出来，急中生智找了一篇儿童作文读物上的优秀作品，抄在本子上。

老师竟然深信不疑，喜出望外，用毛笔抄满了一大张纸，挂在黑板上，当范文讲评，给同学们做榜样。老师不住地夸这篇作文好，夸我真聪明！我有点害臊，低下了头，心里却乐开了花！

六年级的时候，我跟同桌学会了做矿石收音机。约莫用了半年时间，我装了拆、拆了装，摸摸索索几番努力，终于听到耳机里真真切切地传来了电台广播的声音。

当时，在我认识的人里，除了我俩没有旁人会做矿石收音机，所以我兴奋极了，把这件事告诉了很多同学。在别人艳羡的目光中，我飘飘然得意洋洋，以聪明人自许。

过了很多年我才知道，几乎所有学做矿石收音机的小孩，都能在三天之内学会并完成制作。而我清楚地记得，那年的我，从开学伊始就以同桌为师，不知拜见了多少回成功之母，直到期末才算大功告成。

别人用三天就能办到的事儿，我却整整用了一个学期！

上中学了，我这颗脑袋瓜儿得到肯定的机会越来越少了，慢慢地我开始对自己的聪明产生了怀疑。

因为学习对我来说变得举步维艰。班上数我用功，成绩却老在倒数几名晃荡。我变得非常胆怯和自卑。

课堂上的我从来不敢举手回答问题，如果老师指名叫到，我就算心里有完全靠谱儿的答案，回答的语气也是犹犹豫豫结结巴巴，不像人家那么嘎巴儿脆，更不用说没听明白的内容了，那是打死也不敢主动找老师去问。

最害怕的就是期中和期末考试。我一看见正规印刷的考试卷，就脑袋发懵眼前发黑，坐着都能觉出两腿发软，等心跳平息下来，已经过去十多分钟了。我再定睛仔细观瞧，发现有些内容极度陌生就好像压根儿没学过！

在中考的考场上，我就被一道几何证明题给困住了。正在左思右想的时候，我的同桌——我们班的女班长，忽然间抬起头，眼睛看着前方，右手食指却在我卷子的那道题上飞快地划了一下。我不解地看了她一眼，只见她又面无表情地埋头做题了。我也只好继续答卷，最后还是没能解开那道题。

出了考场，女班长气呼呼地对我说："你可真笨呐！我把画辅助线的位置都指给你了，你怎么还证不出来啊！"

当时我没敢吭声儿。

回家之后自己又试了试。果不其然，只要把那条辅助线画上，问题就迎刃而解。可惜啊，就因为平常解题都是我自己铅笔画图，一般考试卷儿也都是油印的图形，可这回正规考试用的是铅印的卷子、铅印的几何图，我就胆怯得动不了笔，不敢往卷子上画辅助线了。

关键时刻我就是这样掉链子。

上高中的时候，我发现自己抽象思维能力很差。立体几何、解析几何以及三角函数等各种公式、解题方法在脑子里乱成一锅粥。老师讲课，同学们差不多个顶个儿地都明白了，只有我还在挠着头眨巴着眼睛，一脸无辜地思索不已。最令我痛苦的是，做数学题的时候，我的演算速度超级慢，蜗牛爬似的，即使开足马力，也完不成老师当堂留下的习题任务。

更悲哀的是，后来我又发现自己形象思维能力似乎也强不到哪儿去。

那时节，我最喜欢的课程就属俄语了。我刚考上中学的时候，父亲见我拿回来的教材里赫然有《俄语》课本，知道我要学外国话了，非常高兴。父亲听见我念俄语单词时发出舌颤音，就开心地说，行啊！我儿子也会打"嘟噜儿"了；看见我用俄语手写体写作业，就开心地说，行啊！我儿子也会画"小长虫儿"了！

有了父亲的鼓励，再加上自己也感兴趣，我学俄语的劲头儿特别足。于是，我每天黎明即起，到离家不远的小河边去读俄语，晚上写俄语作业一写就写到半夜，随身兜里装着抄俄语单词的纸条儿，走到哪儿背到哪儿……我拼命努力卯着劲地学，在俄语上下的功夫，比所有其它功课加一块儿还要多。可是，每次俄语考试，我都抓耳挠腮。单词感觉像狗熊掰棒子，背了后边的就忘记了前面学的，到考场就"忽焉丧之"，无论是前边的还是后面的，全都被丢到爪哇国去了，大脑一片空白；语法虽不一清二楚，基本还能记住几条，可是一到考起试来就"像雾像雨又像风"。我把几乎拼命才记住的一些内容，进行全脑搜索，结果往往只能勉强及格。

有时我甚至怀疑，也许是因为老师知道我特别用功，不好意思让我不及格留级，我才没太费周折地念到了高三。

俄语对我来说实在太难了，可是我仍然喜欢它。记得有一篇课文，写的是"Наша родина.我们的祖国"，老师在课堂上读的时候，我觉得这篇俄文诗歌的音节特美，自己试读了几遍也觉得音韵铿锵琅琅上口。于是我就在课余时间找没人的空地儿，还有我家门前的小河边反复朗读。课文不太长，我在三五天的时间里已经读了上百遍，虽然还背不下来，但也滚瓜烂熟了。

后来有一天在课堂上，老师恰好叫我起来读这篇课文。我站起身来，手捧课本，大声朗读。教室慢慢变得出奇的安静，只有我的声音在半空中翱翔！课文读完了，鸦雀无声。这时，老师对着全班同学，严肃地说："在我们学校，外语课文朗读能到这个水平的，只有他一个人。"

老师的表扬让我心里很是骄傲。可是你们觉得我聪明吗？

不知从什么时候起，我发现母亲经常管我叫"傻子"或者干脆叫"大傻子"。人前人后说起我的时候，也总少不了"傻孩子啊"、"傻小子啊"这些戴着"傻帽儿"的词儿。

如果遇到大家一起吃饭，我晚到了一会儿，老妈就会说："大傻子怎么还不来！"

用不着数人头，也用不着解释，弟弟妹妹们就知道老妈指的是大哥我。大概因为我小的时候，在家里也经常做出匪夷所思的惊人之举，家族内一直广为流传我做过的傻事。

打小儿我不知道护头。三岁起我就特别爱坐在剃头挑子的高凳子上理发。常常是新头发茬儿刚长出来没两天，只要看见剃头匠在街上出现，自己就麻溜儿坐上去了。三五分钟齐活，出溜下来我就颠儿颠儿兴高采烈跑回家大呼小叫："爸！妈！我剃头啦！给人钱！"

四岁左右的时候，有一天我对做饭用的小铝锅的锅盖儿忽然发生了兴趣。我怎么也琢磨不透锅盖儿为什么要朝上面凸起。我心想，要是反过来朝下凹陷会是什么样儿呢？翻过来调过去摆弄半天还是觉得无法想象，我索性就一不做二不休，干脆把擀面杖拿出来，对着崭新锃亮的锅盖儿一顿猛砸。

爸妈闻声出来，看到面目皆非的锅盖儿，问我为什么这么干，我支支吾吾说出了自己的想法。妈妈半天没听明白，爸爸叹口气说："这孩子怎么专爱想这么稀奇古怪的事儿呢？"

家里新买了一个小闹钟，夜光的指示点和里面的精密机器都让我着迷。

当天我就偷着先是把那几个荧光点弄下来，放进小药瓶里，挂在我的床头。然后我又把闹钟拆了，零件摆了一桌子，结果可想而知，再也装不回去。

后来还是老爸不声不响拿了一个小口袋，装上零件儿送到钟表店重新攒到一块，才算没废了。

拆闹钟的事情在很多男孩子身上都发生过，还算不上稀奇。

有一次，老爸给我买了一个漂亮的花皮球。拍着玩没几天，我的脑袋瓜儿里就出现了一个大问号：这个通体光滑的小皮球，气儿是怎么打进去又留在里边的呢？

一根筋的劲头又上来了。大太阳底下，我翻过来调过去仔细查看了好半天，竟然没有眼儿！忽然就下了决心非找着不可！于是我把切菜刀拿出来，一手按住皮球一手拿刀，咔嚓咔嚓三下五除二把崭新的皮球切成了两半。

这下子真相大白，原来，皮球里面粘有一个橡胶的小柱子，大概是留针用的，通过这个小橡胶柱子，空气被打进来并且关在里边。

……

直到现在，说起这些个事儿，大家伙儿还经常感叹，在那样穷困的年代，我就因为脑瓜儿一热忽发奇想，亲手毁了家里多少物件儿，爸妈到了儿居然没动过我一根手指头！爸妈得有多疼我啊！

还记得那时候，家里的破八仙桌上有一架老式座钟。因为爱听里面咔咔的响声，我常抢着给它上弦：拿一把大钥匙插在上弦的孔里，使劲地向右边转着拧。弦很长，得拧上好多下。它成了我儿时最喜爱的一个玩具。

每到一个整点儿座钟就报时一次。我常常趴在桌子上，打开玻璃罩子，看着里面的小锤儿，一点点慢慢地张开，然后快速敲向钢丝钟，于是座钟发出极响亮的"当！当！"的声音。

那时候北京还没有解放，普通老百姓家家有上顿没下顿，棒子面窝头都是稀罕物儿。

有一天，我已经很饿了，爸爸才买回来几斤棒子面儿。我在一旁，看着妈妈把面和好，把一个个生窝头放进笼屉里，然后就守在煤球炉旁边，眼巴巴地盼着。

过了好长时间，听得见铁锅里的开水扑噜噜响，看得见热气儿从笼屉的四周冒出来，可是窝头还不能吃。又忍了好长时间，实在忍不住了，我就问："妈！窝头什么时候熟啊？"

"傻孩子！窝头熟得等水开蒸一个钟头呢！"

"什么时候才到一个钟头啊？"

"咱家的座钟一打点儿就到了。"

我等啊，盼啊，座钟就是不响。

后来我干脆自己钻到八仙桌子底下，张开嘴，"当！当！当！"地学着钟声喊了起来。喊完了我爬出来拉着妈妈的裤腿儿说："妈！妈！钟响了！窝头熟了吧！"

妈把我抱起来，什么都没说。

……

前些日子，在网上看到这么一句话，让我深深为之感动：幸福就是有一个默默为你付出的人，叫你"傻瓜"。大概因为这句话里有我再熟悉不过的字眼，好像是对我说的，看起来很是亲切，所以引起了我的共鸣。尽管我知道这人指的不是母亲，可是母亲管我叫"傻瓜"，我也感觉挺幸福的，因为老人家没少为我付出，虽然不是默默地付出，她老人家的付出总是嚷嚷得地球人全知道。不过我心里明白，就算老妈对我的爱像天一样大，像海一样深，但老妈对我的这种特殊叫法儿却不大可能只是个爱称，因为老妈从来不用这个词儿来呼唤另外几个和我一奶同胞的弟弟妹妹。

这几年我一直在琢磨，我之所以越来越傻，有没有可能是因为老妈没有自幼对我实施赏识教育的结果。这个假设截至目前还没找到有力证据。

我不是一般人，是个傻子，这一点老妈早就看出来了，弟弟妹妹们也早就看出来了，估计老师和同学也早就看出来了，亲戚朋友们也都心知肚明。只有我父亲打心眼儿里不这么看。小时候，我曾经亲口问父亲："爸爸，我到底是不是傻孩子啊？"父亲想都没想："傻孩子，你怎么会是傻孩子呢……"不是笑话儿，真事儿。

除了老妈，旁的人谁都不肯告诉我这个事实。唉！也不能埋怨人家不告知。据我想，也没准儿大伙儿是为了让我能活得长一点，才不告诉我的。因为如果年轻的我太早知道了这个残酷现实，不能正确面对，想不开的话也许一赌气就不活了。好歹也是一条性命啊！这样我才活到了今天。也没准儿是因为我傻的程度对别人的生活影响不算大，既是没什么损伤，傻就傻吧，大伙儿不愿意在这个问题上多费心思，多费口舌。也没准儿是因为大伙儿心里都明镜儿似的，知道没人爱听这种大实话，真告诉我，我保不齐生气，弄不好再记恨上他，闹个灰头土脸，那就不值了。跟一个傻瓜较什么真儿呢？随他去吧！

当然也不排除还有另外两种情况：一种是和我半斤八两，呆傻程度不相上下的人，他们理所当然地认为我的状态没什么不正常，所以说不出"你是个傻瓜！"这样的明白话。还有一种情况，虽然不太多，但也确实有，那就是有比我还傻的。在他们看来，我简直就是个聪明人，所以也不会说我傻。于是，我就一直傻了几十年。

在我的青春岁月中，还发生过很多因为傻而让我尴尬，恨不得找条地缝儿钻进去的事情。

记得有一次乘火车，邻座同行的三个人想打牌，对我热情相邀。我一脸诚恳地推拒，告诉他们，我不会，我真的不会。那三人根本不信，男人不会玩扑克？他们觉得这个不仅可以会而且简直必须会，于是不由分说把我拉过去，安顿坐下就开始洗牌发牌。结果，火车开了八个钟头，扑克牌打了一路，我和我的对家儿居然输了一路——一次都没赢！眼见对家儿原本笑眯眯的圆面孔越拉越长，红红的脸膛也一阵儿青一阵儿白。临下火车，这个东北汉子终于忍无可忍，指着我的鼻子一通炮轰："我本来不想说，可我实在忍不住。就算你原来真的不会打扑克，打了这一路，学也该学会了！你怎么这么笨呀？就没见过你这么笨的人！你气死我了！"我哑口无言杵在那儿，一句囫囵话也说不上来。

后来，我上山下乡到了北大荒。那年月，农场知青们的娱乐消遣最多也就是打打扑克。而我一般只是在一旁观战，看着他们玩，或者自己找个凉快地方干点其它什么事儿。不是我故作清高不想玩儿，其实也眼馋，心里挺痒痒，可是知道手臭，自己输了没什么大不了，可是实在不好意思也没那个胆色老连累旁人。

有一次，忘了因为什么，我感动了在同分场中学教书的一位叫王天博的同事，他决定把打扑克的技巧传授给我。王天博差不多和我同时分到北大荒，来自鼎鼎有名的北京四中。我跟他不是好朋友甚至不可能成为朋友，因为他太优秀了，我们几乎无法在同一个层面上交流。小王的字写得特别漂亮，让我望尘莫及；上中学的时候，他的外语课"免修"，也就是说这段课时他可以自由支配，只要直接参加考试就行了，而每次外语考试他都没下过95分，永远年级第一。曾经听他这样说："我从上学开始一直到现在，从来就没见过不会做的题，最多觉得某题稍微难了一点。"可是，对我而言，做初中数学题已经勉为其难，高中数学整个儿昏天黑地，很多内容如听天书，打死都弄不懂，更甭说演算了。和他相比，我的智商到底能差多少，一直是藏在我心里的一个谜。不知我干了一件什么傻事让他受到感动，决定要教会我打扑克，他专门抽时间带了一副牌来到我的家。坐在土炕上，把扑克分成"敲三家"的六份，他以非常的耐心，细致地讲解各种情况下的见招拆招：如果遇见这样的牌，你应该怎么样；如果他们几个那样出牌，你必须怎么样……他掰开揉碎讲了大约一个小时，我也诚惶诚恐毕恭毕敬，大气儿不敢出洗耳恭听了一个多小时。末了儿他问："听明白了么？"我点点头。可是从那以后，我再也没碰过扑克。因为越听越迷糊了！

凡是玩过电脑的人都知道，每个电脑程序里都有几个小游戏，以《蜘蛛纸牌》为例，我玩了很长时间，除了初级玩法能有过关的时候，中级玩法从来就通不过，更不要提高级玩法。而其他朋友包括我的小妹妹，对这个游戏都是从中级玩法开始，一直玩到高级结束。他们怎么也弄不明白，为什么我就玩不了中高级，说这么简单的游戏，我不至于这样啊！我无言以对。

在北大荒生活过的知青，都了解那个年代物资供应的贫乏，生活和工作的艰辛。我记得自己盖的房子屋顶上铺着油毡纸，或者盖上一层厚厚的草。因为油毡的供应奇缺，每到了夏天雨大的时候，抢修房屋就更需要油毡。主人的屋子里要是没有油毡补好漏洞，人们的生活会很狼狈，如果是储存粮食的仓库漏雨了，辛辛苦苦一年收的粮食就会受潮发霉，损失惨重。

　　看到这个现象我就在想如果自己能制造油毡就好了，因为东北那地方弄一些沥青还是比较容易的。于是我找到一小块沥青，用铁罐放在火炉上化开，又找到各种薄厚的纸放进去，拿出来看的时候它变得不能卷曲碎成小块，全失败了。我又找到了各种厚度的布料试验，也失败了。虽然没人当面笑话我，可是这件事也是很堵心的。一个二十多岁的青年，直愣愣地看着眼前一堆沥青碎片，脑子里一片空白，无话可说也无法可想，只知道蹲在地上冒傻气。

　　我想当然地认为油毡纸就是沥青油涂在纸上，纸的牢度不够可以找到棉布替换，可就是想不到在那种高温下，任何纸张和棉布都会被烧焦了，怎么会成功呢。我也想不到找一块油毡仔细看看它的构造，到底沥青油是附着在什么东西上，或者向有经验的人甚至制造厂家打听一下，制造这种产品的原理和方法。那时候没有互联网查找各种知识，但是可以写信啊，可以找一个沥青生产厂家问一下啊。试验失败了，我就灰心丧气了，不敢深究毫无自信地放弃了。

　　多少年之后我才偶然知道了油毡是沥青油附着在石棉布上的。石棉布才能耐得住把沥青化成液体那么高的温度，涂上沥青油之后，才依然能卷曲和伸展。

　　现在想起来我当年就是典型的傻瓜思维方式，不懂得研究和向有能力的人学习和请教，封闭了自己的思维方式。

　　生活中我是出了名的诚实的人，从来不撒谎。说来惭愧，我之所以不撒谎，不是因为我敬畏举头三尺有神明，也不完全是因为我有诚实的基因或者从小家教甚严。坦率地说，主要因为我记性不好，撒谎极易穿帮。

　　国外研究发现，50%三岁孩童会说谎，四岁会骗人的占90%，十二岁的儿童几乎都会说谎。孩子说谎，其实是认知发展的标志。认知功能发展越健全的孩子，说谎技巧就越高明，因为他们有办法圆谎。

　　我却是一个活了六十多岁都不会把瞎话说圆圈了的人。

　　大家一起听笑话的时候，我常常显得很"酷"，别人都哈哈大笑前仰后合，唯独我面无表情不动声色——因为我比人慢半拍，暂时还没听明白意思没咂摸出味儿来……

遇到问题我常常自己苦思闷想，不大向人请教也很少与人争论。我不爱多说话，因为实在讲不明白想要表达的意思。如果不幸发生打架吵嘴，我一定张口结舌，有理也说不清。而我之所以生活中能交到一些朋友，大约有一个不可或缺的重要因素——我是一个很好的倾听者。善良的人们或许想不到，这完全是由于我脑子反应太慢的缘故。

如果遇到什么事，我会沉住气勇敢地面对，心里想做什么事也会大胆去做，并不十分在乎最后的结果。如果结果不理想，我也不后悔，因为得不到理想结果的情况在我身上经常发生，不仅毫不稀奇，简直就是太正常了。

因为我的思考能力有限，不可能想得很远，所以常常既没有远虑，也没有近忧，反正忧也没用，不如不忧。

二十多岁的时候喜欢摄影，买过一本很薄的小册子——《激光立体摄影》。我拿回家之后从头到尾读了一遍，居然没看懂。我可是老三届六六年的高中毕业生啊，要是连一本科普读物都看不懂，这么多年书不就白念了么？于是我静下心来又仔仔细细地读了一遍，还是看不懂。虽然这是一件很堵心的事，但是把我的轴劲引逗出来了，深呼吸一会儿之后，我又非常认真地读了第三遍，才似乎有点明白了。

科普小册子，是科普作家用简洁明了的语言，深入浅出写给普通老百姓看的。看不懂，说明我不是一个普通的老百姓。联想到自己平时经常听不懂别人说的另有含义的话，也不能很快理解别人的一些意图，既不会看脸色也不会看眼色，遇事不能当机立断……大大小小的事情经历得多了，我终于明白，自己原本就是个傻瓜。

从前听过这种说法："大家都是人，谁也不比谁傻多少！"曾经我一直把这句话看作真理——大家只要是正常人，谁不是两个肩膀扛着一个脑袋，谁怕谁啊！但是，几十年的生活经历告诉我，如果再有人说类似的话，千万不要相信，因为人和人之间智商的差别实在太大了，大到难以想象。

二、傻瓜的标准是什么？

因为这是一本由傻瓜写给傻瓜看的书，我觉得有必要把"傻瓜"这个词儿先掰扯明白。先说说"傻"是怎么个意思。《新华字典》里写着：傻 1. 愚蠢，糊涂：说傻话，吓傻了。2. 死心眼：这样的好事你都不干，真有点犯傻。

从这里的解释我们可以知道：愚蠢、糊涂和死心眼都属于傻的范畴。《现代汉语词典》甚至《辞海》中的解释也差不多是这样。

为什么把愚蠢的人叫"傻瓜"，而不叫"傻果"或者"傻豆"呢？溯本探源的话，还有一段趣谈。原来，"傻瓜"的"瓜"并非"瓜果菜豆"中"瓜"的意思。清代《仁恕堂笔记》中就有这样的说法："甘州（今甘肃）人谓不慧子曰瓜子。"原来，在古代，秦岭一带有一个地区，名为"瓜州"，聚居此地的人被称为"瓜子族"。"瓜子族"最大特点是不善言谈。每当受雇于人，他们总是不声不响地埋头苦干，从来不知休息。因此他们被看作愚蠢呆傻。流传开来以后，人们便把头脑不聪明的人叫做"瓜子""傻瓜子"了。

还有一些相关知识也顺带说说吧。先出一道智力测验：有一棵很高很高的椰树，分别有四种动物，猩猩、人猿、猴子、金刚，爬到树上去摘香蕉，你认为哪个先摘到？测你是哪种性格的人。

答案是：1. 说猴子先摘到，是最典型的二百五；2. 说猩猩先摘到，是少根筋的弱智；3. 说人猿先摘到，是十三点；4. 说金刚先摘到，是脑袋被门夹了的笨蛋。怎么谁都是傻瓜啊？你见过椰子树长香蕉么？

"傻瓜"等于"白痴""弱智""笨蛋""猪头"，这些词儿都没什么理解难度，可是"傻瓜"和那两个数目字儿有什么关系呢？

关于"二百五"，据某中学语文书记载，古代人使用银子一般500两算一个整数单位，用纸包好为"一封"，而250两就是"半封"银子，因为跟"半疯"是谐音，所以后来人们也把像傻瓜之类对头脑疏于控制的人和说话不正经、办事不认真、处事随便、好出洋相的人称为"二百五"。

另外据说"二百五"和推牌九也许有点关系。牌九是旧时的一种赌具，参赌的人将两张牌配在一起，看谁的点高。其中"二板"（四个点）和"幺五"（六个点）两张牌配在一起被称为"毙十"，比所有的"点儿"都低，什么牌也"吃"不了，所以人们就用"二板五"这个词来戏称什么事也做不好也管不了的人，时间久了，"二板五"就叫成了"二百五"。在香港称之为"二五仔"。

至于"十三点"，这是沪语中使用率最高的俗语之一，用以取笑傻里傻气或言行不合常理的人。

关于来源的说法很多，为什么痴傻之人被叫"十三点"呢？有说与"傻"和"痴"的笔划数恰巧都是十三有关；另一种说法是，"十三点"来源于赌具牌九中的"幺五""幺六"两张牌。暗指人的言行"不对"。这两张牌都是"短对"，碰在一起不配对儿，六和七加起来就是十三；另外，一粒四方骰子只有六个平面，每抛一次，只有一个平面在上面，最大的骰数只有六点，一粒骰子抛出七点来就是"出色"，两粒骰子顶多能抛出十二点，而抛出十三点也是"出色"。这是不正常的。还有一种说法就是"敲乱钟"。旧时的时钟，每逢一小时报时一次：下午四时，钟摆便会敲响四下，五点敲五下，至多是十二点敲十二下，如果哪只座钟居然敲出十三响，显然是出了问题。所以，"十三点"通常用来形容一个人做事没脑子或举止轻浮，也指口无遮拦。

话说回来，生活中，大多数傻瓜在年纪较轻的时候，往往并不知道自己是个傻瓜，总觉得大家都差不多。即便有人当面叫他傻瓜，他也会以为人家是在跟他开玩笑而不以为然。

还有一些傻瓜，当别人指出他是傻瓜的时候，他会非常生气，哪怕别人已经尽可能委婉地批评他幼稚、死心眼、轻信和糊涂等等，他都会认为别人是看不起他，或者是对他有成见，在讽刺挖苦他，在打击他欺负他。

其实，当别人和我们开玩笑的时候，看上去不经意地说起一些事情，如果不是故意让我们难堪而对我们说出了"傻瓜"二字，在很大程度上就已经说明了，我们确实可能有些傻气。

这个问题可以反过来想一想。假设我们面对的是一个智慧超群的人，比如政治家、科学家、艺术家或者学者，在什么情况下，我们能有机会指说这样的人是傻瓜呢？可能性几乎为零吧。

一般而言，人们只有当确实看到某些人说了傻话办了傻事，而这人又确实不聪明的时候，人们才会说他傻，用开玩笑的语气通告他这个多少有些残酷的真相，或者干脆气愤地脱口而出。

如果有一两个人说你傻，尤其是异性面对你笑眯眯地说出"你这个傻瓜"，那是表示出对你的喜爱或者欣赏。如果有过三五个人都说你傻，有可能是他们看错了或者想打击你的积极性。如果有六个甚至十多个以上的人，在不同时段不同地点说你这人有点傻，那么不管他们是笑眯眯地或者比较严肃地说出这样的话语，你就应该好好地反省一下，是不是自己就如同这本书的作者一样，是个真材实料的傻瓜了。

所以，不管出于什么原因，不管在什么条件下，也不管采用什么方式，只要有人说过你傻，笑过你傻，骂过你傻，你就十有八九傻得可以了。

那么，如果处在无知无觉的阶段，不能判定自己是不是一个傻瓜，怎样才能加以确认呢？

我从多半生的经验积累当中，找出了相对简单的判定方法，写出来仅供大家参考：

1. 科学鉴定

像我一样，去自测几次智商，或者找一个正规的医学机构，比如专科医院之类有能力判断一个人智商高低的地方，去测量几次。

什么是智商呢？《辞海》中有对这个词的解释。

智商心理学智力测验术语。即智力商数。智力测验者用以标示智力发展的水平。它是依下列公式求得的：智力年龄÷实际年龄×100＝智力商数（通常以英文IQ两字母代表）。如某儿童智龄和实龄相等，依公式计算，智商等于100，即标示其智力相当于中等儿童的发展水平。智力测验者将智商在120以上的称作"聪明"，在80以下的称作"愚蠢"。他们还认为智商基本上是不变的。如果一个六岁儿童的智商为80，另一个六岁儿童的智商为120，在小学毕业后，他们的智商基本上仍分别为80和120。

注：经过研究划分，智力水平可分为7个等级。

① IQ值大于140的是天才

② 在120-140之间的智力非常优秀

③ 在110-120之间的智力优秀

④ 在90-110之间的智力平常（大多数人）

⑤ 80-90之间的智力偏低

⑥ 70-80之间的智力有些缺陷

我测了好几次，智商都在80左右。

如果多次测量下来的结果，半数以上都表明你的智商很低，也就可以断言，你一定是个傻瓜了。

因为据我观察，一个聪明人是绝对不会在大多数时间里都发懵犯傻的。

2. 学习不好

除了小学阶段之外，从初中到高中，各门学科的成绩大部分总是中等以下。不管你有什么理由，什么不爱学习啊、家庭情况不好啊、父母不能辅导啊、学校教学质量差等等诸如此类外部原因，只要学习成绩一直在中等以下，基本上也可以确定你的智力不够乐观了。

3. 工作不好

如果你在30岁到45岁左右的青壮年甚至中年阶段，一直还找不到让自己满意的工作，或者即便找到了一个工作，也总是处于最底层；参加工作比你晚却被晋级提拔的人，超过了你所在单位总人数的50%以上，"沉舟侧畔千帆过"，基本上也可以确认你智力低下。

如果这个社会没有一份工作适合你，那一定是因为你太不能够适应社会了，不是傻瓜还能是什么呢？

4. 一生受穷

一般情况下，如果你到50岁或者60岁以后，发现这一生基本上都在为吃穿发愁，都在为生存而劳碌，到头来生活水平还处于中等以下，也可以确定你够傻的了。

以上四条当中，只要占了第一条和另外三条中的任何一条，就可以断定你是傻瓜无疑。这是我根据切身经历，认真思考多年才体会和总结出来的。我居然占了所有这四条！所以得出结论——我是一个如假包换的大傻瓜。

有人更愿意从相貌上来判断一个人是否弱智，医学界甚至有一个判断痴呆的相貌标准。可是，在现实生活当中，我真的见过很多长相正常甚至很漂亮的弱智者，让人根本无法相信他们是低能儿。在模样长得不像傻瓜的人当中就包括我，无论从哪个角度来看，你都绝对想象不到我是一个傻瓜。

与此同时，我也见过不少长得很像傻瓜的聪明人。有的人外表傻乎乎，经常满脸傻笑，说话前言不搭后语，有时甚至跟他说了半天话，他还两眼直瞪瞪地看着人不言语，很多人都觉得他傻。可是他在某些方面所取得的成就几乎是普通人倾注自己全部精力也不可能达到的。"大智若愚"和"大巧若拙"说的就是这类人。

爱因斯坦有句名言："伟人是在别人之前，先知道了自己之伟大。"

通过自身经历我有了一个属于自己的新认识，那就是"傻子是在别人之后，慢慢知道了自己是傻瓜"。

有个朋友跟我说他有个傻弟弟，刚出生就得了很严重的病，发烧温度很高时间也很长，所以病好之后智商就非常低。他弟弟小学的课程都接受不了，不能毕业就只好退学在家一直到长大。他笑着举例说他的弟弟在坐公交车的时候，每次都紧张得肌肉僵硬，艰难得走不了路。

听到他轻松地述说，我却什么话也说不出来，因为我也经常坐公交车的时候，发现自己紧张得胳膊和腿都很僵硬，但是还没到走不了路的地步，这说明我比他的傻弟弟要强一些，但是也属于同一类。

我从对发生在自己身上的很多现象感到莫名其妙，愁苦困惑而百思不得其解，一直到有了"自己是傻瓜"这个肯定的答案，结果是震惊了自己。而且内心有种崩溃茫然不知所措的感觉，那是一段非常折磨人的时期。痛苦失望空虚无助等巨大的失败感，就像几座大山压在我的心上，强烈的自卑感让我对自己的人生无法展望，抬不起头喘不了气地压迫着我的精神世界，以至于有了我活在这个世界上是多余的那种罪恶感。

幸亏很多时刻由于自己的傻，居然会忘记一点儿自卑，或者找到一点儿小成绩像阿Q那样安慰着自己。甚至所有人几乎都不会想到我会用自己少吃几口饭，多穿几天旧衣服破鞋子等等办法，尽量减少在自己身上的消耗，减轻自己的罪恶感。

从不知道自己傻，到知道自己傻，需要一个漫长的觉悟过程。我就是在几十年的时间里，听到很多人用各种方式说出，甚至骂过不知多少次"傻瓜"之后，才终于了解了这个事实真相。

从知道自己是傻瓜，再到承认自己是傻瓜，也需要一个漫长的觉悟过程。无论是不愿意承认还是不敢承认，都说明了我们内心的脆弱，我们没有足够的胆量面对现实。

只有在真正意识到自己必须直面"我是个傻瓜"这个残酷现实之后，我们才有胆量和勇气逐渐丢掉毫无用处的虚荣心，踏踏实实地学习，做好每一天的每一件小事，也才有可能在不断努力下，创造出自己前所未有的成功。

三、傻瓜与天才有天壤之别

如果有人提问，地球上存在着两种生物，他们虽然种类相同，其表现却相差十万八千里，是什么生物？

我来告诉你标准答案，你可以去抢答："一种叫天才，一种叫傻瓜。"

年轻时我学过几年围棋，但是到了一定阶段之后就停滞不前了，棋艺再也没有进步。这个不到二尺见方的棋枰，常常让我感到，它的深奥和广博绝对不是我所能理解和掌握的。

有时候听围棋讲座，那些八九段的围棋高手，面对棋局侃侃而谈，一步一式地进行分析，我大多数都听不懂。

有一次，一位业余四段的棋手，竟然能在让我九子的情况之下，杀得我一败涂地片甲不留，一块活棋都没有。当时把我懊丧得不行。

后来我终于释然了，因为我了解到，棋类是相对来说比较需要高智商的运动形式之一。有资料说，有世界围棋第一人之称的李昌镐智商是139，国内最好的棋手之一常昊9岁时的智商为138。

2006年，在第十届三星杯世界围棋公开赛中，令李昌镐首次败给异国棋手的中国围棋国手罗洗河，其8岁时的智商为164。

谢天谢地，他们的智商总算高得不太离谱，都离200还远着呢，不然我一个智商80上下的人竟然想要跻身棋坛一显身手，岂不是傻瓜界第一大笑话？

中学时代，因为酷爱无线电，我对由电子管到半导体技术的这场科技大革命非常兴奋。尤其在知道了我国已经掌握单晶硅真空冶炼方法，并且能够制作半导体集成电路的时候，我真是打心眼儿里高兴。

在一次现代科技展览会上，我有幸听到了科学家给大家做的关于"半导体的外延技术和反外延技术"的讲解介绍。

第一次没听懂，我就等这一部分参观的群众过去之后，再返回来跟下一批听。就这样，我听了三、四回，还是一头雾水。

于是，我鼓足勇气走近那位科学家，想请他给我详细讲讲。

那位科学家早已经注意到我的反复出现，亲切地询问我来自哪个学校。

我说，我是34中的。

科学家听了之后，拍着我的肩膀，微笑着说："这是上大学以后才能研究的高科技知识，不是中学生所能理解的啊。"

这句话他说对了一半。

因为后来我知道，有一种人，根本不需要按部就班地学习，对他们来说，从来无所谓什么小学、中学、大学，那种人有个专用名词——"天才"。

举几个例子说说吧。

IQ为230的达芬奇，被认为是世界历史上智商最高的人之一。这位意大利文艺复兴时期最负盛名的艺术大师，不仅是大画家，以高超的绘画技巧闻名于世，同时还是数学家、音乐家、发明家、解剖学家、雕塑家、物理学家和机械工程师，研究过人体解剖、比例、透视；曾经设计过直升机、飞行器、热气球、攻城器、城市防御体系、排水系统，还有许多发明，在当时无法实现，却现身于现代科学技术领域。

IQ为223的维特根斯坦是最天才的哲学家，他的生活和思想都很离奇。维特根斯坦10岁就自己做了一台缝纫机；22岁就获得了飞机发动机的部分专利；

一战的时候他和普通子弟一样应征入伍，一边打仗，一边却写了一本书，被后世誉为哲学界自柏拉图以来最重要的哲学专著，完书的时候才29岁。

维特根斯坦的父亲是亿万富翁，可他把继承的遗产全部送给别人，自己跑到乡村当小学教师，发现当地没字典，就动手一个人编了一本影响力与我国的《新华字典》相类似的工具书。后来他一不留神又成了一个后现代建筑的主要设计师。

IQ为210的歌德，著名德国诗人，同时还是画家、自然科学家、物理学家、美学家、政治家、教育家。8岁的歌德就能阅读德文、法文、英文、意大利文、拉丁文、希腊文等多种文字的书籍，14岁开始写剧本，25岁时仅用了四个星期的时间就完成了发表后风靡全球的小说《少年维特之烦恼》。而他用58年时间完成的诗剧《浮士德》把德国古典文学推向了高峰。

我个人最崇拜的天才是中国第一位铁路工程师詹天佑。詹天佑在上大学的时候，一共参加了11门课程的考试，结果总共得了1100分！

当我从一本传记书里获知詹天佑这样的成长经历时，我终于明白为什么他能成为中国最伟大的科学家之一，为什么他能解决世界上其他人都没法解决的问题——他实在太聪明了！

有一篇文章，很能说明问题，在这里我把原文做一个摘录：

《科学家的计算能力》

□ 都是我的哥 2010-03-15

我小学的时候，是我们学校的口算比赛第一名，在我童年为数不多的奖项里，这是值得让我骄傲的一项荣誉。我一直觉得数学能力是IQ最为直接的呈现形式，这让我的童年在很长一段时间里颇有优越感。

每个人在童年的时候总觉得自己与众不同，我就觉得自己在智商上要高别人一点儿，因为我的数学计算能力很强。当然这种优越感到了高中学代数的时候就理所当然地很快破灭，因为我发现那些伟大的科学家们智商是我的平方乃至立方级别。理想与现实的巨大差异总是残酷得让人不能接受，特别是对于一个16岁的自恋少年来说，这简直否定了他的人生意义。如果把大脑比作一颗CPU，那么显然我是586级别的CPU，而那些足以让我倒地膜拜的科学家们则是奔4级别的……好吧，假如你对自己的智商很有信心的话，欢迎你了解下面的CPU频率，希望你不会和我一样万念俱灰……

为曼哈顿计划做出杰出贡献的费米同学被称为旷世奇才，他是20世纪唯一既擅长理论又擅长实验的物理学家。此人的CPU频率相当牛逼，奥本海默爆炸原子弹的时候，他就站在很远之外，手里拿张纸，撕成碎纸片。原子弹的冲击波来了，他把纸一扔，然后根据纸片被卷走的高度、速度和距离计算释放的能量值。冲击波走了，他就算出来了，而且和精密仪器测试的结果不相上下……

不过也有让费米同学感到计算落后的人，那就是他的学生埃托雷·马约拉纳。这个人也是早期物理罗马学派的代表人之一，很早就被称为数学天才。马约拉纳的数学计算能力水平是：只要有他在的地方，就没有人会用计算尺和笔算。只需问他，请告诉我1538的对数，或者，243的平方根乘以578的立方根等于多少……费米同学和他曾有过一场比较计算能力的PK，费米用纸笔尺，马约拉纳只用脑子，然后比赛结果是平局……

如果说一定要找一个人能和马约拉纳比拼计算能力，在当时世界范围内应该只有一个人能够做到，那就是冯·诺依曼。冯老师是天才中的天才，成长轨迹是典型的神童路线：6岁时就能心算8位数的乘法，8岁就掌握了微积分，12岁就能读懂数学家波莱尔的专著《函数论》。冯老师年轻的时候曾经碰到别人问他一个"苏步青问题"，这是苏老师有一次在德国访问，一位有名的德国数学家在电车上给他出了一道："甲、乙两人相向而行，距离为50km，甲每小时走3km，乙每小时走2km，甲带一只狗，狗每小时跑5km，狗跑得比人快，同甲一起出发，碰到乙后又往甲方向走，碰到甲后又往乙方向走，这样继续下去，直到甲、乙两人相遇时，这只狗一共走了多少千米？"这个题目的解法是：

设X小时后甲乙相遇。

3X+2X=50

X=10

小狗跑的路程=5km×10=50km

和苏老师一样，冯老师也是瞬间给出了答案，提问的人很失望，认为冯老师肯定知道这个诀窍。冯老师说："什么诀窍？我所做的就是把狗每次跑的都算出来，然后算出那个无穷的级数。"……

成年之后，冯老师的计算能力一路飙升，很快就达到了奔4水准。IBM的卡斯伯特·赫德曾这样形容一起共事的冯老师："他具有在大脑中编制和修改长达50行的计算机汇编语言程序代码的能力！"看到这段话，估计所有的中国程序员们可以去死了……有一次，麻省理工学院的一位学生请教冯老师一道积分题，该生大概想破了脑袋。冯老师扫了一眼题目说是$2\pi/5$。该生估计很崩溃，但是又不好当场发作，所以追问说："我知道答案，它在题的后面。但是我想知道过程。"冯老师只好再看了一遍题目然后说$2\pi/5$……该生终于崩溃了，说："呃，先生，我……知道……答案……"然后冯老师也崩溃了，说："小伙子，你到底要什么？我已经用两种不同的方法解出这道题了。"……

这篇文章用实例告诉我们，天才们的智商高到了什么程度。令人郁闷的是，当你看到某位天才很聪明的时候，随即还会发现有很多比他更聪明的人。山外有山，天外有天，强中更有强中手，能人背后有能人。

此外还可以拿出很多很多这样的事例，说明人的智商天生存在着很大的差异。而对于我们这些傻瓜们来说，知道世界上有这样的人物就已经足够了，可以把他们当作偶像崇拜，向他们学习，然后高高兴兴地活着，干好自己的事情。千万不要和他们相比，咱们比不起啊！

四、傻瓜要学会正视现实

当了解到自己是一个傻瓜，并且承认了这个事实，就该以平和心态踏踏实实地做些力所能及的事情。千万不要一时冲动忘乎所以地冒充聪明，或者心血来潮抖机灵，因为一个傻瓜如果不知深浅地卖弄聪明，多半会闹出很多笑话，让自己遇到意料之外的尴尬，贻笑大方无地自容。

从前，一旦提及学历，我只能回答我是高中毕业生。出于虚荣我往往还会加上一句，是"文化大革命"之前六六届的高中毕业生。

因为我曾多次听说，"那时候的高中毕业生比现在的大学毕业生还要学问高"。这句话我不知是谁的原创，但我特别喜欢，而且在听了许多次之后，就跟真的似的深信不疑。

当知道自己是个傻瓜之后，我才慢慢觉出这是一句假话。虽然明明是句假话，但我仍然爱听，因为它给了我面子，使我在众多大学生、硕士生、博士生甚至博士后等有学问的人的面前得以保留自尊。可是，要面子有用吗？傻瓜就是傻瓜，甭管多少人给了我多少面子，我仍然是一个傻瓜。再说，有了这种毫无用处的面子，我就真的比人家博士后的学问还大了么？

1966年的高中毕业生中，的确有很多优秀人才，在新的大学生没有出现之前，他们努力支撑起了很多关键的工作，以至于后来许多大学生都远远比不上他们的经验和阅历。有很多单位都是六六届的高中毕业生在领导着大学生们工作。

可是这一切与我有什么关系呢？能改变我是傻子的事实么？

有段时间我甚至暗自庆幸，幸亏六六年的大学考试被停止、作废，否则我一定名落孙山，那该多丢人啊。

现在可好了！不用我说，大家就知道在那一年和之后的许多年，都没有招收大学生。

事情就成了"不是我考不上大学，是大学不让我考！"

就像电影《南征北战》里的那句经典台词说的："不是我们无能，是共军太狡猾了！"

我就这样自欺欺人地活着，直到33岁那年，高考恢复，我在当了六七年老师之后，考上了黑龙江一所录取分数很低的师范学院。

我没去报到。为了返城回北京，我放弃了这个唯一能证明我不算太傻的机会。

后来我又参加了自修大学考试。经过一年又一年的努力，终于拿下了八门合格证书的时候，我却放弃再考了。因为我发现，除了逻辑学考了95分，剩下的几门都在65分以下，60、61、62分不等。当过老师的我知道，在判卷的时候，如果发现一个学生的最后得分是58、59分，通常会觉得惋惜，会替他再找出一两分来，好让他及格。这些触目惊心的60多分使我明白，貌似合格的这八门课程，其实大多数是不合格的。即便拿下了毕业证，也仍然改变不了我是傻瓜这个现实。

明白了这一点，我决定不考了！

直到参加工作之后很多年，我都不知道，如果没有考上大学，还可以复读一年，待到来年再考。知道了之后，我觉得这是件很公平的事情。因为如果出现了一些意外的情况，使得本来很优秀的考生，只是因为那几天状态不好而没有发挥出应有的水平，确实应该给他再考一二次的机会。

听说外国有一个老太太，考大学考了几十次，最后终于考上了。

但是我想，如果接连三次都没考上，恐怕就不能归因于一时状态不佳了。如果一个人为了上大学，把高中课程复读了十几遍甚至几十遍，这时的考试分数已经不能代表他的智力，只能说明他比其他人笨得多了。这样的考生即便到了大学里面，能否听得懂教授们所讲的知识，最后能否毕业大概都成问题。

我觉得，只有在正常情况下考上大学，并且顺利毕业的学生，才能算是真正的大学生。不过，这样的问题已经超出了我们的讨论范围。

扪心自问，即使六六年的高考没有中止，我能考上大学么？考文科我的外语不行，考理科我的数学差得太远，肯定考不上。既然没有学历，应该怎么办呢？那就对自己也对所有人都承认，自己只是一个高中毕业生，然后去做自己愿意做的事情。

即便是将"把生活过好"当成一个目标，对我来说，也是件很不容易的事。直到六十岁之后，我的这个目标才基本实现。

有一段来自寒山和拾得的对话流传很广，这两位是唐代期间隐居浙江天台山天台宗祖庭国清寺的诗僧。后有人传他们两位是文殊和普贤菩萨的化身。

这段原文如是：昔日寒山问拾得曰："世间谤我、欺我、辱我、笑我、轻我、贱我、恶我、骗我，如何处治乎？"拾得云："只是忍他、让他、由他、避他、耐他、敬他、不要理他，再待几年你且看他。"民间很多解释都说，这是寒山问出世人经常遇到烦恼的原因，而拾得则说出如何对待的方式，道出要用忍辱谦让等方式化解，而最后那句"再待几年你且看他"则是说因果不爽，从来不会错不会乱。

在一般人看来，对方如果以诽谤、中伤、羞辱、讥笑、轻贱、欺骗的方式对待你，那他已经是一个不好的人了。凡是已经有了这种性格的人，就会用同样的方式对待别人，肯定会引起公愤，早晚会得到不好的结果。

以上是民间最普遍的解说，也比较容易让大家理解和接受。

可是你所认为的诽谤、中伤、羞辱、讥笑、轻贱、欺骗，都是大实话呢，比如说人家当面骂你是傻瓜，说你智商低，情商等于零等等。也就是那人并没有恶意，只是你没认识到那人说的是大实话。再过几年你看他，他也许升职了，也许发财了，也许有了更大的成就，你依然是个一事无成的傻瓜。

所以知道这句话的傻瓜们，千万不要等，不要心里憋着一口气地用几年甚至十几年的时间，等着那一个人或者那一些人，看他们的下场。而是要把那些话都丢到脑后，根本就不去想。抓紧时间定下自己的目标，去学习、去实践、去努力做好自己想做的一切。如果过了几年你有了一定的成绩，当然也就不会在意那些人的说法和做法。而且千万记住，那些人当中既有看不起你打击你讽刺你的人，也有激励你促发你进取的人。只要你依然想做些事情，这些人会永远出现在你周围。最妙的办法就是，把所有的话都在自己的脑子里进行加工，把它们变成激励和鞭策甚至鼓励的话语，增强自己前进的动力。

如果两个人智力相差很悬殊的话，智力高的人用不了多久就会发现你是一个智商很低的人。这是因为有些时候，我也看到了一些智商比我还低下的人，他们说话办事给我留下的印象就是"这人真傻，他智商太低了。"

有一天我突然想到，在那些比我智商高的人面前，我一定也如同那些人一样，早就被人看穿了是个低智商的傻瓜，只不过人家智商和情商都很高，不会当面把这话说出来而已。想到此处几乎不寒而栗。你可以设想一下，当人家已经看出我是个傻瓜的情况之下，什么也不说依然笑眯眯地看着我，我却还在卖弄着自以为是的小聪明在他们面前滔滔不绝，侃侃而谈地冒着十级台风般的傻气。

苍天啊！大地啊！这是多么令人心寒和无地自容的事情啊。

作为一个傻瓜，能心平气和地接受这个现实，非常不容易。要是活了一辈子，一直到生命的终结也不明白这一点，那可就惨了。

实际上，对这个现实，谁能明白得早一点，谁就活得更自由自在、更快乐，也能比那些没明白的人早些成功。知道并且承认自己的傻，只是完成了迈向"有自知之明"的第一步。有了自知之明之后，知道了自己不是所有的事情都可以做，更明白了可以做哪些事情，才会取得成功。

自己热爱什么和可以做什么，有时候不完全是一码事。既热爱又可以做的事情，才是最容易成功的事情。假如阁下的智商和我半斤八两，就不用妄想去拿诺贝尔奖了。不要安慰，不怕打击，不屑讽刺，不听别人的虚伪的奉承，也不沉迷于毫无意义的夸赞，甚至可以暂时不管成功与不成功，都要坚持做下去。只要心里明白自己是真傻，就干脆承认自己的傻，了解自己的傻，然后想办法弥补、克服它。而找到自己的长处，是弥补和克服"傻"最好的办法。

拿冬泳打个比方吧。大家都知道，冬泳是一项既能锻炼身体，又能锻炼意志的全面运动。天寒地冻北风呼啸，可是那些冬泳爱好者们勇敢地跃入冰冷刺骨的水中，击水奋进，尽显"英雄本色"；上岸之后居然浑身冒着热气，红光满面，欢蹦乱跳地充满活力。看着那些冬泳健将，我和所有旁观者一样，非常羡慕，非常渴望加入到他们的行列中。

可是这里有一个问题，是不是所有的人都能参加这项运动？极端不适合的人群至少有三大类：16岁以下的少年和70岁以上的老年人；精神不健全缺乏自控能力的患者；患有严重器质性疾病如心脏病、冠心病、肺结核、肝炎、胃病以及呼吸道疾病的人。据说很多医生都见过由冬泳诱发心脏病，甚至猝死的人，也有因冬泳导致身体不适，诱发其他病症的。按照中医养生理论，春种、夏长、秋收、冬藏，人们应该做到健身运动与四时相应，顺天而行、天人合一，与大自然和谐相处相互适应，就如同树木花草，春发芽、夏开花、秋结果、冬天萎藏。可是树木花草当中，也有早春的梅花傲霜斗雪，也有深秋的菊花恣意怒放，也有苍松翠柏"岁寒三友"，在严寒的冬天依旧长青。"人贵有自知之明"，如果自己是人群当中的松柏，当然可以加入冬泳行列；如果自己也就是杨柳榆槐一般人儿，那就还是多穿点儿，好好保暖，在旁边多欣赏欣赏来得比较稳妥。

据我观察，在傻瓜当中，有两种人占的比例很高：一种人过高估计了自己，还有一种人过低估计了自己。

过高估计了自己的人，容易犯的毛病是眼高手低，说话的口气很大，经常口出狂言。很多事情在他们嘴里都不值得一提，都如同探囊取物一般。做事不拘小节，礼貌待人和谦虚谨慎在他们那里一概用不着，最多也就是来一些表面文章的虚伪客套。小事情他们是绝对不做的，认为那是耽误时间，浪费了他们宝贵的生命。收入低的事情也是绝对不做，那是对他们人格的不尊重，看不起他们。这个世界上绝大多数人在他们眼里都是傻瓜，别人做的事情远远不如他们做得好。挑毛病找碴儿是他们最拿手最擅长的事情，指责和教导别人是他们乐此不疲最愿意做的工作。而这些过高估计了自己的人，是很难做成大事的，他们不明白，愿意做大事和能做大事，绝对是两个概念。因为做大事需要很多必要的条件，就因为眼高手低，所以他们往往一败涂地，而其中主要原因，就在于他们不肯做小事，他们不知道所有的大事都是由小事积累起来的。如果遇到了比较大的失败，他们就常会陷入迷惑之中，茫然不知所措。他们也许会在精神上受到很大的打击，如果不能正确对待就会丧失信心，甚至失去生活的勇气。如果幸运，一部分人能够慢慢地总结多次失败的教训，逐渐对自己形成比较清醒的认识，这个认识就会引导他走进一个脚踏实地的工作状态中。还有一部分人不善于总结经验教训，好了伤疤忘了疼，依旧狂妄，继续眼高手低，照样过高地估计自己，最后的结果就是：生活与工作上的失败一个又一个接踵而来。这种人的性情也有他们的可贵之处——对未来总是抱有希望。一方面为自己的失败找到借口，另一方面也会为自己下一次的努力找到理由。在这种情况下，如果学会了踏踏实实地做事情，还是会有成功的希望。

过低估计自己的人，最多见的情况就是自卑感太强。特别是在与别人相比较的时候，总能找到自己不如人的地方。由于自卑，胆量也越来越小，于是只敢做一些小事，对一些大的事情总是惧怕失败，不敢涉足。有时候就算想做一些稍微大一点的事情，也是前怕狼后怕虎。过低估计自己的人常有一些思维定势，比如"这种事情不是我能干的"啊，"这样的好事永远也轮不到我头上"等等。怕碰钉子、怕人笑话、怕丢面子、怕让自己尴尬。其实这些尴尬几乎谁都有可能遇到，只不过聪明人不怕就是了。这种人受到肯定和表扬的机会比较少，肯定和鼓励对他们来说非常难得，所以也就特别珍惜。他们的优势在于，能踏踏实实地做小事。只要善于总结经验，事情就能慢慢地做大，虽然这个过程会很漫长。

将来我要是写部《三字经》，开篇第一句一定写上："人之初，无自知。"不管是傻瓜还是聪明人，小时候都没有自知之明。只不过因为聪明人智商高，接受能力和理解能力都比较强，所以多半在年轻的时候就对自己对世界了解得差不多了，这样的人当然比较容易取得成功。而我们傻瓜就因为知道得太晚，弄不好多半生的时间都耽误在摸索这个自知的过程中。甚至有些傻瓜穷其一生对自己都知之甚少。作为一个傻瓜，能对自己有一个大概的了解，哪怕只是有限的一部分，就已经很不错了。在有了宝贵的自知之明之后，我们可以去做自己能做也喜欢做的事情，踏踏实实地做好每一天的每一件小事，勤勤恳恳地在希望的田野上耕耘。我们获得的经验就会越来越丰富、知识越来越多、思想越来越深刻。我们会变得不怕失败挫折、不怕讽刺打击、不计较得失荣辱，积小胜为大胜，最终得到成功！

五、怎样选择自己的职业？

照我年轻时候所受的教育，三百六十行，行行出状元，只有分工不同，没有贵贱之分，都是为人民服务。挑选工作的原则只有一个，服从分配。我们所能做的，就是干一行爱一行，做一颗永不生锈的螺丝钉。

现在无论国内国外，情况都与过去大不相同了。各种新的职业类型千奇百怪，数不胜数，职业划分也越来越细，就连农民这个大门类里也分出了一般种地谋生、农场主、农民企业家，农村旅游业也分旅游景点和"农家乐旅馆"。

时代不同了，自主选择工作的空间越来越大，人们完全可以按照自己的意愿去选择和追求新的奋斗目标，在有限的生命中，按自己的想法拼搏一回，到老到死，也不后悔。

我找到了写作和演戏这两个职业，认为它们是傻瓜也可以涉足的领域。你不妨也找一找，看看还有没有其他工作，比较适合我们这类人。

做工人怎么样？干了六七年的钢铁行业，我对产业工人这一职业非常有体会。我认为除了少数有特殊要求需要高级技术的工种，可以长期干下去之外，其余的重体力劳动，在年纪轻轻身强力壮的时候，不妨干上几年、十几年，最多不要超过二十年。也就是说，重体力劳动者，到了三十五岁和四十岁左右一定要转行。因为就算体力再强、技术再高、精力再旺盛，大多数人已经进入了人生的下坡路。看看周围的年轻人，虽然还不服气，但是往往会力不从心，眼高手低了。要是一条道儿走到黑，非要耳聋眼花、腰疼腿酸地干到退休，最后十几年二十几年的日子绝对不好过。所以广大重体力工人在不能找到其他工作之前，饭要吃、活要干，但是一定不要忘记另学一门技艺，就是玩也要玩出点水平。等到了干不动的时候，或背水一战，或水到渠成，拿出一招鲜，就能吃遍天。

若是能做个有心人，潜心学习一门学问，十几年的钻研总能顶个大学生了吧。就算到时候没人用或者不想再寄人篱下，自己干起来未必就不能当一个小老板。所以，不管爱好哪一行，趁着不太老及早行动起来，于己、于人、于世都有好处。趁着还不老转行，实际上也是给自己创造更多机会。既要开心又要把生活搞好，既要闯新路又要保障身体健康，所以需要精神物质双丰收。

2018年元月在互联网上，我发现了这样一篇报道：中国版"阿甘之母"——单身妈妈29年培养脑瘫儿子上北大、哈佛。

最近，一则"中国妈妈拒绝放弃脑瘫儿，并将他抚养长大送上哈佛"的新闻在媒体上传开了，国内外网友纷纷被这位坚强的妈妈感动了。

北京－英国诗人George Herbert有句名言如是说："一位优秀的妈妈抵得上一百位老师。"

丁丁（第二个丁：发音为"征"），先天性脑瘫，生于中国湖北省，目前在哈佛大学攻读法律，他的母亲邹翃燕可抵一千位老师，甚至是更多。

牺牲婚姻，挽救儿子

荆州市医院的一位医生于1988年7月21日向邹翃燕及其家人说道："这个孩子没有抢救价值了。他将来非傻即瘫。我建议你们放弃。"

邹翃燕当时吓了一跳。

她的丈夫说道："别要这个孩子了。他将来会拖累我们一辈子。"他的"理智的"话让邹翃燕失望至极。

"不行！我不会让我的孩子死掉的！他的小脚丫曾经那么轻轻地踹我的肚皮，他的心脏和我一起律动，就像是在跳社交舞，那时我太幸福了。"

邹翃燕的丈夫说道："你不听医生的建议，这么固执。你自己养这个孩子！"

然而，邹翃燕并没有改变自己的想法，她开始了陪丁丁复原训练的"长征"。由于就是否抚养丁丁的问题出现分歧，丁丁十岁的时候，邹翃燕和她的丈夫离婚了。

肩负家庭负担

邹翃燕回忆道："在所有残疾中，我最害怕的是丁丁出现精神瘫痪。"在丁丁出生还不到100天的时候，她开始带他去湖北省中医院检查智力。经过持续治疗，这一天终于来了，在丁丁一岁的时候，医生说他的智力水平正常。邹翃燕向新华社表示："没有什么比我的宝贝智力正常这一消息更令我宽心。"然而，由于小脑运动神经受损，丁丁的运动存在困难。他到一岁的时候还不能拿起东西；二岁的时候，他学习站立；三岁的时候走路；六岁的时候跳跃。邹翃燕将坚持逐渐灌输给自己的孩子，从不让他放弃。

对儿子严厉

邹翃燕说道："我不想要他因为自己的疾病觉得蒙羞……我要求他比别人更加努力，我对他的要求也更高。"但是，邹翃燕不会为丁丁的家庭作业提供帮助，也不强迫他参加培训课程。多亏了妈妈的强化栽培，丁丁从北京大学环境科学与工程学院毕业，随后同年被北京大学法学院录取。2016年3月，在担任律师一年后，丁丁被哈佛大学法学院录取。丁丁说道："我不敢申请哈佛大学，但是我的妈妈一直鼓励我试一试。在我犹豫不决的时候，她总是指导我。""身边的人常说，我给了丁丁两次生命，我不否认他没有我就不会走到今天，但同样的，如果没有他，也不会有现在的我。我们母子俩就像一个"人"字，他是一撇，我是一捺，相互支撑，相伴相生，成就彼此。"

以上这个实例和我一生的经历，都说明了，脑瘫儿童也有康复和成功的例子。我与丁丁虽然都属于脑瘫，但是我俩最大的不同之处，是丁丁一岁的时候，医生说他的智力水平正常。而我由于先天不足，导致大脑发育不完全的脑瘫。

第 二 章
傻瓜当自强

　　"好好活着，因为我们要死很久。"这句话说得真好。虽然直白得有点儿残酷，但它简直就是一句真理。如果按目前中国人的人均寿命75岁来算，我们的人生只有900个月。与死后的无限相比，我们活在世上的时间确实太有限了，真是"弹指一挥间""人生如梦，转眼就是百年"。年轻人很少有这样的想法，因为他们觉得自己还有大把的时间可以挥霍！随便找个老人问问，他会怎么理解这句话呢？一定觉得自己还没好好活，还没活够，还没活明白，真的就在转眼之间，时光匆匆流过，就老了！

　　问题是怎么样才算是"好好活着"？

　　我今年已经七十四岁半了，距离平均寿命还有半年多，换算可知等于八个月，所以我不敢再稍有消极，在力所能及的情况之下，尽力抢时间，每天做一点事，为了给后人多留下一点东西。这应该不算题外话。

　　有本书里写了这么个小故事：有位老人，一生脾气暴躁，得罪了不少人。但是，在他80岁临终之前，大家还是不计恩怨专门去看望了他。老人非常感慨地说："早知道人的一生如此短暂，我一定会善待每个人！"死亡教会人们一切，如同考试之后公布答案——虽然恍然大悟，但是为时已晚。

　　这个故事给我精神上带来了很大的震撼：为什么非要等到最后的时刻，

才能明白这么重要的道理呢？活到了五六十岁的人，已经可以充分地感受到生命的短暂，那么就充分利用这仅剩下的一点时间，来善待所有人吧！在这所有人当中当然也包括善待自己。

也许，我们现在始终无法知道，自己正在做的事情，哪些是对的，哪些又是错的，也许只有当我们终于老死的时候才有可能真正洞察一切。那么，就让我们从今天开始，尽最大的努力，做好每一件事，然后坦然地等待告别人生吧！

一、傻瓜别不服

我们傻瓜看问题的时候，应该首先考虑自身智力条件这样一个不争的现实。这个现实如此无情，但我们却必须要时刻牢记，再也不能去干自己欺骗自己这类傻瓜经常干的傻事儿。

在这个前提下，看待很多问题和做很多事情，都要与那些聪明人有所区别。我们要丢掉不服气，留下不甘心，因为我们是傻瓜。不服气就是跟别人比。我们能跟谁比？我们跟谁也比不了。不仅不能跟天才、聪明人比，甚至连傻瓜之间也不能互相比，因为各有特长、各有所好，别的傻瓜能做成的事情咱也不一定能做。不跟别人比，只跟自己比，是因为以我们的头脑，我们对自己的了解比对其他人的了解更多、更深刻、更全面，只要进步了一点，就是值得高兴的好事。

如果不知道这个道理，总喜欢和别人比，看人家取得了伟大的成绩，自己也想伟大起来，就会费尽所有的精力体力也得不到预想的结果，只能越来越丧气。如果接受不了这样残酷的现实打击，精神上再受到刺激，血压升高、心率过速、情绪激动，距离到医院抢救的日子就不远了。

比如说，我们经常能在媒体报道中看到许多儿童，很小就表现出惊人才艺，在各类文艺体育棋类大赛中出类拔萃，获奖无数；还有年纪轻轻就写出大部头畅销书的作家，风头正劲；还有二十多岁就已经有很多影视作品的家喻户晓的大明星；还有周围那些平时看着不起眼，却以优异成绩考取名牌大学的学子……

咱们能跟他们比吗？我就曾经梦想要做一个优秀棋手。高中的时候，校办工厂生产檀木象棋，我有机会把玩棋子儿，于是兴致勃勃想学，却发现象棋不但开局就有固定的棋子位置，还要记住很多棋子的不同下法，什么马走日象飞田、炮打隔子、卒子勇往直前……

还有好多术语，什么"沉底车""贴身车""花心车"，"守丧车""巡河车""篡位车"，"大胆穿心""小刀剜心"；"屏风马""盘河马""钓鱼马"，"卧槽马""窝心马""连环马"，"窝心炮""沉底炮""冷巷炮"，"梭里拔簧""双马饮泉"……

还有那些个杀着，什么"马后炮""天地炮""铁门栓"，"炮碾丹沙""海底捞月"，"过河兵""花心兵""咽喉兵"，"羊角士""花士象""二鬼拍门"……

太复杂了，接受不了。

我觉着围棋简单！象棋棋子七种，等级森严，各有各的功能，可围棋棋子就一种，几百个棋子，既无子力强弱级别大小之区别，也没有任何性质功能之差异。整个棋盘既无双方阵地之分，也无东西南北之别。你想把棋子放在哪儿就放在哪儿。我跟同学把基本下法和"金角银边草肚皮"什么的学会之后，特别喜欢，非常欢喜，心想这就简单了。没曾想下来下去直到高中毕业了，我还是常下常输，有时候连数目的机会都没有。

等到了北大荒军垦农场，我认识了一位名叫金钊的牛人，他的围棋技艺颇具传奇色彩，打遍全团无敌手，经常听到传闻，有人被他打得稀里哗啦找不着北。金钊的棋下得飞快，好像根本不走脑子，最绝的就是，他可以用残子攻击别人许多子，用围棋行话来说，就是"孤棋攻厚势"。有一次我亲眼见他和别人下棋，人家围了一块空，他说："等你补一手以后，我再进来。"哪儿有这样欺负人的啊。结果还是让他说着了……金钊的酒量很厉害。有一次，下完了棋，我们这些崇拜者请他喝酒。酒过三巡，金钊一本正经地总结说："说起围棋，有两种棋是不能吃的……""一种是活棋。"这不是废话么，刚学棋就知道了。"一种就是我金钊的棋。"

……

于是我就缠着他教我下围棋，叫他金老师。跟我一块儿学的还有几个人，大家没事儿就摆上几盘切磋切磋。记住了他说的，"逢棋难处用小尖，象眼尖穿忌两行"，尤其记住了他说的"固而自补，必有侵搅之意。弃小不顾，必有图大之心"，这些话不但指导着我下围棋，后来还指导着我怎样处世。

可是，我就这样学了几年，老觉得没什么进步，心里不服气，刨根问底儿请教牛人。他看着我，叹了口气说："你呀，当初看你哭着喊着要学，我不好意思打击你。围棋看似简单，可是落子空间太大，所以远比其它棋类来得复杂深奥。而且，围棋是一门'计算的科学'。从布局开始至终盘结束，大场的价值、形势的判断、气数长短、棋子死活……都离不开计算，要时刻在心里解答对手给出的那些形形色色的'流动的算术题'。所以，棋力水平的高低，本质上也就是棋手计算能力的差距。现在不用我说，你就明白为什么下不过别人了吧。你的数学比谁强呢？"他说，"还有一点，优秀的围棋手从四五岁就要训练，我自己学得就晚了，八九岁才开始，走的全是野路子。至于到十二岁之后才学的，最多也只能就是下着玩儿了。所以啊，要想做一个优秀棋手，这辈子咱是没机会了，就算有下辈子，要是不换个脑子，我估计也没多大戏。"

……

现如今的棋童，要想有出息，基本上都得来北京道场学习。很多家长卖了房子到北京陪读，每年光学费就得2万。要想有大的进步，还得请参加围甲的一线选手指导，一到两个小时要800到1000元。很多家长为节省费用凑一块儿租房，一起请指导。就这么省着，一年下来也得花上10万。学成一般得五年，50万元花出去了。就这样也不见得学得出来呢。

我们无法想象那些成功者背后的故事。

凡是从小就表现优秀的孩子，首先说明他们是聪明人，是佼佼者，没准儿就是天才人物，是"飞机中的战斗机"。我们傻瓜要跟人家比，根本就是自不量力。

不仅如此，我们也不知道与这些人相关的家庭背景、社会背景和那些幕后的故事。也许他们的父母就是文艺方面的专家、运动健将、棋坛高手，从小接受的就是家庭熏陶和父母的言传身教；也许他们家里有着雄厚的经济实力，可以聘请最高级的教师，从小就给予特殊的专业指导；甚至凭着他们个人某些方面的专长，得到了贵人的青睐和栽培，小鲤鱼就此一跃而入龙门。这些我们怎么能知道呢。

普通人对于成功者的了解，无非是通过各种媒体。其实，无论哪种媒体的宣传，自传、外传、野史，电视访谈还是专题报道，都是有选择的，都不足以做一个全面的展示，成功人士的传记大部分经过了精致的包装，很多重要的事实不会告诉你，多数宣传的背后有许多人们不能说和不愿说的事情。而这些也许恰是其中的关键。例如：比尔·盖茨的书不会告诉你他母亲是IBM董事，是她给儿子促成了第一单大生意，但是一般在介绍比尔·盖茨的时候都只介绍她的另外一个身份——教师，包括比尔·盖茨自己也从来不提这个事情。巴菲特的书只会告诉你他8岁就知道去参观纽交所，但不会告诉你是他国会议员的父亲带他去的，是高盛的董事接待的。

早先在香港，我曾经看过一本薄薄的关于景泰蓝大王陈玉书的传记。看后觉得，能像陈先生这样，坦然回忆自己不太光彩的发家史的实诚人，太罕见了。现年70岁的香港太平绅士陈玉书，稳占着香港景泰蓝市场50%份额，还兼营贸易、地产、工业及娱乐等事业，身家丰厚，热心公益，常常捐钱给内地各大慈善机构。书中提到，当年，陈玉书身上只揣着50港元前往香港，穷困潦倒，在公园里流浪，救起了一个落水的小孩儿，正巧这孩子的父亲是印度尼西亚大使馆的高官。于是通过这个关系，他做起了出国签证的黑市买卖生意。陈玉书白手起家获得成功，除了凭借他独到的个人眼光及拼搏精神以外，这段特殊经历也是不可或缺的吧。

网上有个冷笑话。

一小朋友问一富翁："先生，你为什么那么有钱呢？"富翁说："小的时候，我跟你一样，什么也没有。爸爸给我一个苹果，我就把那个苹果卖了，用赚到的钱买两个苹果。然后再把两个苹果卖了，买四个苹果。然后再……"小朋友若有所思："先生，我好像懂了。"

"你懂什么啊，后来我爹死了，我继承了他所有的遗产。"

现今社会，在很多时候，我们都会面临比较。在学校里，学习成绩要排名次、选三好学生或选学生干部，是让学生们跟别人互相比；在工厂里，选优秀工人，三八红旗手，劳动模范之类的，也是让人们互相比；社会上各式各样的选秀节目，运动场上的较量等等，还是让人们互相比。

社会提倡这种比较，大家也都认同这种比较。在提倡竞争、号召竞争的时代，似乎如果没有竞争，这个时代就不会前进，人才就不会产生。

就算我们不愿意和其他人比，也有很多人会忽悠我们跟其他人比。此时此刻，我们傻瓜一定要尽量保持头脑清醒，记住竞争是聪明人玩的游戏，傻瓜如果钻进去，多半没什么好果子吃。落得一败涂地铩羽而归，反而受到沉重的打击，说不定从此一蹶不振，再也没有了进取的勇气。所以，我们傻瓜一定要反其道而行之，永远不和别人比。我们只跟自己相比，跟过去的我、昨天的我、今天早晨起床时候的我、刚才的我作比较。多写了几百个字，多看了一本书，多明白了一个问题，多做出一点成绩，那就太好了！说明我们又往前迈进了一步！

对于那些互相比较、互相竞赛之类的事情，我们要注意保持距离。让聪明人上蹿下跳，我们最多做一个旁观者，看看热闹，欣赏一下能人们怎么在竞争中拼杀，而让自己得到心理和生理上的休息和放松，然后静下心来踏踏实实做好自己能做的事情。

如果我们不服气，非要较劲儿把饼子碾成面粉，非要与聪明人同场竞争，要是没有愿赌服输的精神，落败的时候，一定会产生嫉妒情绪。这时候我们就很容易冲动，也许会说出一些不该说的话，做出一些不该做的事情。

虽然人同此心，心同此理，那些聪明人也常犯这样的错误。但是对他们来说，即便是同样说出了一些狂妄的话，做出了一些不得人心的事，大家也会原谅，因为他们有这个资格。

道理是这样的：如果一个人的优点像黄豆，缺点像枣儿，人们就不容易接受他。假如这个人的优点像西瓜那么大，缺点像枣儿，人们就会比较能够容忍。所以，同样的错误，如果聪明人犯了可能算不了什么，因为他们有其它的突出的优点，可是，如果换成我们傻子这样做，就会惹得其他人不满，说不定激起民愤，后果就很难设想了。

二、傻瓜别自卑

说起自卑情绪，很多傻瓜都不会感到陌生。有的自卑感可能轻些，有的甚至几乎每天都生活在严重的自卑感之中。他们老是忍不住拿别人的优点和自己的缺点进行比较，看看周围，这个人比我漂亮，那个人比我身体好，张三比我聪明，李四比我力量大……得出的结论是谁都比我强。

我自己就曾经是自卑感非常严重的人。因为体弱多病，因为家境贫寒，更因为学习成绩不好，从小经受了太多的挫折和失败。听母亲说，我的幼年几乎是在疾病当中度过的，很少有连着两个星期不得病的时候。我还记得，四五岁的时候，因为发烧，母亲背着我去医院。看完了病母亲又背着我走回家。发觉母亲累得气喘吁吁，我说："妈！咱们坐车回家吧！"母亲头也不回，边走边说："坐车还得买车票啊孩子，妈背着你就等于把车钱挣下了。"

五岁的时候我明白了家里穷，又发现在市场上卖东西可以挣钱，就把几件自己最喜欢的玩具，拿到市场上去卖，一心想帮爸妈挣钱。结果我坐了一上午，一件儿也没卖出去，被一位阿姨劝回家了。这是我生意场上的第一次大失败。虽然没赔本儿，心里还是挺失落的吧。

该上学了，母亲用旧衣服改成了书包，送我上了小学。想起来那时的小学还是很有人情味儿，很照顾傻小孩儿的。一年级刚入学，因为在路上什么都觉着新鲜，老忍不住东瞧瞧西看看的，所以我老是上学迟到，屡教不改。学校告诉了家里。父亲想出了一个办法，给我用钢筋弯了一个铁环儿，再用粗铁丝做了一个推铁环用的钩子。从此，我就每天推着铁环一路小跑直奔学校了，再也没迟到过。

进班的时候，我把铁环儿斜挎在肩上，铁钩子挂在铁环下边儿，像个英武的佩剑将军。班上几乎所有男孩子都会向我投来羡慕的眼光。他们也想这么玩儿着上学，可是家长不支持，因为学校禁止带玩具上学。我是学校唯一特批可以推着铁环上学的孩子，当时挺开心挺骄傲，现在想来还是因为学校看出来我比一般孩子傻，拿我没辙吧。

一直到念完高三，我用的都是母亲手缝的布书包。因为家贫，学校根据申请免去了学杂费，我读书一直是免费的。到了初中和高中阶段，国家还补贴我每月五元的助学金。在大家印象里，享受助学金上学的学生，因为穷人的孩子早当家，比较懂事，学习大都很好。令人遗憾的是，我却属于那既享受着助学金，学习成绩又不好的极少数分子。

我和大家伙儿也玩不到一块儿去。那时候男孩儿们最爱玩的游戏是"弹球"。用中指和食指夹住玻璃球，然后用大拇指弹出，只要自己的玻璃球打中了对方的，对方的球就归自己了。技术高的男孩儿只要用眼睛一瞄，大拇指随即就把玻璃球弹出去，"啪"的一声击中目标。不但声音清脆，姿势和技术都帅呆了！

我特别羡慕，自己找没人地方也反复练了好长时间。无可奈何地发现自己无论怎么用心，也掌握不了这门技艺。只好和女孩子们一块儿玩跳房子。

后来我用各种方法收集到了20多颗新玻璃球，让妈妈给做了一个弹球英雄们都配备着的布袋子，把球装在里边，时不时地拿出来显摆一番。

有一次，一个同学使劲夸我的玻璃球好看，然后提要求说想借去玩一天，我二话没说就痛痛快快把整袋玻璃球都交给了他。结果第二天没见他来上课，三天过后，才知道他已经转学了。我偷偷地大哭了一场，跟谁也没敢说起这件丢人的被骗的事。

同学们打乒乓球不爱带我，因为我反应太慢，很少接着球，有时候球打到脑袋上了都躲不开，更别说打回去了，跟我玩的话，大部分时间人家都得干站着等我捡球，说是打球，其实和罚站也差不了太多。

因为个子高，我也曾入选过班级篮球队，结果训练了两次，上场一次，不到三分钟就结束了我的篮球生涯。因为弱不禁风，也不敢拼抢，一点儿战斗力都没有。

上初中的时候，一个瘦弱不堪、脸色苍白发灰的小男孩，因为自卑，常常低着头驼着背，穿着明显又短又小还打着补丁的旧衣服，走在去学校的路上。

爸妈老冲我嚷嚷："站直喽！别老跟罗锅儿似的！"因为家里和学校都没有大镜子，我一直不知道自己看起来什么样儿，也就没太在意。上高中以后，我个子长得很快，不久排队就站到最后了。有一次下乡劳动，老师让高个儿同学走排头，于是我破天荒走在了队伍的最前边。老师给队伍拍了照片。我急切地想看看自己是个什么样子。终于，在学校的宣传栏里，我见到了这张盼望已久的放大照片。照片里的我，竟然就像一只抽筋弯腰的大虾米，按照现在的说法，属于典型的豆芽菜体型。本来明明比很多同学都要高出一头，可是看起来居然和排在队尾的同学差不多。

我愣愣地看了半天，默默走开了。那个丑陋的形象，让我差点哭出来。后来我告诉自己，一定要挺胸抬头站直了，却发现抬头容易挺胸难。因为挺胸不但要把后背伸直，还要把前胸展开，多年来我一直佝偻着身子，这时只要特意坚持一会，前胸就像要裂开似的疼得受不了。我暗下决心，忍着别人不知道的疼痛，疼得实在受不了了，就放松休息一阵子，等到疼痛过去之后继续我的挺胸抬头事业。一次两次，十次百次的反复较量，坚持、再坚持，坚持的时间越来越长，几年之后终于打败了豆芽菜的体型，把腰板儿扳直了。

因为自卑感太强，所以做什么都不自信。因为不自信，使得许多本来能做好的事情也没做好，而很多事情做不好又更加强了自卑。这样一来就形成了恶性循环。

有一次，学校选拔学生参加区学生运动会，有个项目是3000米长跑，连我在内一共三个人报名。

因为从小不分寒暑推铁环上学，跑步是我的强项，速度应该比另外两个人快不少，可是一站到起跑线上，我心里就直打鼓。发令枪响，我非但没往前冲，好像还往回缩了一下，结果慢了一步，两边围观的同学又呼啦一下涌上来，把三条跑道挤了只剩一条，三个人只能在一条线上跑，谁也不可能超过谁。

结果，不出你的所料，本来手拿把攥的事儿，我却落选了。

上课时我不敢主动回答问题，如果老师指定回答问题，就算是完全知道答案，回答的语气也是结结巴巴不敢肯定的。下课了也没有几个同学愿意和我一起玩，因为他们特别喜欢玩的打乒乓球等运动我都不会。

课堂上没听明白的内容，我不敢主动找老师去问。最害怕的就是期中和期末考试。每逢考试卷子发下来，我的脑子已经发懵了，等镇定下来，时间已经过去了十多分钟。仔细阅读试卷，竟然感觉似乎从来没学过。

看看周围，好多同学都穿着合体的衣服，身强力壮，精神饱满，学习成绩优秀，能评三好学生，能当班干部，能跟老师在一起谈笑风生。而我却什么也做不好，什么都不如人，上高中之前，不记得有过开怀大笑的时刻。爽朗而开心的哈哈大笑，是属于其他同学的，与我无缘。

后来读了很多书，明白了发愁、自卑非但没什么好处，而且简直一点儿用处也没有。既然是这样，那我干嘛还老发愁、老自卑呢。也许就是这种阿Q式的自得其乐，使我慢慢变得开朗了，成了乐天派。反正也没有多少好事情会落到我头上，那就捞上一点是一点，有一点总比没有强。几年里有数几次得到老师的表扬，心里就美滋滋地偷着乐，高兴！能做好矿石收音机，快乐！能抄到一篇好作文，画出一张自画像，开心……。

很长一段时间，我总以为只有我因为事事不如人才会自卑。后来，在一本书上看到这样的说法："至少有95%以上的人，在生活当中多多少少要受到自卑感的影响。这种自卑感对于好几百万人来说，都是通向成功与幸福道路上的严重障碍。"

事情真的会是这样吗？还真是这样。经常和我一起拍广告的搭档盛瑞玲老师，是个漂亮时尚的老太太，相貌十分周正大气。一头银发，大眼睛，眼神明亮，尖下颌儿，肤色白里透红，虽然个头儿不太高，可是形体线条很美，而且精神气质非常棒。在多次合作之后我们比较熟悉了，知道她比我大13岁，就称呼她为大姐，盛老师也亲切地叫我蔡老弟。我们合作了很多次，拍了不少广告是夫妻搭档，从认识到熟悉后来成了老朋友。这几年慢慢地盛大姐在网上红了起来，被各大媒体称为"神仙奶奶"火得一塌糊涂。

有一次，在拍完广告回家的路上，盛大姐看见我老是欢天喜地一副幸福模样，对我说："蔡老弟啊，我的自信心可没有你好，我还经常有点自卑呢！"

我很不理解："您有什么可自卑的呢？"盛大姐说："看见你们差不多每个人都高高大大的，多帅气呀！我的个子太矮了，所以老怕别人不喜欢，怕别人不愿意让我拍广告。"我非常郑重地告诉盛大姐："大姐您千万别这么想，可不是所有人都喜欢人高马大的，女士太高大了，有时候会给人压迫感呢。您先生不用说，我就很喜欢身材苗条、小巧玲珑的女性，看上去多精致啊。"盛大姐听了特别高兴，笑着问我："是吗？是真的啊？"我使劲儿点点头："玫瑰和紫罗兰各有各的芳香嘛！"后来好几次再遇见盛大姐，她都对我说："听了你的话，心里美美的，感觉豁亮多啦，每次拍广告更开心了！"

就这样，一句发自内心的真情之语，解开了困扰盛大姐多年的一个心结。现在我们成了博友，经常互通消息、介绍演出什么的，互相鼓励。

为了进行调查和了解，在与很多人聊天的时候，我都会特意问一句，"你有过自卑感么？"几乎所有人都说自己有过自卑感，原因各种各样。有的因为学历低，有的因为贫穷，有的因为出身不好，有的因为来自山区农村，有的因为个子矮或体质不好，有的因为脑子笨，有的因为脸上有个疤痕，有人甚至是因为性别，都有过不同程度的自卑。

这当中有些人克服了自卑情绪，有些人却一直不能自拔，于是一直萎靡不振，愁苦地生活着，走路都抬不起头来。分析一下自卑感产生的原因，绝大多数都是用自己的缺陷与别人的优点比较的结果。用他人之长，来衡量我们较弱的部分。

其实，如果我们能够换一个角度来看待这些问题，也许就能避免这些自卑了。比如说：我身体不太好，但起码四肢健全；我脑子很笨，但还不是白痴；我家里很穷，但我心灵手巧；我出身不好，但我身体好；我来自山区农村，没有城里人见多识广，但是我能吃苦耐劳，不怕脏不怕累，能干很多旁人适应不了的工作；我脸上有个疤痕不太好看，但我为人热情善良，有很多朋友；我个子矮，但我很聪明，那些傻大个儿想不出来的问题，到我这儿迎刃而解……

我们一定要记住，永远不要拿"别人"的标准来衡量自己，因为你是你，"天生我材必有用"，每个人都像一颗有芽儿的种子，有的枝上结果，有的根下结实，有的开花在早春，有的收获在深秋。

克服自卑情绪，从自卑的泥淖中爬出来，树立起乐观、自信的心态，是走向成功不可或缺的条件。

三、傻瓜须放胆

俗话说"初生牛犊不怕虎"，意思是当一个人面对的事物是他所不了解的，他就不会感到恐惧，就像一个初生的小牛犊敢于接近一只老虎，因为它不知道对面这个家伙可能把它撕碎。

有一次，某个国家的核武器在运送的时候丢失了一枚。有位农民荒郊野外发现了这个从来没见过的金属家伙，冒冒失失走上前去踢了一脚。军队很快找到并回收了这枚核弹。过了一段时间，农民觉得腿很疼，经检查是受到了严重的放射线辐射，最后只能截肢。这个倒霉的家伙，虽然年纪不轻，可还是当了一回初生牛犊。不仅他没见过核弹，世界上百分之九十九以上的人，都没见过核弹长得什么样，他就敢用脚踢它一下，于是就成了世界上最勇敢的人。如果事先知道这东西是核弹，尤其知道它的放射性会致人丢命，他还敢去踢一脚么？估计早就躲到远远的地方去了。

在学生时代，很多人都敢于说出自己的伟大理想。例如将来想当政治家、科学家、作家、演员、医生、飞行员、宇航员……那就有点儿初生牛犊不怕虎的意思。一旦对自己和对这个世界有了一定的认知，这些伟大理想慢慢就变成了过去时。

所有的理想都要放在生活的后面，生存永远是第一位的。只有先找到一个能谋生的工作，使自己有饭吃有房住，有了起码的生存下去的保障，而那些理想基本就变成了梦想。

最近看见一幅广告，上面写着："一心向着自己目标前进的人，整个世界都会为他让路！"这句话是美国思想家爱默生说的。爱默生被美国前总统林肯称为"美国的孔子""美国文明之父"，是确立美国文化精神的代表人物。

广告的画面是，一个人向着大海深处跑去，蓝色的海水在他的脚下向两边分开，前方是一条平坦的大道。

这广告大概是要鼓励人们，一旦看准自己的目标，只要努力向前，困难就会让路，自己的目的地就一定能到达！

看了这则广告，让作为资深傻瓜的我相当迷惑，首先我想到的竟是：明目张胆地胡说八道。用根本不可能出现的情景，来鼓励大家前进，怎么能说服人呢？

要是让这位爱默生先生到海边，瞄准了大海往里跑，别停，一定会被海水淹死。大海绝对不会为他分开，让出一条哪怕是不平坦的道路。

这句广告语使我联想到另一句话，"人有多大胆，地有多大产"，在"大跃进"和"文革"期间很流行，以至于那会儿出现了亩产量千斤、万斤、甚至三十万斤的新闻报道。甚至拍出了小孩子稳坐在麦田等待收割的麦穗上的照片。

多少年后我们得知这一切都是假的。那张照片，是人们割下麦穗捆绑结实立起来然后再让小孩子坐上去的。

伏明霞的教练于芬说过一句话："不要以为你吃了多少苦，世界冠军就是你的。"

无论一个道理多么正确，都有一个度，超过了这个度就走向了它的反面。

想做什么和能做什么差得可太远了，条件、能力和机遇，缺一不可。想当总统的人有多少，可是全世界就这么二百多个国家。谁会因为你想当皇帝或者总统，就给你让出皇位，请你来做他们国家的总统。后来又想到，也许这句话的意义是要宣传一种勇往直前的精神，一种锲而不舍的信念，毛主席诗词里不是也有一句："世上无难事，只要肯登攀。"

爱默生也是一个诗人，他是用诗人的浪漫思维想出来的这句话。而那幅广告画儿，用的是出奇制胜的夸张手法。虽然我对这幅广告画儿的看法有很多，其实心里还是很喜欢的，尤其喜欢它显示出来的那种博大的胸襟和气魄。不过，还是觉得马克思说的话更切合实际，"在科学上面是没有平坦的大路可走的，只有那在崎岖小路的攀登上不畏劳苦的人，才有希望到达光辉的顶点。"也就是说，只有这种人，才会有"希望"，而不是一定能到达光辉的顶点。不管这句话激励了多少人，在科学的道路上更加勤奋，还是吓住了许多人，让他们对科学望而却步裹足不前，这毕竟是句大实话。

20岁的时候，我就知道了马克思的这句话，经过了几十年的生活历练，我认为它的确是一句真理。但是我们也不妨再多一点思考，把这句话看得更现实一些，联系自己的实际情况再好好琢磨琢磨。

那些勇敢的冒险家们，在他们前进的道路上毫不例外也会遇到障碍，但他们能够辨别出前进的方向，并据此规划出生活的美好蓝图，而不会只要看到路途中的障碍便让自己裹足不前。

有统计资料表明，在困难面前，有95％的人看到的是障碍，而只有少数人能够看到前方的目标。那些知难而退的人会煞费苦心地描述那些阻碍他们发展并缩小他们视野的障碍。只有那些看清前方目标，拥有了正确方向的人，才有信心和决心把困难踩在脚下。最终，那些被困难所征服的人被历史遗忘。

再进一步想，那些在崎岖小路上攀登过的人，就算最终不能到达光明的顶点，也应该算是一种成功。因为毕竟他们尝试过了，不论结果怎样，都不会后悔了；即使攀登得不太高，也一定积累了一些经验，对于自己来说，也是进步。

不管是多么高的山峰，只要努力攀登了，就会达到一个高度；不管是多远的目标，只要一步步地向着它前进了，就会走过一段路途。这个攀登到达的高度和前进经过的路途，就是我们宝贵的人生经历。

因此，不管还有多少年的生命，一定要尽力做一点力所能及的事情。

我知道，像我这样的人，哪怕是写作到生命的最后一刻，也没有一丁点儿可能赶上鲁迅、曹雪芹、老舍这些大家，但我还是要写下去，能发表的发表，能出版的出版，不能发表和出版的就贴在自己的博客和空间里，让那些路过的人们看一看吧！说不定哪篇文章里的哪句话，能给谁一点启发，甚至能让他高兴地笑了，我也就满足了。不会连一个人都看不见我写的文章，我还没倒霉到那个程度呢。

怎样才能扭转自卑情绪，逐步转向自信呢？

一是要强化对自我的积极认识，尽量避免妄自菲薄；二是要经营自己的优势。

初到黑龙江军垦农场的那段日子，我过得挺惨的。刚离开北京，离开父母，离开学校走进社会，不但笨头笨脑，身体也很瘦弱，无论干体力活还是技术活，都达不到规定的要求。不能指望着父母养活，又不敢自杀，没那胆量。

过一天算一天吧！不管能做什么，做一点是一点，做了就比不做强。

那时候，由于我身体单薄，没力气，又不肯马虎，所以，给庄稼锄草，我是最慢的；往地里送水，肩膀上皮包骨头，根本挑不动那两个装满了水的大水桶；学开拖拉机，拉不动启动拖拉机的绳子。扛不起麻袋，脱不好土坯，拉不动大锯，收割麦子、大豆，没有一次能不用别人帮助独立完成任务。

不敢承担任何风险，不会找自己能胜任的工作，就连排队走路都永远走在最后面，尽量躲开人多的地方，生怕被人嘲笑。

难道我只是长了一张能吃饭的嘴，天生就是一个饭桶，是一架造粪机器么？

苦闷了好一阵，我在一本书里看到了这么一句话，"事到万难需放胆"。

我反复琢磨这句话，对照自己，提醒自己，必须要壮起胆子，找到自己能够胜任的工作。

那一阵子，生产队小学校的学生多了起来，老师不够用。我可是高中生啊！虽然学习不太好，但毕竟在学校读了十二年的书，教几个小学生应该没问题吧！我偷偷叫来一个小学生，看了看他们的课本，发现数学、语文我都会。于是我硬着头皮找到领导，慢声细语结结巴巴地说出我可以教小学生的想法。没想到他们很高兴地说："我们本来也有这个意思，可是怕你这个高中生嫌屈才。既然你愿意，那么明天就去小学校吧！"

原来如此！

如果我遇事怯懦，不敢主动把自己的意愿说出来，说不定这个机会也错过了。

其实，成功也许并不像我们想象的那么难。

很多时候，并不是因为事情难我们做不了，而是因为我们不敢着手去做，事情才显得难。

1965年，有位韩国学生到剑桥大学主修心理学。

喝下午茶的时候，他常到学校的咖啡厅或茶座听一些成功人士聊天。这些成功人士里有诺贝尔奖获得者，有某一领域的学术权威和一些创造了经济神话的人，这些人幽默风趣，举重若轻，把自己的成功都看得非常自然和顺理成章。

时间长了，他发现，出国前他被一些成功人士欺骗了。他们为了让正在创业的人知难而退，普遍夸大了自己创业的艰辛，也就是说，这些成功人士经常在吓唬那些还没有取得成功的人。

1970年，他把《成功并不像你想象的那么难》作为毕业论文，提交给现代经济心理学的创始人威尔布雷登教授。布雷登教授大为惊喜，他认为这种现象虽然在东方甚至在世界普遍存在，但此前还没有一个人大胆地提出来并加以研究。

惊喜之余，他写信给他的剑桥校友、当时的韩国总统朴正熙，"我不敢说这部著作对你有多大的帮助，但我敢肯定它比你的任何一个政令都能产生震动。"

后来这本书果然见证了韩国经济的起飞。

这本书鼓舞了许多人，因为它告诉人们，成功与"劳其筋骨，饿其体肤"啊、"三更灯火五更鸡"啊、"头悬梁，锥刺股"等等诸如此类可怕的精神肉体折磨并没有绝对的必然的联系。

只要我们对某一目标感兴趣，长久地坚持下去，就会获得成功，因为上帝赋予我们的时间和智慧足够我们这辈子圆满地做完一件事情。

后来，这位青年也获得了成功，他成了韩国泛业汽车公司的总裁。

人活在世上，有许多事，只要想做，都能做到，该克服的困难，也都能克服，用不着什么超人的钢铁意志，更用不着什么出众的技巧或谋略。只要我们还在朴实而饶有兴致地生活着，我们终究会欣喜地发现，造物主对于世事的安排，都是水到渠成的。

放开胆量去做！这是傻瓜成功的必须条件。

先考虑一下自己能干什么，在自己力所能及和喜欢的工作中找一个挣钱最多的职业，或者在挣钱多的职业中找自己喜欢又干得了的工作。

做出正确的判断和决定，放弃做不到的事情，大胆地去做自己可以做的事情。胆大漂洋过海，胆小寸步难行。敢字当头，成也就在其中了；怕字当头，败也就在其中了。

有很多人之所以一生困厄，就是因为他们胆子太小了。胆小表现在很多方面，最严重的就是害怕失败，具体说就是怕赔钱、怕人说闲话、怕被嘲笑、怕丢面子、怕尴尬，怕这怕那，总有说不清的顾虑，总是担心这个或那个，就是不担心成功。太多的恐惧使得他们什么也做不成。

当轧钢工人的时候，我有一位相处得很好的工友，就属于典型的自卑性格。老觉着自己这也不行，那也不行，缩手缩脚，要嘛嘛没有，干嘛嘛不成。所以，几乎不论找他说什么事做什么事，他都前怕狼、后怕虎，马上就能预见到各种困难，然后说"那能成吗？"这句话都快成了他的口头禅了。

从钢厂出来以后，我开了家个体图片社。有一次回厂子，看见他，他还是那句老话，"铁饭碗你不要了，自己做生意，那能成吗？"

我告诉他说："我也不知道能不能成，试试看吧！"

他说："你胆子真大！"

后来我去了非洲，几年后听说我所在的工厂搬迁，很多原厂老职工都下岗了。

回国的时候，大家已经十多年都没见面了，我发现他老婆孩子一大家子生活得很窘困。

我问他为什么不自己找点儿事干，他说："我都40多了，到哪儿也没人用啊！"

"那你自己想干点事儿吗？"

"想啊！可是我什么也不会，那能成吗？"

"要是开个复印社，用不了几千块就能干起来。"

"租门脸房得要钱，打印机复印机都那么贵，电脑我又不会，要是赔钱了怎么办？"

"我可以帮你投资啊，赔钱算我的还不行么？"

"你赚点儿钱也不容易！花你的钱做买卖，那能成吗？"

于是，就这么一晃，十几年又过去了。好在他女儿中专毕业后找了一份工作，再加上政府的低保，也就能生活下去了。

他现在每天还是无所事事，除了一日三餐，就是拉着一只小狗到河边遛弯儿。

所以，对每个人来说，最可怕的不是今天过得不好，也不是今天不知道明天怎样，而是现在就看到了自己一生的全部，而且无法改变！

现实是残酷的，这一点我也知道。

比如在竞技运动场上，不管优秀运动员平时的表现如何出色，到了竞赛场地，不管什么原因，只要差零点零一秒，少了一厘米，一点点疏忽和失误，就成了失败者。一瞬间就有可能把多少年的努力，毁于一旦。

老百姓常说一句话，"只看见贼吃肉，没看见贼挨打。"其中包含了一个道理，就是在一般情况下，人们只看到那些摆在明面上的成绩，却看不见成绩背后的血汗和泪水，看不见成功背后的辛苦和艰难。

观众也许可以看见我在电视广告当中一闪而过的镜头，但是绝对想不到这是从凌晨就出发到了拍摄现场，一直拍到当晚深夜，甚至于到第二天的凌晨，才得到的影像。你更想象不到我这个六十多岁的白发老人，要冒着严寒酷暑多少次地跑遍北京城，到各个剧组送资料说好话推荐自己，才有可能得到一个小角色。

你们也许能够看见我出版的书摆在书店的柜台上和自己的书柜里，可是看不见我写了总共六七本书，一两百万字的内容，才出版了这几十万字的一二本；更看不见写的那一大叠日记，也看不见随手记下来，用过之后又丢到垃圾箱里的无数小纸条；看不见我夜以继日地敲打着键盘，有时候我从日落开始坐在电脑前，拼写到腰酸背痛，双目流泪见到东方的日出。

至于在三五个演员里要挑选出一个参加演出，我永远也不明白为什么用我而排除了他人，或者选了他人排除了我。

这些年来，失败对于我来说，是家常便饭，几乎每天都会遇见。除了自己会做错事、说错话，还要面对社会上各种各样的坑蒙拐骗、尖酸刻薄、无理取闹、指责批评、打击挖苦、甚至破口大骂……

到如今，我觉得自己已经经受住了人生各种逆境的考验，就像那些产生了抗药性的细菌一样，顽强地生存下来，经过无数次抗生素的洗礼，我什么都不怕了！

该干什么还干什么，无非是尽力做得好一点而已。

提起考验，我很想说一句。现在很多教育界人士推崇鼓励式教育，对学生只表扬不批评。我真怀疑用这种方式教育出来的学生，将来能否经得起失败的考验。动不动就对孩子喊："你是最棒的！"如果他真是最棒的，实事求是地表扬当然并不为过。可是最棒的只有一个，如果他不是最棒的，你就是说上一百遍、一千遍，他依然不是最棒的，这难道不是一种变相的哄骗？一旦他知道了真相，精神上能承受得了这么残酷的打击吗？

爱他、支持他都是对的，也要把事实告诉他，让他敢于面对。那些被骗、哄、捧出来的孩子，没有能力面对真实的社会，现实能把假象打得粉碎。没有批评的教育形式，我认为是不正确的。

既然爱他，就把真实的情况告诉他，和他一起面对各种困难。鼓励他把胆子放大，做一个有胆量敢承担的勇士。

在网上看到过一小段博文，《中国父母伤害孩子的"七种武器"》：

"要听话"用来杀自由，"要孝顺"用来杀独立，"就你跟大家不一样"用来杀个性，"别整天琢磨那没用的"用来杀想象力，"少管闲事"用来杀公德心，"养你这孩子有什么用"用来杀自尊，"我不许你跟他or她在一起"用来杀爱情。

一面是过度干涉，一面是过分呵护。

我觉得，现在孩子本身就因为生活条件好了缺少意志上的磨练，多数娇生惯养，被百般地保护和溺爱，他们只有被满足的经验，丧失了学会接受考验和失败的能力。"你是最棒的"虽然不好算作捧杀之一种，但也确实不一定就对孩子只有好处。

鲁迅先生在《纪念刘和珍君》中说："真正的猛士，敢于直面惨淡的人生，敢于正视淋漓的鲜血。"

我对这句话的理解不深，但是我想，对于一个傻瓜来说，更应该让自己成为一个勇敢的人，不管此生如何惨淡，都要敢于面对，敢于正视。因为很多事情我们躲不开，害怕也没用。

不管是理想、幻想还是梦想，我们都要以极大的热情来对待。因为一切事物活动在思考、制定计划的时期，都属于空想和"纸上谈兵"的阶段。没有这个"纸上谈兵"的阶段，就不会有后来的行动，更没有成功的可能。连想都不敢想的人，能敢说、敢做么？

耻笑别人做白日梦的人，绝不是成功人士。

至于鲁迅先生笔下阿Q的"精神胜利法"，它是民族的劣根性不假，但是我觉得，对于一个有志之士来说，当他在前进途中遇到挫折、困难和接二连三的打击时，无论他用什么方法鼓励自己，哪怕是用精神胜利法来调整和安慰自己，也没什么可羞愧的，只要精神不倒，相信这一切艰难困苦都能过去，坚信"牛奶会有的，面包会有的"，就能在严冬保留下希望的火种。

一个做任何事情都害怕失败的人，他的信条可能是"不做事才是最保险的方法"。害怕困难，不敢尝试，不敢拼命，绝对不会有成功的那一天。只有硬着头皮、厚着脸皮、不顾一切地努力，才有成功的可能。

世界上那些伟大的科学家和政治家，那些比我们聪明百倍的风云人物，也还要经历很多失败，我们为什么要怕失败呢？

看看下面这份简历：

……

22岁，生意失败。

23岁，竞选州议员失败。

24岁，生意再次失败。

25岁，当选州议员。

26岁，情人去世。

27岁，精神崩溃。

28岁，竞选州议长失败。

31岁，竞选选举人失败。

34岁，竞选国会议员失败。

37岁，当选国会议员。

39岁，国会议员连任失败。

46岁，竞选参议员失败。

47岁，竞选副总统失败。

49岁，竞选参议员再次失败。

51岁，当选美国总统。

……

拥有这份印满了失败足迹的简历的人就是阿伯拉罕·林肯，美国历史上最伟大的总统。

1832年，林肯失业了，他很伤心，但他下决心要当政治家，当州议员。糟糕的是，他竞选失败了。

接着，林肯着手自己开办企业，可一年不到，这家企业又倒闭了。在以后的17年间，他不得不为偿还企业倒闭时所欠的债务而到处奔波。

随后，林肯再一次参加州议员竞选，获得成功。

1835年，林肯订婚。但在离结婚还差几个月的时候，未婚妻不幸去世。他心力交瘁，数月卧床不起。1836年，他得了神经衰弱症。

1838年，林肯竞选州议会议长失败。1843年，他竞选美国国会议员失败。

1846年，他竞选国会议员当选。

两年任期过去了，林肯决定争取连任。他认为自己表现出色，但结果是他落选了。

为参加竞选他赔了一大笔钱，于是林肯申请当本州的土地官员。但州政府把他的申请退了回来，因为"做本州的土地官员要求有卓越的才能和超常的智力，你的申请未能满足这些要求。"

1854年，林肯竞选参议员失败；两年后他竞选美国副总统提名，被对手击败；又过了两年，他再一次竞选参议员，还是失败了。

林肯尝试了11次，成功了2次，他一直没有放弃自己的追求，他一直在做自己生活的主宰。1860年，林肯当选为美国总统。

阿伯拉罕·林肯曾经是一个和我们差不多的"倒霉蛋"，他遇到过的敌人我们都曾遇到。但是，因为他是一个了不起的人，面对困难他压根就没想过要放弃努力，他坚持着、奋斗着，没有退却、没有逃跑，所以他成功了。

万万想不到一位伟大的美国总统，居然也有过这么倒霉的经历。

"不经历风雨，怎么见彩虹，没有人能随随便便成功。"这绝不仅仅只是一句简单的歌词，这是真理。

我对"低调做人，高调做事"这句话很感兴趣，认为把它当成我们傻瓜的一个行为准则都不为过。做人要低调，就是要谦虚、谨慎，不要张扬，虚心学习他人好的方面，使得自己不断完善。但是做事要高调，这种高调不是到处炫耀自己，而是用一种积极的态度来做事。

比如计划，须知一个没完成的计划，要比没有计划强上一万倍。比如让人家知道，你完全可以把自己的想法、计划告诉亲朋好友，那么日后他们的询问、关心、鼓励和赞赏，还有哪怕是讽刺打击，都会成为我们完成这个计划的动力。

不敢制订计划，更不敢把自己的想法告诉别人，无非就是怕失败，怕完不成计划受到人家的耻笑。其实耻笑几声又有什么呢？我因为智商很低，从小到大再到老，这么多年来受到的耻笑还少么？再多一次两次的也无所谓嘛！把自尊心降低一点，把脸皮变得厚一点，于是胆子就大了一点。

千万不要以为胆子大了这么一点没有用，很可能这一点胆量的增加，就使你突破了不能成功的瓶颈，克服了多年来一直不能成功的最大障碍，为成功铺上了一条路。这也许是一条很窄、很不平坦、很曲折的道路，可是毕竟有路可走了，没有这条路你就无法到达成功的彼岸。

一旦遇见困难有了畏难情绪的时候，就有意识地提醒一下自己：我要把胆子放大一点！

放大胆子去做，把每次失败的原因找出来，再找到克服的办法，就会一步一步地接近成功，最终获得成功。

有一次，央视五套《体育人间》栏目，把刘翔拉来，拍了一个短剧。我有幸在其中饰演一个上了点儿年纪的老短跑运动员。

刘翔到来之前，导演就好几次叮嘱大家，不要向刘翔提要求签字合影什么的，怕招刘翔心烦。

还没开始拍戏呢，我见到了刘翔，小伙子太棒了！在我眼里，和平年代，运动场就是战场，能为祖国争光的人，就是民族英雄。我心里特别喜欢，情不自禁就走上前去，伸出大拇哥，大声说："好小伙子！你真是为国争光啦！"刘翔笑着说："没什么啦！都是教练和大家的功劳！"

这孩子可真够谦虚的啊。看着刘翔又帅气又谦和的样子，我忍不住提了个要求："咱们一块儿拍张照片吧？"刘翔高高兴兴地说："好啊好啊！"

拍完照片，刘翔还留下了他的签字。

我太开心啦！这回把另外那些听导演话没敢上前的老演员们都眼馋坏了！

四、傻瓜多准备

不管你的智商是高是低，要是有一个实力雄厚的家庭社会背景，也就不用像我这么辛苦费力了。

从前有一个人，每天辛辛苦苦在码头上工作，才勉强让一家人有饭吃。一天，他看见从一辆高级轿车上下来了一位珠光宝气的女郎，在仆人的簇拥下登上一条豪华游轮。虽然好多次见到这样的场面，但他始终心里有个疑团。这次他小心翼翼地走近轿车，向开车司机问道："先生，您好！请问刚才从车上下来的那位女郎，她是以什么谋生的？"司机看了他一眼："她不用谋生，她是船王的女儿。"

……

人家有的是背景，而我有的只是背影。

但是，不管怎么说，天生下来肚脐上就放着100万的人是极少数，玩"空手道"是绝大多数人必须面对的现实。

如果你也和我一样傻，也和我一样只有背影没有背景，那就应该尽量早、尽量多地给自己打下一些基础。

好在如果事业成功需要一百个条件，聪明仅仅是其中一个条件。

俗话说"笨鸟先飞""早起的鸟儿有虫吃"，既然智商低，我们就要早行动，行动提前了，哪怕只是做准备工作，能准备得充足一些也是大有好处的。

当我知道自己是一枚没有能力的傻瓜之后，就开始为以后的日子发愁了。将来能靠什么活着，这可是一个很大的挑战。

如果将来要做科学家，我的数学不好；要做外科医生，不敢用刀子解剖；要做运动员和工人、农民，体质又弱。当演员艺术细胞不多，当作家记忆力不好，当律师口才太差……。想来想去我几乎找不到能干的工作，何况那时候的社会工作原则就是要服从分配，不是想干什么就能干什么。

苦恼了一段时间之后，有一句话提醒了我："机遇总是留给有准备的人。"

对呀！如果现在人家打算给我一项工作，而我又正好在这方面擅长多好。现在我没什么特长，那就什么都学，多方面做准备、打基础，基础打好了，遇见机会的几率也就高了，这叫"求人难成事，求己便成佛！"

于是根据自己的智商，我放弃了数学方面的努力，当会计是不用想啦，但是学了一点无线电技术，这是一种爱好也是一种本事；外语应该学，反正自己喜欢，学一点儿就积累一点儿，将来有用时就能拿起来；不敢用刀子动手术，就自学一些中医针灸；身体瘦弱体质不好，那就慢慢锻炼，日子长了总会变得强壮一点；既然喜欢唱歌跳舞，唱得不好也要唱，跳得不好也要跳，就当是娱乐自己；既然喜欢读书，喜欢动笔写东西，那就多读多写，想起来什么就写什么，省得万一要写东西的时候笔生；还有摄影，既是技术也是艺术。

……

30岁之前，我就在以上各方面多少打下了一点基础。事实证明，凡是学到手的东西，在一生当中大部分都用得上。

打小儿形成的爱拆东西的习惯，和小学开始学的无线电技术，使我敢于自己动手修理家电。如果不是开了图片社，开一家电器修理铺也能生活得不错；学了几年的外语，虽然半懂不会，可是等到去了俄罗斯的时候，接受俄语的速度就比别人快多了；掌握了针灸技术，到非洲开办了中医诊所，名扬遐迩，很快捞到了生活的第一桶金；现在还有不少朋友想让我给他们做治疗，我的回答总是那么干脆："只要您豁得出去，我就敢招呼！"平时注意锻炼身体，加上北大荒十几年"战天斗地"，年纪大了也没什么病痛，让我受益终生；因为掌握了较高水平的摄影和暗房技术，开起图片社来游刃有余；唱歌、跳舞和表演的基础，帮助我顺利加入了北大荒农场文工团，直到退休之后进入影视圈，演了那么多电影电视剧，让我活得开心多了；爱读书和勤于动笔，使我终于成了作家。

当然，也有忙乎半天结果瞎子点灯白费蜡的，比如木工手艺，光给自己打了几件结婚家具，觉得体力不支后来也就不干了。后来我做了牙雕师，想来和木匠手艺多少有点关系，都是把整料破成散料，然后再往一块儿凑，都需要测量计算，需要动手，只不过一个要拼体力，一个更多的靠巧劲儿。

至于书法和美术，笔墨油彩消耗了若干，可是因为我实在没天分，也就没能得到什么理想发挥。

但是，总体来说，我所得到的收获比预想的要多多了。

所以我衷心希望，朋友们在年轻的时候，不妨像撒网一样，不管以后用得着用不着，多学几手技能，多掌握点儿知识，为漫长的人生做些积蓄、存点儿干货，争取把命运的一部分放在自己手里。

因为世事难料，将来能不能找到合适的工作，能不能遇见容得下自己的老板，都是不一定的事儿。一旦不能在一个地方继续干下去了，就可以凭借自己的能力在最短时间内找到另一份工作，甚至自己撑起一片小天地，开办一个小公司、小店铺什么的，也就不至于惶惶不可终日。

世界上的事情千般万种，我们傻瓜有时候不知道自己能干什么，所以趁年轻有大把的时间，只管找那些自己接触得着的，或者喜欢做的事情，一边玩着一边学着。一方面扩大了自己的知识面，另一方面也锻炼出了自学能力。

有一位大学毕业生对我说过，上大学的好处，除了使他在专业知识上有所收获之外，更重要的是，特殊的环境氛围，使他具备了很强的自学能力。我没上过大学，所以对这话体会不深。但是自学能力也像其他技术能力一样，是一项很重要的能力。掌握了这种能力，就相当于有了一种万能工具，车、钳、铣、铇、磨、镗、锻，什么工作都能对付；又像有了一把万能钥匙，什么大的、小的、明的、暗的，一切锁头都能打开。

自学能力可以由老师教，也可以自己从书本中学到，但是不经过主动的自学实践，也是掌握不好的。我们可以先从学习几门简单的知识、技能开始。等到学会了这几门技术，同时也锻炼了自学能力，增加了克服困难的勇气，掌握了与他人合作和向别人学习的方法，甚至培养了自己良好的性格，真是好处无穷啊。

我通过自己的经历知道了，要掌握自学能力，不必要非得上大学。只要你愿意，从小学开始你可以一面游戏，一面培养着自己的自学能力。等到初中和高中毕业的时候，这种宝贵的自学能力，已经能够达到相当高的水平了。

如果你和我一样是一般老百姓家里的孩子，那一定要在上中学的时候就开始给自己多预备几个技能。学外语、学摄影、学习PS、学针灸、跳舞、唱歌、制陶、缝纫、美术、表演等等。只要是经济力量允许的情况之下能学到的知识，尽量一个也不放过。将来的几十年里你会发现，在二十岁之前学会的所有技能，会在一生当中帮助你成功地克服很多困难，成为你前进道路上的基石，遇到机会时的发挥和运用，遇到困境时的饭碗，空钱包里的银行卡。相信我这个老头的这一句话，会使你一生受益。

多做几手准备的好处还在于，可以最终发现自己的长处到底是什么。就像我不去演戏，永远不知道能把华佗演得那么好；如果不敢写作，永远也不知道我居然能成为一名作家。

所以，趁着年轻的时候多做些准备的好处实在太多了。

五、傻瓜多试试

顽强的意志是一个人成功的必要条件，但它只是腾飞所需的两只翅膀之一。根据个人的具体情况选择正确的突破口，这是另一只翅膀。

选准了人生的方向再加上顽强的意志就会使人走向成功。

小时候我看过很多苏联电影，特别爱看《夏伯阳》。影片中，苏联红军将领夏伯阳，眉毛向上拧着，眼窝深深的，留着两撇浓黑的胡子，歪戴着一顶黑毛皮帽，身披宽肩大斗篷，看上去就像雄鹰一样，那个形象，多少年来一直深深地印在我的脑海里。

夏伯阳的战刀上刻着一句话："没有必要不拔，不立战功不插。"

无论是要做什么事，先要考虑做这件事有没有必要，其次要考虑自己是否具备这方面的条件，或者经过努力能否具备所需要的条件。

如同有一本哲学书上说的，一件事情无论大小，做与不做，主要看两方面，一看有没有必要，二看有没有可能。

有的人会问，不知道自己擅长什么、喜欢什么，所以一直也不知道干什么才好，那该怎么办呢？

毛泽东主席在《实践论》里说过一句话："你要知道梨子的滋味，你就得变革梨子，亲口吃一吃。"

几十年的生活经历告诉我，这是一句大实话，是一条实实在在的真理。

对于我们来说，很多事之所以不敢去做，正是因为无知，是因为自己在凭借想象来理解它们。而这些没有根据的想象，毫无道理地把它们抬到了无法接近的高度。

要做一件事，首先应该对它进行全面的调查了解。了解的方法之一，就是试着做一段时间，感觉了解得差不多了，再仔细地分析一下，然后做出判断，这件事情到底能不能做。

我就是这样，有选择地做了很多事情，通过几十年的实践，终于找到了傻瓜也能做的两件事。

一件事是写作，另一件事是当演员。

这两件事我都做了，了解了，知道了怎么去做这两件事，没有了恐惧。而由于没有恐惧，也就能做得越来越好。

当你做成了一两件让自己都佩服的事情，你就拥有了自信。

世界上流传这样一句话："全世界的智慧在中国人的头脑里，而全世界的金钱在犹太人的口袋里。"

我对这句话总是理解不了，为什么总体上中国人的智慧最高，可是最富有的却是犹太人呢？可能中国人没有把智慧用在赚钱上吧。

犹太人做生意有一个习惯，如果他们看中了一种生意，绝不等待，立刻着手干起来，但是有一个期限，假使这生意做了三个月还赚不到钱，那就丢开转向其它生意。

我觉得这个方法对我们傻瓜也适用，无论你想好了，或者还没完全想好做什么，都可以先试着干几个月。

期限倒是不一定非要和犹太人一样，规定为三个月。因为犹太人是最会做生意的民族，咱们望尘莫及。

咱们可以试着做上半年左右或者更长的时间。

要是试了这么久，还没有一点收获，也就可以考虑转向另一个方向的工作了。

与此同时，我们要注意杜绝另一种想法——急于求成。

当你选择了做一件事情，用尽全力干了半年，失败了；再找另一件事，干了半年，结果还是失败；第三次，再硬着头皮干了半年，还是外甥打灯笼——照舅（旧）。

你于是仰天长叹："我是个无可救药的大傻瓜，什么也干不成了！"如果真的不幸发生了这种情况，千万别灰心，因为在第三次失败以后，你一定会发现自己的能力和经验增加了不少。将来也许还会遇到失败，但那时的你，一定距离成功不远了。

据说，在国外，投资者更愿意贷款给经历过几次失败的人，而不愿意接受那些只知夸夸其谈，却没有一次失败经历的人。

多数成功者得到的第一桶金，都浸透着他们的失败的泪水和血汗。有了第一桶金，得到第二桶金、第三桶金就相对容易一些，并不仅仅是因为他们有了资本而是因为他们找到了赚钱的方法，拥有了赚钱的素质。

我曾经想过要做歌唱家、画家、书法家、围棋手、长跑运动员、电脑专家、科学家、军人、发明家、旅行家甚至宇宙航行家等等；我曾经干过的职业有工人、农民、教师、文书、摄影师、小摊贩、医生、小老板、厨师、牙雕师、演员、作家等等。在这几十种工作当中，只有到了晚年，我才做成了两件为人认可的、有一点点成功感的事情。其余的不是一开始就失败，就是半途而废，或者干了多年也不成功。

俗话说"三百六十行，行行出状元"，世界上原来的老职业消失了不少，新职业如雨后春笋。至于你想干什么、能干什么，都由你自己分析判断和掌握。只有不怕失败，一点一滴去做才有可能成功。如果总是怕失败，永远什么也干不成。

至于有时候怕人家议论，说这说那的，自己不知道该怎么办。给你讲个小故事：

说的是爷孙俩赶着毛驴去集市。路边的人闲言道："这爷孙俩傻帽，闲着毛驴不骑。"老汉听了觉着有理，就骑了上去。孙子跟在驴屁股后头走了一段路程，显得累了。路边的人看见了，说："这个老头心肠真硬，他骑着，叫孩子走路。"老汉听到了，就从驴背上下来，叫孙子骑了上去。又走了一段路，路边的人看着老汉跟在驴后走得很吃力，说："这个孩子真不孝顺，他在驴上骑着，他爷爷这么大岁数了跟在驴后头，真不懂事。"孙子听到了，叫爷爷也骑了上去。路边的人看见了说："这爷孙俩真狠心，也不怕把驴累死。"

爷孙俩听到后，感觉怎么做都不是，外人都有闲话。干脆谁也不骑了，找来一个杠子，把驴蹄子拴好，两人抬着驴走。路边的人看到后更是笑话他们，说："这俩蠢人，放着驴不骑，抬着走，真是怪事。"

世上的事情多是这样。无论干什么，都会有人说三道四，这样不行那样不对。这时候该怎么办呢？听蝲蝲蛄叫，还不种庄稼了么？他说他的，只当没听见，自己想怎么干就怎么干。干自己想干的事情，走自己想走的道路，只要自己感觉对、感觉好就行，不必计较别人怎么说。失败就失败，就连那些聪明人有时候也要经历很多次失败才能成功，我们这样的人失败几次又算得了什么？又不是没失败过！

敢于承认失败，接受并把它看成是生活中必然要经历的一部分，要敢于分析解剖自己，不断总结经验、吸取教训，使自己趋于成熟，抓紧时间继续努力奋斗，使自己走向成功。

创业不是一件容易的事情，要经得起任何艰难险阻和挫折，才能取得最后的胜利。人常说"财大气粗"，我却认为"志大气粗"，没有大心胸、大气魄、大胆识，就不能成就大事业。

克服困难就能迎来胜利，胜利之后又会出现新的困难，凡是想有所作为的人，都会在不断克服各种困难的过程中前进。

当我把写出来的书摆放在书柜里，与《毛泽东选集》《鲁迅全集》等放在一起的时候，你知道我的心情么？

当在电视机里看见我与那些明星大腕在一起演戏的时候，知道我的心情么？只有一个字："爽！"

不知道的话就赶紧行动起来，到时候你就知道了。

六、傻瓜爱简单

面对着纷繁的世界，我们常常感到无所适从。面对复杂的社会关系和日新月异的各种知识技能，会有一种心烦意乱不知如何是好的感觉。

这种情况虽然不偏不向地摆在每一个人面前，但是对于不同智力的人来说，难度肯定是大不一样的。

在智力和学识逊色很多的状态下，我们无法理解和接受那些高深知识和技能。这是一个必须正视的问题。

把复杂问题简单化，就是我们傻瓜应该掌握的一个行之有效的办法。

其实，一直以来，我们学习知识的过程就是这样，从易到难，从少到多。

小学到高中的语文就是这样做的。我至今记得小学语文的第一课到第四课，一《开学》"开学了！"二《上学》"我们上学！"三《同学》"学校里有很多同学。"四《老师》"老师教我们，我们听老师的话。"

数学从1+1、1+2……开始学，等到背会了"乘法九九表"，算数水平就进了一大步。

物理、化学也都是从最简单的基础学起，循序渐进，越来越多，越来越复杂。

但是，我们小时候所习惯的学习过程，长大之后却被日渐淡忘了。不知从什么时候开始，我们变得很浮躁，不再心甘情愿从简单到复杂，从基础到高级一步一步地学习和工作，而是急于求成，恨不得一口吃成个胖子，一下子就把所有事情都学会做好。否则就失望、沮丧，甚至自暴自弃。

我从北大荒回到北京，半年多之后才找到了一份工作。按那时候的标准，最好的工作就是全民所有制的铁饭碗。所以我进了带钢厂，被分配到冷轧车间，成了一名轧钢工人。

冷轧车间的任务是，从粗轧到精轧，通过多道工序，把厚厚的钢带轧薄，用来制作锯条，或供电梯使用。最薄的钢带是一种军工产品，成品只有一张纸那么厚，用手一撕就能扯断。

在粗轧车间干了一年左右，我被分配到精轧车间。在那里，我所面临的工作是，把两三个毫米厚的钢带，轧薄到半个毫米以下。

钢带通过轧辊的压轧后，到打卷机里被卷成一捆，两工序中间有一米左右的距离。其中有五十厘米长短是测量厚度的区域。

在钢带高速运动的过程中，工人必须用千分尺测量出钢带的厚度。如果发现厚度超标，就要及时调整轧机的压力，使轧出的钢带合乎要求。

这道工序完全是手工操作。也就是说，工人要用手把千分尺准确地夹在钢带上，稍微拧紧一点，用眼睛读出钢带的厚度，再把千分尺拧松，脱离钢带。如果千分尺卡在钢带上，没拔出来，被带进卷带机里面，那不仅一捆钢带可能报废了，连千分尺也可能报废掉。

这一连串的动作都要在钢带运动着的这五十厘米之内一气呵成，任何一个失误都会造成严重后果。

我的妈呀！

见我愁眉苦脸，负责带我的师傅说："我来教给你。只要照我的办法做，谁都没问题。"头几天，师傅先让我把千分尺打开一个厚度，只在运动中的钢带上做上下的动作，不去拧紧；过了一段时间，掌握熟练之后，师傅让我只把千分尺拧紧、拧松的动作加上，不去测量厚度；又过了一段时间，再加上读出厚度；最后才把根据测量结果调整轧机压力的动作都做全了。前后大概用了一个月的时间，我终于掌握了精确轧出钢带的技术。我激动万分。师傅说："这算不了什么，只是熟练工种。"

但是我却从这个技术的掌握过程中，找到了解决复杂问题的方法。那就是把复杂问题分解成一个一个小问题，然后逐一去解决。等到这些小问题都解决了，复杂的大问题也就迎刃而解了。师傅教我的这种掌握工作技术的方法，让我记忆犹新。这种方法，既可以用来思考，也可以用来动手操作。

有些时候，我们会遇到一种情况，就是很多问题几乎同时出现，使我们一时难以应付，慌乱、烦躁，心情沮丧，不知所措。

我初到非洲就是这样：语言不通，文字不懂，两眼一抹黑，耳朵成了摆设，本来明明识文断字的，一出来就变成了睁眼瞎。没有熟人、没有工作，吃喝拉撒睡，样样都是问题。事情又多又复杂，让人心烦意乱睡不着觉。

于是我干脆爬起来，拿出纸和笔，列出一个清单，逐一分析梳理：哪些事情要马上去办，哪些可以等一段时间，哪些必须解决，哪些可以放弃。

比如说：

1. 语言不通必须要马上开始学，要找个中国人，请他帮我尽快学会几句常用语。可以用汉字标出相近的读音，这样比较好学一点；

2. 文字不懂的问题很难解决，但是只要会说话就能交流，所以学习文字的事情可以放弃；

3. 没有工作是一个关系到生存的大问题。暂时先别挑拣，干什么都行，先把吃饭问题解决了；

4. 选择住房最要紧的是便宜，简陋艰苦忍一忍；

…………

就这样，把问题列开在一张纸上，一团乱麻就理出头绪了，然后针对问题想办法。头脑清晰了，心里有谱了，也就不慌乱、不烦躁了。

写作也是这样，既然我们傻瓜们想不了那么全面、那么复杂，那就别管那么多，先写起来再说。

把非常繁复的事情，分解成一个个小事情、小阶段，事情就变得相对简单容易了。

把复杂问题简单化，这是连那些聪明人都在使用的方法，我们为什么不用呢？

一简单就快乐，一复杂就烦恼。

从简单到复杂，会干的事情好好干，不会干的事情瞎干，干着干着就会干了，关键是要边学边干，边干边学，就等于为自己铺设了一条通向成功的道路。这条路也许很窄、很曲折、很不平坦，但毕竟是有路可走了。

孔子说："七十而从心所欲不逾矩。"七十岁时，他终于能做到随心所欲而行，且所为都能合乎规矩了。孔子活了72岁。

国际欧亚科学院院士任继愈先生，在80岁的时候特地请人制了一枚印章——"不敢从心所欲"。这是一种谦虚，也是一种自知，活到他老人家那个份上，明白了任何人也做不到绝对的"从心所欲"。这难道不也是"从心所欲"吗？连孔夫子的话都能推翻！

虽然努力了，但是却失败了，这样的事会无数次地发生在我们身上，用现在时髦的话来说我们会经历N次的失败。努力后失败，再努力再失败，直至成功。这是必须走的一条成功之路。

"知己知彼，百战不殆"，虽然说的是战争，其实对所有的事物都适用。在完全了解了自己与对方的实力之后，只要找到合适的对策，就一定能战胜它。

抗日战争时期，"日军不可战胜"的神话，吓坏了很多人。但是中国人民按照《论持久战》的方法，用了十四年的时间，终于打败了侵略者。这个事例是对"知己知彼，百战不殆"的最佳注解。

第 三 章
傻瓜能成功

　　作为一个傻瓜，能知道自己傻固然可贵，但是，如果他以傻为名，干脆从此什么也不干，混吃等死，这样的自知有与无也没什么区别。

　　只有那些明知自己是傻瓜，却不甘自暴自弃，非要把自己身上这一丁点儿能力充分发挥出来并获得成功的傻瓜，其自知才称得上是难能可贵的。

　　生而为人，有谁在内心深处、在骨髓里、在血液中，没有对于成功的渴望和追求呢？

一、什么叫成功？

　　要想做一个成功的傻瓜，先得弄明白什么是"成功"。《新华字典》里没有对"成功"的解释，《辞海》也没有。那么我们应该怎么定义"成功"呢？这回真是老傻瓜遇见大麻烦了！要把字典、辞书里都不予确定的词汇说清楚，下定义，是我绝对不敢也做不到的事情。不过，我在《辞海》里找到了对"成就"一词的解释，诠释之一就是"成功"。

　　那么，既然把"成就"解释为"成功"，能不能反过来说，"成功"就是"成就"呢？《辞海》里面出现了"伟大成就"这样的说法。既然可以有"大成就"，应该也可以有"小成就"。换句话说，"成功"也可以有

"伟大的成功"和"不太伟大的成功"，可以有"大成功"，也可以有"小成功"。

这下我们傻瓜就有了自己的盼头啦！

曾经有一期电视节目，播出了两位主持人对几位著名导演和演员的采访。主持人称他们为成功人士，他们却说，他们只不过是做了一点事情，离成功还差得很远呢。

在我看来，这是一种谦虚，或者说，是对自己高标准严要求的一种说法。我们傻瓜大可不必像他们那样。让牛顿去发现万有引力吧！让爱因斯坦去发现相对论吧！让比尔·盖茨去做微软的创始者吧！让杨立伟去做航天英雄吧！……我们很高兴看到，有那么多了不起的人，取得了那么多举世瞩目的伟大的成功！我们既然是傻瓜，就不要去追求什么"伟大的成功"。

只要是在力所能及的情况下，亲自动脑动手完成一件事，做出一点儿成绩，哪怕只是取得一点在旁人眼里微不足道的成就，也就可以算作成功了。

上小学六年级的时候，我开始向同学学做矿石收音机。首先必须铺设天线和地线，要是没有的话，收音机做成了也收不来声音。地线好办，把铜丝缠在自来水管子上就行。天线呢？我向同学请教了好几次，有一天放学之后，同学到我家来，看了看环境，他建议把天线架到山墙旁边的杨树上。那棵杨树很高，树干也很直，在五六米之上才有分叉的树枝。我不会爬树，那么高的梯子也没地儿找去，愁得我每天只要闲下来就围着那棵高大的杨树转圈。

有一天，我背靠着山墙，脚蹬着树干，眼睛望着头顶上的大树冠正发傻呢，忽然发现我的两只脚都蹬在树干上，后背靠着山墙，居然没掉下来！我试着用两只手同时往后也往下推着山墙，让后背往上移动一点，再靠在墙上，还是没掉下来，于是再把两只脚往树干上移动一段。每离开地面远一点，也就离树冠近了一点。我就这样小心翼翼、一点一点往上交替移动着后背和双脚，慢慢地越来越高。最后居然伸手就抓到了五米多高处的一根大树枝……

第二天，我用这个方法再次爬上了杨树，把准备好的天线材料捆绑到了高高的树枝上。

可能因为这是我第一次获得预料之外的成功，所以至今记忆犹新。

后来，我终于做成了矿石收音机，很简陋，甚至没有调台功能，好几个电台同时发出声响，但我还是兴奋得连着几宿没睡好觉。

曾经和几个朋友讨论关于成功的话题，大家的看法各有千秋。有人认为，把日子过好了，维护好家庭的和谐美好，就算是成功了。有人认为，只要把自己想做的事情做好了，不论大小，都算成功。有人不赞成他们的观点，他们说，如果大家都能干成的事情，你也干成了，就不能算成功。比方大家都会走路，你也会走路了，能算成功么？大家都会说话，你也会说话了，能算成功么？不能吧？只有百分之一、千分之一、甚至万分之一的人能干成的事情，你干成了，那才叫成功。

马上有人反驳：当你脱离襁褓迈出第一步的时候，当你咿呀学语说出第一个字的时候，在爸妈眼里都是成功。

再说那些残疾人，如果他们克服困难从聋哑到学会了听说，从挂拐杖、坐轮椅到学会走路和跑步，甚至参加了运动会，当他们做出正常人能做的事情，或者干好了连正常人都干不好的事情的时候，就可以说他们成功了。

在非洲，我认识了一个台湾人吴先生，他对成功的看法是这样的：1. 挣到一些钱，不必发大财争首富，也不必为生活担心；2. 身体健康，不会因为劳累过度而去医院；3. 情绪乐观，快快乐乐地过日子，有能力做善事，心胸开阔；4. 有合得来的好朋友，无论做事、聊天都有人作伴，不孤单；5. 有温暖的家，为人夫、为人父，能从从容容享受天伦之乐。

……

怎么才算成功，每个人都有着不同的看法和诠释，大家争论不休，谁也无法说服对方。

我觉得，综合大家所说的，成功应该包含两方面的含义。一是社会承认了个人的价值，并赋予个人相应的酬谢，如金钱、地位、房屋、尊重等等。二是自己承认了自己的价值，从而充满自信、充实感和幸福感。

所以，有鲜花和掌声环绕，是成功；没有鲜花和掌声环绕，自己认为自己成功，也是成功。

当我们从此具备资格去追求生命中更大的快乐和满足的时候，我们就成功了。

二、傻瓜能成功?

那么，一个傻瓜怎样才能获得成功? 先哲们给我们指出了一条条明路："笨鸟先飞"，笨人先行，人要是笨，就得先行一步甚至好几步，才有可能不被落得太远。"水滴石穿"，做人不怕能力弱，哪怕只有一滴水那么小的力量，只要坚持不懈，照样可以穿透坚硬的石头。"铁杵磨成针"，不怕困难大，只要功夫下到了家，世上无难事。"熟能生巧"，即使心思不灵动，如果能够反复练习很多次，熟练地掌握技术，也就能和心灵手巧的人没什么两样了。"勤能补拙"，笨拙是我们的属性，只要为人勤勉，多思、多想、多动手，总能弥补一些缺陷。

还有一句话，叫做"大愚方可聪之道"，不知道这句话是哪位先哲什么时候说的。到底什么意思我也说不太清楚，大概有点儿"看上去是大傻瓜的人才是真正的聪明人"的意思吧!

可是，为什么这么说呢?

"大愚"在我看来就是大傻或者超级傻;"方"理解为"才"，"可"为相合、相称之意，例如可体(合身)、可手(称手);"聪"指耳朵听力好，引申为聪明、智慧。

"道"就不太好解释了，是"道路"还是"方法"，是"境界"还是"规律"呢? 王蒙先生的《老子的帮助》里认为，现代汉语中"真理"一词与"道"的含义相接近。

"大愚方可聪之道"这句话也许可以理解为"只有傻到头了，才最接近最合乎聪明的真谛"。

这句话说得有道理么? 据我这个傻瓜看来，未必。我总在想，如果一个人本身就是傻瓜，难道说只要他把自己看成一个大傻瓜，从心里承认自己是个大傻瓜，他就自然而然变得聪明起来了么?

问题是承认自己是个大傻瓜以后他打算怎么办。他要是"破罐儿破摔"了呢？我以为，如果一个人的确很傻，而且他也肯把自己看成是最傻的人之一，心里却希望自己变得聪明起来，很想干成一些事情，于是就用比一般人更多的精力、时间来学习和思考，百折不挠地奋斗，有朝一日他才有可能真的变得聪明起来。

一个做大学老师的朋友，她说"大愚方可聪之道"这句话原本的意思更接近于，那些本身具备相当智慧程度的人，或"藏愚守拙"低调应世以求自保，或自处低卑以求海纳百川。因为质地一般的普通傻瓜，并没有资格自称"大愚"。

瞧，这回连你也看出来我是个傻瓜了。

心里明白自己是真傻，就干脆承认自己的傻，了解自己的傻，然后想办法弥补自己的傻，克服自己的傻。不要安慰，不怕打击，不惧讽刺，不听别人虚伪的奉承，也不沉迷于无意义的赞美。

曾经有善良的朋友夸我说："老蔡，瞧你那个大脑门儿，不用说，一看就知道你是个聪明人！"

我差点儿就信了！赶紧找镜子端详。

冷静下来一琢磨，不对呀，我聪明在哪儿啦？刚才打车的时候，没上车还明明白白，上了车，司机一问去哪儿，立刻我就犯迷糊。当时我只能说："您先朝北开着，容我想想。"就为这，多少朋友劝我赶紧买车，因为要是我自己开车，多久想明白都没关系，也就没人催我啦！可是他们不想想，要是我自个儿开车，还指不定开哪儿去了呢！

后来，有专门爱揭短儿说真话的朋友告诉我，除了脑积水之类（俗称"大头"）的极端情况，一个人聪明与否，和脑门儿大小有关，也和头颅大小有关。今人的智力之所以胜过猿猴，就是因为熟食使颌骨比例缩小，脑容量的发展空间加大了。

如果拿大脑同计算机做一个类比的话，脑容量大相当于硬盘大，当然这也并不绝对意味着处理能力更强。严格来说，人的智力差异仅仅存在于某些特定的大脑区域，只有这些部分多出来的脑容量会使大脑更加精准地工作，使人的感觉更加灵敏。

脑门儿大小显示的是脑组织在头颅中所占的比例，头颅大小涉及的是脑组织的总量。如果两人脑门儿一般宽，谁更聪明就看谁的头比较大一点；如果两人头一般大，比的就是脑门儿了。当然同时还要考虑相对于身体的比例问题。

而我老人家虽然脑门儿宽，头可比一般人看起来比例要小，是个"巴掌脸"，自己伸出一只手掌就能盖住，所以拍电影什么的比较上镜，用句潮话形容，我的身材就是标准的"九头身"，要是生为女人，那就美呆啦！

你瞧，说我傻瓜还找出像模像样儿的根据来了！气得我七窍生烟还憋不住乐！你说我到底信谁呢？

唉，其实我心里有数。头大头小不由我说了算，是爹妈给的，虽说出于原厂，却是残品。但是，我始终明白一点，命运负责洗牌，玩牌的是我们自己，这牌我指的不是扑克，是机会相对均等的"麻将牌"。

不知你发现没有，年轻人爱玩扑克，老年人爱玩麻将，因为除了"天和"，有一半命运掌握在自己手里。

根据智商理论的定义，智商是不能改变的。

虽然人的智商不会随着人的年龄增长而改变，但是其所学习到的知识和锻炼出来的能力会随着年龄的增长而逐渐得到积累和增强，这就是傻瓜也能成功的基本原理之一。

那些高智商的天才们，年纪轻轻就取得了骄人成就；我们傻瓜通过认真的学习和思考，经过长时间努力工作，到了年长的时候也会取得一些成绩。

学习能使我们增长知识，思考能使我们增长智慧，知识和智慧积累得越来越多，总有一天会发生从量变到质变的飞跃。

我们经常会看见只有四五岁的小孩，十几岁的少年，就已经取得了很让人羡慕的成就。那没关系，这些人肯定是天才人物。至于我们到底有多傻，自己知道得最清楚，那么经过长时间的努力，学会了更多的知识和本领，再去努力争取，就会成功了。所以我们这样的人，一般情况下都是到了五六十岁之后，才有可能获得成功。

无论男人女人，五十岁左右的年纪，都是一个判断智力高低的分水岭。凡是在童年、少年、青年和壮年时期就获得让人羡慕的成功的，就有可能是一个天才或者聪明人。到了五十岁以后才获得成功的，基本上可以断定和我们差不多了。尤其是到了六七十岁以后，才取得了一点儿成功的人，绝对是一个与我同类的傻瓜，虽然人们对此有一个怪好听的说法——"大器晚成"。

如果你听到某人被称赞为"大器晚成"的时候，其实就等于说他是个学习了一辈子、奋斗了一辈子，才取得了一点儿成功的傻瓜。

不过是说法不同而已，"大器晚成"的说法比较好听，也容易被人接受。后一个说法虽然不好听，但是指出的却是实际情况，不太容易被人接受。

我们傻瓜取得的成绩，一般情况之下不可能是丰功伟绩，但只要是成绩，不管多么微小，都应该承认其成功。我们无需和别人比较，山外有山，楼外有楼，要比较也是和自己比较，从一无所有、一无所获，到创造出了一点儿成绩，这就是我们的成功。

有些朋友认为我在某些方面成功了，大概用的也是这个标准。

因为他们是我几十年的老朋友，几乎从小就在一起。他们或许不知道我是一个傻瓜，或许不愿意用这个词来形容我，但是都知道我天资在一般人之下。

如果这个在大家眼里绝对不聪明的人能写成并且出版了书作，还参加了电影、电视剧和广告的拍摄，就应该算是取得了一些成功。

要是把我写作方面的成绩与那些职业作家做横向比较，把演出成绩与那些专业演员做横向比较，哪里说得出口？简直就是马尾儿拴豆腐——提不起来！

为了想做成点事，我曾经出国闯荡，从亚洲到欧洲，从欧洲到非洲。尽管我用了十几年的时间，跑了半个地球，仍然没有做成什么让自己满意的事情，可就是不甘心。反正已经这样了，那就干脆豁出去，想干什么就干什么。只要依循"要命的不吃，犯法的不做，无义之财不取"的原则，其余一切都无所谓了。

于是我写论文、剧本、散文、小说、寓言故事，甚至还写了一段相声，都没成功。直到《生死非洲》完成，被作家出版社出版了。

我大着胆子跑到《走向共和》电视剧组，自我推荐参加演出，终于有机会演了一个摄影师的角色。

曾经有一个做过多年副导演的女人，对我说："我干这一行已经十几年了，一眼就能看出来你不会有什么大出息。像你这样的业余演员，年纪太大了，又长着一张大众脸，一点儿特点也没有。这个行当讲究的是'不要一帅，就要一怪'，你就算长得不帅，能长得丑一点、怪一点也好啊，那样都说不定能混出来。"

我面无表情，没给她反应。

对于这种精神上打击我的话，甚至更难听的话，我一律充耳不闻，就像根本没听见一样，该干什么就干什么，照样是宁可跑遍全北京，也不落下一个剧组。不管大角色还是小特约，给点儿戏我就演。

因为我知道，努力不一定成功，但放弃一定失败！

自打拍完《走向共和》，我经常怀里揣着简历和一百多张自己的照片，进出于北京的各个剧组筹备处，递上自己的资料。有时候明知道一出门，资料就有可能被扔进垃圾箱，我还是乐此不疲。坚持到现在，我已经参加了二三百部电影、电视剧和广告的拍摄。

我们傻瓜经常能听到聪明人说出这样打击我们积极性的话，比方有人说"现在演艺圈里的人都是人精，傻一点儿的干不了这一行！"这话我知道，但我不信！我就是个傻瓜，而且干了这一行，自己还觉得干得不错，大家也都很认可。

看不看得起我们是人家的事，我们管不了，但是选择干什么是我们自己的事情，别人也管不着。

有个外国名人说过，"如果一个人二十岁时不漂亮、三十岁时不强壮、四十岁时不聪明、五十岁时不富有，那么他此生都不会再拥有美丽、健壮、明智和富有。"

让人伤心的是，我就是这位先生所说的什么都没有过的倒霉蛋，是个到了五十岁还不知道自己能干成什么事儿的大傻瓜。

我从小一直就很瘦弱，二十岁的时候身高1.74米，体重却只有52公斤，脸上两腮无肉，说不上漂亮；身上瘦得皮包骨，双杠单杠玩不了，俯卧撑一个都撑起不来，根本与健壮无缘；年过四十岁的时候，工厂开的工资只有40元人民币；五十多岁破产从非洲回国，又成了无产阶级。

虽然没有发财，但因为五官还算端正，五十岁左右脸上又丰满了一点，我开始变得稍微耐看起来，五十五岁以后身体发福显得有些健壮，在拍电影、电视剧和广告的时候，人称"帅老头儿"，心里不免有了几分得意；六十岁之后因为阅历积累似乎活得有些明白了，我逐渐做成了一点事，加上老在影视作品中饰演老子啊、神医什么的，耳濡目染，也就有了那么一点儿"智慧老人"的味道。

回过头来再想关于漂亮强壮聪明和富有的那句话，发现名人说的话也没那么绝对，这句话在我身上的体现居然向后推移了三十年。

别人都不抱希望的事情，我做到了，脸皮厚不厚先放在一边不说，自我感觉挺成功。

现年我已经活过了七十五个春秋，暂时还没富有，依此类推的话怕要等到八十甚至一百岁了，那时的我，说不定能像陶朱公范蠡一样富可敌国！我会一直为此努力！我有信心！

三、自动成功机制

傻瓜到底有没有可能成功？我一个傻瓜说能就能吗？是不是得找点儿理论根据什么的？我没有系统学习过心理学，但我听说过，心理学中有观点认为，每个人的神经系统当中都有一种自动成功机制，这是我们所有人都具备的一种本能。意思是，一旦我们确定了自己要做的事情，确定了自己的行动目标，我们的神经系统就会自动寻找克服各种困难解决这个问题的方法。

对心理学中的这个论点，我用了很长时间的思考也没搞明白。因为我觉得大脑毕竟不是电脑，我们把电脑的开关打开，输入要搜寻的问题，点击一下，电脑就会自动在硬盘里或者网络上搜寻所需要的答案了。

大脑是人体的一部分，我所"想"要做的每一件事情，都是要通过大脑的运动，是"我"在用"大脑"指挥着"我"的一切行动。如果它能主动地思考，指挥着我看书学习、查看参考资料、寻找解决问题的办法等等，那么，到底是"我"在指挥"大脑"，还是"大脑"指挥着"我"呢？

在思索"大脑"与"我"到底是谁指挥着谁的问题上，我被自己提出的这个问题闹糊涂了。

虽然我到现在也没弄明白，但是不影响发挥大脑的这个"自动成功机制"。就像虽然弄不懂电视机的工作原理，但是每天都要看电视节目。和不懂电脑的结构和原理，照样用它来为我服务是一个道理。

对于人的大脑有"自动成功的机制"这个观点，我是赞同的。因为回想起自己多年的生活、工作的经历，发现人们的大脑的确有这样一种机制。不管是我们决定要做什么事情，大脑几乎马上就会去想"应该怎么办"。包括现在存在的问题，将来可能出现的困难，怎么才能解决这些问题和困难，甚至一旦成功了会有什么样的结果和情境，都会自动地出现在脑子里。

在思索与行动过程中，这种"自动成功机制"不停地引导着我们向着成功进军，就像学完了一就想学二、练习好了一横就想把撇和捺也练好。工人希望自己的技术越来越高；农民愿意把庄稼越种越好；军人争取有更高的作战本领，最好将来当将军、元帅；商人努力把自己的市场越做越大，当亿万富翁、首富之类是他们的理想；每个运动员都力争自己能发挥得更高、更快、更远……。这个过程完全是自动出现并且永远在起作用的，一直到每个人能达到的极限。

对于这个极限，有的时候自己不能清醒认识到它的程度，所以就出现了对自己估计过高或者估计过低的人，需要别人的启发和指点，也需要读书和实践来判断，但是这个极限不是铁定不能改变的。我们完全可以通过时间积累得来智慧、经验和体能，用自己的努力和拼搏打破它。每个年龄段的人都有自己不能完成的事情，过了几年、十几年或者几十年之后，就可以做到了。

大多数人都有一个一生中的最高点，在这个阶段他的体能、智慧和自动成功机制等综合素质都达到了最高的程度，最容易出成绩。也有的人发展不太平衡，在体能或者智能之中只有一种能力发展得很高，像霍金就是智慧单方面发展的典型人物。"自动成功机制"却是所有人都具备的一种本能。

对于聪明人来说，"自动成功机制"发展的过程很快，而我们傻瓜的这个过程就很慢，甚至非常慢或者干脆到了有些地方继续不下去的状态。很多情况之下，我们会感觉没办法解决困难。

但是不管怎么说，"自动成功机制"是每个人大脑中都有的。这种"自动成功的机制"就是作为人，每一个人都有的共同的长处。既然是一个长处，就应该照样把它紧紧地抓住毫不放松。

不知道别人是怎么想的，自从我知道了每个人的脑子里都有一个这样的"自动成功机制"之后，是非常高兴的。

这就是那些上大学之后有学问的人的好处之一，他们学过很多我们没学过的学问，知道很多我们不知道的道理，所以他们就越来越聪明，办起事来也就越来越容易。他们能知道很多我们所不明白的知识，干很多我们傻瓜所不能干的事情。这没关系啊！他们干他们的，我们干我们的。

自动成功机制有种更科学的叫法是"目标追寻装置"，或者"伺服机制"。实际上，这种存在于人的神经系统当中的机制既能成为一种自动成功机制，也能成为一种自动失败机制，取决于我们的自我意象给它什么样的"出发令"。

造物主为每种生物都内置了这样一种类似于本能的自动机制，用来帮助生物实现自己的目标——"活下去"，帮助动物成功地应对环境考验，寻找食物和住所，避免危险，战胜敌人，繁衍生息等等。

独居野外的春天出生的松鼠，在当年秋天到来的时候，就知道忙着储藏坚果，以备度过食物匮乏的冬天；蜘蛛在破壳之后会尽可能地回避父母，以免成为其腹中之物。在孤独成长的过程中，尽管一次织网也没见过，它们却依然能够有条不紊地织出自古就有的同样完美而独特的蜘蛛网……

人刚出生的时候，大脑也不是一片空白。比如，不用人教，我们就不爱吃苦的东西，因为这可能是有毒的生物碱；天生我们就爱吃甜的，因为糖分是重要的能量来源……

但是，人的成功机制远比动物的要来得神奇和复杂得多。

人的"活下去"不仅限于在物质世界存活和延续香火，还包括要得到情感和精神的满足。人的成功机制要帮助人们获得解决问题的方案、发明创造、经营企业、出售商品、探索科学新领域或者在文学创作、文化艺术活动中取得成功，而这些目标都与完美地"活下去"紧密相连。

造物主赋予了每个人成功的本领，在每个人的身上都存在着某种远强于自身的力量。

在二战中，罗伯特·威纳博士率先研究了人的神经系统的这种自动成功机制，他称之为目标追寻装置。

假设我们要完成一项任务——从桌子上拿起一支铅笔，就需要启动我们身上的自动成功机制。

罗伯特·威纳博士说，只有解剖学家才可能准确了解拿起铅笔这个动作涉及哪些肌肉运动。你不可能对自己说："我必须收缩肩部肌肉以抬高手臂……我必须收缩三头肌以便手臂向前伸……"你不会精确计算肌肉需要收缩到什么程度，也不会给单块肌肉下命令。

当你选择了目标并将其付诸实施时，剩下的事就由自动成功机制去完成了。

只要你以前拿过铅笔，或做过类似动作，自动机制就已经对你需要怎样的正确反应"心中有数"了；只要你能通过眼睛提供给大脑相关资料或信息，告诉它"在什么情况下铅笔拿不起来"，自动机制就会持续进行纠正并最终完成这一动作。

假设放铅笔的房间一团漆黑，铅笔和许多乱七八糟的东西放在一起，你的手会本能地按照"之"字路线来回移动和摸索，一个一个否定掉接触到的东西，直到发现并辨认出铅笔。

找到或拿起铅笔是一项微不足道的简单任务，但是其完成的过程与实现那些看上去复杂得多、棘手得多的其它任务的过程是一模一样的。

当我们开始从事创造性劳动，无论是销售、经营、写作、演艺还是改善人际关系等等，头脑里有了一个明确目标，只要我们在心里形成了一股强烈的欲望，我们的成功机制就会开始工作，会从各个角度深入思考这个问题，会在我们的经验以及各种存储信息中来回搜索，在通往某个答案的路上摸索着前进，会记住并将成功的动作作为一种习惯不断地重复，使我们越来越接近目标，越来越容易达成目的。

如果要问各行各业那些最老练、最有成就的成功者，为什么看上去他们在完成自己拿手的事情时不费吹灰之力，这就是原因。也就是说，如果你能驾轻就熟成功地拿起一支笔，你就可以做到，无论想干什么，就能干好什么。

其实，自动成功机制在任何人身上都曾经实现，因为人人都有自己大大小小的特长。所以，每个人都可以通过巩固强项，去实现选定的任何目标。

拿起一支笔，比我们每天在饭桌上用筷子夹起碟子里的菜还简单。所以，只要我们傻瓜能吃着摆在眼前自己想吃的那口菜，身上就一定存在着这种自动成功机制。

回想起多年的生活、工作的经历，我发现每次不管我决定要做什么事情，大脑几乎马上就会去想"应该怎么办"，于是，现在存在的问题，将来可能出现的困难，怎么才能解决这些问题和困难，甚至成功之后会有什么样的结果和情境，都会自动出现在脑子里。

据说利用这种机制的方法很简单，就是想象。那好吧！于是我就尽可能地想象。

首先想象一下我打算做的事，先把自己想象成善于做那事的那样一个人。反正是想象，只要不说出来，谁也不知道，也就用不着不好意思或者难堪。

我在写书之前，先把自己想象成为一个作家。于是想到，一个现代作家，首先要会用电脑写作，应该学习电脑打字。坐在电脑前面的时候，就想到既然是作家，就应该把自己想好的文章敲打出来。草稿打完了，就想到要像一个真正的作家那样反复修改……

就是不断地这样想象着，想象着怎样找到需要的参考资料，也想象着找哪些朋友帮助修改书稿，想象着朋友们提出很多意见和建议，想象着到哪些出版社投送书稿……

当然，事实不会完全像我们想象的那样，那就不妨再重新想象。想象当中既有想办法解决困难的情景，也有自己成功之后的情景，这样一来，自己常常处于兴奋状态，自得其乐地做着美梦。

几年之后，美梦成真了。写的书出版了，我真的成了作家。

依此类推，假如你嗓子很好，而且喜欢唱歌，那就不妨把自己想象成一个歌唱家，你就会开始热衷于学习和练习歌唱的基本功，你会对音乐和歌唱更加敏感，会去关注各种演唱会，会经常情不自禁对着大自然放开歌喉，会主动为朋友、家人演唱并听取他们的建议，会通过各种途径找到专业老师并向他们请教，会主动为自己创造机会参加各种演出，将来就有可能在歌唱方面出人头地。

同样道理，如果我们有舞蹈特长、绘画特长、运动特长、动手制作的特长等等，完全都可以利用想象力，充分利用自己身上的自动成功机制，把这些特长发挥出来。

二十世纪90年代NBA的夏洛特黄蜂队有一个众所周知的球员伯格斯，他的身高只有一米六，在身高马大的NBA球员中看上去就像个侏儒。但他却是NBA失误最少的杰出后卫之一。

每当看到控球一流、远投精准的伯格斯，发挥自己个头矮小的身材"优势"，像一颗子弹一样，满场飞奔，人们总会由衷地发出赞叹，伯格斯不只安慰了天下身材矮小而酷爱篮球的男人们的心灵，也鼓舞了大家的意志。

伯格斯的成功就是他的坚定意志与艰苦训练的体现。伯格斯从小就身材矮小，但他非常热爱篮球，时刻梦想有一天可以去打NBA。每次伯格斯都把他的美好梦想郑重其事地告诉他的同伴："我长大后要去打NBA。"所有人听了都忍不住哈哈大笑，因为他们根本无法想象一个矮子有朝一日进入NBA。

但是伯格斯坚持了下来，在梦想的指引下，他用比一般高个子多出几倍的时间练球，练成了比多数NBA球员都更扎实的个人技术。在场上，他能够极为理智地判断投篮时机和防守出击机会，终于成为全能的篮球运动员，也成为了最佳的控球后卫，成就了NBA历史上助攻失误率最低、命中率最高的令人叹为观止的经典传奇。

伯格斯的传奇让我想到一句广告词："一切皆有可能。"

虽然这句话大家耳熟能详，但真正能这样去做的人还是十分稀少的。很多时候，一些约定俗成的观念阻碍了我们成功的脚步。当然，并不是每一个想法都能成为现实。但是，如果我们不去试一试，那就没有一个想法会成为现实。只有有勇气想象成功并努力攀登顶峰的人，才有可能把顶峰踩在脚下。

对于"特长"这个名词，也有人把它叫做"擅长"，还有人称之为"天分"，当然也有人叫它"偏科"或者叫"爱好"的等等。

人有千差万别，特长也有千般万种。上苍"不拘一格降人才"，我们就要相信"天生我材必有用"，就该找到属于自己的那一种或者几种特长，然后发挥自动成功机制，反复想象、充分设想、幻想、梦想、假想、遐想……一直到成功。

一般人不管是谁，都能找出一件或者两件比较擅长的事情，只要坚持发挥自己的特长，基本上都能取得一些大小不等的成功。

但是你知道有一种小孩被人称作神童么，在世界上各个国家都有这样一些智力超常的人，他们从小就显示出了非常高的智商。理解、接受和表达能力都超强，学习成绩非常优秀，甚至在很小的时候就能进入大学学习与他们同龄人所学相差甚远的知识。我们国家的一些大学里就有为这种高智商神童举办的"少年班"。

有位文学家对这样的神童进行了调查，发现并不是所有的神童都在长大之后有伟大的成就和成功，有一部分人表现得很一般。

对这种现象进行调查之后，他们发现正是高智商妨碍了他们的成就。因为他们在很多方面都显示出了自己的才能，对很多科学技术都擅长。结果他们无法决定自己到底应该干哪一项工作，干哪一项工作都能做出很好成绩的情况之下，精确选择出现了混乱的障碍，结果使他们没能取得什么伟大的成就。

这说明尽管是智商很高的人，精力体力也是有限的，如果不把有限的精力体力，尽量放在比较集中的一两项最擅长的工作之上，而是分散到十几项甚至几十项不同的工作上，智商再高也不能取得伟大的成就。

这种"自动成功机制"还表现出另外一种状态，就是突发奇想。比如说，瓦特从开水的蒸汽得到启发，然后发明了蒸汽机；牛顿从一个苹果的落地，发现了万有引力。

据说爱迪生在搞发明创造的时候，经常会发生在一个问题上思考不下去的情形。这时候他就躺下来打瞌睡，也许待会儿睡醒了，脑子里就会出现一个新的方案。

达尔文说，曾经他苦苦思索了好几个月，也没有整理好《物种起源》中需要表述的一些想法。有一次他坐在马车里赶路，忽然有一种直觉从脑海中掠过，答案一下子出现在脑子里，让他高兴极了！

在很多伟人名人的自传里，都有过这样的描述。在紧张思考中没有解决的问题，在非常放松的情况之下，却会在头脑中应运而生。

回想我们日常生活当中，哪一天没有几个奇奇怪怪的念头出现，只要是与工作有关的，我们就要留住它们，不妨继续往远想一想，说不定哪一个英明的念头，就能让你走在了成功的道路上。

人生短暂，不要给自己留下什么遗憾，更不要无谓地压抑自己，想干什么的时候，就去干什么吧。

别等错过才知后悔，别等失去才想挽回，更不要等到白了少年头，才无可奈何空悲切。

所以，每天从沉睡中唤醒我们的，不应该是闹钟，而应该是梦想！

四、傻瓜成作家

有不少人对我说："你连书都写出来了，还会演电影电视剧，能是傻瓜么！"

其实，演员或者作家当中有很多人都知道自己是傻瓜，只不过他们不肯告诉你，所以你以为自己永远比不了他们。还有一些人，即便他们当众承认自己是傻瓜，大家也会以为他们是在开玩笑，假谦虚。

我的亲身经历就可以告诉你，演员和作家是两个特殊的职业，连傻瓜都能干。

先说说作家。能不能告诉我，你心目中的作家是什么样的呢？我原来以为，那些作家，尤其是伟大的作家，他们往桌子跟前一坐，文思泉涌笔下生花，随手写啊写的，于是一篇篇文章、一本本小说就会出现在书店里了，于是他们被千千万万的读者羡慕、敬仰、崇拜，于是他们被簇拥着在著作上潇洒地签名题字……

现在我知道，这一切只不过是猜想和表面现象。

"光如日月，巍如山斗"的老舍先生，生前给自己定下的工作量是每天写两千字，一日之内，半天用来思索，剩下半天用来写作。为此他对妻子说："如果我不写作的时候，你跟我说话我没理你，那不是我在生你的气或者故意不理你，那是我在思考。"

一位著名作家，给自己定下的任务是每天写两千字，你觉得是多呢还是少了一点呢？他要思考半天的时间，然后才能写下这两千字。对此，你又有什么想法呢？

曹雪芹"批阅十载增删五次"写出了流芳千古的《红楼梦》，"批阅十载"啊，就是从开始写作、反复修改直到完成一共用了整整十年的时间。

自打下决心开始写作，慢慢地我更明白了，当作家，的确是像我这样的傻瓜也能做的事情。

首先要面对的问题是，不会写怎么办？我的回答是愣写！就是硬着头皮写！生活中有很多事情都是需要我们硬着头皮干的。原来不会游泳的，在陆地上干比划永远是只旱鸭子，一旦硬着头皮跳进水里，憋气、划水到蹬腿，也许免不了咕咚咕咚喝上几口脏水，但是慢慢也就练成"浪里白条"了；原本不会滑冰的，硬着头皮穿上冰鞋下到冰场，跌跌撞撞，几次"老头钻被窝"下来，慢慢也就纵横自如了。

奥斯特洛夫斯基都双目失明了，还用带格子的尺子在纸上完成了《钢铁是怎么炼成的》这部名著，我怎么就不能写呢？

一面写一面学习怎么写，就是最好的办法。完全可以放开胆子自己摸索着来。记得从上小学开始学写作文的时候，老师就耳提面命要求我们先写提纲再写作文，这叫有章法。念念不忘章法的结果是，一说要动笔我就头皮发麻心里犯怵，好像有座不可逾越的大山挡在眼前。

后来的经验证明，我们大可不必要求自己事先就想好了整部书要怎么写，开头写什么，中间写什么，结尾再写什么，然后再动笔。我们傻瓜考虑不了那么多、那么远、那么全面。

在我看来，写一篇记叙文、一本小说或者纪实文学，实际上就是在讲故事；写一篇论文或者一本通俗读物、励志类、个人修养类的书，实际上就是在讲道理。只要你真的有故事要讲，或者你真的有道理弄明白了，想告诉别人，说句行话，有了创作欲望，你就可以动笔了。

如果要用一件事情来打比方，我发现，时下不少女士热衷的"十字绣"，其制作过程和写作过程很相像。绣"十字绣"的人，首先看上的是一幅喜欢的画面，但是并不知道哪一部分要用什么颜色、什么号码的线，需要绣多少针。写作的人自己脑子里有一个很好的故事，想把它写下来，但是并不一定知道在哪一章哪一节要写哪些字。

绣"十字绣"可以按照自己的意愿，选择从上面还是从下面开始绣，从左面还是从右面开始绣。

写作也可以选择从开头还是从最后写起，甚至也可以像外国人那样从中间开始写。从开头写的叫开门见山落笔言事，从最后开始写的叫倒叙。反正只要把故事写完了，怎么写都有理。

绣"十字绣"的人，按照买来的图样，一针一针把规定的颜色、号码的线，绣到布上。如果绣错了格子或用错了线，就拆掉重绣。

写作的人，把自己想好了的故事，一字一字按照自己构想的情节写下去。如果写错了字、词、句或段落，就删掉重写。

比较下来，我觉得这两件事情非常相似。唯一较大的区别在于，"十字绣"是厂家有设计要求，实际操作者几乎不用动什么脑筋。

而写作是我们自己脑子里的故事，需要动脑筋想一想才能写。它的好处是，没有什么规定和限制，可以按照自己的意愿，想怎么写就怎么写，爱怎么写就怎么写，可以享受充分的创作自由和更多的成就感。

就这样，按照平常讲故事的路子把要讲的内容写出来，必须先交待的就先写，应该后讲的就后写。也许我们不知道应该先讲哪些后讲哪些，那也不要紧，想到什么就先写出来，写完之后再安排顺序也未尝不可。

有什么规定说文章写成之后，就再也不允许重新安排内容顺序的吗？没有！那不就得了吗！

爱默生说："行动起来，你就有了力量！"

不管最后写成什么奶奶样儿，先写起来再说。

拖延，这是最普遍的失败原因。"拖延老人"站在每个人的阴影里，等候着破坏你的成功机缘。我们有很多人一生都是失败的，为的只是要等待适当的时间到来，才着手做那些值得做的事情。我们应该奉劝他们一句：别等待了，时间永远不会"正好"的。你站在哪儿就从哪儿开始，就使用你能够拿到的任何工具，更合用的工具会在做的过程中找到。

既然不是大作家不是普通作家不是专业写手，那么也就不必要求自己每天写出多少字，只要给自己定下一个原则：每天都得写。这样的话，即使每天写不了两千字，写一千字呢？五百字、三百字呢？即使每天只写不到一页纸的300字，一年365天下来，你也能写出109500字。就算每年你要休息一个月，减去31天，算起来还是能写完10万字。三年时间，就是30万字，十年时间，就足以写成一部100万字的巨著了。

不管标点符号用得对不对，不管措辞是否得当，也不管语句是否通顺，段落是否清晰，描写是否准确生动，一切先放在一边，以写为主，其他事情等写完再说。

没人在你身旁把刀架在你脖子上或者用枪指着你说，如果三年五载写不出来，就杀了你、枪毙你吧？

所以，我们完全可以踏踏实实地、平心静气地、不紧不慢地、悠然自得地写下去。有想法的时候多写一点，没想法的时候少写一点。因为我们是傻瓜啊，所以只要能写出来，就算成功。

接下来的问题是，写得不好怎么办？好办！修改啊！刚开始文章写得不好，那是必然的，再正常不过了。倚马可待提笔成章，那是天才们的表现，与我们无缘。就连曹雪芹还得反复修改，何况我们傻瓜呢。曹雪芹修改了五次，我们多修改几次，修改上十次甚至百次，没人说修改次数多了不行吧？那就一直改到无法再改了为止。

这会儿要是还不满意，就需要劳烦亲戚朋友了，请他们帮忙给提提意见。把所有意见都记下来，反复思考之后，再修改。修改完了之后再给别人看看，还是会有这样那样的意见和建议的话，别着急，这是值得高兴的事，我不怕意见多，就怕没意见，有意见正说明别人肯帮我动脑筋啊。

就拿我写《生死非洲》这本书来说吧。当初，我刚从非洲回来，很多朋友让我给他们讲我在非洲的故事见闻。讲得多了，有的朋友就建议我写出来。开始是一两个人提，我没动心，因为老觉得写书对我来说简直就是一项不可能完成的任务。一来二去提建议的人多了，我也就蠢蠢欲动地有了想法。从2002年回国到2004年，晃悠了差不多两年，我都58岁了，才下了决心。

刚动笔的时候，写了一些感觉不满意就删掉，再写一些还是不满意就又删掉，想想看，这是一个傻瓜写的东西啊，怎么可能上来就让人满意？所以，接连一个星期，所有文字都被我删掉了——残酷的现实摆在眼前，我连一个字儿也没写出来！

这怎么能行啊，都知道我是言必信行必果的人。于是我改变策略，决定想到哪儿就写到哪儿，想起什么就写什么，不管写出来的东西自己满意不满意都不再删了。因为只有把文章写出来，才可以修改，才可以反复修改。如果没有文章，连可修改的东西也没有，最后也就是一个零。

自打这个英明决定诞生，我就日复一日积少成多了。一开始，每天也就是三五百字，十几天才写了一万字。这样的写作速度慢得连我自己都看不过去，可是，总算实现了零的突破，总算有了一万字的成果，这一万字就是这本书的基础，是我的希望，它给了我继续写下去的精神力量。

最初我写一点改一点，想争取使笔下的文章完美一些，结果一个多月过去了，连两万字也没写出来，而且成品也并不能尽如人意。后来我决定不再在刚刚写完几百字或者几千字的小片段之后就心急火燎地修改它，而是要把整本写完之后，再从头反复修改。这样一来，我也学着老舍先生的样儿，给自己定下了每天至少两千字的写作量了。

于是我写得好就继续往下写，写得不好就当没感觉，照样继续往下写，先求数量再求质量。我的想法是，数量是质量的前提，皮之不存毛将焉附，只有写出了不太好的文章，才可能修改出好的文章。居然有一天，在心情愉快头脑清晰的情况下，我完成了五千字！虽然在整个写作过程中只有这一天写了那么多，但对我来说，就是极大的鼓舞。

那天我奖励了自己一瓶儿啤酒，半盘子酱牛肉。

当然，也有接连几天写不出几个字的时候，但是我并不着急。傻瓜嘛，能写完前面的那么多字，已经给我惊喜了，我又不是作家，而且我还要参加一些电影电视剧的拍摄，能做到这样，我已经很满意了，我从不苛求自己。不过我决不停笔，一定要把这本书写完，不写完誓不罢休。

在这期间，除了有的朋友因为特别想一睹为快，催过我几句以外，从来没有什么人因为我写得慢而斥责、逼迫、嫌弃我，大家都用异乎寻常的耐心，等待着、支持着、鼓励着我，这大概也是当我们成为大家公认的傻瓜之后所能得到的一点儿好处吧。

完成草稿以后，我开始了更为艰苦卓绝的修改。一直到最后出版，总共用了一年半，这段时间里我就一直没有停下来过。没做统计，但我心里有数，修改了绝对不下几十次。当一个人把一本书从头到尾认真读了几十遍的时候，他的心里会是个什么感觉，你知道么？我可知道！当时一心只想把这本书改得好一点，以求对得起将来掏钱买书的那些读者，我强迫自己一遍又一遍找出不太满意的地方。终于有一天，当翻开书稿的时候，我头晕眼花直犯恶心，觉得再也看不下去了。

这个时候该怎么办？

也有办法。

可以先把它放在一边，自己去做其他事情。等过了一段时间之后，再回过头来继续进行阅读和修改，也可以在停笔期间，把它拿给周围人看，让大家提意见。

曾经我就把草稿打印了30多本，分发给有可能提出意见的人。

两个月左右，朋友们几乎看完了。提出意见的人占到50%左右。他们有的说，很多语句不通顺；有人说，有些内容写得太啰嗦了，文字不简练；也有人说，有几段故事写得太简单了，不精彩；还有人指出，"的、地、得"用得太乱了，好多标点符号都用错了。

其中有位张先生，提出了一个很尖锐的意见，说这本书的名字既然叫《生死非洲》，那就应该把死了的人也写得突出一点，不要避讳那些血淋淋的内容，没有悲惨或者壮烈的死，就不能显现出生者的幸福。

所有这些意见都太宝贵了。

朋友们有的划出了有问题的地方，有的直接帮我做了修正，有的甚至亲自来我家里提出他们的建议。到后来，还有很多网友也直接间接地参与了修改。即便是在《生死非洲》出版数年之后的今天，我依然记着这些朋友，时刻心存感激。

原本我给那本书起的书名叫《经历非洲十几年》。作家出版社社长何建明先生提出建议，说这个书名过于平淡不够响亮，改作《生死非洲》会比较合适，我二话没说欣然从命。最令我感动的是，几番深谈之后，何先生还亲自提笔为这部傻瓜作品撰写了序言。许多朋友看过之后都说，序言比正文精彩！我听了非常高兴，因为尽管我的正文有欠精彩，可是藉此我不但得到了作家出版社的青睐，而且还得到了一篇特别精彩的序言。

众人拾柴火焰高，有了大家的无私帮助，我的手稿才得以顺利面世。不难设想，当初要是自己没写出30万字的草稿，大家就算想帮我也帮不成。这应了那句名言：若要人助必先自助！

2002年，印度文坛出现了一颗冉冉升起的文学新星——贝碧·哈尔德，她的自传小说《恒河的女儿》非常畅销，深得文学评论界的肯定。

现年32岁的哈尔德，不是什么漂洋过海、到处游历的豪门闺秀，而是一位有着悲惨命运的印度女仆。她以朴实无华的笔触，叙述自己的悲惨人生和丰富的生活阅历，勾勒出印度妇女们的普遍生活状况。

哈尔德虽然也念过书，但因家中贫困，学业也是断断续续的。12岁那年，在父亲的包办下，哈尔德嫁给了一个比自己年龄大一倍的男人，13岁就当了妈妈，接连生了三个孩子。有一天丈夫看到她和另一名男子说话，就用石头把她打得头破血流，差点拧断她的脖子。

25岁时，哈尔德决定逃出自己的婚姻。她带着三个孩子乘火车来到首都新德里，在有钱人家当女仆，经常受到打骂和凌辱。

后来，哈尔德遇到了一位好心的雇主普拉博德·库纳尔，一位出身于印度文学世家的退休的人类学教授。

库纳尔发现，哈尔德清理书房的时间总是特别长。后来，他果然"逮到"哈尔德在工作时，偷空阅读书架上的孟加拉语著作。但库纳尔并没有责怪这个爱读书的女仆，反而送书给她，还鼓励她尝试写作。

每当夜深人静，孩子们睡着了，哈尔德就在仆人的房间里，拿出库纳尔教授送给她的书和笔记本，一字一字艰难地写下自己的生命故事。

尽管哈尔德的拼写和语法错误百出，叙述粗糙，人物塑造杂乱无章，但不管怎么说，她竭力捕捉住了她年轻时代的每一个生活细节，反映了千百万被压迫的印度妇女的悲惨遭遇。

哈尔德的自强不息和勤奋努力深深感动了库纳尔教授，他专门对文字部分进行了修改。

在库纳尔教授的无私帮助下，哈尔德的拼写错误越来越少，文字也越来越通顺。

《恒河的女儿》终于写成了。

库纳尔教授把经过润色的作品送给出版界的朋友出版，这本孟加拉语小说一问世就成为畅销书，后来被翻译成英文和多种印度方言文字。

印度文坛的一块璞玉就这样出土了。

还是应了那句名言：若要人助必先自助！

我写作成功的事情，不仅给了自己极大的鼓舞，也给了我周围很多人提醒。原来写作并不一定需要很聪明，像我这样的低智商都可以做到，他们也应该能做到。很多人都想着或者已经动手写东西了。

我居住的小区就有一个比我大三四岁的老大哥，我们从小一起长大。他的父母都是革命老干部，为我看了书的草稿之后，帮助我找到了他能提出的缺点，并且提出了建议。最后他说：“我是耐着性子看完了这部书稿，能找到的毛病也都告诉你了。但是我也从你的书中得到了一个启发，那就是我也能写书。我要是把父母的革命经历写下来，说不定也是一部好看的小说呢。”

听完他说的话，我觉出有点不大对头，多少有点气不忿。最后才想明白，这句话中的潜台词是，就你这文学水平写出的书，也就咱们是好朋友，才会耐着性子帮你看。你要是能写出书来，我如果写的话，一定比你写的要好得多。

现在他坚持回忆和记录，已经写完了两大本子。我相信，只要他坚持下去，这部红色经典小说，一定能写完。

有些数学题，可以有多种解题方法，世界上的事情也可以用多种方法去解决。聪明人可以想出绝妙的办法，傻瓜也可以找到笨笨的办法。只要努力去找，办法总会有的。

在我写作的过程中，尤其是在开始的那个阶段，对于怎样写好文章存在很多问题。那时候我特别希望能够得到名人指点，或者得到教科书一类的书籍学习。

记得鲁迅先生曾经说过，不要看那些“小说写作秘诀”之类的书籍，也曾经嘱咐过，孩子长大，倘无才能，可寻点小事情过活，万不可去做空头文学家或美术家。我觉得很疑惑，如果不看有关指导小说写作的书，跟谁学习啊？文学家还有空头的么？

到现在我也不知道什么叫空头文学家，因为只要写出文章或者书籍并且出版发表过，就应该算是文学家了。写不出东西发表、出版的也就当不成作家。难道是每天喊着写文章，但是从来也写不出来的人是空头文学家么？还真是弄不清楚。

我终于找到了几本不同的《小说写作法》之类的书，看的时候觉得书里说得很有道理，等看完了仍然不知道该怎么写。一方面可能还是没看懂或者理解不深刻，另一方面即使看懂了，还是无法动笔写出自己的小说。

经过很长一段时间的摸索和思考之后，我终于找到了一个写小说的笨方法。不妨告诉朋友们，如果你试着用这种笨方法，估计照样会写小说，也会成为一个作家。但是不要笑话这个笨笨的法子哦！

傻瓜小说写作法：

1. 先把你要写的故事从头到尾地想几遍，然后写一篇几千字的文章把它简单地叙述一遍。

2. 把这个叙述的文章，分解成二十或者三十个小段落。

3. 以这些小段落为基础，一段一段地详细写。这时候只写故事梗概，不提及其他。

4. 一段一段地写完之后，再从头找到要加人物对话的地方，加进对话。

5. 把所有的对话写完之后，再将对话时应有的表情、动作等等写进去。

6. 再找到应该描写天气、景物的地方，把这些场景描写加进去。

7. 然后再把该描写人物外貌的地方加写进去。

8. 再把人物的心理活动加写进去。

9. 把你认为还应该写的东西，加写进去。

写短篇小说，不必这么费劲，直接写就是了。写一部中篇或者长篇小说，如果找不到别的写作方法，可以试一试这个方法。方法的确比较笨，谁让我是傻瓜呢！

这样写小说，就像先搭好一个骨架，然后把这个人的五脏六腑、血管肌肉、神经肌腱、毛发皮肤、服装鞋帽等等，慢慢地一样一样安装好，最后做成一个人。

　　还有一个最简单的方法，先把你想好的一个长长的大故事，写出它其中的那些小故事，一个一个尽量详细地写下来。

　　等到写得多了，就把这些故事的标题或者简要内容，写成一个一个类似扑克牌那么大的小卡片，再按照你愿意的顺序调整这些卡片的前后次序。等调整到你觉得满意了，就可以把这本书的内容，按照已经安排好的顺序组成一本书稿了。

　　至于怎么把内容写得精彩感人，让人爱看、情节曲折复杂扣人心弦、见解深刻能给人以启迪，到现在我还没总结出来。

　　有一位女士看过我写的书之后，说了一句，这叫什么写书啊，纯粹就是说话！我认为她的感觉是对的，我所写的书都是自己心里想说的话，于是就写出来成了书，我的语文老师说过，文章就要明白如话。怎能说它不是一本书呢？

第 四 章
傻瓜多读书

一个人呱呱坠地来到这个世界上，就像一块未经开凿的原石。一块原石平淡无奇，但琢磨成精美的艺术品便价值连城。人的成长过程和艺术品的形成过程从本质上说是一样的。读书提升我们的修养，是打磨我们的人生的一种方式。

读书分两种。

一种是比较被动的，灌输性的，也叫"念书"或者"上学"。它规定了时间、地点，以老师的讲授为主，书只是教学工具之一。这种读书不太自由，感兴趣也好，不感兴趣也好，都得读。不自由的书如果有机会多读也是好事，能考上大学是幸运的，若能读到硕士研究生、博士研究生毕业就更令人羡慕了。但这和我们傻瓜不相干，我们能顺顺当当读完初中、高中就念佛了，我们更多面对的是职高、中专、技校，还有自由职业。

另一种读书是比较主动的，吸收性的，不分时间和地点，不受他人干扰，爱怎么读就怎么读，可以凭兴趣享受充分的自由。这就是我在这里所指的读书了。

我们傻瓜一生中获得的第一种读书机会相对不够充足，往往影响了我们的自我造就。一般说来，比起其它的缺憾，这一点还是比较易于弥补的。经验告诉我，并不仅仅是大学的学位，能够帮助一个人获得生活所需的一般知识和特殊知识。

有这样一首古诗，其中很多句子都是大家耳熟能详的：

"富家不用买良田，书中自有千锺粟；安居不用架高堂，书中自有黄金屋；出门莫恨无人随，书中车马多如簇；娶妻莫恨无良媒，书中自有颜如玉；男儿若遂平生志，六经勤向窗前读。"

读书能读出黄金屋、颜如玉？有点像忽悠，这首诗说的是古代科举考试时候的事儿。也许我们不能靠读书得到黄金屋、颜如玉，但是我们要把书当成黄金屋、颜如玉，这才是对读书的真正的爱。

一个人贫穷，主要是脑袋贫穷。想过富有的生活，要先有富有的思想。脑袋富有，口袋就能富有。可以说，读书是一本人生最难得的存折，一点一滴日积月累，你终会发现自己成为了世界上最富有的人。成功是要讲究储备的。仓库里的东西越充足，成功的机会就越大。

胡适说，要看一国之文明，只须考察三件事，一是如何看待小孩，二是如何看待女人，三是看他们闲暇时间读不读书。

所以有人说，人们能否在业余时间静静地阅读，标志了一个国家、一个城市所达到的文明程度。进入二十一世纪，爱读书的人不一定能成功，但是不爱读书的人，就很难成功，那些从来不读书的人，几乎无法成功。

一、读书能益智

在人生道路上，每个人所见的风景是有限的。书籍对于我们来说，就是望远镜，就是明灯，能够帮助我们看得更远、更清晰。

所有写出来的书，都是前人智慧的结晶。那些早于我们的作者，把他们几年、十几年甚至几十年的思想感悟和生活经验写出来，如果我们认真阅读并且有所领悟的话，就相当于耗用了有限的时间，却拥有了别人经历多年才能获得的知识和经验，等于多活了很多年，也等于提前活了很多年。

而那些与我们同步的书籍的存在，也让我们知道同时代的别人都看到了怎样的风景，而我们又该如何进行自我的追求与调整。在和他人所见的比较当中，我们得以既自由地选择自己想走的路，也不至于错过领略他人遇到的、处于我们视野之外的生活画面的机会。

中国人读书的历史很长，很多成语像"悬梁刺股""凿壁偷光""囊萤映雪""负薪挂角"等等，都是从古人刻苦读书的传奇故事里来的。我小的时候还经常能在很多深宅大院的门框上看见"诗书传家久，文章继世长""天下奇观看尽不如书本，世间滋味尝遍无过菜根"这样的楹联。

伟人毛泽东是最爱读书的人。他说："我一生最大的爱好是读书，饭可以一日不吃，觉可以一日不睡，书不可一日不读。"早在延安时期，毛泽东就说过这样的话，"如果我再过十年就死了，那么我就一定要学习九年零三百五十九天"。

在毛泽东所住的菊香书屋，一米八的大床上，竟有三分之二的地方摆的是书。老人去世后，人们统计出菊香书屋的存书共有九万多册，而且这些书籍的大部分书页上都留下了他亲手批注、圈画的阅读痕迹。

古今中外，因为爱读书而取得成功的人太多了。其中有天分很高的智者，也有资质很普通的人。

晚清重臣曾国藩是中国历史上最有影响的人物之一，毛泽东和蒋介石都很崇拜他。在曾国藩的回忆中，曾经提到了这样一件尴尬事儿。

少年时代，曾国藩喜欢夜读，常常读到深更半夜。一个冬天的夜晚，曾国藩挑灯背诵一篇经典古文。当时，有个贼一直藏在他家屋檐下，打算等人们熟睡之后入室行窃。想不到就这么一篇文章，曾国藩从头到尾翻来覆去，读了一遍又一遍，怎么也背不下来。那贼被冻得够呛，实在不耐烦，于是破门而入，指着曾国藩的鼻子说："就你这么笨的人，还读什么书啊？！"说完把那篇文章一字不漏背诵了一遍，气呼呼地走了。

我们傻瓜常常抱怨自己没出息是因为脑袋太笨了。

曾国藩聪明吗？简直无法想象吧，一代名臣少年时竟然笨到这等程度！笨到能把贼气得沉不住气。可是，因为他勤奋好学，锲而不舍，后来成了扶危救难的中兴名臣、海纳百川的一代儒宗。

那个贼可以说很聪明，至少比曾国藩要聪明得多，可是他敢胆大包天冒着风险入室行窃，却不肯花时间苦读，因而他的一生，只能沦为偷鸡摸狗的梁上君子。

当然，我们都知道，聪明人理解能力强，接受能力强，能在短时间内掌握新知识。但是，作为聪明人，如果觉得自己高人一等，在学习上只是蜻蜓点水，水过地皮干，再高的天分也不容易有进步。

而天资较差的人，对新知识一时半会儿接受不了，可能会产生两种情况：一种人会认为自己太笨了，丧失信心，不再学习；另一种人没有沮丧，反而付出更多的精力，不厌其烦，勤奋不辍，反复攻读，"孜孜以求之"，往往学得更扎实，更透彻，一定会在不知不觉中步步上升。

曾国藩就属于天资不高的后一种人，但他没有灰心，仍以比别人多付出几倍甚至几十倍的功夫去苦读，一直坚持下去，直到取得成功。

所以，勤能补拙是良训，一分辛苦一分才。一个人的成长过程中，后天的努力至关重要。

北魏开国皇帝拓跋珪有一次向群臣发问："天下何物最益人智？"

大臣们异口同声："其唯书乎！"

于是拓跋珪下令求天下书。

英国著名的唯物主义思想家培根说："读史书使人明智，读诗词使人灵秀，数学使人周密，科学使人深刻，伦理使人庄重，逻辑修辞之学使人善辩。凡有所学，皆成性格。"

犹太人会让尚处幼年的孩子亲吻涂有蜂蜜的书本，为了让他们记住：书本是甜的，要想让人生充满甜蜜就要好好读书。

西汉文学家刘向说："书犹药也，善读之可以医愚。"

要打算治疗愚蠢，最对症的药物就是书籍。好书对我们思想的滋养远胜于鸡汤对我们身体的滋养。

书籍是人类的朋友，更是我们傻瓜的忠实朋友。

二、傻瓜有书缘

说到读书，我还有过一段奇遇呢。我觉得这段奇遇足以印证"老天爱笨小孩"的说法，因为身为傻瓜的我就此养成了受益一生的爱读书的好习惯。

小学四年级的时候，西便门附近建成了一所新小学——青龙桥小学，离我家很近，于是我就转到了新学校。

开学之后不久，一天，班主任把一把新图书室的钥匙交到我手里，给我安排了一个"美差"——放学之后整理图书。

这样的机会过去很少降临到我头上，因为在一般情况下，能帮老师做事的都是品学兼优的好学生，我根本排不上号。

拿到钥匙以后，每天一放学，我就一丝不苟地按照老师的要求，打开那些用牛皮纸包着的散发着墨香的新书，把它们一本本整整齐齐地摆上书架。

这工作很简单，大约用了两个星期就全都干完了。

在摆放过程中，我发现有很多童话故事书。我欣喜若狂，完成了任务后，就一头扎进书堆读起来。《格林童话》《安徒生童话故事》《中国古代童话》……这个童话世界真让我着迷啊。

童话故事看完了，我又找到许多专为少年儿童撰写的科学幻想和自然科普读物。

科普知识读完了，我又找到不少文学作品。

如饥似渴啊，从四年级到六年级，我的业余时间几乎都是在图书室里度过的。每天放学之后，我都在教室里用最快的速度把作业做完，然后就来到静静的图书室，不用跟人争，不用跟人抢，逍遥自在看自己喜欢的书。想看哪本看哪本，看完了一本又一本，看完了一遍又一遍。

春夏秋冬，每天都要等天黑了，我才恋恋不舍地离开。我那时候胆子小，在图书室里看书不敢开灯，怕被别人发现，也怕回家太晚挨骂。

临到毕业，读完了图书室里所有的书，我才把钥匙交还老师。这时我的班主任已经换了第三个了，她甚至不知道我手里有一把图书室钥匙。

在青龙桥小学图书室，我读到了影响了我一生的第一本书——《元素的故事》。

从书中一篇篇引人入胜的"侦探小说"里，我知道了什么是科学，知道了在化学的世界里有那么多伟大的科学家，他们用各种各样有趣的办法，找到了地球上形形色色的元素。英国化学家戴维发现元素钠和钾，德国化学家本生、基尔霍夫发现元素铯和铷，居里夫妇发现元素钋和镭。而这些神奇的元素就存在于我再熟悉不过的空气、大地和海洋里，我却对它们一无所知。

从这本书里，我读到了很多前所未闻的生动的传奇故事。瑞典科学院的院士卡尔·杜勒，原来只是一个药店的小学徒，可他发现了氧气；英国化学家汉夫里·戴维，小时候因为学习不好和上课淘气，常常被老师揪耳朵。他长大以后最初也不过做了骨科医生的小学徒，但由于他在化学上的贡献和发明创造，后来竟被封为爵士；门捷列夫，能预言世界上尚未被发现的元素，知道有几种气体比我还迟钝，跟什么都不发生化学反应，所以它们被称作惰性气体；伦琴发现了X光，那种能透视人体骨头的射线。在这本书里，我还知道了本生和本生灯，知道了牛顿为什么玩太阳的影子，知道了最小的原子弹可以放在一个小提包里……

记不清读了多少遍。

这本书使我获得了很多原本无法想象的知识，让我形成了对所有事物都用探索的方式进行思考的习惯。从此，我对科学知识更加热爱，以至于在以后的许多年里，我都梦想着要成为一名科学家。

1979年，《元素的故事》再版的时候，我已经32岁了，还买了一本珍藏至今。

上高中的时候，我遇到了对我一生影响最大的第二本书——秦牧先生的散文集《艺海拾贝》。

那是1963年暑假期间。一个周六的下午，我放学路过新华书店，发现新到的书中有一本秦牧的《艺海拾贝》。在当时书店的架子上，探索文学艺术的书籍寥若晨星。

我请售货员把它拿给我。随手一翻，眼前像是出现了一片铺着熠熠发光的艺术珠贝的海滩，我立刻就被吸引住了。

书中用培养各种各样的菊花与金鱼来讲发扬特点以形成风格，用鲜花百态讲艺术形式的多样化，用蒙古马的雕塑讲大胆创新……既新颖又形象。在此之前，我还从来没有接触过这种寓理于事、形象生动的文艺理论书。

书店快要关门了，我实在爱不释手。看了看书后的定价，0.78元，可是我一摸兜里就剩下两毛钱……

那个年头我已经不好意思再伸手跟家里要钱买书了。因为我每个月有5元助学金，爸妈没有要求我上交贴补家用，我几乎都用来买无线电材料了。

第二天一大早，我就去了父亲下放的劳动农场。

因为农场的马需要收购青草喂养，而农场周围到处都是青草，只要找到一大片割下来，用绳子捆好背到马号去卖掉，就能挣到钱了。

我虽然天还没亮就动身，可因为舍不得花钱坐车，走到农场还是晚了。割草的人多，离马号近的草都被早去的人抢先割走了，我只能到很远的地方去找青草。终于找到一大片绿茵茵的青草，大概因为它的四周被一圈密不透风的树木包围着，所以没被人发现。我很兴奋，天气那么闷热，我连口水都顾不上喝，甩开膀子挥舞镰刀干起来。割着割着，忽然眼前一黑，镰刀不由自主脱了手，我随即失去了知觉。

等我醒过来的时候，睁眼看到父亲站在我面前，我才知道自己是中暑晕倒了。父亲让我在一旁歇着，他帮我割草，看看差不多了，和我一起背到马号去过秤，一共割了70斤。一斤一分钱，挣了七毛。

父亲叮嘱我坐车回去，我这才赶在书店关门之前买到了《艺海拾贝》。

我几乎是一口气把这本近15万字的书看完了。从来不知道散文可以写得这么引人入胜。用再版时秦牧先生自己的话来说，他是套用趣味物理学、趣味天文学的方式，写了这本趣味文艺理论。

这本薄薄的《艺海拾贝》，深入浅出，娓娓道来，给人感觉既细腻又博大，像潺潺小溪蜿蜒流淌，又像大江东去雄浑浩荡……

古今中外，世间万物，每一篇都美丽得像童话，动人得像乐曲，绚烂得像图画，优雅得像诗歌。读书的时候，仿佛在听一位见多识广的长者侃侃而谈。

美丽的金鱼和菊花从哪里来？原来它们最初只不过是非常普通的小鲫鱼和路边的野菊花，经过了不知多少代的人工选育才出落得如此惊艳；什么人堪称音乐大师？能用最便宜的小提琴演奏出最优美的音乐的人，才堪称音乐大师。而当他一曲演奏完毕，站起身来，当着音乐厅所有观众的面，在椅背上摔碎了手中的小提琴，那就是真正的出奇制胜……

也许，今天的人们用现代的眼光来看《艺海拾贝》，里边的文章可能显得简单了些。

我想，这是因为它的立意仅仅在于普及常识，同时也受限于当时的政治环境。秦牧先生在文革中就因为这本书受到冲击，报纸上有大字标题称他为"艺海里的一条响尾蛇"。

50年前，在那个文化荒芜的年代，《艺海拾贝》曾经给我们这些青年人带来了丰富的人文滋养。这本书字里行间洋溢着的对大千世界的温暖关爱，对自然生命的谦恭敬畏，启发教育了我，给我带来无法忘怀的思想启迪和灵魂洗礼。

在《艺海拾贝》被查禁期间，我冒着风险，给我的书换了封面，悄悄保存下来，还曾经借给别人手抄。

后来我给很多人讲过里面的小故事，在北大荒农场小学，我向我的学生苦口婆心地介绍过这本难得的书，希望他们有机会能好好读一读。

前些日子北京举办了一个北大荒知青活动图片展，很多曾经在北大荒生活过的人都来了，我遇见了我的一些学生，他们甚至还记得当年我推荐这本书的情景。他们说原本不知道这本书，后来听我说了也没当回事，就因为我一再地说，他们才有了印象，才去找来看了，结果茅塞顿开。现在他们还指给孙辈看。

至今我仍认为，《艺海拾贝》对喜爱文学的少年儿童有启蒙的作用，是一本不可多得的宝书。

秦牧先生永远是我最崇敬的作家。

我从头到尾看过的书还有《三国演义》，当初自己觉得能看懂。后来我参与了2010版《三国》电视剧的拍摄，兴奋程度太高了，就把这本书从头到尾又看了一遍。读完之后完成才感觉到，在这之前的那些阅读都算不上是读，只能算是了解了其中几个故事，草草翻阅而已。

除此之外，我还通读过《十万个为什么》《毛泽东选集》《鲁迅全集》《三言两拍》《中国现代文学史》《中国通史简编》《聊斋志异》《福尔摩斯探案全集》《儒勒·凡尔纳三部曲》等大部头和很多著名小说家的作品。

不敢说读懂了，只知道自己曾经从头到尾读过这些书，读完了这些书罢了。

这些大部头里，我最喜爱的是《鲁迅全集》。不敢说是因为自己能懂鲁迅或者说可以学习鲁迅先生口诛笔伐的痛快淋漓。我爱《鲁迅全集》，主要原因是一方面仰慕鲁迅先生"横眉冷对千夫指"的那种大无畏精神，另一方面也许和我收藏这套书的过程有关。

一九七九年我从北大荒回京，进厂当了轧钢工，一级，每月工资只有四十元多一点。

忽然有一天，我看到报纸上登了一条消息，说要再版《鲁迅全集》。我对鲁迅先生一向极其崇拜，很早就盼望能拥有一套自己的《鲁迅全集》。我仔细看了一下购买方式却发愁了。需要预付押金十元，然后每出版一册再交付五元，直到最后一册，总额多退少补。每个月五元钱，那可是我工资的八分之一啊，大约是全家人四天的生活开销，这可是一件举足轻重的事情。我想了又想，实在放不下，最后决定无论如何也要买下来。于是压缩支出，每个月全家跟我吃好几天素，真的可以说是从牙缝儿里把书钱挤了出来。

第一册收到了！书籍装帧精美，拿在手里沉甸甸的。看了看价格我笑了，将近七百页的一本名著，精装带书套，才卖3.05元。大约用了一年，我买齐了全套16册。最厚的两册每本八九百页，价格都不超过4元，共计金额60元。

因为是陆续收到的，也因为是第一次拥有这么宝贵的一套书，我心里稀罕得不得了，所以每到手一本就读一本，书买齐了，也就通读了一遍。

每次搬家，我都仔细打包认真摆放，直到现在还珍藏着这套书。

三、读书益写作

上小学三年级的时候，我在西单、西四和南礼士路的书店里，发现了一种很便宜的儿童读物——五分钱一本的小册子。每本小册子讲一个寓言或者童话故事，薄薄的，可是印刷精美，图文清晰鲜艳。

为了能够拥有这样一本心爱的小书，我常常搜集些牙膏皮儿之类的废品，卖掉之后把钱攒起来，星期天兴致勃勃走好几站路，去书店淘宝。

有一次，我买到了一本书，内容大致是说，一只蜈蚣被折断的树枝打死了，一只蚂蚁发现了它，可自己却没有足够的力气把它搬回去，于是叫来了一个伙伴。没想到两只蚂蚁也搬不动，三只、四只蚂蚁的力量还是不够。最后它们分头找来了一百只蚂蚁，大家齐心协力，终于把猎物成功运回了蚂蚁窝。

一般这类小书每页都有各自的文字说明，可是这本书挺奇怪。第一页上只有一幅画儿，画着一根树枝压在蜈蚣身上。第二页上画着一只可爱的小蚂蚁，正在使出吃奶的力气拖拽蜈蚣。下边有几行合辙押韵的文字："一只蚂蚁看见眼红，要拖回家准备过冬，拖它不动，拉它也不动。"之后每页都配了一段这样的文字。我拿着书去找父亲："为什么第一页上没有字呢？"父亲说："画儿这么简单，不用写字也能看明白。"我不吭声儿了，其实我也能看明白，可就不知为什么，还是有点儿不甘心的意思。父亲摸着我的头说："那咱们就自个儿在上边写几个字吧！"我点点头。父亲想了想，提起毛笔，在第一页的空白处写下了四行漂亮工致的小楷："一只蜈蚣，爬在树中，树枝折断，打死蜈蚣。"

这样一来，每页都有了文字说明，故事也显得有头有尾了。我高高兴兴地捧着小书看了又看，特别满足。更有意义的是，我由此想到，书上没有的东西，可以动脑筋自己写，自己加进去。

时隔多年，我比当年父亲的年纪还大了，可是父亲的笔迹就像镌刻在我心头。父亲用他的爱在我头脑中播下了一颗写作欲望的种子。

《读者文摘》（后更名为《读者》），是我三十多岁之后最喜欢的一份杂志。那时候我很穷，一下子订不起全年的，就尽量每个月零着买，基本上也都能买齐了。我会把每一年的杂志装订在一起，经常翻阅。出国的时候我甚至把它们一直带到了欧洲和非洲。

《读者文摘》的做法太聪明了，编辑们自己不约稿件，就靠大家推荐，所以杂志内容极其丰富，题材广泛、角度多样，文章大多很精彩，几乎每一本都有长期保存的价值。

我就是从其中的一篇小说里突然悟到了小说的写法。那篇小说的题目我已经记不清，只记得它写的是关于一张足球红牌的故事。

第二次世界大战中，一位苏联足球裁判和一位德国足球前锋在德国战俘营里相遇了。德国军官发现，这个苏军战俘就是那位曾经用红牌把自己罚下场的国际裁判，他勃然大怒——为此事他已经耿耿于怀了好几年。

两人争论起来。苏联裁判画出了当时德国球员在足球场上的位置，解释说，如果不及时加以阻止，前锋沉重的球靴很可能会踢到守门员的头。裁判吹响哨子出示红牌，不仅是为了保护守门员的生命安全，同时也是为了避免这位前锋因此留下终身遗憾。德国军官不服，下令枪毙苏军战俘。执行命令的德国士兵恰巧也是一个足球迷。在押赴刑场的路上，士兵与战俘探讨起了那次红牌惩罚。回来之后士兵报告说，命令已经执行。不久，德国军官在报纸上看见了一篇国际足球赛事报道，裁判居然就是那个苏军战俘。军官怒不可遏，大声喊叫那个执行枪决任务的士兵的名字。士兵跑了进来。军官看了他一眼，一脚踢翻了身边的椅子，大声命令道："马上给我沏一杯咖啡！"

小说写得非常棒，扣人心弦，闪耀着人性的光辉。

因为小说精彩，所以被《读者》选中刊登，也因为精彩，所以被很多人阅读欣赏，给很多人留下了深刻的印象。

始料未及的是，过了不久，《读者》登出了一位读者给编辑部写的信，信中说，虽然他也为小说的精彩所折服，但是他发现了一个"小小的"瑕疵——足球比赛在那个年代还没有红牌判罚这一规定呢！

后来，原作者回复道歉，说他其实并不懂得足球和足球的历史。

……

我太惊讶了！如此妙不可言的故事，居然是子虚乌有从未发生过的！居然完全出自作者的想象！小说原来是可以这样写出来的！

后来再一想，从中国古代的《封神演义》《西游记》，一直到现代国际最流行的《魔戒》《黑客世界》等等，不也都是现实中根本不可能发生的故事，同样都是靠作者的想象写成的么？

故事允许虚构，但必须以现实为基础，如果没有足球呢，也就没有裁判和红牌的故事了。

诗圣杜甫赋诗说到读书："读书破万卷，下笔如有神。""破"字该作何解呢？一般有三解。第一解，"磨破"，熟读而导致书籍破损。"韦编三绝"就是把书"读破"的典型事例。孔子晚年反复阅读《周易》，把编联竹简的牛皮绳都磨断了好几次。

在读书过程中，根据实际需要，对书籍进行反复阅读，深入理解，加深记忆，这是最为行之有效的读书方法。

苏东坡有诗作传达了他的经验之谈："故书不厌百回读，熟读深思子自知。"

如果藏书只是为了做摆设、装高雅，束之高阁，那么，书籍对人来说无异于废纸；而读书若是囫囵吞枣，一览而过，读得再多，对自己也没有什么实际的帮助。

第二解，"突破"，多读而"胸罗万卷"。汉代著名思想家王充说："人不博览者，不闻古今，不见事类，不知然否，犹目盲耳聋鼻痈者也。"

一个人不勤奋好学、博览群书，就不知道古今中外都发生过哪些事情，不能做出参照比较，不知道自己的想法对不对，就和眼瞎耳聋鼻子发炎，不知黑白、不知好歹、不知香臭一样。

这位王充家底儿很薄，藏不起书，于是经常在洛阳的各处书店蹭书看。他的本事是过目成诵，所以虽然没下什么本儿，一生读书却有将近一万三千卷，对各家各派的学说著作烂熟于心，所以到后来才能用30年心血完成了《论衡》这部奇书。

第三解，"识破"，精读而透彻理解书中的道理。苏东坡说："书富如海，百货皆有，人之精力，不能兼收尽取。"世上之书浩如烟海，人的精力有限，不可能都读遍，所以读书要善于选择，取其精华，不可以滥读。选好了重点，明确了主攻方向，深入钻研，直到真正弄懂弄通，就像平常所说的，看"破"红尘，就是看透了，弄明白了。不能不求甚解，漫无目的。

我看到有一篇文章说，读书破万卷的"破"字当有四解。

第四解，"突破"，不仅把万卷书看明白了，还要产生出属于自己的独家见解，突破原作的论述。

后来，我又给加了一解，凑成五解。

第五解，"破除"，带着批判的眼光读书，不仅要超越原见解，还要指出其中的缺陷不足，就像在科研或者体育领域当中讲求创新一样。

说实话，我自己都觉得这种说法属于狂想，实现起来有点儿难。破一卷书尚且不易，何况万卷？当真忘记自己是谁了。为什么古往今来那么多人都知道这句话，却没有人想到这层意思呢？因为大家都知道天高地厚吧。

读书破万卷之"破"原本当作"超过"解，"卷"本指竹简卷起来一卷。古人说"学富五车"，就是一车子装满了卷起来的竹简，比起现在印刷的书籍，其数量则少多了。以现在的书籍数量来看，字数不知道要少多少呢。所以用现代人的阅读量来比，今人比古人恐怕要多破百万卷了。

话说回来，不论取"破"字的何种涵义，唐代的书，一卷少则几千字，多则上万字，万卷书不过一亿字。相当于现在32开本500页的书300本。这个阅读量并不像我们想象的那样庞大。所以，一切皆有可能。

因此，杜诗中的"万"字就是非常多的意思，即"多读胸中有本"，下笔就会流畅。

巴金先生曾经非常感谢当年逼他硬背《古文观止》的两位私塾老师，巴金在他们的强迫下背诵了两百多篇古文。

"现在有两百多篇文章储蓄在脑子里面了。虽然我对其中任何一篇都没有好好地研究过，但是这么多的具体的东西至少可以使我明白所谓'文章'究竟是怎么一回事，可以使我明白文章并非神秘不可思议，它也是有条有理，顺着我们的思路连下来的。……这可以说是我真正的启蒙先生。我后来写了20本散文，跟这个'启蒙先生'很有关系。"

书读得多了，写文章的时候，想写什么内容，脑子里都会出现一些典范供我们借鉴、模仿。书看得多，就等于老师多，而以名著为师，就相当于"名师出高徒"，必然受益匪浅。

在前几年刚开始写作的时候，我看了很多书，拼命努力学习那些大家的文章结构和文字表达方式。过了一段时间，我觉得好像能写一点文章了，非常高兴，又找来更多的书，认真地阅读并思考着。

又过了一段时间，我吃惊地发现，原来我已经找到的那种能写作的感觉没有了。琢磨了很久，我才悟出来一个道理，凡事都有个限度，读书太多了也不好，物极必反、过犹不及。

虽然这话说出来人家也许会笑话，你到底读了哪些书了？真的汗牛充栋、学富五车、学贯中西了吗？但是，说句实在话，不管怎样，在有限的范围内，我确实体会到，随着读书数量的增多，我的写作感觉越来越差了。

首先是变得自卑。因为看到那么多著作思想深刻、论述精辟、妙语连珠……简直让我望尘莫及。我的心情由一开始的兴致勃勃变得非常沮丧。我想，如果写不出来这么好的文章，自己的写作还有什么意义呢？

其次是遇到了一个问题。不同作家的作品各有妙处，各有千秋，我就像刘姥姥进了大观园，眼花缭乱，顾了这头顾不了那头。书看得多了头脑发蒙，琢磨不透谁的风格更适合我，想不清楚究竟该跟谁学。这种想写又不敢写、不会写的莫名其妙的感觉，说句贻笑大方的话，大概就像郑板桥说的，"读书破万卷，胸中无适主"吧。

后来我在一本书里又看见了巴尔扎克写给他弟弟的话，大意是说：不要因为我是著名的大作家，你就不敢写文章了。在这个世界上有大狗也有小狗，大狗要叫小狗也要叫。

我的心里豁然开朗，这个世界上既有著名的了不起的大作家、大文豪，也有一般的不出名的小作家或者不起眼的普通作者。既然我想写，即便不是大文豪我也要写，即便不是作家我也要写。就当自己是条小狗，自由自在，按照自己的意愿叫上几声，管它像谁不像谁呢。

四、读书悟人生

先贤说：读书使人进步。事实上，读书也有可能使人退步。因为书也有好坏之分，要看读什么样的书，怎样去读，怎样去理解。

一般来说，我们可以读一本很严肃很有意义的书，也可以读一本看上去十分无聊的书。但是这种无限的"可以"也带来了无限的可能。就像希腊谚语说的，"一本好书胜过任何珍宝，一本坏书，像不好的朋友一样，可能会把你戕害。"

读书可能把自己读成了一个高尚的有智慧的人，读书也可能把自己读成一个自私的低级的人。有人提出要只读好书。

我倒觉得不管别人评价如何，好书坏书都可以接触。因为在我看来，哪本书是好书，哪本书是坏书，仁者见仁智者见智，不同的人不一定有相同的看法。别人的说法，也不一定就正确。

当然这里所说的好书坏书是有范围的，指的是至少经过正规出版的书。像现在街边泛滥的《坏蛋是怎样炼成的》这类书可不包括在内。这类书鼓吹以恶行天下，一旦弃善从恶，立刻叱咤风云，威风八面。这样的描述诱导涉世未深的孩子走向歧途，威胁社会安定，害人害己，严重的甚至导致读者为之丢掉性命。这本书说实话我没读，也不敢读，一来我觉得买书就等于支持了没有社会责任感的作者，我打心眼里不愿意让他自以为得计；二来万一我也受了诱惑，去拉帮结伙，杀人越货，老都老了再锒铛入狱，做了刀下冤魂，那可就太不值啦！

还有一种书害人匪浅，尤其是对年纪轻的孩子，那就是黄色淫秽书。二十世纪有很长一段时期，连谈情说爱都被划为禁区，那当然很过分，毕竟正常人都有七情六欲。但是我们也该知道，人的能量是有限的，而人的性欲属于低级而又强大的生存本能，一旦本能的东西获得放纵和滋养，占据了头脑中的大部分空间，理性的东西就很难深深地扎下根来。

虽然我和大多数人一样，喜欢那种没有规矩和指向的自由式阅读，但我还是给自己做了一些规定。

我的原则是，趣味低级的书不读，宣扬邪教和歪门邪道的书不读，内容消极的书不读，太过艰深、弄不懂的书也不读。

就拿《红楼梦》来说吧，这可是响当当的文学名著，是古代四大白话小说之首，多少人喜欢，一部红楼又养活了多少人！可是说句冒天下之大不韪的实话，我对它还真就喜欢不起来。不喜欢的原因主要是因为读不懂。我曾经从头到尾耐着性子仔仔细细读过一遍，摸不着头脑。不仅是因为有很多字词我不认识，那些异彩纷呈的诗词歌赋、错综复杂的人物关系、草蛇灰线的故事情节我都理解不了，那些阴一句阳一句话里有话的潜台词我也弄不明白，那些一会儿哭了一会儿笑了寻死觅活的情感纠葛不能使我产生共鸣，就连那些吃吃喝喝，食不厌精、脍不厌细的宴饮排场，也让我觉得与我的生活距离甚远，根本无从想象，更不用说欣赏了。大概应了鲁迅先生的那句话，我属于贾府上的焦大一类。

总之，虽然有好几次下决心要重新读一遍，但是真的读不下去，它太深奥了，超出了我一个傻瓜所能理解的范围。

最初和人说起这份儿真实感受的时候也不免脸红，心里多少有些惭愧，自己怎么能这么没水平没眼光呢？后来一想，据说伟大的爱因斯坦的《相对论》，全世界只有三个人能看懂。看不懂的人又该怎么想呢？也就是说，全世界除了那三个人之外，所有的人都有看不懂、不摸门儿的书。只不过，作为傻瓜，也许我看不懂的书比别人多一点。不稀奇！就像这些年川菜湘菜风靡全国，麻辣风味儿横扫北京，可是我大概因为心里顾惜嗓子，总也喜欢不起来。不喜欢就不喜欢吧，不好这一口儿，谁也不能牛不喝水强按头。

我们读书就是要让自己读得心情舒畅、襟怀开阔，读得斗志昂扬，读得满腹经纶。很多书我都喜欢，励志类书籍是我的最爱。我特别爱看那些创业者成功的故事。

每当看到他们历尽千辛万苦、劳作不息，在绝境中求生存，在夹缝中求发展，最终取得非凡业绩的时候，我就会感到有一股热血在心中沸腾，有时候我甚至兴奋得睡不着觉，恨不得马上从床上蹦起来，去奋斗，去创立一番属于自己的事业。

男人读书，应该有一个明确目的，就是要让书中榜样的力量激发出自己的潜能，给自己的前进带来动力。

人的潜在能力无穷无尽，但必须用远大的奋斗目标去开发，目标越远大，潜能开发得越多。目标小甚至没有的话，潜能就得不到开发，甚至会退化。

曾经读过一则关于老鹰的寓言。

老鹰问乌鸦："为什么你们乌鸦能活一百年，我们老鹰只能活三十年？"

乌鸦说："因为你们爱喝热血，我们只吃腐肉。"

老鹰听了，也开始吃腐肉。

第一天老鹰默默无语。

第二天老鹰有些不安。

到了第三天，老鹰展翅直冲云端，大叫着："让你们去活一百年吧，我宁愿只喝热血！"

我的内心深处感受到了强烈的震撼！全身的血液都沸腾起来，终生难忘。我说不清楚寓言的内在含义，我无法用语言来表达，只能用心灵去体会。只有伟大的民族，才能产生这样伟大的寓言——它来自俄罗斯。在我眼里，我最崇拜的前苏联英雄奥斯特洛夫斯基，就是这样一只鹰。他说："人的一生可能燃烧也可能腐朽，我不能腐朽，我愿意燃烧起来！"

为了对自己的将来负责，读书的时候我们还是要尽可能有意识地做一些选择，励志方面的文章多看、多想，不要看或者少看那些宣扬消极情绪、打击人积极性，或者忽悠、吓唬我们的文章，看了也要站稳立场，别往心里去。

即便是在《读者》中，我也看见过一些让我迷惑不解甚至产生反感的文章。其中我最不喜欢的就是一段富人和渔夫的对话。

在一个风和日丽的天气，富人来到海边游玩，看到一位渔夫正在渔船旁边舒舒服服晒太阳。

富人问渔夫，这么好的天气为什么不出海捕鱼呢？

渔夫问富人，我已经吃饱了，为什么还要捕鱼呢？

富人说，你可以把多捕的鱼卖掉，把钱攒起来。

渔夫问他，然后呢？

钱攒多了就可以买一条大船，到更远的地方捕更多的鱼。

然后呢？

然后你就可以有更多的钱买更多的渔船组织船队，雇很多人帮你捕鱼。

然后呢？

然后你的船越来越多，捕到的鱼也越来越多，钱也更多了。

然后呢？

然后你就可以什么事儿也不干，悠闲自在地晒太阳了！

老兄，我现在就在悠闲自在地晒太阳啊！

富人无言以对。

……

大意如此，这不是原文，但内容不会有出入，因为它给我的印象太深了。在我看来，这篇文章表现的就是一种不求上进、满足现状、无所事事的消极思想。读过之后，我第一感觉是迷惑。难道富翁和渔夫真的没有区别吗？就因为他们休闲的时候都在晒太阳，就能得出两人生活本质相同的结论？难道人生最大的享受、最高的追求就是晒太阳？风和日丽的时候晒太阳，狂风暴雨的时候呢？年富力强的时候晒太阳，老迈年高的时候呢？清风明月，人人共享，如果仅从享受生命的角度论，富可敌国的富翁也许还没有温饱而已的渔夫幸福。

我觉得，为了说明淡泊处世的大道理，作者把渔夫的生活过于理想化了。

看上去超凡脱俗的渔夫思维，完全可能误导我们这些傻瓜。还有一点我始终弄不明白，难道人的日子真的可以这样过么？好吃懒做什么时候还占理了？如果大家都接受了这种思想，整天像猴子一样晒太阳抓虱子没心没肺地生活，吃饱了这顿不去想下一顿，只要自己吃饱了就心安理得，什么都不去做了，人人都停留在满足自己最低生理需求这一层次上，这个世界还有发展么？

每个人都是一辈子，一个人应该怎样度过自己的这一辈子呢？就这么混吃等死么？哎呀！且慢！这个问题，似乎有点太严重了，或者说有点太严肃了。因为牵扯到了人的一生应该怎么度过，我在探讨的可是人生观的大问题。这么大的问题，难道是我一个傻瓜能说得清楚的么？还是那句话，大狗要叫小狗也要叫。就当是自己是条小狗，想怎么说就怎么说吧。

对于人生意义这个问题，我反复思考了几十年，终于形成了一点自己的看法：

第一是享受。

从降生的那一刻起，我们一生都在享受别人创造出来的物质财富和精神财富，我们所有的衣食住行，一切都是出自他人的劳动。

第二是创造。

作为交换，在享用其他人劳动成果的同时，每个人都要尽自己的力量，为这个世界创造出来一点物质、精神的财富，要成为一个对世界、对社会有意义有价值的人。

第三是繁衍。

与心爱的人一起繁衍后代，让人类绵绵不绝。这只是我对人生的一点浅见，说出来与大家讨论。

我想说，渔夫淡泊知足的心态，在浮躁势利的现实生活中，是值得赞赏的。有了渔夫心态，我们可能活得更轻松更快乐。不过我们千万不要借渔夫的说法为自己的懒惰找借口。在我们年富力强、四体勤健、精力充沛的时候，忙碌——为自己、为社会，为现在、为将来，是值得骄傲的。

曾经，我还读到过这么一段话："不要指望麻雀会飞得很高。高处的天空，那是鹰的领地。麻雀如果摆正了自己的位置，它照样会过得很幸福！"说白了，意思就是，"不要指望傻瓜能成功，成功那是聪明人的领地。傻瓜如果摆正了自己的位置，也照样能活得很幸福。"

这话我觉得似乎就有点糊弄我们傻瓜的意思。说这话的肯定是聪明人。历史已经无数次地证明了，很多聪明人由于自己不努力，光阴虚度，聪明反被聪明误；或者生不逢时，最后浪费了天赋，没能获得成功；而不少傻瓜肯努力肯上进，又遇见了好机遇，结果就成功了。

如果一只小麻雀能够充满豪情，展翅一飞冲天，就算它飞到鹰的高度以后累死了，摔死了，在我心目中，它也是一只值得敬佩的伟大的小麻雀，是"飞机中的战斗机"！

当然，换一个角度，如果以爱惜生命作为出发点，那些没有英雄情怀的麻雀，那些从来不做梦的麻雀，那些找准了自己的位置，每天在地面、在灌木丛中，东一下西一下啄食的麻雀，只要它心甘情愿做一只普通的麻雀，它的确会活得很安逸。

也许，这里面并没有谁对谁错，只是关系到每只麻雀自己想怎么活着。

著名作家丁玲曾经告诫青年作家："要努力写作，为人民至少能写出一本经得起时间考验的优秀作品。"

我只成功出版过一本书，这本书虽然不是坏书，但是没畅销、影响也不大。自己却已经累得好像脱了一层皮。

作家孙犁在他的文学论述中谈到，作家一定要在盛年，才有可能创作出佳作，"人的一生之中，青年时容易写出好的诗；壮年人的小说，其中多佳作；老年人宜写些散文、杂文，这不只是量力而行，亦为延生命之道也。"

要是听他的话，我就别琢磨写大部头的书了，撑死了写点散文、杂文之类，了此残生。但是我偏不信，所以至今还在一本接一本笔耕不辍。不用说佳作是与我无缘的，因为我是傻瓜一个啊，即便在孙先生所说的盛年，使出吃奶的力气，我也写不出什么佳作。但是，我热爱写作，所以，也就管不了什么佳与不佳，只是写出来罢了。也许真是过了写作时长篇大论的年纪了，多少有点力不从心。就像一只小小的灰色麻雀，积蓄了多少年的勇气和力量，终于有一天，跟在鹰的后面，借助于上升的气流，闯进了高高在上的鹰的领地。它仍然是一只麻雀，好在没累死，也没摔死。那就做一只不死心的老麻雀！活到老，写到老，我还要以我手写我心，一直写到写不动为止。

真心感谢那些写出了好书的前辈们，否则我这一生该是多么寂寞。纸书代替了竹简、木片，使我们轻松了不少。正当为在电脑上看文章伤害眼睛而苦恼的时候，电子书使我们更加方便和轻松，也感谢现代科学使我如此的幸运。

萧伯纳先生有一句名言，"人生有两个悲剧：一个是万念俱灰，一个是踌躇满志。"我却认为，相对而言"踌躇满志"要比"万念俱灰"强得多了，至少踌躇满志是一种乐观的态度，前面还有梦想等着去实现，只要努力去拼搏就有可能实现那个志向。万念俱灰的人，完全丧失了生活的勇气，甚至失去了活着的意义。所以，不怕踌躇满志，就怕万念俱灰。

五、读书能养生

许多人听到这个说法一定觉得很奇怪。读书的好处很多，一般人都只看重它可以开拓知识领域，启迪智慧，是事业成功的重要条件这一方面，而不看重它的娱乐、调心和养生的作用。

读书让我们知古今兴替、明事理、怡神养性，好处多了去了。

一般而言，读书的目的大致分为两种，一是"谋生"，一是"养心"。在不同的年龄阶段，可以有所偏重。

现在的我，已经不年轻了，所以开始注重养生。提到养生，人们第一个想到的总是吃什么补什么，媒体关注最多的也是"嘴"和"腿"，其实在我看来，养生之道首在养心，养心之法莫如读书。

史书记载，清朝嘉庆时，松江有位秀才，得了肺痨，咳嗽不止，日渐消瘦，医生都叹气说药石无功，恐怕他命不久长。一天，秀才捧回来几十本书，从此就把自己单独关在屋子里，对外事一概不闻不问，除了送衣食的，谁也不让进门。整天足不出户，困了就睡，醒了就大声朗读。持之以恒，寒暑不断。一开始，家人还常常听到他的读书声中夹杂着咳嗽声，慢慢地咳嗽声越来越少。两年后，秀才忽然开门出来，只见他满面红光，精力充沛。原来，秀才读书把病读没了！

如今推想，秀才的痊愈，除了书籍对人的精神的颐养因素，朗读也扩大了他的肺活量，就像常常进行深呼吸运动一样，气沉丹田、呼吸绵绵，得到了气功的效果。

现代科学已经证实，阅读确实有益于祛病养生。据世界卫生组织监测中心调查，肝炎、糖尿病、心脑血管病等常见病的死亡率，都与患者文化程度呈负相关。文化程度越高，得病以后的死亡率越低，长寿的可能性越大。另据美国人寿保险公司对年逾百岁老人的调查，其中多数人有爱好读书的习惯。

读书之所以能祛病养生，大致有以下原因：

首先，读书令人愉悦，能使人摆脱不良情绪的困扰，保持良好的、积极的心态。

人活到我这把年纪，读书已经不为名，不为利，就像天天要吃饭睡觉一样，是生活不可缺少的内容，使我活在"乐而忘忧，不知老之将至"的状态中。

我国103岁的诗翁葛祖兰（1887–1989）曾经说："我的长寿之道就在读书与写诗，它使我胸襟豁达，心情闲适。"

著名医学专家洪昭光提出了养生的四大基石：合理膳食，适量运动，戒烟戒酒，心理平衡，其中"心理平衡"不可或缺。而读书正是消浮躁、去杂念，保持心平气和状态的最佳途径。

其次，读书有利于健脑防衰。美国神经生理学家科里斯指出："脑子用得越少，越易老化。"因为本来就傻，所以我最怕的就是老年痴呆。碰巧看到一则消息，英国《每日电讯报》2010年8月6日报道，当日出版的《英国医学杂志》刊登的一项新研究揭示了防止老年痴呆症的三大法宝：读书、吃好和情绪高昂。

此研究由法国国家医学研究院神经心理学家克伦·里奇博士领导完成，研究对象是来自法国南部的1433名70多岁的老年人。研究人员询问了参试者的生活方式、病史及教育背景，并让他们完成阅读测试。结果显示，智力训练的多少对老年痴呆症患病几率起到极大的作用。阅读测试成绩低的人，老年痴呆症发病率增加了18%。里奇博士指出，防老年痴呆症最好的方法是保持大脑活跃，不让自己情绪低落和多吃富含果蔬的健康饮食。如果年轻人能够掌握，那么全球老年痴呆症患者将减少数百万个。这样看来，生命在于运动，不仅包括了身体运动，还包括脑运动。通过大脑协调机体各部分功能，才能达到健身的目的。脑运动的方法很多，阅读是最重要的一种。

第三，阅读过程中，优美的语言文字能够调节人的感情、增加生活情趣。我听说国外风行一种"读书疗法"。比如在意大利，医学家和文学家联手，针对病人不同生理、心理疾病，精心设计出了不同的诗歌或书籍"配方"，辅助治疗的效果相当不错。

古代有位名叫元翁数的诗人，曾经一口气写了春夏秋冬四首读书诗，专门说读书的妙处：

《春》

山光照槛水绕廊，舞雩归咏春风香。
好鸟枝头亦朋友，落花水面皆文章。
蹉跎莫遣韶光老，人生惟有读书好。
读书之乐乐何如，绿满窗前草不除。

阳光照在山居堂外的栏杆上，流水淙淙环绕着长廊，乘凉归来的人们，一边走一边吟唱着诗歌，沐浴着春风送来的花香。

枝头停立的美丽的小鸟，也是伴我读书的朋友；漂在水上的落花，都可以启发我作出美妙的文章。

不要蹉跎岁月，人生只有读书是最美好的事。

读书的乐趣是怎样的？就好比绿草长到窗前而不加剪除，放眼望去，一派欣欣向荣的景象。

《夏》

新竹压檐桑四围，小斋幽敞明朱曦。

昼长吟罢蝉鸣树，夜深烬落萤入帏。

北窗高卧羲皇侣，只因素稔读书趣。

读书之乐乐无穷，瑶琴一曲来薰风。

新长出来的竹子垂压着屋檐，屋子四周种满桑树。我的小书斋安静敞亮，射入了清晨灿烂的阳光。

白天变长了，读完书以后，听听蝉儿在树上的鸣叫；夜晚读书时，灯花一节节落下，萤火虫闪烁着飞入帷帐。

我在北面的窗下闲适地躺着，像远古羲皇时代的人们一样自在，就因为我向来深知读书的乐趣。

读书的乐趣是无穷的，就好像当我用瑶琴弹奏一曲的时候，迎面吹来暖和的南风。

《秋》

昨夜庭前叶有声，篱豆花开蟋蟀鸣。

不觉商意满林薄，萧然万籁涵虚清。

近床赖有短檠在，对此读书功更倍。

读书之乐乐陶陶，起弄明月霜天高。

昨天夜里，我听到了庭前树叶落下的声音，篱笆上的紫豆花开了，蟋蟀在鸣叫。

不知不觉间，到处是秋天的气息，大自然的各种声音都含着冷清的意味，一片萧瑟的景象。

多亏床旁有一盏矮灯，就着它读书的效果加倍的好。

读书的乐趣令人愉快，好像在结霜的高远的秋夜里，起身赏玩天空中的朗朗明月。

《冬》

木落水尽千崖枯，迥然吾亦见真吾。

坐对韦编灯动壁，高歌夜半雪压庐。

地炉茶鼎烹活火，四壁图书中有我。

读书之乐何处寻，数点梅花天地心。

树木凋零，江河干涸，群山枯槁；在这辽阔的天地间，正可以看清"真我"的本质。

我坐着展开书卷，灯光摇曳，映射在墙上，墙壁好像也跟着在晃动；我高声朗读着，半夜里，屋顶被积雪覆盖。

地上的火炉里跳动着火焰，锅里正在煮着茶，四壁放满了图书，我在当中安坐读书。

读书的乐趣到哪里去寻找？就在这冰天雪地，看那几朵绽放的梅花，从中体察天地孕育万物之心。

读书可以调心，可以养生，读书真的就是这么美好的事情。

有人感慨"一日不读书，便觉语言无味，面目可憎"。所以饭要天天吃，书也要读。

古人云：少而好学如辰出之阳，壮而好学如日中之光，老而好学如炳烛之明。对我而言，炳烛之明是最后的也是最值得珍惜的光明。

读书对人的精神和身体都有很大的影响。一本吸引人的书，能将读者带入书中的情境，随着书中的描写尽情遨游，随着页面的翻动感情不断起伏，时而感慨古今，时而激愤不平，时而欣喜若狂，时而拍案叫绝。好书能使人充满希望，充满理想，心胸开阔，积极向上。要不然古人怎么会有《汉书》下酒的美谈呢。

爱书吧！特别要注意多读好书，它不仅能丰富你的知识，增加你的内涵，还能养生保健呢！真正领会读书的乐趣，才能得到"读书养生"的益处。

在《品茶论酒赏石轩》中，有关读书的一段论述，极妙。

"读书多了，容颜自然改变，许多时候，自己可能以为许多看过的书籍都成了过眼云烟，不复记忆，其实它们仍是潜在的。在气质里，在谈吐上，在胸襟的无涯，当然也可能显露在生活和文字里。"

——作家三毛

读书，不仅仅等于上学，也不只是青葱的学生时代该做的事，而应该是一辈子的坚持。一个不读书的人，就相当于主动关上了让自己变得更好的大门，成为拒绝思索、被动接受的人。一天两天不读书，也许看不出什么明显的变化，但一年两年，甚至十年二十年不读书，这个人的气质、谈吐、思想观念，都会逐渐地暴露出他的无知和浅薄。

读书是一种自我的修炼。用生活所感去读书，用读书所得去生活，从中修炼自己的心境，丰富自己的见识。这样的生活更显厚重，更有质量。

有人曾提出这样一个问题：大部分读过的书最后都会忘掉，那读书的意义何在？这是我见过最好的回答："小的时候我吃了很多东西，其中的大部分我已记不清是什么，但我知道，它们已经成了我现在的骨和肉。"读书，也是如此。它在不知不觉中就已经影响了你的思想，你的言行，你的形象。

六、一本好书能影响一生

大约在三十年前我看过一本书，书名和作者都不记得了，但是有一句话让我记住了，"把命运的一部分掌握在自己手里。"这句话说得太棒了，真是让我眼前一亮，头脑清醒了不少，简直是醍醐灌顶啊！

命运在很大程度上，是不以人的意志为转移的。从来人们对命运只有三个选择，接受命运，反抗命运或者改变自己的命运。对我们这样的人来说，接受命运太简单了，而反抗、改变自己的命运又太难了。

从知道这句话开始，我对于命运加到头上的很多事，总是有股不甘心的劲儿。我心里最佩服的是那些敢对厄运说"不"的人，佩服他们的坚强、坚韧，认为他们即使是失败了，也实在是无愧此生。因为人的能力毕竟有限，对厄运说出"不"，虽不是成功的保证，却是成功的先决条件。

我们要"把命运的一部分掌握在自己手里"，在可以选择的时候，我的道路就应该由我做主。

世界上有很多书，我可以选择看哪一本，先看哪一本后看哪一本。进入二十一世纪之后，想学习哪门知识，似乎都可以找到有关的书籍。打开电脑在网上搜寻一下，选中之后点击几下鼠标，就可以看书了。只要你愿意，快递就可以把你所要的书送到你家里，这么方便的条件，干嘛不利用。

周围有很多朋友，我可以选择与谁交往得亲密一些，离哪些人远一点。谁比我的能力强一些，谁愿意批评我，能直言不讳地指出我和我的作品中有不足之处，我就与他交往亲密一些。谁当着我的面只奉承我，说我是最棒的之类的所谓朋友，就可以离他远一点。

面前有很多事业，我可以选择加入哪个，放弃哪个。甚至加入哪几个，放弃其他的。经过反复地分析判断，智力与能力绝对允许能做的事情，那就去做。对于非常喜欢但是绝对做不成的事业，就放弃吧，不要勉强自己。

人不能没有自尊心，没有自尊的人，生活和做事就没有了底线。但是自尊心也不能太强，自尊心太强有时候就变成了虚荣心。很多人的不成功，不是因为缺少自尊心，而是自尊心太强了。所以说要让自己的头皮硬一些、脸皮厚一些，才能去做很多事情。因为自尊心太强，会使我们受不了一句不中听的话，克服不了很多严重的心理障碍，在生活与工作当中就会出现很多问题。不仅自尊心不能太强，在一些特定的地方甚至不能讲自尊。尊严在什么地方都可以保持一定的程度，可是在婚姻、夫妻之间，就不能讲尊严。

心胸狭窄、胆小如鼠、自尊心太强等等缺点，在我们这些傻瓜的身上表现得特别突出。自尊心太强的人，无论在什么场合都要求保持自己的尊严，甚至连夫妻生活当中，也要时刻保持着。这就过分地强调了自尊，使本来非常严肃宝贵的自尊，走到了它的反面，成了生活当中的心理障碍，变成了婚姻与家庭生活的破坏者。在婚姻与家庭生活当中，不讲职位、收入、职称，不讲官阶、地位……也不讲尊严，只能讲一个字"爱"。夫妻之间只能以爱作为出发点，这样所说的话和所做的事情，才有利于婚姻和家庭。

比如做演员最基本的条件，就要脸皮比较"厚"一点，要不然怎么表演呢？脸皮要是特别薄的人，唱歌怕别人听，跳舞怕人家看，演戏的时候怕观众看演出，那怎么演戏怎么当演员啊！

在拍电影和电视剧的时候，很多从来根本不认识的人们，到了拍摄现场就要管我们叫爸爸、妈妈。男女演员从各地来到剧组，一见面就要演夫妻。如果分配到的角色扮演的是乞丐、妓女、流氓、罪犯等等大坏蛋，脸皮薄了怎么去演呢？还有一些镜头是需要半裸体甚至全裸体去演的，那就更没法演了。

不善言辞、不懂怎么与人交往，在很多情况之下，我们与其他人打交道是一个非常大的困难。我们不知道怎么才能把想说的话说出来，把需要表达的意思说清楚，也不知道怎么样才能让人家愿意听我们讲话，更不知道用什么样的办法才能使人家愿意帮助我们。

那好吧！这本书里都有答案！

卡耐基先生的著作《人性的弱点》是一本好书，它好在从一个新的角度帮助我们重新认识这个世界，把怎么提高人的情商仔细地讲给你听。推心置腹地和你交谈，用自身的经历告诉你成功人士是怎样成功的。用大量的事实举例说明了与人交往的技巧，而这一点的确是我们傻瓜最大的人性弱点。

就像一位长者跟你侃侃而谈，他把他成功的经历、经验、办法、诀窍……，一点都不隐瞒地告诉你。这可是一位很厉害的美国老头，听了他的话你只要能做到十分之一，就向成功迈进了一大步。

怎么样使一个很忙的人，在答应与你只交谈一分钟的情况之下，投其所好竟然谈了一小时四十七分钟。吉姆·罗斯福说他能记住五万个人的名字，这种能力使他入住白宫做了总统。

卡耐基还告诉了我们，他怎么巧妙地说服了竞争对手，与自己联合起来共同经营，得到了双赢的局面。你愿意知道如何能使女人对你产生爱情吗？这里面有秘诀，这个秘诀是一位男人总结出来的。据说女人对付男人用这个方法同样有效。

一位厂主的工厂发生罢工的时候，用什么样的方法让愤怒的罢工工人产生了友善，借来扫帚、铁铲、垃圾车，开始打扫工厂周围的火柴、废纸、雪茄烟头。然后在一个星期内问题得到和解，没有一点恶感和怨恨就结束了……

把脸皮锻炼得"厚"一点，对一些难以接受的议论就不会往心里去，对一些不中听的话也能充耳不闻，对一些大人物就敢于相见，在众人面前也敢发表看法。把头皮锻炼得"硬"一点，就敢做从来没做过的新事业，就敢在众人的议论声中坚持不懈。很多事情做不成功，不是因为你没有那个本领，而是你的脸皮太薄，不能硬着头皮坚持到底。

很多讽刺挖苦、诽谤诋毁、压制打击等负面情绪的语言，不见得都是看不惯你跟你关系不好的人表达出来的，甚至都是与你关系很亲密的亲朋好友，老师同学，所以杀伤性就更大，使你接受不了。可是在人生当中，挫折和失败绝对是难以避免的，在年纪较小的时候，培养出自己抵抗挫折失败的坚强性格，会受用终身。

现在很多青少年，听到一些批评和遇到一些挫折和失败的打击，就选择自杀结束自己的生命，就是没有受到过挫折和艰难困苦的教育，只能听表扬和被肯定，忍受不了一点不顺心的事情，接受不了一点否定自己的言行，即便是现在被家长哄好了，告诉他"你是最棒的"，将来很可能还是会走上这条自绝的道路。

可以真诚地告诉你，如果没读《人性的弱点》这本书，到现在我也成功不了。把这本书里的知识反复学习、反复运用，的确影响了我的后半生。只要努力去做，拼命去做，不怕失败不怕挫折，这才是自己的救星。怀着这样的信念，我才投身于文学事业、演艺事业，终于有了《生死非洲》等等作品。

我一直不理解为什么有人不喜欢读书，后来才知道，他们太自以为是了，觉得自己知道的才是真理，既然自己成熟了，什么都知道了，所以就不用去看无聊的书了。在心理学中这种行为叫"达克效应"。达克效应是一种认知偏差现象，表现为"对自己无知这件事本身的无知"。他们因而沉浸于虚幻的优越感中，以为自己比大多数人都优秀。"愚人自以慧，智者自以愚"说的就是这个意思。

查尔斯·达尔文说过一句话，"无知比博学更容易给人带来自信。"因为"达克效应"，很有可能我们现在的自信就是因为我们处在"达克效应"中，那么为了不让自己看着很蠢，最好的办法是什么，当然是看书了。成本低还安全可靠，简直没有比这个更好的办法了，看书除了可以防止"达克效应"被人当成小丑、笑话以外，还有很多好处。

古人说"腹有诗书气自华"。别以为这句流传千古的小句子，是无意中口口相传了千年，它绝对是一句真理。一个人的气质和修养，百分之五十都可以体现在这句话当中。另外在谈吐、体态、衣着、甚至发式等等各方面，都掩饰不住地表现出，作为一个读书人的高贵气质。

读书人的气质与有钱人的气质，最大的区别在体态和谈吐上。这是说不清道不明的，但是完全可以体会出来的。当一个人说出"不就是几本破书吗！"类似话语时，你就应该明白，这是一个没有文化的人。

很久以前我在一本书里看见过一个故事，说的是：一个书生与一个商人打赌，书生在一个小房间里不准出来，商人供给他需要的生活必需品和书籍，只要书生能坚持十年，商人愿意把他的财产分一半给书生。当十年之赌到期的时候，商人破产了，于是想杀掉书生。在商人拿着斧头去杀书生的时候，却发现书生已经离去，留下一封信，说是十年的读书已经使他对人生的认识大大改变了。他不想再要商人的家产，于是走了。故事的大意如此，却找不到出处了。我记得似乎在聊斋里，可是翻了一遍聊斋却没找到。

几十年前看过的一个小故事，如今还记得，说明印象很深。

可是能从其中悟到什么，就难说清楚了。至少改变了我对知识和财富的看法。它所说的与我们的世俗价值观背道而驰。一般情况下，我们学习与奋斗的目的最终是要得到财富。这个故事的主人公放弃了唾手可得的财富，却是因为他有了知识。又因为长期的阅读和思考，他获得了深刻的思想。思想能抵住财富的力量，思想的力量会有这么大么？

有人说判断一个朋友可否交往的标准，是看他家里有没有纸质的书。对此我深有同感。

梁实秋说："一个正常的良好的人家，每个孩子应该拥有一张书桌，主人应该拥有一间书房。"你可以没有衣帽间，但一定要有间书房。你可以在线学习，但一定记得时常看看纸质的书。

因为一个时常阅读纸质书的人，他至少相信读书仍然有用。他会相信，读书多了，容颜自然改变，书本或许不会迅速变现，但它会潜伏在气质里、在谈吐上、在胸襟的无涯中。他们也相信素养与见识可以"打赏"给下一代。就算自己再普通，但下一代从出生时开始，他们就是与众不同的。

肤浅的人，只会逢场作戏。有教养和有文化的朋友才能和你走得更远，风雨携路，明事理而不矫枉过正。

这个世界上有不同的人，只从读书的角度来看，有的人一生都不爱读书，有的人偶尔读一些认为对自己有用的书，也有的人被环境所迫不得已读了一些书，还有的人读了一些书之后无法自拔，成了书虫、书呆子，只读书而不去实践。只有读懂了一些书，掌握了一些知识之后，再把它用来指导自己的实践，才是真正地读对了书。

最幸运的事是发现书籍是人类知识的宝库之后，从小就养成了读书的好习惯和兴趣，于是把知识自觉地运用在一生的生活、工作、社交等等的实践当中，把很多人用几年十几年甚至几十年积累的经验和知识，用最短的时间为自己所掌握，使得自己本来拥有的能力大大提高了，远远胜过了那些不读书的人，更胜过了本该平庸一生的自己。

我以一位资深老傻瓜几十年的阅历与悟性总结出了这样一个现实，凡是聪明人都是爱读书的，你如果希望自己向聪明人靠拢，甚至踏入他们的行列成为其中的一员，那就多读书吧！

恩格斯说过：犹豫不决是以无知为基础的。当我们遇事彷徨、举棋不定、不知道该怎么办的时候，就应该想一想这句名言。如果你不希望自己永远地无知，那就多读书吧！

无论是小学、初中还是高中、大学毕业，哪怕是研究生，读过的书也是有限的，但是只要掌握了强大的自学能力，就可以随时从浩如烟海的知识中挑选出自己需要的那部分，通过学习掌握它。

子曰："三人行，必有我师焉；择其善者而从之，其不善者而改之。"善学者更是可以从天下万事万物中悟出其中的各个方面的道理，择其善者而从之，其不善者而改之。佛家经典之说有这样一句："一花一世界，一叶一菩提。"这里就得提到佛学上的一个故事。故事是这样讲的：佛在灵山，众人问法。佛不说话，只拿起一朵花，示之。众弟子不解，唯迦叶尊者破颜微笑，只有他悟出道来了。宇宙间的奥秘，不过在一朵寻常的花中。

有了这个故事，我们也可以完全知晓佛是何以知道有微观世界，何以知道有宇宙的。研究一朵花，可以悟出点东西，此所谓道，然后"道生一，一生二，二生三，三生万物"（这里将"道"另解了），我们了解的便会趋于无穷。这里面有"以小见大"的意思，而"以小见大"的故事，我们知道的便有很多，庄子看庖丁解牛得养生之道，孔子看河水流淌叹"逝者如斯夫，不舍昼夜"，阮籍"不由径路，车迹所穷，辄恸哭而反"，而且还有我们更为熟悉的"落叶知秋""尝一脟肉，而知一镬之味"更是可以做这些的生动说明。

道啊，就在日常生活中，就在寻常事物中。庄子还说，道在矢溺。大小便中都可以有道，还有哪里不可以有道呢？无处不有道。世界在哪里，就在那一枝一叶上。

世上的人形形色色，爱好志向也各不相同，就拿癖好或者成瘾这件事来说，古人就有嗜痂成癖的，虽然我们觉得很恶心，他自己一定甘之若饴。

平时我们见过很多人都有不同的癖好，有的爱摄影，有的爱画画，有的爱唱歌，有的爱跳舞，至于能让人上瘾的最厉害的就数毒品了，此外还有抽烟喝酒成瘾的，打牌赌博成瘾的不一而足。

但是如果我告诉你，读书也能上瘾你相信吗？在这些人的心目中，读书绝对不是一件苦差事，而是须臾不可或缺的生活内容之一。听说过习近平在陕北农村插队的时候，勤奋读书的故事吗？1969年初，不满16岁的习近平主动申请到农村插队，来到了延川县文安驿公社梁家河大队。由于窑洞里跳蚤特别多，他被咬得浑身都是水泡，只得在炕席下洒农药粉来灭蚤。

据媒体报道，那些年，种地、拉煤、打坝、挑粪……习近平什么活儿都干过。在乡亲们眼中，能挑一二百斤麦子走十里山路长时间不换肩的习近平，是个"吃苦耐劳的好后生"，习近平逐渐赢得乡亲们的信任，担任了大队党支部书记。

尽管学业中断了，但习近平坚持读书自学不辍。下乡来梁家河时，他随身带了一箱书。白天干活，劳动休息时看书，放羊时也在黄土高坡上看书……到了晚上就在煤油灯下苦读到深夜。在村民的记忆中，习近平经常边吃饭边看"砖头一样厚的书"。

据我所知，在上山下乡各种艰苦的条件下，爱读书的大有人在。到北大荒生活的那十几年里，我也带了一小木箱的书，反复读完了之后又买了不少书看，尤其是在学校里当老师的那段时间，其他老师们无论谁有书，我都会努力借来读。只要有了好书，我甚至可以废寝忘食夜以继日地读。读书之乐绝对属于最美妙的感受之一，所以我觉得读书也是能上瘾的。

有人说我只喜欢读小说，其他的书读不进去。可是不为人知的是几乎所有爱读书的人开始都是从故事书读起的，从小学生喜欢的童话故事，一直到厚厚的长篇小说，还有古典或者白话文的各种娱乐读物，都是读者们的必经之路。读得多了之后，慢慢分门别类地读到各种专业知识的书，经史哲理以及更深奥的科学原理等等书籍也会逐渐涉及，而这个过程几乎是自然而然形成的。

对于某些读者来说，几乎没有好书、坏书的区别，无论从任何一本书中，他们都可以找到自己需要的知识，发现自己可以学习的内容。鲁迅说过，"一部《红楼梦》，经学家看见《易》，道学家看见淫，才子看见缠绵，流言家看见宫闱秘事。"这说明文化现象无时不在，但是不同的人文化选择不相同，而且不同的人文化生活完全不同，不同的文化生活呈现出各自特有的色彩。

我也听见过有人说，很多书自己看不懂。

这个问题当然有很多原因，有自身智商的原因，就像爱因斯坦写的《相对论》，当时是两个半人可以看懂，现在有不少人可以看懂，主要还是由于人们对黎曼几何中度规张量的理解加深，对黎曼流形的理解加深等等。因为广义相对论中基本是以几何来描述引力引起的时空弯曲现象。

也有文化水平的原因，如果一个小学水平的人去读中学生的课本，就会很困难，要读大学的课程就很难理解，更不要说更高端的知识了。

任何人想学习一些知识，无论如何都要下一番功夫。这时候就要知道一个非常重要的问题，那就是老祖宗说过的"书读百遍，其义自见"。读一遍就懂了那属于天才或者聪明人，对于我们傻瓜来说，反复读一本书再仔细思考之后，才能有所得，是极为正常的事情，读上三五遍乃至十几遍，才有一些收获也不为过。

毛泽东主席曾经对身边的工作人员小孟说过："《红楼梦》，我都读过十几遍了，有的地方也还是没看懂，这个不奇怪嘛。"

他还对许世友说过"看五遍才能看懂，书里讲的是阶级斗争，是封建社会没落时期社会生活的百科全书。"

关于读书的这一章，我写到了最后，依然觉得没有什么说服力。尽管我自己嗜书如命，这一生无论是在北大荒做知青，还是后来当工人，经商、开店、出国做生意等等，平日读书这一习惯却一直没改变，但是若要我说出它的必要性和好处，却觉得怎么也说不清了。

今天我打开新购买的照相机说明书，拿着照相机对照着说明书仔细阅读和学习的时候，突然有了一点感悟。对任何一门知识，只要我想学会，我就能拿起书本慢慢地学，通过仔细地研读找出重点和难点，实在不明白的地方就记下来，有时间再去向学问更高的人请教，或者反复阅读加上去实践中领会，基本上都能学会。

如果没有读书习惯和自学能力的养成，很多人到了一定年纪之后，就算是后悔自己的无知无能很想学习，也学不会了。

估计最后的这几句也没有多大的说服力，真是不愿意学习和看书的人，谁也说不服他，除非他自己想学习想看书了。

第五章
傻瓜抓长处

在美国报纸《每日路标》上，曾经刊登过这样一段话："如果你正确地估量自己，善于抓住所有机遇，然后尽量行动起来，去争取，去努力，去做，你就能发现自己能够做些什么，把自己生活的这个时代变为'最好的时代'。不管这一切在开始的时候多么艰难。"

小时候我看过很多苏联电影，其中有一部叫《夏伯阳》。影片中，红军将领夏伯阳，深深的眼窝，眉毛向上拧着，留着两撇浓黑的胡子，歪戴一顶黑毛皮帽，身披宽肩大斗篷，就像骄傲的雄鹰一样，神气极了。那是我一生崇拜的偶像。

在夏伯阳斜挎的那把战刀上，镌刻着两行字："没有必要不拔，不立战功不插！"

这是一种思考方法，也是一种境界。

眼前有很多项事业，我们可以选择加入或者放弃。无论要做什么事，首先要考虑做这件事有没有必要，其次要考虑自己是否具备这方面的条件，或者经过努力能否达到所需要的条件。

就如我在一本哲学书上看到的，一件事无论大小，做与不做，主要看两方面，一是有没有必要，二是看有没有可能。

一、人有所长，必有所短

马克·吐温是美国最杰出的幽默小说大师，但他在商界却是一个"十足的笨蛋"，一生中的两次经商，是两次伤心的失败。

他第一次经商是从事打字机的投资。那年马克·吐温四十五岁，之前他靠写作发了点小财，有了点名气。一个名叫佩吉的人对他说："我研究打字机眼看就要成功了。现在只缺最后一笔实验经费，谁敢投资，将来钱会像河水一样流进来。"马克·吐温心想：靠爬格子只能发小财，要发大财，只有投资商业。于是他爽快地拿出2000美元做了投资。

一年过去了，佩吉找到马克·吐温："快成功了，只需要最后一笔钱。"马克·吐温二话没说，又把钱给了他。两年过去了，佩吉又拜访了马克·吐温："快成功了……"三年、四年、五年……直到马克·吐温已是六十岁的白发老人了，打字机还没研制成功，而被这无底洞吞噬掉的金钱，已达15万美元之巨。

佩吉最后一次出现在他的面前："我的好船长，好望角就在眼前，只要再坚持一下，就能看到它了。"马克·吐温再次投入4万美元。

然而，"好望角"始终没在这个傻船长眼前出现，相反却传来了晴天霹雳般的坏消息：其他竞争者已经发明打字机并成功投入工业生产。19万美元付诸东流……

马克·吐温第二次经商是开办出版公司。五十岁的时候，他的名气更大了。他的不少书都很畅销。马克·吐温心想：为什么我不开个出版公司，专门发行自己的作品呢？手头有6部作品即将脱稿，如果把它们交给出版商，自己最多得到3000美元稿酬，如果自己出版，至少有2.5万美元的收入，二者相差8倍之多。

于是，马克·吐温大张旗鼓干起来。可是他自己没有任何经营管理经验，只好请外甥韦伯斯特担任出版公司经理，贷款买进20部印刷机，雇佣了上万名推销员。

马克·吐温自行出版的第一本书是小说《哈克贝利·费恩历险记》，第二本书是《格兰特将军回忆录》，都大受欢迎，共计获利64万美元。马克·吐温把其中的42万美元赠予格兰特将军的遗孀，18万美元分给出版公司，自己留4万美元，做了前面提到的打字机的最后一次投资。

马克·吐温继续扩大出版业务。可惜韦伯斯特对经营管理也是一窍不通。一个外行不断地向一个门外汉下达充满浪漫色彩的古怪指示，两人经常争吵不休，韦伯斯特终于一走之。马克·吐温只得亲躬商务，焦头烂额，最后背上了9.4万美元的债务，债权人竟有96个之多。

两次经商，两次失败，损失多达30万美元。

马克·吐温痛不欲生。幸亏他的妻子非常贤惠，不但毫无责难，还尽力安慰他。她深知马克·吐温的长处所在，于是为这个文学巨匠和演讲天才制定了一个四年还债计划——到世界各地巡回演讲。

马克·吐温的才干得到了真正的发挥，他的幽默故事和生动言辞吸引了千万听众，终于在四年后还清了全部债务。

马克·吐温的经历告诉我们，只有扬长避短，努力经营自己的优势，做自己擅长的事，才有可能成功。

具体到我们个人，应该怎样选择自己的职业呢？

照我年轻时所受的教育，三百六十行，行行出状元，只有分工不同，没有贵贱之分，都是为人民服务。挑选工作的原则只有一个——服从分配。我们所能做的，就是干一行爱一行。

现在的情况与过去大不相同了。各种职业类型千奇百怪，数不胜数，职业划分也越来越细，就连农民这个大门类里也分出了一般种地谋生者、农场主、农民企业家，农村旅游业也分旅游景点和"农家乐旅馆"。

时代不同了，自主选择工作的空间越来越大，人们可以按照自己的意愿去追寻目标，在有限的生命中，按自己的想法拼搏一回，到老到死，也不后悔。

我找到了写作和演戏这两个职业，认为它们是傻瓜们也可以涉足的领域。你也不妨找一找，看看还有没有其他工作，比较适合我们这类人。

做工人怎么样？

干了六七年的钢铁行业，我对产业工人这一职业非常有体会。我认为除了少数有特殊要求需要高级技术的工种，可以长期干下去之外，其余的重体力劳动，在年纪轻轻身强力壮的时候，不妨干上几年、十几年，最多不要超过二十年。

也就是说，重体力劳动者，到了三十五岁、四十岁左右一定要转行。因为就算体力再强、技术再高、精力再旺盛，多数人已经进入了人生的下坡路。看看周围的年轻人，虽然还不服气，但是往往会力不从心了。

要是一条道儿走到黑，非要腰疼腿酸地干到退休，最后十几二十年的日子绝对不好过。所以，重体力工人在没有找到其它工作之前，饭要吃、活要干，也一定不要忘记另学一门技艺，就是玩也要玩出点水平。等到了干不动的时候，或背水一战，或水到渠成，拿出一招鲜，就能吃遍天。

若是能做个有心人，潜心学习一门技术，经过十几年的钻研，就算到时候没人用或者不想再寄人篱下，自己单干未必就不能当一个小老板。所以，不管爱好哪一行，趁着不太老及早行动起来，给自己创造更多机会，于己、于人、于社会都有好处。

二、百艺通不如一艺精

找到自己的长处，坚持做下去，是弥补和克服"傻"最行之有效的办法。

热爱什么和可以做什么，有时候不完全一致。既热爱又可以做的事情，才是我们最容易成功的事情。

在练习书法这个事情上，虽然我一直有心学好它，但是多年来由于天分不够，又不能下功夫坚持，一直没有进步。

很小的时候，父亲为了教我书法，花费了很多精力。他买来纸笔墨砚，手把手教我怎么研磨，怎么写好各种笔划，亲自写好字帖，让我照着临摹。尽管父亲如此费心，尽管我也非常羡慕那些大书法家，也多次下决心要练，只可惜我对于其它事情的兴趣和爱好，总在书法之上，所以至今也没练好。

可是，经过了这么多年，我就是不甘心，总觉得自己本应该能写出一手漂亮的字。于是我一次次拿起笔来开始练习，又一次次放弃。直到现在也写不出看得过去的作品。

几十年来经历了多少次拿起、放下的过程，终于认定自己是写不出好字来的那部分人了。看来这也该归咎于智商较低，因为遇见过不少人几乎不用怎么练习，就能写出一手好字。往往他们看见我的字不好还会不理解：写字这么简单的事，难道还需要铁杵磨针般地练习吗？

我终归还是不甘心，只要有机会腾出精力和时间，还要再练，不管练得成还是练不成，也要练下去，因为那是老爸的愿望。但这显然是不能作为主业了，要是指着它吃饭非饿死不可。

至今我仍然记得，敬爱的周恩来总理说过："每个人都有自己的长处，要抓住这些长处毫不放松。"

这话就像是专门对我们这些傻瓜说的。

我总觉得，聪明人长处多，不那么好抓，抓不抓差别也不是特别大。而我们傻人就不一样了，长处比较少，也就比较宝贵，比较突出。

世界上各个国家都有一些智力超常的人，从小就显示出了超强的理解和表达能力，我国也有大学专为这种神童开办了"少年班"。

但是跟踪调查的结果发现，并不是所有神童长大之后都取得了伟大成就，有部分人表现一般。人们发现，起跑快并不意味着能跑远，智力超群并不代表着神童们学习和生活就能成功。有的时候，正是高智商妨碍了这些神童的成功。因为他们在很多方面都显示出超凡的才能，导致精确选择出现障碍，最终甚至无法决定自己该从事哪项工作。可见智商很高的人，精力体力也是有限的，如果把有限的精力体力分散到了十几项甚至几十项不同的工作上，智商再高也无法取得伟大的成就。

我有一个朋友的孩子，英语很棒，语文一般，其它都不灵，尤其数学是弱项——智商显然不太高。当初孩子因为抵触历史和政治，学了理科。报高考志愿的时候，别的家长都百爪挠心非常焦虑，因为北京孩子的志愿填报举足轻重，而优秀的孩子会有太多的选择，可这孩子就简单了，只报了和语言相关的学校和专业。考试成绩出来，不到500分，刚过重点线，却因为英语成绩优秀被北京语言大学小语种专业提前录取。

当初报名参加小语种面试的有600名考生，提前录取了36个。而该校在正常录取中的理科提档线是566分。

谁能说这不是成功呢？

所以，一旦知道了自己的长处，找到了自己喜欢又擅长的工作和事业，千万要坚持，要"咬定青山不放松"，牢牢地抓住不放！

我最爱的是表演，对我而言，此生最为擅长的大约也就是表演了。记得母亲说过很多次，我从小就喜欢唱歌。我三四岁大就会唱三十多首歌。每当家里有客人来了，爸妈就把我抱到桌子上，给大伙儿表演。母亲曾经怀着歉意地对我说，看见人家喜欢听我唱歌，就让我一首接一首地唱，忘了小孩儿唱歌也累，可就是想不起来让我歇歇。印象中，从小学开始，每天我都是一路唱着歌上学下学的。在离家不远的小河边唱歌，几乎是我每天的功课。不但自己唱，还要拉上小妹和我一起唱。初中音乐考试的时候，有几个同学识谱过不了关，老师还让我给他们做辅导。学校组织歌唱小组，试唱的时候老师说我的音高不够，把我分到了中音组，为此我还耿耿于怀。很多年以后我才知道，唱中音的也有了不起的歌唱家，最著名的是马国光先生。在喜欢马国光先生的歌之后，我才觉着唱得很舒服，同时还觉出中音也不像我想象的那么容易唱好。

自己喜欢唱歌究竟到了什么程度，我去北大荒之后才有了感觉。由于当时文化生活资源匮乏，知青自娱自乐成了平常事。有一天我忽然发现，每天早晨我睁开眼睛第一件事就是唱歌。平时即便嘴里不唱，脑子里也在放着一首首的歌。

没规矩、没技巧、没类别，只要我觉得好听，不管是民歌、通俗还是美声，一律拿来就唱。也不论是男声还是女声，是京剧、评剧、越剧还是黄梅戏、皮影戏，只要喜欢就学两句，有机会就显摆显摆。不管人家耳朵受得了受不了，我的嗓子先痛快了再说。

上台表演我更是积极参加，没机会就创造机会。舞也跳，话剧也演，只要有文艺演出，我绝对是积极分子。后来知识青年组成了文工团，作为高中生的我又开始编、导、演、唱、跳，每年都要到各生产队、各分场和总场演出。

在周星驰的成名之作《喜剧之王》里，有段对白，是周星驰厚着脸皮向剧组讨要角色时说的：

……

"有对白的有没有？"

"没有！"

"没有对白的有没有？"

"没有！"

"看不清的有没有？"

"没有！"

"完全看不到的有没有？！"

……

当年的我，对文艺演出的狂热就有点和周星驰类似。

三、我怎么当了演员

很多朋友都问过我这个问题："你是怎么进入影视圈的呢？"有的朋友是出于好奇，也有的想找点经验或者方法，进影视圈玩玩。这个问题如果就事论事地回答很简单，我能进入影视圈并在里面折腾这么长时间，都是由于亲戚、朋友的关照。

2002年，我五十七岁，从非洲逃命回到国内，一直在家里"赋闲"。弟弟劝我出去散散心，问我想不想参加电视剧的拍摄，那时候他正好认识一个经纪公司的老板。

我说，这事儿有意思，我愿意去！可我不想当群众演员，要演就演角色，多小的角色都行。

没过几天，弟弟通知我去北京电影制片厂见了一位经纪人（北影厂里有很多这样大大小小的经纪公司），她在《走向共和》剧组里管群众演员，答应帮我找个有台词的角色。

在《走向共和》剧组，我的第一个角色，是被安排扮演孙中山大总统的秘书，一共两段台词。

第一句是，"大总统！英籍美国人邓肯，要求在大总统手下谋求一个秘书或者对外联络的差事。"

第二句是，"大总统！有一个十岁的小女孩叫魏紫维的来信，希望您不要过多出席公众集会，没有保镖哪儿也不去。"

把台词背熟之后，我站到了镜头前。

那时候，摄像机镜头就像是只瞪得溜圆的大眼睛，正在不眨眼地直盯着我。我两腿发抖，脑子一片空白，台词打死也想不起来了。我不得不又把台词拿出来看了好几遍，还是觉得记不住，心都哆嗦。到了正式开拍，我的嘴巴虽然张着，词儿却说不出来。当时我一遍又一遍对自己说，这是摄像机，装的是录像带，甭害怕，没拍好可以抹掉重新来过，情绪才算慢慢安定下来。这场戏用各种角度反复拍了好几次。我总算熬到听见导演说，换下一场。

我快虚脱了，后背已经湿透了。

记得那天天气并不太热，演出穿的也就是普通西装，就是因为精神太紧张了，出的全是冷汗……

在角色演员中，这种戏份不多的临时演员，叫"特约演员"，属于最低一级。

第二个"特约演员"角色是我自己争取来的，还是《走向共和》剧组。拍摄场地在北京大观园，是记者采访袁世凯的一场戏。开拍之前，副导演田秣来到群众演员中间，问谁能演摄影记者。这时我那股天不怕地不怕的劲头又上来了，大声回答说："我能演啊！""你会照相吗？""我开过照相馆！当然会了！""那你来见见导演吧！"于是我被带到导演张黎面前。张导从没见过我，觉得面生，有点不太放心："你会演戏吗？"

"会！"

"都演过什么戏？"

"没演过什么戏！"

"那怎么说会演戏呢？"

"不信就试试啊"！

"好吧！试一下！道具！给他相机！"

道具师把道具送到我手里，那是一架使用胶片的120折叠式相机，看上去像一个扁方的盒子。我接过相机，第一反应就是把相机带子拎在脖子上。这是专业摄影师的职业动作。摄影出身的张黎导演肯定看在眼里了。

当时张导就说："这场戏是拍很多记者采访，现在就缺一个能演摄影记者老王的了。要是能演，这个角色就是你的。试一下戏吧！待会儿听到喊

'开始'，你就表演！"

"知道了！"

现场已经有好几个拿着相机的年轻人了，我可不能跟他们水平一样啊！有了第一回的经验，我"淡定"多了。我略微想了想，找好了自己的位置。导演一喊"开始"，我就从地下蹭到旁边的椅子上，瞄准假想目标，按动快门，然后跳下椅子。

就听导演喊了声："停！"

"你这个动作不错！待会儿正式拍摄，就从这个动作开始!"

"好！"

"现在正式拍摄啊！大家都动起来！开始！"

我又一次从地下站到椅子上，按动快门然后下来，再又抢到前面去照。

这时导演喊停，把我叫过去说："你刚才那个动作太快了，上去按了一下快门就下来，在镜头里时间太短了，要演到三秒钟以上，镜头里才能看清楚，明白吗?"

"明白了！"

"好！重新开始！"

这时我听见执行导演加纳·沙哈提对那些年轻的群众演员说："你们得动起来！"

我对加纳导演说："导演，你得让他们知道怎么才像记者，必须得挤、得抢、得跑起来！而且那相机不是咱们现在使的傻瓜相机，必须要有上胶卷、上快门和对焦距的动作啊！"

"你跟他们说说！"

"我又不是导演，你跟他们说吧！"

"没关系，你说！"

"好吧！大家过来啊！既然导演发话了，只好我跟你们说说。咱们演记者就是要抢镜头，要跑前跑后、挤过来挤过去才能抢到好镜头，不能没事人儿似的闲溜达！再有这些相机都是老式相机，一定要把上胶卷、快门和对焦距的动作做一下，不然就太假了！知道了吗？"

"哦！知道了！知道了！"大家你一声我一声地答应着。

导演喊了一声："开始！"

大家都跑动起来，我也重新站到椅子上，先看了看前面，再做了拍几张照片的动作。听见导演喊了一声"过了！"这个镜头就算是完成了。

因为一场戏要从各种角度拍不同的景别，有全镜、近景、特写，每个主要演员的分镜头，正面拍完也许还要拍侧面和反打镜头和各种局部特写等等，每一场戏都要拍很多次。

虽然我演"摄影记者老王"演得很尽职，不过最后观看的时候我的很多表演都被掐掉了，大概是不能给我这个小角色太多的曝光时间吧。这个镜头拍完了，同一场戏的其他镜头还要表演很多次。就在我继续卖力拍摄其他镜头的时候，执行导演走到我身边说："老先生！您都出了镜头了！看来您真没拍过，怎么一点镜头感都没有，快到那边演去吧。"

我窘得满脸通红，赶紧跑到镜头范围内接着演。

回想起来，第一次参加电视剧拍摄的几场戏里，我至少犯了三大错误：忘记台词、表演时间太短和没有镜头感。

可是，谢谢老天爷赏我这碗饭吃，"摄影记者老王"的角色就这么定下来了。从北京一直演到上海，我跟着剧组前后拍了一个多月。从此开始了我的业余演员生涯。

后来我才知道，"老王"这个角色，剧组已经找了好长时间了，一直没找着合适的。据说导演的要求是：会演戏，会照相，年纪大一点，长相实在（好给那个年轻漂亮的女记者做陪衬），最后一条也很重要，片酬不能太高。

这五个条件加在一块儿，有点让人为难。而我除了第一条，其余四个条件都算符合，所以侥幸被选上了。

在这个剧组里，我最大的收获是结交到了几个好朋友，他们在表演技术方面给过我很多指导，后来还好多次帮我介绍导演和剧组。

四、你也能当演员

究竟什么人能当演员，对很多人来说是个谜。我说了可能你也不相信，什么人都能当演员。首先，演员圈子就是大社会里的一个小社会，既有大腕、主角、男女一号，也有作为活背景的群众演员。不少角色演员就是从演群众演员起家，后来甚至成为明星的。

其次，长得丑也能当演员。圈子里流行一句话："不长一帅，就长一怪。"很多长得丑的演员，片约不断，比漂亮演员还耀眼呢。

其三，演员这活儿笨人也能干。为什么这样说呢？拍摄过程看上去很复杂，可那是大家伙儿分工合作的事儿。有人负责给你化妆，有人负责给你穿服装，道具师把道具放到你手里，灯光师把光线打好，摄影师负责把你拍清楚，编剧把台词写好了。你只需要把词儿背下来，按要求说出去就行了。

你的任务就是把台词说好。导演让你生气地说，你就生气地说；导演让你高兴地说，你就高兴地说；让你对着谁说你就对着谁说。

说话你会吧？生气你会吧？高兴你会吧？就这么简单。有位著名导演就曾经直言："你不会演戏没关系，我教你演。"影视剧是导演的艺术。

我曾经应朋友之邀在电视剧《雪豹》中饰演日本剑道大师，同场演戏的还有著名演员文章和日籍演员小黑。我可是一句日语也不会，剧组里有一个年轻老师教我说日语，我学了这句忘了那句，学了后面的忘了前面的。导演知道了就吩咐说，台词错了没关系，反正后期要配音，只要把音节数目记住了，能对口型就行，别说多说少了。开拍的时候，只有一个三音节词汇"阿其妹"是我亲口喊出来的。

那年冬天奇冷，据说是地球进入了小冰河时期。而我自打从赤道回来就特别怕冷。我尽量多穿衣服，看起来胖了一圈儿。穿上服装，一向"仙风道骨"的我平添了几分虚张声势的武士味道。

按照导演的要求，要表现出日本人目空一切、狂妄自大的傲慢劲头，我就使劲地撇着嘴；训练那些武士打斗的时候要严厉，我就瞪大眼睛；看见弟子表现出色的时候要欣喜，我就眯着眼笑。我再按照自己的想法加上了一些点头鞠躬之类的动作，导演表示很满意。

全场人看我咿咿呀呀不知所云地装腔作势，都想笑又憋着不敢笑。

《雪豹》开播的时候，我特意仔细看了这场戏，配音效果不错，想起拍摄时的情景，还是忍不住想乐。

当然，演戏也像其它行当一样，干起来不难，真想干好了，干出彩儿，也不那么容易。

我常说自己笨别人还不大相信。我举个例子。

那天，《走向共和》拍到老王冒充律师在应大人家里骗取密码本的那场戏，我有几句台词。上午拍了好几个角度，我以为拍完了，松了口气，属耗子的撂爪儿就忘，直接把台词扔到脑脖子后头去了。

没想到午饭之后，导演又叫我们上场，说还差一个场景，从头再来一遍。我愣住了！导演喊开始，我硬着头皮走到镜头前，张口结舌站在那儿什么也说不出来。现场几十个人都看着我一个。导演喊停，问我怎么了。我吭吭唧唧说想不起台词了。

导演皱着眉头叫人把剧本拿给我，谢天谢地，我看了几遍总算是回忆起来了。前后不到一小时，等这个镜头拍完了，我口干舌燥要虚脱，拿了瓶水找个地方就躺下了，身上疲劳的感觉跟刚搬了座山一样。

……

对于少数悟性极高的天才演员来说，把戏演好可能是件简单的事。我们傻瓜们用了一辈子也无法达到的高度，人家一入门就达到了。

有位老演员非常谦虚地说："其实我也没有什么长处，只不过背台词不费劲，一般看一遍就行了。"听见这话，我惊呆了。因为对我来说，也许是因为演出经验少，也许是因为年纪老了记忆力减退，也许是因为没有掌握背词儿的技巧，估计主要还是因为太笨的缘故，背台词简直太困难了。

但是我知道背台词有多重要，如果不能背到滚瓜烂熟，演出时就没有表演余地了。笨鸟先飞，我的办法就是尽量提前把台词拿到手，然后用所有的精力抓紧时间背。

有些剧本是一面拍一面修改的，也许明天的台词，今天晚上才会交到演员手里。在这种情况下，我就会找一个清静的地方，比如楼上的平台、路边的小树林什么的，一直背到下半夜甚至快天明了才能去睡一会儿。

我现在才总结出了一点背词儿的经验。

首先要弄清楚这段台词说的是几个意思，让自己有一个模糊概念。然后把关键词记住，用关键词把整句台词连贯地记下来。最后记住每句台词的前两三个字，只要这两三个字一说出口，后面的台词就能脱口而出了。

尽管有了一点经验，依然不敢大意，做不到像那位老演员一样"看一遍就行了"，不敢稍有懈怠，还是得以勤补拙啊！

说起演技，大多数人都觉得想哭就哭，想笑就笑是不容易做到的。明明不高兴的时候需要笑，真笑不出来就很麻烦。在演出中我也找到了一点笨办法。比如对着镜子给自己一个怪样，实在不成就对着镜头"哈哈！哈哈！"笑上几声，就会笑了起来。这个技巧可是我用了一年多才总结出来的。

"哭"可就难得多了，因为哭的时候得要有"干货"——眼泪。心里没那么难过，却要哭出声，还要流出眼泪，这可是表演的一个难点。

据说饰演"小婉君"的演员金铭在演出的时候，就随时都能流出眼泪，而且控制力极高。她居然能跟导演讨价还价，导演说需要哭出两对泪珠儿来，她说一对半吧！导演同意了，于是在演出的时候，她靠近镜头的那只眼睛流出了两滴泪水，距离镜头较远的那只眼睛，只流出了一滴。这个孩子真是一个天才，让人望尘莫及啊！

经过反复思索和练习，我也找到了一个笨办法。在需要哭出泪水的时候，连续两次急促地吸气，重复三到五次，鼻子就发酸了，再想一些难过的事情，泪水就出来了。你也可以试试，这个法子很有效，是我用了七八年才总结出来的。

我们这些天分不高的人，如果能够战胜自己的胆怯、紧张、记忆力差、表演能力差这些弱点，坚持下去，等到慢慢地有了一定积累，戏路也就会越来越宽了。

不过，当演员也是件人前风光，人后免不了受罪的事儿。在电视剧《少年天子》中，我扮演的是太医，这个角色不管见了谁都要下跪：明明是给皇后治病的戏，号脉问诊总共没几分钟，俩膝盖可没闲着，太子来了要跪，皇太后来了要跪，皇帝来了更要跪……戏份儿没多少，频率最高的动作就是下跪了。

至于夏天演冬天的戏，或者冬天演夏天的剧情，对演员来说也很受罪。就算是春秋季节，拍夏天或冬天的戏，也照样很难受。

拍《走向共和》那年，正是夏天。饰演袁世凯的著名演员孙淳，为了角色需要，虽然已经增肥了不少，但拍摄时为了表现出身体的肥胖，里边还要加穿一套特制的棉服。每场戏演下来，他的棉服都能拧出水儿，又不能用太阳晒，晒过之后棉服就更热了。只好每拍完一场戏，就用大电扇吹一会儿，就那么一会儿工夫，根本吹不干，意思意思而已。如果连拍几场，他就得一直捂着那件湿漉漉的棉服。

可是在镜头中，谁也看不出孙淳老师受着多大的罪，他的这种敬业精神，成了我的榜样。

在电视剧《玫瑰绽放的年代》中，我演一个山里的老中医，和著名女演员李琳有一场戏。

戏是冬天拍的，穿的也都是棉衣棉裤。前一部分有台词和表演，基本上是守着火盆拍的，没觉着冷。后一部分戏要求我中风，没台词，只躺在炕上，张开嘴"呃！呃！"地叫几声就行了。

我心想，不用说台词儿，光用手比划几下，吭哧几声，太简单了哈哈！拍到这儿的时候，我二话没说径直躺下，"呃！呃！"地叫起来。万万没想到，这场戏还有一个演员，台词没背好，三番五次掉链子，再加上全景、特写、远景、近景，各种镜头反复拍，我这个罪受得可就大了。因为睡的是农村土炕，这种炕如果冬天不烧火不做饭的话，和地面简直就没什么区别。躺在上边十分钟还能坚持，时间一长我就止不住上牙打下牙浑身哆嗦，一边还得"呃！呃！"地叫着。别人不知道的还以为我是躺在炕上享清福呢，谁都没想到我已经透心凉了。我只好坐起来跟导演说："导演！停一会儿吧！这土炕太凉了，实在受不了！"导演一愣，赶紧叫人给我端来一杯热水。可我已经冻得都端不住水碗了，赶紧穿上棉大衣跑出去，绕着大院一直跑到第三圈儿才算暖和过来一点儿。

回到屋里，我喝杯热水，爬到冰凉的土炕上，伸腿儿躺下继续拍摄。那情形虽然比不了刘胡兰，没点儿敬业精神也是做不到啊。我就这么一直挺着，直到导演喊："停！过了！"导演话一出口，我立刻翻身滚下土炕，披上棉大衣，又围着院子"撒欢儿"跑了起来。看着我的狼狈样，大伙儿都笑个不停。

别看我人挺傻的，算起来我已经是第二回扮演智慧之父老子了。第一回是协助中国道教协会拍摄《智者老子》，第二回是参演道教旅游胜地西安周至县的宣传片《寻道启智》。《寻道启智》有一部分镜头是在周至县大熊猫和金丝猴保护区，一个仙境般的场景中拍摄的。

时值七月上旬，北京天气已经很热了。西安在北京的南边，谁知道周至县的山里却是出乎意料地冷。天气阴沉沉的，山谷里雾气弥漫。吃完了没热气儿的早餐，我为了显出仙风道骨，换上了两件轻薄飘逸的长袍，我的妈呀，比皇帝的新衣勉强强点。

那个场景是老子站在江中巨石上，观山看水，望云闻风。从一开拍我就瑟瑟抖个不停。还没拍完呢，又下上了小雨，江中巨石上满是水，一双新布鞋被泡得开了胶，鞋袜全湿透了，我的两只脚穿在鞋里跟直接站在冰冷的江水里没什么两样。

后来有几个大特写镜头，居然是打着雨伞拍成的。

我回到北京，再想起那仙境般的山谷，刻骨铭心的记忆竟然只剩下一个字"冷！"

演戏这事说容易也容易，把台词背下来，按照戏里的规定情节，说出来就行了。要说难也很难，因为每个人物的身份、年龄、背景以及戏中的情节、气氛，都对演员的表演有要求。这就需要演员事先把自己所饰演的角色了解清楚。

在接到电视剧《三国》剧组通知，确认由我饰演华佗之后，我就开始从网上查找有关资料。我参看了旧版电视剧《三国演义》当中华佗的表演，反复思索在给关公刮骨疗毒和给曹操治头痛病这两场戏中，对方的身份地位和华佗正确应对的态度。老演员把这些事前准备叫"做功课"。

关羽是蜀国五虎上将之首，是盖世英雄，华佗对他也应该久闻其名，非常敬仰，看到关羽在接受刮骨疗毒时镇定自若，应该感到非常惊讶和敬佩。所以我要把华佗对关公的敬仰、敬佩和惊讶都表现得很到位才行。

但是，华佗自己也是名噪一时的神医，看病开刀都属分内之事，再重的伤病到了他那儿都是小事一桩，再大的官阶到了他那儿也都是病人一个。所以无论对关公还是曹操，华佗都要表现出神医的风采，不卑不亢、落落大方、镇定自若、自信沉着。

有了这些人物分析，无论说台词还是做动作、打手势、身体姿态，就都能把握住了，表演起来也就游刃有余。

今年拍摄大型历史宣传片《望海南（三）南天一柱》，我有幸被选中饰演重要历史人物苏东坡。虽然只有两天的表演时间，我却不敢稍有疏忽。

先前我只知道苏东坡是豪放派词人、大书法家，这次读了林语堂的《苏东坡传》，才了解了他苦中作乐的人生态度、不拘小节的生活习惯，也读懂了他自讽自嘲喜唱反调的处世风格。苏东坡"能狂妄怪僻，也能庄重严肃，能轻松玩笑，也能郑重庄严"。

和苏轼相比，我除了是个"乐天派"，很多时候"天真得像小孩"以外，其他都相距甚远，天壤之别，尤其人家和"傻瓜"二字根本不沾边儿。

接到拍摄脚本，我就开始反复琢磨，应该以什么表情姿势和举止，表现苏东坡的风采。几天下来，我逐渐在脑子里形成了一个既复杂又清晰的人物形象。

天涯海角的海南生活，是苏东坡一生最为凄苦的阶段。我觉得，既要表现苏东坡的乐天旷达，也要展示出他的深思清高，他的悲凉落魄。

因为是宣传片，演员不需要背台词。不过，干演员这行的都知道，没台词的戏比有台词的戏难演多了。导演说要无奈，你就得表现出无法可想、迫不得已的感觉；导演说要茫然，你就得做出失去方向感、不知路在何方的表情和动作；导演说要凄苦，就得有悲凉无助、不见天日的愁苦神情。

这次的演出任务还有一个为难之处。因为当时的海南是座荒岛，现在不好找，也因为经费紧张，所以导演计划全部在棚里拍摄然后用电脑做外景。为了便于电脑抠像，周围全是绿色帷幕，最多只有一间草房。演员想要见景生情都是奢望。或在大陆、或在船上、或在荒岛、或在林中，全凭导演一句话。

表演中，要是一闪而过的几秒钟镜头，问题也还不大。要是超出十秒，演员的动作、姿态再没有大的变化，就会显得十分呆滞。可以说，这种情况就等于在考较演员生活阅历、表演技巧和应变能力。

开拍的时候，我有备而来。听了导演的指导安排，我加进了一些自己对苏东坡人物的动作和姿势的设计。比如读书时穿着木屐翘着二郎腿半倚半靠在椅背上，下围棋时身形前倾、左臂枕桌右臂却搭在后面的椅背上，在船上遥看大陆挥臂甩袖，在山间小路上脚步踉跄踯躅前行等等，还有一些即兴发挥，都得到了导演的高度认可。

时值十二月的北京隆冬，我披星戴月，早出晚归。为了逼真再现海南生活，我不得不光脚穿上木屐。为了拍出海风吹拂的感觉，导演甚至动用了两台鼓风机，一台负责吹动我的胡子和头发，另一台负责吹动我的袍襟和衣袖。远景、近景和特写，各种分镜头，各种角度，一遍又一遍地拍摄，骨相清癯的我，则身着单衣，在严寒中襟袖飘飘，迎风而立。

还有一场苦戏，由我和苏轼的小儿子一起表现屋漏躲不开的惨象。演员脸上头上都必须看得见挂着亮晶晶的水珠。这场戏分成三四个镜头来拍，化妆师们虽然满脸不忍，但还是齐心协力往我乱蓬蓬的头发上洒了好几遍水。当冷水顺着脖颈往下流的时候，我心想，谢天谢地上辈子烧了高香，没在腊月开拍。

……

感谢张卜牛导演，他对我的关怀真称得上是无微不至。每当拍到上身或者大特写镜头，看不见脚的时候，张导都会特意让服装师帮我换上保暖的鞋；鼓风机也是，能少用一台就少用一台。他还经常吩咐人给我倒热水喝。甚至每当一个片段演完之后，张导都没忘了关照我赶紧把羽绒服穿好，生怕把我老人家冻得流鼻涕。

拍摄过程太顺利了。导演指导给力，演员配合到位，很多镜头都十分精彩。两天之中居然有两次，当我和同伴的表演告一段落，全场工作人员都情不自禁鼓起掌来。最后一场戏杀青，比预计时间提前了约莫两个钟头。当时，孤独的我还深深沉浸在苏东坡徘徊和迷茫的情境之中。只听见张导大声说："过了！感谢蔡老师的精彩表演！"场上再一次响起热烈的掌声！

张卜牛导演满面春风走上前来握住我的双手，高兴地说："谢谢蔡老师！这次演出认识您很高兴，希望有机会继续合作。"我身上的紧张和疲劳一扫而光，受到了极大的鼓舞。

五、影视圈里的规则

掐指算算，在影视圈里，我玩了也有十来年了。

作为一个业余表演爱好者，我从当初到处揣摸角色，到现在忙忙碌碌每年都要参加几部电影、电视剧的演出，还要拍几十个广告，连很多老演员都觉得不可思议。

我心里明白，我之所以能做到现在这样，不是因为我演技有多高或者我相貌有多英俊，而是因为我遵守了这个圈子里的游戏规则。

老演员们说："在影视圈里玩得好，有三个条件：一是会演戏，二是身体好，三是人缘好。"这就是我说的游戏规则。

首先，你要会演戏，要掌握表演的那些基本功，比如说口齿要清楚、普通话标准，会倒口（说多种地方方言）；背台词要又快又好，语气恰当；肢体语言要准确，眼神、表情要丰富等等。这些基本功都没有，不能完成剧情对角色的要求，导演一般不爱用你。

其次，如果你血压高，有心脏病什么的，不能承担繁重的拍摄任务，当然也就坚持不下来，吃不了这碗饭。

最后，就是人缘儿要好。在我和那些影视界前辈合作的过程中，经常能够感受到他们的亲和力和人格魅力。

记得在拍《思念汤圆》广告的时候，主演是大名鼎鼎的成龙。见面之后我说："成龙老师！你好！能跟你合作很荣幸啊！"成龙说："您可千万别叫我老师！您才是真正的老师呢！"拍完片子之后，大家都要跟他合影。我也对他说："咱俩合个影好吗？"他说："好好！来吧！"之后还有很多人想合影。成龙说："干脆我们大家一起合影吧！"于是全体工作人员和他一起合影。一个国际影星，也能这么随和，平易近人，不容易啊！

在电视剧《非常九零后》中，我有幸与彭玉老师合作，扮演了一对黄昏恋的夫妻。

彭玉老师比我大十二岁，当她知道我比她小这么多之后，哈哈大笑着叫我小老弟儿，说我"玉树临风"，让我受宠若惊。

拍戏间歇彭玉老师和所有的演员分别拍照留念，开心地笑着和大家聊天。

也许是因为彭玉老师给人感觉太亲切和蔼了，她大方自然的风格激发了我的表演情绪，我们合作的戏份表演出乎意料地顺利，导演特意停下拍摄，专门用了半个多小时加写了一段我给彭玉老师送书求爱的情节。

在电视剧《嫦娥奔月》中，我有幸与当时最火的明星杜宁林老师扮演夫妻。

杜宁林老师是国家一级演员，曾经活跃荧屏，在《辘轳·女人和井》《篱笆·女人和狗》《古船·女人和网》等几十部影视剧中担任重要角色。她在《离别广岛的日子》里出演流落中国的日本遗孤竹田繁子，打扮起来也是个温婉可亲的美人儿呢！

在十几年前那些火爆的农村题材影视剧中，最令人羡慕的形象就数狗剩儿媳妇了。狗剩儿媳妇貌不惊人，却有本事让铜锁——那个令父兄失望、妻子伤心的烂赌鬼浪子回头，历尽坎坷收获了属于自己的幸福，真让人感慨缘分妙不可言。因为杜老师演的狗剩儿媳妇深入人心、家喻户晓，我也沾光在剧组里得了一个外号——"狗剩儿"。

杜老师为人非常随和善良，她的赞扬对同龄人和年轻人都毫无保留。她不仅自己表演起来很是放松自然，还能把气氛传染给别人，带动与她合作的演员。

候场的时候，杜老师经常主动跟我聊天。她说："只有在平时不拍戏的时候互相有交流的演员，在正式拍戏的时候才不会生分。"杜老师这是在不显山不露水教我怎么演戏呢。杜老师说的话、杜老师敞敞亮亮的笑声和她专注倾听的眼神，能让每个和她共处的人都感觉愉悦，都和她待不够，构成了一个和谐的磁场。做演员就得是这样。

如果一个演员自视甚高，把自己看得非常了不起，不能摆正自己在剧组里的位置，不能融合到剧组这个临时大家庭里，他的艺术生命也不会太长。就算他演技高，大家都惹不起他，可是也许就有这么一个不起眼的人在导演面前来上一句："导演！这个人……我不说了！"就这么半吞半吐欲言又止的半句话，没准儿就能让导演心生疑虑，把本来可能属于他的角色砍掉了。

其实仔细想想，这三个原则适用于所有领域，一个有工作能力、身体又好、人缘也好的人，在哪里工作都会出成绩的。就算扮演一个不用说台词的群众演员，也要和其他演员和副导演把关系搞得好一点，才有可能经常有戏演。

我也经常被问及娱乐圈的潜规则。提起"潜规则"，人们的第一印象往往锁定在娱乐圈，也许是因为娱乐圈与媒体接触最多的缘故。所谓"潜规则"，顾名思义，就是看不见的、没有明文规定的"规则"。对此我也有一些自己的想法。

第一，"潜规则"从来就有。

"潜规则"绝不是这几年才出现的。自从人类社会诞生，伴随着人们自我意识的觉醒，这种与贪婪和私欲紧密联系的社会现象就出现了。"朝里有人好做官，厨房有人好吃饭""一朝天子一朝臣"，哪个朝代不是这样。在现代，随着改革开放和市场经济的不断发展，更多"潜规则"也应运而生。

第二，"潜规则"无处不在。

不管什么地方，也不论什么职业、领域（圈子、界、业、系统），只要有人类活动，就有"潜规则"现象：手术刀下有"潜规则"，交警罚款有"潜规则"，官场升迁有"潜规则"，职场劳动合同有"潜规则"，足球裁判嘴里有"潜规则"，高速路通车也有"潜规则"……不胜枚举，只不过人们了解的程度不同，被媒体曝光的程度不同而已。

遇到没遇到和接受不接受"潜规则"，与存在不存在"潜规则"，是两码事儿。既然是古今中外普遍存在的现象，就用不着大惊小怪，也用不着紧盯不放。如此纷繁复杂的社会，以一己之力，根本无法改变和控制它。

我认为，做任何事情，都是有付出才有收获，至于付出什么，付出多少，怎样付出，不同的人有不同的方法。就像《地雷战》里说的，"各村有各村的高招。"

很多处世道理要靠自己去"悟"。比如说"舍得"之道，谁都知道没有"舍"就没有"得"，但是我们即使知道也未见得就肯舍、敢舍和会舍。不仅要肯付出，还得要付得起，无论是物质的还是精神的，要愿赌服输。做生意不会总赚不赔，如果付不起，那就趁早别干了。好在"潜规则"也并不是人类社会、不是娱乐圈的唯一规则。

好在除了"潜规则"，还有硬道理，比如说"人招人千声不语，货招人点手即来。"说句实话，我以这把年纪，进到圈里来玩玩，并不指望靠它出名和发财，所以我的无敌秘招，就是尽自己最大努力把给我的角色演好，争取有一个好口碑。

经常有一些外地朋友问我，怎样才能进入北京影视圈？在这里也简单谈谈我的想法。

第一，要解决食宿问题。

先得有地方吃饭，有地方睡觉。如果在北京连生存问题都无法解决，就没时间没精力去跑组，见导演，送资料和学习知识。

第二，要联络一些朋友。

得有朋友互通消息，互相推荐。不管是电影剧组或者电视剧组，不管是演群众还是特约，不管给多少钱，不管远近冷热，不管上山下水，不管演好人坏人……只要有活就干。

第三，要有勇气，做好思想准备。

要是没朋友推荐，就得自己带着照片资料毛遂自荐。跑遍全北京，争取一个剧组都不落下。或者像王宝强那样，就在北京电影制片厂门口守株待兔。已经有不少演员通过这条途径实现了自己的梦想。一旦认识了一个导演或者副导演，就要用尽一切办法引起他的注意，让他对你有好感，以后就不愁没戏演了。

既然身为傻瓜，脸皮不妨厚一点。像我们这样的人，傻也够傻了，笨也够笨了，要是还想做出一点成功的事情，怎么能不向人请教呢？也许你问的第一个人不愿意搭理你，问的第二个人不愿意搭理你，问到第三个、第四个人，第五个、第六个人的时候，也许就会有一个人告诉你了。只要有一个人告诉你，就有希望成功了。

其实不管大事小事，我们都一直在自觉不自觉地依靠外界力量，使自己成功。

我们会乘车船飞机到自己想去的远方，也会用钳子、剪刀，帮自己夹住一个螺母或者剪开一块布料。

但是，"上山打虎易，开口求人难。"说到借助他人的力量，向别人学习、请教，和"人"打交道，我们就会觉得不容易。其实这也是因为还不太习惯，一旦做得多了，习惯于在遇到困难的时候向有能力的人请教，也就不是什么天大的难事了。无非是硬着头皮、厚着脸皮。如果人家不告诉我们，我们并不会因此失去什么；如果人家告诉了我们，我们也就得到了。

生活中，很多人怕引起别人的反感而从不找人帮忙。其实，这种想法是错误的。如果你的请求恰是对方最拿手的，对方说不定会心情愉悦，对你产生好感。

因为当你请求他人帮忙的时候，实际上是把自己放在了一个较低的位置上，从而满足了对方天性中获得他人尊重这种潜在的心理需求，让他感觉自己被需要，自己的存在很有价值。所以，如果是对方力所能及或者擅长的事，对方一般是不会拒绝的。

这不仅是一种思想观念，也是一种生存的技能和成功的方法。聪明人往往也需要这样做。我们傻瓜尤其要相信，在向别人求助的时候，如果能够主动一点、积极一点，有诚恳的态度、真诚的心，一定会有人伸出援助之手。也许会遇到不理睬、嘲笑、讽刺、挖苦、打击甚至辱骂，这时候千万不要怕，这是每个想要把事情做成功的人都难免遇到的事情。

人说"我是流氓我怕谁"，我们要告诉自己，"我是傻瓜我怕谁！"

师父领进门，修行在个人。按我指的路走，成功了，不用谢我；要是失败了，说明你还得加把劲儿。如果不打算改行，那就再想法子提高提高自己的素质和水平，是金子总会发光的。

八、再说写作

念小学的时候，听说有的同学每天写日记，把我羡慕得不得了，于是我也开始每天都写。

因为记下的事情没什么重要的，所以我写完了一本扔一本。在提倡写革命日记的年代，我也追过一个时期的流行。后来我发现大家写的内容都差不多，几乎都是革命口号，也就不大写了。但就是这样断断续续地写，竟然也让我养成了想起什么就写什么的习惯，喜欢用文字记录下自己的经历，表达自己的思想。在上高中的时候，我有几篇作文居然得了五分——这可是五分制，是难得的满分啊！于是我产生了对于写作的热情和自信。

非洲十年，经历了无数新鲜事，又勾起了我的记录欲望。回国时我最大的精神财富，就是写得密密麻麻的几本日记。都说好记性不如烂笔头，何况我的记性并不好，如果没有这一摞日记，我绝对想不起也写不出那么多事情，写不成《生死非洲》。

在别人看来，也许我的写作水平并不高，可是对我而言，动笔杆子写作，就是我身上能拿得出手的为数不多的本领之一。

我的体会是，如果经常写一些短篇故事、散文、议论文，感觉到可以用笔叙述一个完整的故事了，这时就可以写一部长篇小说或者纪实文学等大部头作品了。因为所有的长篇著作，其实都是由很多小短篇组成的。仔细看看那些名著或者优秀的文学作品，我找到了一个规律：如果一本书以人物为题，那么这本书一定是以事件为描述主体，每一章或者每几章写一个或者几个事件，由大大小小的事件构成作品；如果一本书以事件为题，那么这本书一定是以人物为描述主体，每一章或者每几章重点写一个或者几个人物故事，由若干人物故事构成作品。

最典型的要数《西游记》了。师徒四人所经历的每一次磨难，都是一篇中短篇小说。九九八十一难就是八十一篇小说，再加上开头和结尾就构成了这部鸿篇巨著。第一回至第十二回是全书的引子，其中前七回讲孙悟空的出身和大闹天宫等故事，为他的神通广大和后来追随唐僧去西天取经提供背景材料；第八回至第十二回则介绍小说的另一主人公唐僧，交代取经的缘由；第十三回至第一百回，是全书的核心部分，讲述唐僧、孙悟空、猪八戒、沙僧师徒四人与各种不同来路的妖魔斗法，降妖伏魔的故事。

吴承恩晚年辞官离任回到故里，直到完成《西游记》的创作，总共历时八年。

在这八年当中，无论什么原因，比如懒惰、疾病、贫困、失望、贪图享受、怕苦怕累……只要是放手，不再坚持，这部名著就无法完成。

对于作家来说，一天写个几百字甚至几千字，都是件小事。但是如果没有这样一天又一天坚持做小事的精神和毅力，大事也就做不出来，大部头著作就写不出来。

所以，如果真要立志写作，经常写日记绝对有好处。一方面，勤练笔，能让自己到了想写东西的时候不至于手生；另一方面，能够随时记录下自己的生活经历，记录下一些思想感悟。在记录的过程中，也能激发自己进一步的思考，帮助自己更客观更深入地分析和了解事物。最为关键的一点，是能够帮助我们培养恒心，培养从事写作不可或缺的日复一日坚持不懈的恒心。

在这个世界上，能让我们傻瓜说了算的事情少之又少，日记就是这样一个领域。即便是没遇上什么可歌可泣的大事件，也没蹦出来什么独具慧眼的新发现，随便发几句牢骚、发点感慨也没什么不可以，我的地盘我做主，想写什么就写什么，想怎么写就怎么写，不管用什么笔写，不管什么时候写，不管记叙还是抒情，哪怕是想画画儿，连涂带抹，都与他人无关。就像拥有了一亩三分自留地，爱种什么都行，真是一件想想都觉着惬意的事。

在非洲，我写过一篇日记，自己觉着有趣，在此野叟献曝，博大家一笑吧。

一九九六年二月十一日　晴

余自幼爱好甚多，做学生时爱文学也爱理化，成人之后，喜集邮、围棋、摄影、绘画，也喜唱歌跳舞。

百花之中，美丽娇艳不胜枚举，余独爱菊花。非因陶公，非为三友，爱其花开怒放。余意万紫千红之中可称怒放者，唯菊花也。

鸟类之中，鲲鹏余所未见，众飞禽中独爱鹰。爱其击长空而翱翔，嗜热血而不求长寿，壮哉！

走兽之中，猛虎为余所爱，虽素闻虎儿得道反伤猫之说，亦不曾惑。然余观虎图却少有属意者，皆因画中之虎较余心中之虎，差之远矣。

既临非洲，乃悟鳄鱼为余此生最爱。

鳄鱼奇丑无比，且有凶残之名，虽肉可食，皮可用，然其它竟无可取之处。为何喜之？

且听鳄鱼自白：

吾极丑，丑之奇，无以伦比，令人生畏，凶残无俦亦不可等闲视之。

丑怪之极而凶残之甚，以坚爪利齿面对世界。不管余物其美几何，吾依然故我，丑陋如斯，凶残如斯，无怨无悔，其谁能奈吾何！

吾乃恐龙之近亲，恐龙灭绝而吾仍世世繁衍，且生，且长，生生不息。

或有更凶残者，或有更长寿者，然比吾更丑者几无！

吾为奇丑无伦而骄傲！

这其实就是我当年面对艰难困苦，决不屈服的自我宣泄和写照。在非洲，那么艰苦的环境，那么孤独，那么无助，我心里多么渴望自己能像鳄鱼一样顽强。我要按自己的想法活下去。

第 六 章

傻瓜贵坚持

在我们身边，有什么比石头还硬，又有什么比水还软？水滴石穿靠的是什么？靠的是坚持不懈。

也许我们的人生路上总是布满障碍险阻，所到之处荆棘丛生；也许我们渴望的风景总是山重水复，看不见柳暗花明；也许我们不得不在黑暗中摸索很长时间，磕磕碰碰，跌跌撞撞，头破血流鼻青脸肿，才能找到属于自己的正确出路……

在困难和挫折面前，我们要勇敢、坚定、自信，对自己说一声：坚持，别放弃，再前进一步！

法国拿破仑说过："人生之光荣，不在永不失败，而在能屡扑屡起。"

说起百折不挠，坚持到底，有位人物值得一提，他就是世界电影界顶尖巨星史泰龙，很少有人能想象这个永不低头的银幕硬汉有着多么辛酸的人生经历。史泰龙出生在一个暴力家庭，曾经是一个街头混混儿，直到20岁才思索规划自己的人生：从政，可能性几乎为零；进大公司，没有学历文凭和经验；经商，穷光蛋一个……没有什么像样的工作适合他。于是他认准了当演员这条路。史泰龙把当时世界上所有著名男演员都模仿了一遍。然后他开始求导演、找制片，寻找一切可能使他成为演员的人。结果他总在试镜之后遭到拒绝——因为他的眼睑下垂，因为他的声音太低沉。

穷困潦倒的史泰龙住在破败的汽车旅馆里，靠干零活谋生。为动物园清洗狮笼，送披萨饼，帮人照看书摊，在电影院当领座员，同时继续寻求机会。

在失败1500次以后，史泰龙改变了策略，开始一心一意写起剧本来。为了集中注意力，他干脆把窗户涂成了黑色。他从看电视开始练习写作，每看完一出戏，就去体味其中精华部分，然后自己思索写出同类型的一幕。

一年之后，电影剧本《洛奇》写出来了，史泰龙又四处走访导演要求扮演男一号。"剧本不错，当男主角，简直是天大的玩笑！"他又遭到一次次拒绝。在这过程中，史泰龙不断对自己说，"我一定要成功，也许下一次就行！再来一次！再来一次！"

在遭到1854次拒绝之后，有一天，一位曾经拒绝过他20多次的导演终于给了他一丝希望："我不知道你能否演好，但你的精神感动着我。我可以给你一次机会，但我要把你的剧本改成电视连续剧，先只拍一集，就让你当男主角，看看效果再说。如果效果不好，你就从此断了这个念头！"

终于可以一展身手了！史泰龙全身心投入，这一集电视剧创下了当时全美最高收视纪录！史泰龙成功了！1854次拒绝，1854次折磨，史泰龙终于在第1855次一炮走红。

孟子说："天将降大任于斯人也，必先苦其心志，劳其筋骨，饿其体肤，空乏其身，行拂乱其所为，是以增益其所不能。"我得知这句话，是在上高中的时候，后来它义不容辞地成为了我激励自己的座右铭。

干到二十五岁了没见什么成绩，是因为心志还不够苦；活到三十岁了也没什么建树，那是筋骨还不够劳累；熬到四十岁了不见有什么成功，是磨练的火候还没到。五十多岁的时候，我为避战乱从艰苦创业多年的非洲逃回国内，捡了一条命，不得不从头再来。我很痛苦，为什么上天总是行拂乱我所为呢？难道这一生都只能是在"苦心志，劳筋骨，饿体肤，空乏身，行拂乱吾所为"之中过去吗？直到六十岁左右，我才慢慢感觉到，这几十年的"苦心志，劳筋骨，饿体肤，空乏身，行拂乱吾所为"，一路走来，的确是慢慢地增益了我所不能。之所以我比其他人成功得晚而且成就小，其根本原因还在于自己智商太低。所以说，孟子说的那个过程是必须要经历的，而时间的长和短，却是因人而异。从此以后，我就把遇到的所有失败，都看成是一种必然的现象，以平和之心来看待它们。

一个人如果在失败之后不能把握自己，就会陷入精神上的惶惑，看不见已经取得的成绩，更难提起精神克服困难。这种心灵上的痛苦，对每个人都是一种煎熬。

如果能够接受上天"苦其心志"的考验，总结经验教训，一旦想通了，就会在思想上形成飞跃，感觉豁然开朗。

我虽然已经年过半百，可是因为本来自己就是个傻瓜，要想成功，当然需要耗费更多的时间啊！刚刚过了五十岁就不想继续奋斗了，真是太说不过去了！所以，我告诉自己："我以前很努力，现在很努力，未来还要继续努力！"

在遇到挫折的时候，要学会从容地面对一切。人生奋斗的过程就像上山，如果想在短时间内登上顶峰，必然累得死去活来。如果能够量力而行，随遇而安地看看风景，陡坡也会变得平缓一些。

尤其面对黎明前的黑暗，精疲力尽和经济窘迫的时候，这时候最需要的就是坚持。永远在心里唱着"再苦再难也要坚强，只为那些期待眼神。"儿时的梦想、朋友们的支持、亲人的期盼和多年前老师的教育……都给我坚持下去的勇气和信心。

终于，我成了作家。前面有什么样的定语我不在乎，没准儿是业余作家、三流外作家、非畅销书作家、无名作家什么的，反正我是作家了。我不仅已经出版过好几部书籍，而且还为自己制定了一个"庞大的"写作计划，下定决心"语不惊人死不休"。

终于，我成了演员。不管是业余演员还是串戏演员、过场戏演员，反正我是演员了。不但演过老子，还演过李时珍，演过神医华佗，演过乾隆皇帝……只要导演用我，我就要像历久弥香的原酒佳酿一样，乐此不疲继续扮演更多的角色，乐颠颠地做我的"京城帅老头儿"。

就这样穷此一生，我用我的经历、我的知识，我不断学习的勤奋、绝不屈服的毅力和吃得饱睡得着的乐天性格，在人生的阵地上，攻下一座座堡垒。

一、最要紧的是动手实干

鲁迅先生在谈到他的成功时说："我只不过把别人喝咖啡的时间，用在工作上了。"

我一直认为，如果一个人一辈子只从事一种职业，即使成了大器、大师，也不一定就能说明他比别人聪明到哪儿去，只能说明他比别人花费了更多的精力和时间。

曹雪芹写成了《红楼梦》，有人说曹公天资过人，以我的愚见，未必，如果他真的够聪明的话，就不会让自己沦落到"举家食粥酒常赊"，眼睁睁看着幼子夭折的地步。

因为连鸟类都知道，作为雄性，排在第一位的能力是获得食物的能力。雄鸟追求雌鸟的时候，都会给雌鸟送上虫子。一送虫子，雌鸟就芳心暗许：这家伙生存能力强，跟着他，今后我的孩子不会挨饿。要让自己的家庭无忧免遭冻馁，这是一个连只笨鸟都明白的道理。

现实社会中，除了偶然遇着接受遗产或者天上掉馅饼儿买彩票发财什么的，一般情况下，财富的多少基本能够体现一个人的聪明程度。穷得揭不开锅的人，绝对聪明不到哪儿去。

曹雪芹把心思全都用在《红楼梦》这部鸿篇巨作上了，食不果腹坚持了十年。

咱们也不妨设想一下，假如有个人，有些个经历，有点儿文化，一门心思就想写书，什么事儿都不管，只管吭哧吭哧没黑没白儿地写，吃不上干饭就喝口稀粥，买不起酒了就到酒馆里去赊二两，一写就是十年，能不能写成一本书？我想，就算再笨的人，只要坚持下来，一定也能写成一本让世人认可、点头赞叹的书。当然它很难如《红楼梦》那么精美深刻。不过，话说回来，曹雪芹之后，又有几人作品堪与之媲美呢？

所以，不管我们傻到什么地步，只要选到了一项与我们的天赋相适应的事业，集中精力锲而不舍去实现它，一定能在有生之年获得让那些三心二意的聪明人都羡慕佩服的成功。

一九九四年，我来到了非洲科特迪瓦的首都阿比让。科特迪瓦翻译成中文，就是象牙海岸。让我惊讶的是，当地买卖象牙，就像我们在国内买卖萝卜白菜那么简单。世界上多数国家禁止买卖象牙制品，在这里却不犯法，所以象牙生意相当红火。

我产生了一个念头，能不能发挥自己喜欢动手的长处，搞搞象牙制作，开发出一条新的生财之道呢？

从市场分析来看，不仅中国人喜欢象牙工艺品，各国来旅游的人都喜欢。

当地人能做出来的工艺品，我再重复就没意思了。要做就做当地人做不了的。这时我发现，即使在赤道，中国人也还是喜欢打麻将。很多人渴望拥有一副象牙麻将，朝鲜人、韩国人、台湾人、日本人都是潜在的客户。而我自己又具备哪些条件呢？

第一，象牙原料不是问题；第二，上高中时，校办工厂出产檀木象棋，我在那儿掌握了刻字技术；第三，在北大荒农场，我亲手制作过一副桦木麻将和一副塑料麻将，有实际经验；第四，之前我开中医诊所、开中餐馆，搞汽车出租运营，有了一定的经济基础；第五，象牙麻将有人想没人做，没竞争，我是蝎子拉屎——毒（独）一份。

……

一九九七年，我把这一想法付诸实施。那年我五十一岁。我先买了一个虎台钳和钢锯架、锯条，又买了一台小钻床权当铣床。然后我到象牙市场，花了六十万西非法郎（折合约一千美金），去买了一根长达一米五的象牙（国内这样一根官价大约二十五万人民币），开始试制象牙麻将。

预想过制作中会遇到麻烦，否则也轮不到傻瓜我来吃这第一口象牙"螃蟹"。可是没想到，困难要比我想象的大得多了。

除了手工锯牙的劳动强度很大以外，最大问题在于要保证麻将牌的整齐。长、宽、高保持一致不算难，问题出在色差和纹理。开工之后我才发现，即使同一根象牙，其牙尖、牙身、牙根的色泽和透明度也不相同；即使同一位置，牙体外皮、中部和牙髓的色泽和透明度也不相同。有的象牙有花纹，有的象牙没花纹；有的花纹较明显，有的花纹较模糊；有的从里到外都有花纹，有的光是外皮有……

一副麻将牌做出来，要是看上去有深有浅，有黄有白，有的带花纹有的不带，显然说不过去。我一不做二不休，索性又买来六根象牙，这样就基本能保证坯料的一致了……

在位于赤道的工作间里，我把象牙夹在台钳上，划好线，把硬得跟铁块儿差不多的象牙，用小钢锯一下一下锯成小长方块。我全神贯注，唯恐锯出线外，毕竟手底下不是萝卜。

用电锯和砂轮进行切割、削磨的时候，都得戴上眼镜和口罩。除此之外，为了不让象牙粉末飞扬得满世界都是，同时也为了避免干扰，还得关上门窗。

这没有空调。干不了一会儿，人就像从水里捞上来似的。我只穿一条短裤，带着两层口罩，象牙粉像浆糊一样粘在身上，每半小时休息一次，冲洗一下石膏人儿似的身体，咳出嗓子里的象牙屑。

我改装小铣床的时候，不小心一锤子，狠狠地砸掉了左手大拇指上的指甲，一年之后它才长出来。至于刀削了手、牙屑迷了眼更是家常便饭。

那时候，我带着老花镜，拿着放大镜，在台灯下，专心致志地刻着每一张小牌，顾不上吃顾不上喝，废寝忘食，真像古人说的，"衣带渐宽终不悔，为伊消得人憔悴。"

每当解决了一个问题，或者克服了一个困难，我就买上一瓶啤酒，奖励奖励自己。当时的心思是，无论怎么难，无论用多长时间，一定要把象牙麻将做成。

牌面的雕刻也是件难度很大的事。

在练习运用刻刀的过程中，我发现，雕刻也和练习书法、武术一样，如果一天不练，技术就要倒退。心情烦乱的时候，身体疲惫的时候，废品都会增多。

为此我给自己规定了"三不刻"：未练刀法不刻，心神不定不刻，劳累疲乏不刻。刻筒子比较容易。先做好刻刀，找一个大铁钉，从中间锯下六七厘米的一段，把一头砸扁，再用小钢锉，按设计要求锉成三个尖。把刻刀夹紧在钻床上，对准原料要刻的地方旋转刻刀，一下儿就能刻出一个小筒子。

刻万字也比较简单。凡是看到我的万字牌的人，都会赞一句，没想到老蔡的书法还真是不赖！

我就老老实实告诉他们，我是从朋友那里借来一副塑料麻将，把现成的花样和字体用复写纸描出来刻的。

刻条子难。四张八条的牌，一共三十二根条子，四张九条的牌三十六根条子，要想刻得毫厘不差，真是谈何容易啊。

春夏秋冬、梅兰竹菊相对好刻，猫、鼠、财神比较难，尤其是幺鸡。在麻将牌里，一根条子俗名"幺鸡"。因为麻将牌源起南方，"幺"在南方方言中有"一"的意思。而幺又是"鸟"的通假字，所以正宗的麻将牌幺鸡图案应该是鸟和鸡的合图。现在一般用长尾鸟的简图，过去比较讲究的牌刻的是"百鸟之王"孔雀。因为孔雀恰好属鸡形目雉科，能够滑飞且腿脚强健善于疾走，同时又是华贵吉祥的象征。

要想让四张牌上的小孔雀都刻得一模一样，简直是不可能完成的任务。每只小孔雀需要足足刻上五十刀，一刀刻坏，前功尽弃。我前后一共刻了四十多张，才出了四张大致相同、说得过去的幺鸡。

我看看眼前一大堆废牌，再欣赏欣赏手中立着的四只神气十足的小孔雀，看着它们，心里那份喜欢，真就像看着自己的孩子一样。

这段时间，我一边继续开诊所当医生、搞汽车出租运营，一边利用业余时间断断续续地精雕细刻。从买回牙料，到第一副象牙麻将制成，整整经历了三年。镜中的自己，已是满头白发，就连眉毛胡子也在不知不觉间变白了。

远在几十年前，就有中国人来这个象牙盛产地生活了。很多人都想拥有一副象牙麻将，听说也有人想过要自己动手做一副，可是真没见谁做成了的。这一历史使命终于在我这么一个傻瓜手中完成了。

这件事让我对自己很满意，甚至感到骄傲。

技术成熟以后，我开了一家自己的象牙加工厂。虽然后来遭遇政变战乱，加工厂不得不被关闭废弃，但是半年之内我已经做成并且销售出去了三副麻将，净赚大约七千美元。说起来并没能靠它发什么财，但是，在我的头脑中，这件事有力地印证了"有志者事竟成"这个朴素的道理。

二、世上无难事，只怕有心人

回国以后，写作间歇期间，我在网上浏览的时候，被一枚象牙微型小算盘深深吸引住了。图片里的它，比一角钱硬币还小。收藏者介绍说，这是一把13档算盘，长12毫米，宽6毫米，厚5毫米，框架没有经过拼接，每颗珠子都能顺畅拨动，出品年代不详。我按照说明中的尺寸，在纸上画出了一个小小的矩形，大吃一惊，真是不可思议！它的大小就如同象牙筷子的方头上切下来的一小片，算珠比小米粒还要小许多，穿杆细如发丝，更为难得的是，这把微型算盘，居然是用一小块整的象牙雕出来的！

我对象牙艺术品的兴趣再度被激发出来，之后我陆续收集了许多关于微型算盘的图片和文章。其中一篇文章介绍了陈雨沛先生一件巧夺天工的微雕杰作——"精明算盘"。

陈雨沛先生是当代著名微雕大师，他曾经制作过世界上最小的茶壶，高4毫米、全长6.8毫米，壶内装水0.03毫升，水能从壶嘴倾倒出来。

当时陈雨沛先生的"精明算盘"正在申请英国吉尼斯总部的认证，一旦获得认证，中国就诞生了世界上最小的象牙算盘。

这把算盘长11.5毫米，宽5毫米，分为11档，每档有7颗算珠，共77珠。与普通算盘一样，每颗算珠都可在档上拨来拨去，进行运算；当然，要在如此小的算盘上拨动算珠，用上海人的话讲"手指显然弗太灵光"，陈雨沛为此专门配备了一根象牙针。

算盘用深浮雕法镂刻在"算盘座"——一方刻着"子孙宝之"的象牙印章上，印章的长宽均为5.5毫米，高为36毫米。令人称绝的是，印章顶部立体微雕的雄狮印钮，可以旋开，内藏象牙针。除算盘所处平面之外，另外三面密密麻麻雕着840个字的《珠算口诀》，字字清晰，镂刻难度可想而知。

我对这枚象牙微雕算盘产生了极大的兴趣，用了很长时间琢磨，却怎么也想不透是用什么工具，是怎么雕刻出来的。

既然如此，我这里还有几根象牙筷子，何不拿出来玩一玩呢。半个多月中，我试遍了自己所知道的雕刻方法，还是以失败告终。这时我这个傻瓜才算服了气，有资格申报吉尼斯的微型算盘，还真不是一般人能做的。

实在做不出微型的，就做小型的吧。几个月之后，我终于也做成了两枚袖珍象牙算盘。大的70×33×5.5毫米，大不过一分钱的纸币；小的21×12×2.3毫米，和一角钱的硬币差不多。这般大小的算盘，平常谁也没见过。朋友们人见人爱，爱不释手，朝我竖大拇哥，夸我聪明能干。

我对他们说，把象牙筷子用小钢锯，截成一小截一小截的你会吧？用刻章台钳夹住圆珠在上面打出圆孔，也会吧？再用砂纸把它们磨成圆珠子，没问题吧？把筷子方的那头，从中间锯开，把两个长方条截成需要的长度，打上眼儿，用环氧树脂粘成算盘的外框；再锯出几根细条，用小锉刀和砂纸慢慢削磨成圆柱状的细穿杆，把算珠串进去，就做成了。

精心的设计和操作当然必不可少，但是一般人都可以静下心来完成它，只要坐在那儿，一点一点地锯、磨、钻、锉、粘，像这般大小的象牙算盘，谁都能做成，需要的就是耐心和恒心。

朋友们不信，说："老蔡你保守了，那略大些的算盘就算我们能做成，那枚小的呢，小到都能放在手指尖上，珠子直径1.3毫米，穿杆直径0.4毫米，捏都捏不住，又怎么打出0.6毫米的小孔来的呢？就算我们全身上下都是'耐心和恒心'，也做不出来！"

我笑道："不是我不肯说，是你们这些聪明人根本不会投注精力跟这小算盘着急。没有势在必得的心，教你们也是白教。"

制作这枚硬币大小的微型算盘，用的都是那枚略大的小型算盘的下脚料和废料。假如一颗大珠子在制作过程中裂开报废了，我就会把它加工成八颗小珠子。这时候确实没法儿用台钳夹住操作了。

我想起了年轻时读过的一则新闻报道。

1915年旧金山"太平洋万国巴拿马博览会"上，中国人以25层象牙球参赛。球体是由完整牙料雕镂的一层套一层的薄球壳，层层都能转动自如。日本则以外形相似的30层象牙球参赛。主办方问中方代表，为什么日本的牙雕球比中国的层数多而价格却更便宜？有没有什么方法能验证牙雕球是不是以整料雕镂的呢？中方代表微笑着说，只需把双方的象牙球各取一个，用开水煮一下就知道了。结果日本球放在水中加热后四分五裂，原来它是用胶粘的，中国的象牙球安然无恙。中国的象牙球因此获得了一等奖。

这个报道启发了我。

于是我先是把一颗大的废珠子用胶水粘在小木片上，用已经磨薄了的小钢锯条儿，把它锯成八块小小的碎粒，然后用开水分离木片和象牙。再把八颗牙粒分别粘在木片上，分别打孔，然后用水煮法取下来。同理，把带孔的碎粒穿在牙签上，粘牢，用锉刀或者砂轮、砂纸将它们磨削到设计尺寸，用水煮法取下来，小珠子就做成了。

细穿杆若是单用钢锯也是无法做成的。只能把它们也粘在小木片上，然后用细针磨成刻刀，一根一根把不到1毫米厚的牙料刻下来。这时的穿杆半成品是三棱的或者四棱的，却不可能用刀刮或者用砂轮、砂纸硬磨。

这时我想起小时候看母亲做针线活，有时候缝衣针上生了铁锈，母亲就把它扔在地上，用脚踩住来回搓几下，拿起来就焕然一新了。

受母亲的启发，我把带棱的小细穿杆夹在砂纸里，用手指搓动。搓圆了搓细了，直径0.4毫米的穿杆也就这样做成了。

微型方框的制作可以类推，把原料粘在木片上切割、削磨和打孔，每做完一道工序就用水煮法把它从木片上取下来，接着再进行下一步加工。

说来容易做来难啊。制作过程中，容不得一点点心烦意乱。尤其当零件儿做坏了的时候，缺了耐心更不行。比如遇到珠子的圆孔打偏了，做好的珠子裂开了；边框的小孔不整齐，珠子、边框、穿杆都做好了，却组装不到一起；穿杆太细，一不小心就折断了；胶水稍微多了一点，整个算盘都粘成一团……

年纪大了，眼睛也花了，看细小的东西很吃力；用小锯小锉操作，分寸不易把握，多锉一下也许就废了；有时控制不住手的抖动，一哆嗦小珠子就会脱落，立马儿它就跟钻进了地缝儿一样无影无踪……精神高度集中，肌肉高度紧张，作业时间稍长，就会腰酸背痛。如果没有点儿恒心和毅力，分分钟都有可能半途而废，功亏一篑。真应了那句"铁杵磨成针"啊，我坚持下来了，终于成功了！

谁见了这精打细算的小算盘，都会眼前一亮，当得知它出于一个正宗傻瓜之手，更觉得匪夷所思，钦佩不已，大家啧啧称赞，众口一辞："看不出来老蔡，真有你的！"

三、战胜自己，破"心中贼"？

对我们傻瓜来说，坚持二字，不仅意味着要坚持脚踏实地地做某一件事，还意味着围绕这件事情的方方面面都要坚持。包括相关的学习、思考，包括勇敢面对挑战，包括忍受一切外在内在因素的折磨，诸如资金缺乏、条件简陋、身体不适、心情烦躁、笨手笨脚，还有无数的讽刺挖苦、贬损否定……在数不清的困难面前，在巨大的阻力面前，要想成功，我们都必须选择坚持。

常听人说"人类最大的敌人就是自己，战胜自己是最难的！"既然说"最大的敌人是自己"，那么把自己消灭了就行啦！找一个最方便的自杀方法，把自己干掉，不就把最大的敌人消灭了么？可是他们为什么不自杀呢？为什么还在努力地拼命争取成功呢？

琢磨了好久我才明白，这个"自己"指的是"自己的缺点"。人类最大的敌人，就是每个人自身存在的种种缺点，如每个人的心理障碍、思想误区或者坏习惯。如果能够正视自己，努力改正和克服诸如胆小、依赖、懒惰、贪玩、不思进取这些缺点，就等于战胜了自己。一个人如果能战胜自己，就什么困难都能战胜！天下无敌！

可是，"除山中贼易，除心中贼难"。说起来容易做起来可不那么简单。比如说要克服懒惰。俗话说"好吃不过饺子，舒服不过倒着。"饺子就酒越吃越有，北方人百吃不厌；站着不如坐着舒服，坐着不如躺着舒服，大概是地球人的共识。

有位朋友曾经总结出了这么一个定理："身体与承受自身重量的物体接触的面积越大，人就越舒服。"

他解释说，人站着比走路舒服，因为两只脚同时接触了地面；坐着比站着舒服，因为屁股也接触到了承重物；坐大沙发就比坐小板凳舒服，躺在床上最舒服，就是因为人体接触承重物体的面积更大的原因。

我对他说，也得分怎么躺。吃饱喝足躺在家里大床上确实是舒服了，可要是饿着肚子躺在冰天雪地里呢，躺在灭顶的洪水当中呢？这当然是笑谈，可也是现实生活带给我的一份体验、一种觉悟。

每个人都本能地希望最大限度保存能量，所以身上都有惰性。可是人们做任何事情都要消耗气力动脑筋。躺在床上睡觉是舒服不假，但是如果贪恋这种舒服，就难免一事无成了。

在工作当中，我对自己最经常的奖励，就是去床上躺十分钟。很多时候我躺下还不到十分钟，脑子里又有了新的想法，就马上爬起来再去工作。

要用勤动脑和勤动手克服自己思想和行动上的懒惰。成功是干出来的，什么也不干的人永远与成功无缘。

我们傻瓜千万不要像有些聪明人一样，"大事做不来，小事不愿做"。必须把心静下来，踏踏实实地做好每一天的每一件小事，打败自己的缺点，用各种方法鼓励自己，给自己加油打气。再苦再难再累也要坚持，用最大的毅力和巧妙的方法坚持下去。

所谓巧妙的方法，就是想法子使自己的工作变得有趣，比如说我会及时地变着花样奖励自己，及时总结，看看自己今天取得了多少成绩，这个星期、这个月有了多少收获，今年或者这些年做了哪些值得高兴的事情。只要有，哪怕是一点，也要奖励自己。不管别人是否夸奖，有没有人鼓励，都要自己奖励自己。这奖励也许是特许自己睡一觉，也许是一两白酒或者一瓶啤酒，也许是去吃顿小吃，也许是到郊外狂跑一阵。使这种坚持成为快乐的享受，而不是把自己弄得像个苦行僧。

心浮气躁，急于求成，也是我们的"心中贼"。古人诗云"十年磨一剑"，今天却有相当一部分人急功近利，幻想不劳而获或者少劳多获。

电影的出现，曾经导致一部分电影迷的认识论发生了畸变，他们认为世界上所有的事情，都应该在两个小时内完成。一旦超出两个小时就不正常，用的时间太多了。

进入二十一世纪，科学发展的速度远远超过了二十世纪，电脑几乎普及到了每一个家庭。电子游戏的泛滥，也使很多人的认识论变得混乱。他们认为世界上的所有事情都应该在电脑上完成，只需坐在电脑桌前，点击键盘、鼠标或者摇动手柄，就一切搞定。做事情一旦离开电脑或者超出了预期时间，就会烦躁不安，不愿意继续干下去。对于那些要用几年、十几年、几十年，甚至要用毕生的精力才能做出成就的事情，他们觉得无法想象，无法理解。同时，他们也很难接受外界的批评和遭遇到的失败。

著名女作家冰心说："成功的花，人们只是惊羡她现时的明艳，然而当初她的芽儿，浸透了奋斗的泪泉，洒遍了牺牲的血雨。"

每一位成功者的成功，绝不是靠喊几句"我要成功"之类的口号就能一蹴而就的。

农民种庄稼要用几个月甚至半年多的辛勤劳作，才可能得到收获；工厂要开发出一种新产品，需要几年甚至更长的时间。

1972年，长沙马王堆汉墓出土了一件宝贝——重量仅为49克的素纱禅衣。这是西汉时期纺织技术到达巅峰时期的作品，其质地和纺织技术都让现代人称奇。当时的南京云锦研究所接受了复制委托。但是专家们复制出来的第一件素纱禅衣的重量竟然超过了80克。经过研究他们找到答案，原来现代蚕宝宝比几千年前的要更肥胖，吐出来的丝也明显粗、重，所以织成的衣物也就重多了。于是专家们从研究特殊的蚕食料着手，控制蚕宝宝的个头，再用这些小巧苗条的蚕宝宝吐出的丝复制素纱禅衣，最后终于织成了一件49.5克的仿真素纱禅衣。这一成果耗费了专家们13年的心血。

一步一步地走，能走出一二里，能行万里路；一个字一个字地写，能写出一篇文章，很多文章集中起来，就成了一本书。

古往今来，无数事实告诉我们，凡是有成就、有作为的人，无不具备百折不挠的意志和坚韧不拔的毅力。他们除了在理想、信念、进取心、自信心方面明显高于普通人之外，在心理承受能力，在不屈不挠的意志等方面也都明显强于普通人。

不管干什么事，想要成功，都必须坚持一段时间，也许几年也许几十年。我国古代大医药学家李时珍写《本草纲目》用了27年，进化论创始人达尔文写《物种起源》用了15年，天文学家哥白尼写《天体运行论》用了30年，大文豪歌德写《浮士德》用了60年，而郭沫若翻译《浮士德》就用了30年，马克思写《资本论》用了40年。这些伟大成果无一不是理想、智慧与毅力的结晶。这本小册子，也是从六十四岁开始，一直到七十五岁才写成的啊。

四、扬长避短，活得明白一点

有位名人说过，要是能从八十岁往回活，人人都是天才。

只有活到了一定年纪的人，才知道为什么活着，该怎么活着，才能活得明白。

古人郑板桥说"难得糊涂"，不是真的糊涂，按照北京人的说法是"揣着明白装糊涂"。

糊涂难得，难得糊涂。多少年前就知道这四个字，到现在也没想明白，因为对于我而言，糊涂是常态啊，司空见惯寻常事，真不知道有什么难能可贵的。大概这就是傻瓜和聪明人的差距吧。

不过，我还有不到六年就八十了，现在往回看也总算明白了一些道理。如果一个人总想弄明白，却一辈子都糊涂着，可怜。如果一个人根本不想明白，甘愿糊涂一辈子，省心。如果一个人已经明白，却在装糊涂，省事。如果一个人想得明白，却做不明白，烦心。

我之所以要把自己觉得想明白了的一些事情写出来，一是希望和有同感的人做一些探讨，二是希望给予那些努力想要活明白却暂时没能活明白的人一点前车之鉴，一点启发。

比如说，面对困难，我们要坚持，也要学会扬长避短。俗话说"人笨事皆难"，世上所有的事，要想做好，都需要动脑筋，太笨了都不行。对此我深有体会。从懂事到现在，六十多年了，我发现，不论我想做什么事都很艰难。别人轻轻松松就做成了的事情，到了我这儿弄不好就算拼了性命也做不到……

除了学习，体育对我来说也很难。我从小病病歪歪，小学到高中，体育课上的跑、跳、投，几乎从来不能达标。标准的引体向上，一个也引不起来；标准的俯卧撑，一个也撑不起来。就连打了折扣的仰卧起坐，也做不出来几个。投掷铅球，一只手都拿不动沉重的铅球，别说投多远了，没砸着脚面就算好命。

我做梦都想有一个健壮的身体，想把自己皮包骨的外型改变一下，可是我发现很多体育项目不光需要体力，也需要智力，需要掌握技巧和反应灵敏。比如练双杠，一个简单的杠上悠起动作，我总是掌握不好悠起过程中，适时把胳膊伸直的这个动作，所以一个也悠不起来。足球、篮球，人家嫌我踢球踢不远、投球投不进。乒乓球就更别提了，打到头上都躲不开。曾经有一个同学跟我打赌，如果打一场乒乓球他只要输一个，就算他输了。我想一场球是二十一个，我怎么会连一个都打不赢呢，于是就满怀信心用尽最大努力和他打了一场。结果是二十一比零，我一个都没赢。

但是我不甘心一辈子就这么"豆芽菜"下去。我要想尽一切办法强健我的体魄，不达目的决不罢休。

寻思寻思，走路我没问题呀，慢慢跑也凑合能行。高中的时候，为了实现强身梦，我开始练习长跑，一天一天一点一点增加距离。一年之后，感觉自己的体力耐力有所提高，于是壮着胆子去报名参加"北京市春节环城赛"。

负责登记的老师觉得不可思议，盯了我半天，问我一句话："环城赛可是十多公里呢，你跑得下来吗？"我使劲点点头："能，我都练了一年了。"老师看我坚持，将信将疑把我名字写上了。

在同学的支持下，我提前一个月就试着跑了两圈，到了正式比赛，我还真没半截儿掉链子当逃兵，最后领到了纪念胸牌。虽然结果没像我的梦做得那么美，拿到什么名次，但是居然也没垫底，在锻炼身体这件事上，终于有了能证明我的进步的纪念品。虽然对别人来说微不足道，但对我来说也算得上是一次小小的成功吧。

有句话简直就是真理："任何事情坚持了就是神话，放弃了就是笑话。"我没有肯定它是绝对的真理，只因为很多的坚持，并不一定能成功。但是若不坚持，则一定不会成功。

我在阅读中见过一个词儿——"飞矢不动"。

从字面上看，既是"飞速前进着的箭矢"，又说它"一动不动"，该怎么理解呢？

想不明白。

我向朋友请教后得知，原来这是古希腊那些"闲得没事干"的聪明人最经典的思维成果之一——悖论！是数学家芝诺提出来的。芝诺提出，箭矢在其飞行过程中的任何瞬间都占据着和它的体积一样大小的空间，都有一个暂时的确定的位置，可以说箭矢在这一瞬间、在这个位置上是不动的。那么它在其它瞬间当然也是一样不动的。所以说正在飞行的箭矢其实没有移动。

朋友告诉我，这个说法是不成立的。因为本质上时空不能无限分割，不存在可任意分割的"每一个瞬间"。即使它在每个时间点，占据了一定的空间，是静止的，但那个状态只能代表一个点，代表不了整体。好比一架飞机，虽然由很多零件组成，可是不能随便拿一个零件就说它是一架飞机，只有组合起来才能叫飞机。存在于每个时间点上的是"矢"而非"飞矢"。飞矢诡辩论里缺乏一个衡定的衡量标准，可用分、秒或毫秒等单位作为标准，所以这个结论是不成立的。

可是我觉得我很能理解这个命题。因为我看到了几张著名摄影作品，它们分别拍摄于子弹击穿一个苹果的瞬间、击穿一张扑克牌的瞬间、击穿一个装满水的气球的瞬间……我觉得这一帧帧充满动感的静止的画面所表现的意境正好说明了"飞矢不动"。高速飞行的子弹头在那一瞬间看上去非常清晰，纹丝不动，而我却分明能够感觉到它在飞。

我忽然想到，在人类历史的长河中，或者说我们每个人的生命中，每一个单位时间所占的比例都是很小的。比如写作的过程，在某一分钟里写的几个字，对于整部书来说，就如同没有写一样的微不足道。而我在这一天里所写完的几百字几千字，对于我的"庞大"的写作计划来说，所占份额也可以说几乎接近于零。这种微不足道和接近于零的现象，就像不动的"飞矢"。

可是，只要是在向前飞着，就不怕它在那一瞬间停留不动。正是无数个一瞬间微不足道的无限接近于零的运动，组成了飞速前进着的子弹头或者飞速前进着的箭矢的整个运动。

它的每一点微小的前进，都可以看作是以自己为标准参照物，和自己在前面一刻的位置比较得来的。

在晴朗的夜晚，我们头上的星空中，那些看上去一动不动明亮的星星，实际上也都在以极快的速度运动着。只不过它们的距离太过遥远，所以我们觉察不到它们的运动。

联想到我们的人生，在日常生活当中，小成功和小失败没什么明显差别。所以，不懈努力的人和混日子的人之间的差距，并不如大多数人想象的那样，有一道巨大的鸿沟。成事者与不成事者的区别，多数只有在结果上才能看得出来的。而具体过程中那些细微的变化，则是难以察觉的。

在书法练习这个问题上，虽然我一直有心想要学好它，但是多年来由于没有下功夫坚持，一直没有进步。小时候，父亲为了教我书法，曾经花费了很多精力。当年父亲手把手教我磨砚，亲自写好毛笔字帖，让我照着临摹。尽管我非常羡慕那些书法家，也多次下决心要练好书法，可惜我对其他事情的兴趣和爱好，总在书法之上，所以至今也没练好。这么多年过去了，我还是不甘心，不知多少次拿起笔来练习，又一次次地丢在一边。可是，就是这样一次次地拿起、丢开的过程中，我发现自己的书法水平也还是在慢慢提高。尽管直到现在也写不出看得过去的书法作品，但是我还是不甘心，只要有机会腾出精力和时间，还要再加练习。不管练得成还是练不成，也要练下去，因为这是父亲的遗愿，也是我的一桩夙愿。

我想，我的努力也会像某一个瞬间的飞矢一样，看上去貌似不动，实质却是在朝着前方的目标前进！

朋友说"蔡军版"的"飞矢不动"和芝诺的原命题一个是南辕，一个是北辙。

芝诺悖论是要否定飞矢的运动本质，说只有绝对的静止没有绝对的运动，是唯心主义的运动静止观。而我的想法恰恰相反，我认为子弹头在任何一个看上去不动的瞬间其实都在动，因为"飞矢"本身就是动的嘛，而且岂止是"飞矢"，世间万物都在动啊。闹了半天我的想法还符合了正统的唯物主义运动说。

歪批"三国"！哈哈！

第 七 章
学会说好话，是一种艺术

　　说话是人和人之间交流感情表达意愿的重要方式，我们和他人要想建立良好的关系，很大程度上要取决于我们谈话时的表达方式是否妥当。会说话的人用不了几句话就能使别人很高兴地和你交往为你办事。而不会说话的人，可能刚张嘴说一句话就惹人讨厌了。

　　会说让别人爱听的好话，不是指巧言令色，而是用温暖的语言来表达自己的思想感情。这是一个看来很简单，实际上很多人都做不到的事情。在社交中会不会说出让人爱听的话，是很重要的。有人认为说实话、真话才对，总说好听的话太虚伪了。说实话和真话似乎很对，但是在不同的场合却不一定合适，这也是一个不能用对错来衡量的问题。所以讲话是一件看时间、场合以及谈话对象是否合适的事情。

　　更何况很多真话实话，因为包含着很大程度的私心，或者由于偏见和错误认识，却变成了没有原则的发泄和攻击。

　　凡是有一个美好心态、善良、热情的人，就更应该知道怎么说话会让对方感到温暖，说什么话能使大家都高兴。只有掌握了好的出发点和说话艺术，才能说出大家都爱听的语言。

一、乐于赞扬别人的好处

不管人前人后，不管对任何人都尽量赞扬，说好话。哪怕只是对一个清洁工可以说他把桌子擦得真干净、地也扫得很干净，对一个售票员可以说他的语言真清晰。

直观地说，这是对他们工作的肯定，也许这句表扬会使他们高兴一整天，甚至很多年之后他们都记得。由于你的表扬，至少会得到他的一个笑脸，而且使自己也有了一个好心情。客观地说，时间长了就会养成一个找别人优点的好习惯，这个习惯会使你觉得周围有很多值得学习的人。

说这些话有一个前提，即自己须有一个平等待人的态度，善良的意愿，而不是违心的奉承。

没有几个人爱听批评或者不好听的话，即便是有一些人能接受批评。甚至乐于改正自己的缺点的人，也照样不喜欢不好听的话。只有极少数的人爱听别人的批评，这样的人一般能干成大事。但是我们很难遇到这样的人，遇到他们的机会太少了。

就拿我来说吧！虽然知道了自己是一个傻瓜，也承认了这个事实，还把这件事告诉了你们，但是仍然不愿意听见别人叫我傻瓜。如果谁当面叫我大傻瓜，我会不理他，心里会讨厌他、烦他。如果是在一起工作，我会尽量避开他，如果避不开也会尽量不跟他说话。

尽管我也会发现他有很多优点，在不得不跟他说话的时候也会对他说好话，但是不会喜欢他，谁让他管我叫傻瓜来着。但是母亲叫"傻儿子"我不反感，弟弟妹妹叫"傻哥"我不反感，朋友们叫"傻哥们儿"我不反感，因为那是亲人朋友对我的昵称。

平时能遇到的，绝大多数都是一般人，在一般人里几乎找不到爱听批评的人，所有的人都爱听赞扬的话。而这样的话说出来既不用花钱，又让人家喜欢你，干嘛不说呢？连说一句人家爱听的话都不愿意，你也太吝啬了吧！

反过来，请千万记住并时刻提醒自己，那些能批评你、指出你缺点的人，是好人！至少，在批评你的那一刻他是一个好人。

因为指出你的缺点，对他来说几乎没什么好处。他可以说也可以不说，但是一说出来就可能得罪你，甚至引起你反感和怨恨。所以如果有人批评你，你就应该从心底里感谢他，无论言辞是多么尖刻刺耳，态度多么恶劣，用哪种方式批评，都要诚心诚意感谢他，因为对你有好处。

　　三十岁之后，我就觉出自己的性格中一定有什么致命缺点，使得处处艰难失败。但是自己检查不出来，为此苦恼了好长时间。后来就向周围的朋友请教，尤其是向那些交往了很久的朋友请教，因为他们对我了解得比较多，看问题也比较深刻。可惜的是，在几十年的时间里，没有人说出我有什么缺点，他们说看不出来，还说我身上没有明显的缺点。

　　又经过了三十年左右，在我六十多岁的时候，一个多年的老朋友才指出，我的最大缺点是智商不高，情商更低，而情商低的根源就是自私。他说我无论什么事首先考虑的是自己，很少或者不习惯为他人考虑，更不会主动帮助别人，舍不得花时间、花精力，更舍不得花钱在别人身上，就是太自私了。

　　这话说得很深刻，虽然"自私"这个词非常刺耳，但是我感谢他，永远视他为最好朋友之一，尽管他也有缺点。

　　将心比心，凡事怕不被理解。怎么才能比较容易地理解他人，其实也简单，我们只要把事情反过来设身处地地想一想就行了。在做任何事情的时候，都尽量站在别人的角度想一想，体谅一下别人的心情。而我们一般只考虑自己的感受，很难做到体谅别人。

　　我从五十多岁开始有了耳鸣的毛病，后来发展到耳背重听。平时与人交谈的时候，我经常要提醒对方稍大一点声音，否则我只能听见他在说话，却听不清楚他说的是什么。尤其在乘公交车的时候，我时常为听不见或者听不清楚售票员报出的站点名称而苦恼。人少的时候可以要求售票员到站了提醒我一下，车上人多的时候就不好意思再麻烦人了。

　　有一次我乘公交车，发现这辆车上的女售票员一直面带微笑地工作，对每个乘客都非常热情，看见老年人或者需要帮助的人，她会耐心地照顾他们上下车，还会帮忙找座位。哪个青年人让出座位了，她会微笑着大声说谢谢。而且她说话的语速比较慢，口型正确语音非常清晰，每一个站点的名称都报得清清楚楚的。

她的一举一动都让人们感觉到她很热爱自己的工作，认真地履行着自己的职责，而且用自己最大的努力，把每件事情都做到尽可能好。于是在她的工作停顿的空当，我对她说："姑娘！你对乘客的态度真好！尤其你报站名的时候，声音非常清晰，我人老了有点耳背，可是每一个站点的名称都让我听得清清楚楚的。谢谢你！"

她听了我的话满脸通红，连连说："这是应该的！这是应该的！我就怕人听不清楚站名下错了或者坐过了站，也练习了好长时间呢。您这一说我都不好意思了！谢谢您啊！"听见她这么说，满车的乘客都笑了。我注意到往后的站名她报得更加清晰，对乘客也更加热情，到我下车的时候还互相说了再见。不管会不会再见，那一整天我都很高兴，我想那个女售票员一定也会至少高兴一整天。

虽然表扬有限，但是开心无限。

我们经常犯的一个常识性错误，就是希望我们所接触的人没有缺点，尤其是父母、爱人、子女、兄弟姐妹、好朋友以及我们所崇拜的人，不由自主地就会认为他们应该是完美的好人。所以在发现了他们有缺点错误的时候，我们往往产生不理解的责怪甚至怨恨。到了年纪大一些的时候我们才会明白，世界上从来没有一个十全十美的人，谁都有缺点，每个人都会犯错误。

作家张欣的《爱又如何》这部小说当中，有这样一句话："人不可能活得纯粹，如果你发现了拜伦的什么事情，不要告诉我。"这个人活得多明白啊！没有对生活大彻大悟的人，很难说出来这么明白的话。

听一位朋友说过："要是发现一个人在我面前完美无缺，一点儿毛病也没有的时候，我会有一种不正常的感觉，甚至会觉得跟他在一起瘆得慌。"这个朋友的感觉是正常的，这是一个成熟的人对事物的认识。

据说毛主席在延安的时候，就是在发现一个人太完美的情况之下，识破了一个潜伏的特务。

顺便说几件需要注意的小事：

1. 如果你是一个爱开玩笑的人，也请你千万记住，不要在开玩笑的时候伤害别人。

2. 有一个与说好话有相同效果的好习惯，就是经常微笑，未曾开口先微笑，会给人很亲切的印象。就连在打电话的时候，也不要忘记微笑，不要以为对方看不到你微笑的样子，他听得出来。

3. 在照相的时候，一定要微笑，哪怕那时候你并不是很高兴，也要微笑，为的是以后什么时候看见这张照片，你都有一个好心情。

4. 要注意仪表着装。要有一个适合你年纪的发型与衣着，即便是在家里也要注意。面对家人自然可以不必太讲究，但是最好也要穿着得体一些，就算是夫妻之间也还有一个审美问题，互相取悦也是必不可少的。一旦要面对朋友、亲戚，就算在家里也要尽量庄重一点儿。要是外出一定要穿着合体，不同的场合要注意不同的装束。这是对别人的尊重，也是对你自己的尊重。

如果你对自己都不尊重，拿自己不当一回事，还指望有几个人尊重你拿你当回事呢？不要小看仪表，它可以播撒美丽，收获幸福，因为仪表是一种心情，仪表有一种力量。而且，在自己审视美的同时，让别人欣赏美。

衣着不仅仅可以显示自己的个性，还显示了对别人的尊重与否。如果穿着大家都讨厌的衣服只能造成大家对你的反感，在视觉上给大家一个提醒，"我不是属于你们那一群。"

二、"说好话"是个痛苦的觉悟过程

在"说好话"这个问题上，我经历了一个很长时间而且很痛苦的觉悟过程。

也许是在自卑感很严重的时期，也许是在逆反心理最高峰的时期，我不知不觉地养成了总是跟别人反着说话的坏习惯。是要表现自己的个性么？是想引起其他人的注意么？记不清楚了，但是有一件事引起了我的注意与思考。

那是在上初中的时候，班里举办了一次类似才艺展示的活动。除了唱歌跳舞之外，会写诗、会书法、会绘画的同学，都把他们的作品展示在教室后面的墙上。

有一天班主任老师来看这些作品，几个班干部在旁边陪着，本来没有我的事，可我却不知深浅地站在一旁。老师看着满墙的作品高兴地说："没想到我们班里还有这么多能写会画的人才啊！你们看！"老师指着一幅国画《江山万里图》，"这幅画就画得不错嘛！"

那是一幅一米多长、二十厘米左右宽的水墨画，听见老师夸奖这幅画，我看了看马上就说："这叫什么《江山万里图》，不过是水里泡了几个窝头……"话没说完就觉得有人拉了一下我的衣襟，回头一看是班长伸手拉的，而且不露声色地还看着那幅画。只记得老师看了我一眼，脸上的笑容消失了，然后离开了教室回办公室了。至于后来别人还说了什么，我一律不记得了。

与这类似的话，我几乎每天都在说，真像俗话里说的"人家说东我偏说西，人家打狗我偏骂鸡"，只要一张嘴，就专拣人家不爱听的话说。尤其是面对比我强的人或者领导，似乎说好话就是拍马屁，而拍马屁的人绝对就是跟叛徒、汉奸、卖国贼一样的无耻之徒。

而我，是一个正直的人，绝对不拍人家马屁。那时候还不懂吹捧、阿谀奉承、谄媚、谄上这样的词汇，但是要让我表扬人家或者说一句别人爱听的好话，那是绝对不可能的。说出他们的缺点、错误、毛病，让他们心里不舒服，这样才能充分显示出我的高明、睿智、纯洁和正直。

这件事情过去，距今已有将近五十年了，可是班长拉那一下的感觉我还记得。当时我只觉得这里肯定有问题，但并没有觉悟出到底是什么问题，依然不知道这个恶习的严重性。

尤其是知道有"头重脚轻根底浅，嘴尖皮厚腹中空"这样的一副对联的时候，我坚决地理解为，只有头重脚轻没有真本事的人，才会嘴尖皮厚地吹牛拍马。

又过了二十多年，在我四十岁左右的时候，才被一个朋友的话惊醒了。他是钢厂的一个工友，我们之间有很多聊得来的话题。他才二十多岁，比我年轻多了，特别爱听我讲故事。无论说上山下乡的经历，还是讲历史或者什么杂七杂八的故事他都爱听。他有一个很大的特点，就是满嘴说的都是人家爱听的话，所以人缘极好。

有一次，他和我说起"文革"期间他的父亲被关牛棚多年之后，回到家后说过的话。他说："我老爸跟几个当权派关在一起，干活和生活了好几年。解放之后回到家里，'文革'已经结束了。说起这些年的收获，老爸对我说，'一定要记住啊！孩子！不管人前人后只说好话不说坏话！只表扬不批评。'"

"不管人前人后只说好话不说坏话！只表扬不批评。"听了这句话，我突然感觉就像被人当头狠狠地敲了一棒，打得猛醒！

也许这是老人在总结被关牛棚、接受改造的经历，也许是得到某些人物的感悟真传，也许是几十年生活经历得到的教训或者其他原因，才总结出了这么一句语重心长的话，它让我绝对有如雷贯耳的感觉。

活了近四十年，从来没有人对我说过这么简单又发人深省的话。这是长者深刻的教训，语重心长的嘱咐，推心置腹的交谈，心贴心的关爱……，无论怎么说都不为过。

说好话绝不只是一个简单的说话技巧，其中蕴含着深刻的道理。

当代的一位名人在谈到"做人的基本原则"的时候说，把赞扬送给别人，就像把食物施舍给饥饿的乞丐一样。

古往今来，不知有多少人，凭着三寸不烂之舌，改变了自己平凡的命运。说话幽默，找共同语言……一个"言"字，一生受用。

这位名人还说，人要面子树要皮。人存在于社会上，要扮演各种各样的角色，特别是在互相交往中，需要一定的尊严来支撑，这是人性的弱点。明白了这点，我们才能体会到"敬"字的必要性。

一个人不管有多聪明，多能干，背景条件有多好，如果不懂得如何去做人、做事，那么他最终的结局肯定是失败。做人做事是一门艺术，更是一门学问。很多人之所以一辈子都碌碌无为，那是因为他活了一辈子都没有弄明白，该怎样去做人做事。

苍天啊！大地啊！为什么从小一直没有人对我讲过这样的道理，难道我从来就是一个听不进批评的人么？也可能是周围没有这样的朋友吧！

我想起了上学的时候，每当考试结束拿到成绩册，除了看自己各门功课究竟考了多少分之外，最想看老师的评语了。看见老师写的那些优点特别高兴，写的越多越不嫌多。最不喜欢看的，就是学期评语里写的缺点，明明知道那是自己的缺点和毛病，心里还是很反感。最不喜欢听的，就是别人的指责。

对于一个从来就听不进别人批评的人，谁还会再费那么多功夫教育、批评呢？我简直就是不可救药的人啊！

除非是自己觉悟了，否则别人毫无办法！也许我就是那个"一辈子都碌无为，活了一辈子都没有弄明白，该怎样去做人做事的人。"

在《诸葛亮给子书》一文中有这样的话："夫君子之行，静以修身，俭以养德；非淡泊无以明志，非宁静无以致远。""学须静也。"

诸葛亮忠告孩子宁静才能够修养身心，静思反省。不能够静下来，则不可以有效地计划未来，学习的首要条件，就是需要有一个宁静的环境。大多数人终日忙碌，追求名利、追求地位，在一年又一年的忙忙碌碌、熙熙攘攘当中，是否应找点时间静下心来，反思人生呢？

有很多人都认为，会说出得体的话一定要有很高的文化程度，这话有一定道理。文化程度高一点儿的人会对人和事物的观察理解更深一些，遣词造句也有更多的词语。

但是有时候我却发现一些文化程度非常高的人，也会说出很不得体甚至很不文明的话。相反有很多农村的老大爷或老太太，却能说话办事条条是礼，左右逢源，让跟他们打交道的人，都能开开心心地办事交往。

所以说人的文化程度和文化素质有时并不成正比，甚至差得很远。

三、怎么说和说什么的问题

既然有"祸从口出"这样的话，就知道"话"说错了会给自己惹祸。很可能几句不负责任的胡言乱语、狂妄不着边际的发泄，就会惹来对自己的伤害，甚至牢狱之灾。如果你总是与别人的意愿相反，说着人人都不爱听的逆耳之言，让大家都讨厌你、烦你，你的人际关系会好么？

一时的人际关系不好问题还不大，要是一生的人际关系都不好，问题可就大了。没有朋友的日子好过么？没有朋友的帮助能干成什么呢？

大家都知道习惯的力量非常之大，我这却是个几十年的坏习惯。让人不爱听的话往往会脱口而出，让人家爱听的话反而要想好久也说不出来。我很愿意改正这个缺点，却秉性难移。

因为是痼疾，所以相当长一段时间我虽然想改变，却不知道怎么说和说什么。凡是讽刺挖苦、耻笑抱怨、反对和挑刺的话我张嘴就来，可赞扬和各种溢美之词在头脑的语汇词典里，竟然找不到一个。想赞扬却没有词汇，要说好话却张不开嘴，"怎样赞扬别人"这个简单的问题，就成了需要学习的大课题。

也许你觉得发生这样的事情不太可信，我却真实经历了这样一个过程。

最早我就连"你真好！"还是"你太好了！"，这样简单的赞美语言都说不出口，于是就只能从感谢人开始了。我开始对周围所有遇见的人，只要他们做了一点儿事，就微笑着对他们说一声"谢谢！"对电梯工说、对乘务员说、对售货员说、对出租司机说、对父母说、对妻子说、对儿女也说……。有了这个良好的开始，我慢慢就能开口说赞扬的话了。

在《走向共和》电视剧拍摄过程中，因为我是刚刚加入到影视圈中的业余演员，我就把所有其他演员都当作老师，不管他们是男是女，无论是年纪大还是年轻，在这一行里我是个新兵。所以当我遇到困难的时候，不管见到哪位老师在身边，都很诚恳地向他请教，并且专心地记下每一句他指导的内容，然后真诚向他表示感谢。

到快要杀青的时候，我已经和几个专业演员成了好朋友，他们从各种不同的方面，把表演的技巧教给我。这个电视剧演完了，我就像参加了一次表演班的速成训练，那么多老师教我一个人，使我的演技有了大幅度的提高。

后来有一个专业演员，把我介绍给其他朋友的时候赞扬我，"人好戏也好！"我听了很高兴也很感谢，于是就记住了这句话。以后再遇见有的演员符合这个条件时，我及时地表扬他"人好戏也好！"尤其是向导演介绍一位好演员的时候，用这句话取得的效果特别好。不但会引起导演的重视，被介绍的演员朋友也很高兴。就因为这样一句恰当得体的好话，我们成了多年的好朋友。

听见一个人赞扬别人说，"你这件事干得真棒！"我觉得这句话可以用在很多人的很多事情上，记住了。于是在看见别人取得一些成就的时候，我就能用这句话赞扬他们。跟别人学说赞扬的话，是一个好办法。

过了很长的一段时间之后，我慢慢学会了找别人的优点，也敢于用合适的语言来赞扬他们。这姑娘长得真漂亮，小伙子够帅啊！哦！你的身材真好！你真聪明，智商太高了！你的演技真好，不愧为老演员、专业演员！你的嗓音真好，唱得太好听了！这篇文章写得不错，有几个地方非常感人！你对问题分析得真透彻！你是一个细心人，能发现这么关键的问题！……

在非洲的科特迪瓦首都阿比让，有一个中国四川饭店老板娘，教了我一种说话的方法叫做"见人减寿，见物增值"。她说如果见到一个人，估计他大约四十岁，你就问他三十几了，减掉十岁他肯定高兴。要是看见人家有一件东西，心里估计这东西价值十元，就说这东西大约要一百元吧，把他的东西说得很珍贵，他一定喜欢。

"见人减寿，见物增值。"这是把说话的技巧总结成精炼的短语了，也说明了说话应该是有技巧的。这样说的目的无非是让别人心里高兴，让别人高兴的同时自己也快乐着，那就这样做吧！

从不会说、张不开嘴，到比较顺当地把赞扬的话说出来，到底用了多长时间？我没有仔细地统计，应该是七八年的时间，慢慢地完成了这个过渡。

一直到现在，因为年长了一些、因为有点儿成就了、因为有人尊敬了，就有尾巴可以翘起来了，再加上其他很多原因我又滋长了爱教训人的恶习。看见年轻人或者比我年纪小一些的人，我常常倚老卖老地说教一通。后来遇见几个脾气不太好的人，让我碰了钉子之后我才有所觉悟。

人家有爹有妈，有哥哥、姐姐，有老师、密友，用得着我来教训么？人家谁说要请我教训了么？凭什么认为我说得就是对的？比人家高明么？算老几啊？无非是一个老傻瓜罢了！要是人家不留情面地问一句："你以为你是谁啊？"这时候我的老脸往哪搁？

我发现一段文章写得很有道理，给大家也看看。

在言辞上要低调，为对手叫好是一种智慧：美德、智慧、修养，是我们处世的资本。为对手叫好，是一种谋略，能做到放低姿态为对手叫好的人，那他在做人做事上必定会成功。

不要揭人伤疤：不能拿朋友的缺点开玩笑。不要以为你很熟悉对方，就随意取笑对方的缺点，揭人伤疤。那样就会伤及对方的人格、尊严，违背开玩笑的初衷。

放低说话的姿态：面对别人的赞许恭贺，应谦和有礼、虚心，这样才能显示出自己的君子风度，淡化别人对你的嫉妒心理，维持和谐良好的人际关系。

说话时不可伤害他人自尊：讲话要有分寸，不要伤害他人。礼让不是人际关系上的怯懦，而是把无谓的攻击降到零。

得意而不要忘形：得意时要少说话，而且态度要更加谦卑，这样才会赢得朋友们的尊敬。

祸从口出，没必要自惹麻烦：要想在办公室中保持心情舒畅地工作，并与领导关系融洽，那就多注意你的言行。对于姿态上低调、工作上踏实的人，上司们更愿意起用他们。如果你幸运的话，还很可能被上司意外地委以重任。

莫逞一时口头之快：凡事三思而行，说话也不例外，在开口说话之前也要思考，确定不会伤害他人再说出口，才能起到一言九鼎的作用，你也才能受到别人的尊重和认可。

口出狂言者祸必至：是不是因为物欲文明的催生所致，如今社会上各类职业当中都有动辄口出狂言的人。

耻笑讥讽来不得：言为心声，语言受思想的支配，反映一个人的品德。不负责任，胡说八道，造谣中伤，搬弄是非等等，都是不道德的。

不要总是报怨原单位：跳槽属于人才流动，是当今社会很正常的一种现象，不足为奇，而且跳槽者屡屡能在新的团队里找到适合自己的位置，创造更佳的业绩。如果这一步还没有达到，你就急急忙忙地大耍"嘴皮功夫"，以贬低老团队的手段来抬高自己在新团队的人缘和地位的话，那你就大错特错了！

说话不可太露骨：别以为如实相告，别人就会感激涕零。要知道，我们永远不能率性而为、无所顾忌，话语出口前一定要考虑一下别人的感受，是一种成熟的为人处世方法。

沉默是金：沉默，并不是让大家永不说话，该说的时候还是要说的。就像佛祖那样境界的人，也还是会与人说话，传授佛法，适度的语言本身也是一种沉默。

以上文字，我总结不出来。能把话说到这么简洁明白，通俗透彻的人绝对是一个很聪明的人。按照他说的去做，即便是一时做不到也不要紧，能做到一部分也可以。经常看看这段文字，这样要求自己，必要时把其中的一段抄录下来，放在自己经常能看到的随身物品中，比如钱包里、乘车卡中，或者贴在自己的床头上，时常提醒自己。

这里指的是我们傻瓜应该这样做，对那些聪明人来说就简单多了，他们对这样的文章只要看一眼，就会牢牢地记在心里，剩下的就是照办了。我们没有那么好的记性，不费点劲怎么行啊！

四、怎样理解真善美

既然现代社会提倡"真、善、美"，就应该知道什么是"真、善、美"。

什么是"真"？"真"就是对自己实事求是，不要骗别人，也不要骗自己。"真"，就是诚实做人，诚实做事，诚实的人最可爱。

"善"，就是好和善良的意思了。善待别人，就是在善待自己。"善"其实就是对身边的每一个人"和善""友善"，亲切平等地对待他们，不要为难别人，不要挖苦别人，不要侮辱别人，就是善良的行为。有时你的一点点善意就能结出一个善果，使你的生活因此而变得幸福。

什么是"美"？法国著名雕塑家罗丹曾说过："美是到处都有的。对于我们的眼睛而言，不是缺少美，而是缺少发现。"这话没错，生活的确如此。不要总是惦记着自己的不幸，这样做只能使你生活得更加不幸。觉得"不幸"是因为你无法乐观地面对生活，生活总是充满着希望的。只要你常常抬抬头，看看蓝天和阳光，就能感受到温暖。即便是阴天，你也会想到明媚的阳光总会出现；即便是冬季，你也会想到春天不远了。在温暖中乐观地去追求美好的人生，自然能够发现美。

无论是谁真正做到了"真、善、美"，他一定是非常受欢迎的人。

如果你也和我从前一样，认为怎么想的，就怎么说，那就是真心的话，这种认识是错误的。错在它不"善"、不"美"，说出这些话的潜意识，不是和谐不是心平气和、与人为善，而是跟别人对着干。表现在说话上的拧巴反映出的是心里的扭曲，不是善意的话说出来就让人不爱听，不善不美的话越是真实，就越难听。就在你还不觉察的时刻，说出来的那些话，被聪明人早就看透了。看透了你是一个不善不美的人，谁还愿意理你啊！

　　每天每个人都在说话，这世界上的每个人都会说话，不过说话的方式不太相同，也就有了不同的表达方法，这包括书面语言、手语、话语等等。诗人用诗句来表达他们的情感和思想，歌唱家用歌曲来抒发感情，舞蹈家用肢体语言来诉说情怀。所以就有了"诗言志、歌咏情"。

　　上中学的时候，我特别喜欢一些烈士遗留的诗篇，我把很多耳熟能详的都背诵下来，时刻激励着自己。后来我居然有机会得到了一本《革命烈士诗抄》，我如获至宝，那些革命烈士的人品，为了事业、理想敢于献身的精神，深深地打动了我。而诗歌中的文采，也比那些无病呻吟、鼠目寸光的各种文章，都使人得到振奋和鼓舞。后来我有一次读到除《革命烈士诗抄》之外，何敬平烈士的另一首诗，简直太使我着迷了，这首诗真的能使人热血沸腾。

我是江河

> 我只是细小的溪流，
> 我只有轻轻的涟漪，
> 微弱的旋涡。
>
> 我将是汹涌的江河，
> 我要用原始的野性，
> 激荡、澎湃！
> 我要淹没防堵的堤坝，
> 我要冲毁阻碍的山岳！
> 我决不让我的生命窒息，
> 我渴望海……
>
> 我不只是细小的溪流，
> 我不只有轻轻的涟漪，
> 微弱的旋涡。

　　　　　　　　　　我是江河！
　　　　　　　　　　我是江河！

　　这首诗气势宏大雄伟，志存高远。你看他明明知道自己只是一条小溪，只有轻轻的涟漪，微弱的旋涡。但是他不甘于永远如此，他要汇集所有的小溪而成为汹涌的江河，激荡、澎湃！凡是阻碍他们的堤坝甚至山岳，一律冲毁，为的是绝不让生命窒息，为的是要融入无垠深邃的大海。

　　这是革命的宣言，也是一个有志者振聋发聩的呐喊。我看到了也听见了，无论什么时候想起这首诗，都会从心里涌现出无穷的力量。不怕任何艰难困苦，把一切堤坝甚至山岳，统统冲垮。为了实现自己的理想，小溪也要变成江河，也要汇入大海。

　　我们傻一点儿怎么了，笨一点儿又怎么了，不管有再多的艰难险阻，我们非要把自己的那一点儿能力发挥出来，尽量团结所有的力量，让自己的生命也创造出一点儿成功，汇入人类文明的大海。

　　类似这种好诗句、好文章，看见了就是一种幸福，它激励了我一生。

　　在与人交往的过程中，常会听到各种各样的意见，有的我们爱听，也有很多话我们不爱听。因为这些话也许有些偏激，可也许也有逆耳的忠言。

　　需要掌握的标准应该是，能使我们不犯错误和少犯错误，能鼓舞我们信心和干劲的话，就是好话就是最美的语言。其他的话就不要听了，不要为那些话浪费时间，因为时间对我们来说已经比聪明人少多了，浪费不起啊！

　　有一种特别爱批评别人的人，无论什么问题、什么事情或者什么人，他都能找到不足之处、发现错误或者缺陷，于是为了发泄出来，就会批评指责别人一通，如果不让他批评出来，他就会耿耿于怀。

　　所有的事都会有不足，一切的人都会有缺点，如果在你的眼里这些事和人你只能看到不足与缺点，无论批评出来还是闷在心里，对于你自己来说都是很不高兴的事。这样长此以往的结果就是你永远生活在不快乐、不高兴的日子里。一个人如果总是生气郁闷的话，对身体会有好处才怪了。

通过长时间的观察和思索，我们也许能发现这样的现实：一个聪明睿智一眼就能看出问题的实质，并且明察秋毫能发现每一个问题的缺点缺陷的人，却很难发现爱批评别人也是自己的一个缺点。如果你具有一个特别爱批评人的习惯和性格，就会使很多人慢慢不会再跟你接近甚至远离你，即便你的批评完全正确。对别人批评得太多了，也容易使别人产生了逆反心理，被别人拒绝接受，这样批评别人所产生的一切后果，完全与你的愿望背道而驰。

"良言一句三冬暖，恶语伤人六月寒"和"酒逢知己千杯少，话不投机半句多"这两句诗句都告诉我们说话要注意，要给人温暖，互为知己，千万不要恶语相对伤害他人。

五、什么人可以批评和怎样批评

这是一个待人接物，怎样对待批评和表扬的问题。如果你经过较长时间的观察与了解，确定这个朋友是个虚怀若谷，喜欢听批评，"闻过则喜"的人之后，如果发现了他的缺点，或者有些事情出现错误，就可以对他提出批评意见。如果见到这样的朋友存在缺点，你不批评还任其发展，可就太不够朋友了。在这种情况之下要注意两件事。

第一：要讲究方法

这关系到批评的艺术，就像人家说的"给批评加一点儿糖"。就事论事不要翻老账，在批评之前肯定其成绩、赞扬其优点。态度诚恳、出于爱心才能语重心长。

第二：不要强加于人

一个人看问题很可能是偏激的、片面的、局部的、观点和角度与别人不同的，所以不一定就是对的。在这种情况之下，所提出的意见就有可能是错误的，所以不管当时认为自己是如何的正确，也只是提供别人参考的意见，绝对不能强加于人。

若是有人批评你，绝对是一种幸福。俗话说"家有一老，如有一宝"。虽然我已经七十岁了，我九十岁的老母亲还健在。她老人家批评起我来，那是一点儿都不客气。我的眼睛不大，而且一笑起来就眯成一条缝，这很不利于我在屏幕上的形象。母亲说："你小眼巴咔的还老是眯成缝，演戏的时候应该把眼睛睁大一点。"我记住了,听了老妈的话,在演戏的时候尽量把眼睛睁开,果然精神了不少。

父亲在世的时候,曾经批评过我不够勤奋,做事情太懒了。他还专门写过一张条幅"业精于勤",把它装裱起来当作我的座右铭,使我不敢懈怠,尽自己的能力把要做的事情做好。

在参加电视剧《争霸传奇》拍戏的过程中,我有幸和著名演员樊志起相识合作,得到了他很多帮助,在表演方面他讲了很多他的心得体会。有这三个方面我记忆犹新:

1. 演戏主要演的是眼神,要让眼睛会说话,这需要下苦功练习。

2. 台词的处理要分轻重缓急,同样一句话,不同的演员处理方法就不一样,表演出来的效果就差远了。台词虽然是一句,看谁说了。

3. 身体的姿态,前后左右的动作,一定要根据情节巧妙地设计。最好多准备几套方案,这样不行还有别的可以马上拿出来就用,不能都指着导演教你。

虽然这几条到现在我依然没能完全做到,但是心里老记着这几句话,尽量拿这样的标准要求自己,就会一点一点地进步。

后来有一次我上门请教他,看看在《争霸传奇》这部戏里有哪些做得不好的地方。他看我的态度很诚恳,就指出了一个表演中严重的缺点。他对我说:"看这部戏的时候,专门注意了一下你的表演,发现了一个问题。在戏里你老是摸胡子这不好。如果表示思考的时候,摸一下胡子还可以说得过去。要是高兴摸胡子,难过也摸胡子,思考也摸,微笑也摸,那就太俗了。应该把眼神和体态都要用上,综合各种表现方法把戏演好。"

回家之后,我又仔细看了看自己的这段表演,果然发现这的确是个问题。从那以后,我把表演动作丰富了一些,用尽量多的表演方法,诠释塑造出一个个不同角色。

我遇到过一次表演,剧本上要求在这一场戏里有六次大笑。如果按照我以前的做法,只会每次哈哈大笑一通,就会显得很空洞单调。于是我按照樊志起老师所说的那样,自己多设计了几种方式,有开怀大笑、有含蓄的笑、有俏皮的笑、有沉稳的笑等等。一场戏拍完了,导演和一起拍这场戏的演员都很满意。

帮助我改变急躁性格的同学，使我学会找事物的规律。找出文稿缺陷的朋友，让我写的文章更加精彩。指责我不会说好话的工友，教给了我怎样接物待人。批评我自私情商太低的朋友，给了我事业的台阶。像这样的事例还有很多，我就是在父母和这些好朋友、好同学、好导师的批评之下，慢慢变得聪明了一点儿，也挺费劲的吧。至于还有一些不能解决的问题，就属于智力和能力太低的问题了，慢慢努力克服吧。

只有你愿意听逆耳的忠言，也有能接受批评的诚心诚意，才会有朋友直爽地批评你，帮助你。这是一种谦虚的姿态，没有这种姿态谁也不会愿意没事找事地跟你较劲。

一个大胖子跑着追赶公交大巴，虽然跑得很慢，但是大巴停了下来等他。上车后他说："其实我跑比走还要慢，但是如果我不跑，你就不会等我了。"这就是姿态的重要性。

我深深地感觉到，只有让大家感觉到自己有接受批评的姿态，才会有更多的朋友愿意批评。几十年来有这么多人愿意批评我、帮助我，是我的幸运啊！

六、说好话和"捧杀"有本质的区别

说好话的行为有一个准则，就是给对方"实事求是的表扬，不谄媚、不阿谀奉承"。除了这个准则之外，还有一件特别需要注意的事情，就是关于"捧杀"的问题。

表扬的好话人人爱听，所以有人就利用这个现象害人。他们用过分的好话，而不是实事求是的表扬，来谄媚、阿谀奉承你。由于这样的话让人非常爱听，听起来使人高兴、开心、快乐，以至于能让不少人觉得浑身舒畅，对于那些谄媚、阿谀奉承和戴的高帽，就会很舒服地接受了。

一旦很舒服地接受了，在高兴得热血沸腾、心花怒放、自命不凡、头晕眼花的时候，后面的问题就会出现了。因为所有的"谄媚、阿谀奉承和戴的高帽"都不是目的，而只是手段。手段既然已经有了作用，目的慢慢就显露出来，"图穷而匕首见"，宰人那把刀子就要显出来了。

尤其是对你有些了解之后，在实际情况之上，他进行大幅度的拔高表扬，不切实际的夸赞，把你捧得高高的。如果你失去了清醒的认识，就会陷入他的圈套，然后就会吃亏上当。这就是"捧杀"的一种表现形式。

能"捧杀"别人是某些人的处世之道，他本人也许得不到什么好处，但是他的"捧杀"会让你忘乎所以飘飘然。一旦达到了失去正常理智的程度，就变得不再是原来的自己了，当自我膨胀非常厉害，唯我独尊、藐视一切的时候，自然就会倒霉了。

看过《皇帝的新衣》这个寓言故事么？这就是一个"捧杀"的最成功、最生动的例子。不要以为故事里的皇帝不存在，只是一个故事而已。在社会中类似的事情很多，甚至每个人都经历过几次，不过谁也不愿意朝这方面去想，或者不愿意承认就是了。

那些听到老师或者家长说自己是"最棒的"的孩子，他们穿的不就是一件皇帝的新衣么。仔细想一想你穿过没有，我就穿过。

由宠而骄，由骄而作，由作而灭，此类人物多矣。

"实事求是"的表扬、肯定，是给他人优点的一种鼓励和承认。而超出事实的奉承、不知羞耻的谄媚和脱离实际的拔高，则是不折不扣的"捧杀"，这两者有着本质的区别。

我常听人说某人很成熟，某人太不成熟。那么怎样才算成熟的人，我们在日常生活当中可以发现，大多数小孩子，只爱听表扬不爱听批评，因为他们还没长大，所以很不成熟，也许还说得过去。由这点就可以想到，只爱听赞扬的是不成熟的人，而不仅爱听赞扬还听得进批评，希望有人指出自己缺点的人，才是真正成熟的人。

常言说："严是爱，惯是害，不管不教要变坏。"对子女严格要求，严格管理，严格教育，严格训练，是家庭教育的一条重要原则。在教育子女的实践中家长对子女的管教态度，实际上应该是有松有严的，而不是始终严而又严的。

在每个人的成长过程中，也就是从儿童到少年，从少年到青年这一时期里，家长的要求、管理、教育和训练，还是"先严后松"好。众所周知，孩子年龄越小，知识经验越少，他们独立分辨是非、善恶的能力就越差。

家长对孩子从小就严格要求、管理、教育和训练，有利于帮助他们树立正确的是非观念，提高辨别是非的能力，培养和形成良好的行为习惯。而且，孩子年龄越小，可塑性越大，容易管教，容易取得比较好的教育效果。小时候严加管教和训练，比较容易形成习惯。一个人小时候形成的习惯，长时期不会轻易消失，甚至能终生受益。

孩子长大一些后，有了一定的是非善恶观念和良好的习惯基础。家长逐步放手让他们独立分析、解决和处理一些问题。独立支配自己的言行，不仅是可行的，而且从孩子心理发展的趋势来说，也是十分必要的。

孩子随着年龄的增长，特别是到了青少年时期，会有较强的"成人感"，不愿处处受家长的干预。到那时，家长逐步放手让他们去独立思考问题，去锻炼，有利于发挥他们的主观能动性，形成自立的意识。

一味的娇惯只能培养出孩子的自私和任性。有句俗话说得好："你要想害谁，就惯着他。"

有一点很多人可能没体会到，不仅仅是孩子可以惯坏，大人也一样，自己惯着自己也一样。

七、诚实也属于说好话的范围

每个人在成长的过程中都会犯错误，如果能吸取教训，这个错误就能变成帮助你走上正确道路的教师。

大约在初中的那个时候，我发现一个男孩的朋友很多，大家都喜欢跟他一起玩。他的年龄比我大一些，个子高高的总穿着一件合体的夹克衫，梳着帅气的小分头。

他有一手打弹弓特别准的本领，让人佩服。每当他看见一只鸟儿停在树上，只要两只眼睛看着那只鸟，拉动手里的弹弓，不用像我们一样地瞄准半天，就能百发百中地弹出鸟落。

我个子没他高，长得没他帅，身体没他壮实，更不像他那么有本领，所以跟我玩的人少。当他出现的时候，所有的小伙伴就全围到他身边去了。

为此我很嫉妒，于是我想了一个办法，编出一些谎言造谣，想让大家不再跟他玩。结果大家可能猜到了，我所编出来的坏话都被人告诉了他，那个孩子当面揭穿了谣言，他说完之后，所有的人都不再说话，就站在那里看着我，然后都转身走开了。我虽然还站在那里看着他们，虽然也就十五六岁，却感到已经无地自容，无处可逃，恨不得找个地缝钻进去。

这件可以教育我一辈子的傻事，多少年来只要想到就会觉得心痛，同时也提醒着我不要再干类似编造谎言、中伤他人的蠢事。

即便想做一个诚实的人，在现实生活当中也会遇见很多不顺心的事。最常见的是去电视剧和电影筹备组，当我把资料和剧照送到副导演或者导演手中的时候，经常会被追问一句：你是哪个团的。这意思就是问你是在哪个专业文艺团体工作。我没有在任何专业文艺团体工作过，也没在任何一个部门受过专业培训，所以我就说，我哪个团的也不是，是业余演员。

大多数情况下我就会听到几声：哦！哦！你可以回去了，等我们的电话通知吧！于是我左等也没电话，右等也没通知。等到发现这个剧组已经开机了，才知道没选上我。

我多次看到过一些导演和老演员，谈起某人冒充专业演员时的那种鄙夷和反感，给我留下了深刻的印象。不想给别人留下这些坏印象，就老老实实承认自己是业余演员。再用最好的演出来说明自己，不用虚假的名头，更不用自我吹嘘。

心怀坦荡表现出来的大气，真实不虚伪表现出来的诚恳，对其他人有一种感召力、亲和力。这与脸皮的薄厚无关。业余就是业余，剧组用就去演出，不用就再找其他剧组。这些年来我就坚持着业余演员的身份，参加了几十部电影、电视剧的演出。不为别的，就为自己挺胸抬头、站直腰杆面对所有人。

演员的工作是非常被动的，只有被导演或者制片人挑选上，才有参加演出的可能。必须不怕辛劳地去跑组，多说好话让导演或者副导演对我有个好印象，才能使自己被选中的机会增加一些。

我也记住了，如果导演不问，也不会主动说自己是业余演员。如果问到了，就实话实说。反正有了这么多电影、电视剧演出的经历，已经说明了我能演戏会演戏。不信就看看那些演出吧，用不用就是你们的事了。不过我一直还不敢说那句话，"不用我是你们的损失，用我的话你不会后悔的。"这种说法对我来说就太狂妄了，我还没有把戏演得那么好，也没有哪部戏因为我参加演出增加了很多色彩，提高了收视率。

就因为我的诚实，给不少导演和副导演留下了好印象。也由于我尽了最大的努力演好每一个角色，让很多导演敢放心给角色，所以我才有了今天的成绩。

诚实、不说谎，也属于说好话的范围。

八、不要背后议论说坏话

我们在背后议论人甚至说人家坏话的时候，都是有原因的，有理由的。因为那个人太坏了，实在忍不住要控诉他。因为你是我最要好的铁哥们，绝对不会出卖我。因为有些坏话还是他先说出来的，我只随声附和一下。因为他是一个口风很紧的人，不会到处散布你们的观点和看法。因为他说了，这个事出你嘴入他耳，不会有第三个人知道。因为这也就是件不值得一提的小事，那个人知道了也无所谓。你们知道的我都知道，你们不知道的我能再说一些。你们批评的只是皮毛，我分析出来的才是本质。我不像你们平时看到的那么无知和傻，也能说出那个人的坏话。

类似这样的想法，使我们把背后议论人没当成一回事。

当其他人议论某人的时候，也许会触动我们某一根比较敏感的神经，不由得也跟着议论起来。这里面既有批评别人缺点、发泄自己不满的因素，也有在议论中炫耀自己、哗众取宠的嫌疑。

"谁人背后不说人，谁人背后无人说"这句古语就说明了，几乎所有的人都会有背后议论人的时候。所以"闲谈莫论人非"也成了说话要注意的一条准则。

根据观察与思考我发现，这条准则说着容易做起来难。在有些话当面不敢说或者不愿意说的时候，憋闷在心里就成了一块心病。不论时间长短都要一吐为快，就成了背后说人坏话的心理基础。这种情况之下说人家的坏话，实际上是一种发泄。

这个时候的心理状态是扭曲的，说出来的话往往是不负责任的、任性的。因此这些话也就很可能是不客观、不正确的，这样时间长了，对分析问题和理解问题都不利，只会越来越助涨我们的任性，不能客观地对待他人，不能发现别人的优点，不利于自身的进步。

背后议论人最大的坏处还在于，你说完了、发泄完了就过去了，很可能你说的话和别人说的话，过不了多久都变成了你一个人说的话，传到了所议论的那个人耳朵里。你永远也不会知道，是怎么得罪了那个人。也许他就是你的领导、顶头上司或者好朋友。

在这种情况之下的诚实、直爽、不说谎、相信朋友等优点，由于是任性的发泄和炫耀，全都变成了致命的缺点。不要埋怨其他人，完全是你出卖了自己，堵住了自己前进的道路，毁掉了自己的美好前程。

这个毛病可不是那么容易改得了的，即便是注意也免不了时常会犯，多提醒自己和事后检讨自己，会逐渐改得好一点、快一点。

注意看那些聪明人是怎么做的。他们不会对有这种习惯的人表示反感，会尽量微笑着听他们把话说完。然后他们会既不赞同也不反对地说一些题外的话，或者简单地对被批评者做一些辩解，并不要求对方必须接受，而是仅供参考。更多的是他们会进行耐心的劝解，帮助说话人把问题放下想得开一些。不管他们是否赞同这些意见，但绝不会随声附和说出来。

如果把自己对某些人的意见，对最亲近的人说出来了。他们也许会劝解一番，保守了这个秘密。也许会有人义愤填膺，一时忍不住冲动，做出伤害他人甚至违反法律的事情，就悔之晚矣。

对于严重到必须用法律解决的事，背后说多久也无济于事，还是要靠法律来解决。一般生活里没那么多大事，对小事斤斤计较到这程度，没必要啊。

当然，在发牢骚和说别人坏话的时候，也会有人同情，有人顺竿爬，有人赞同，有人鼓励。俗话说"林子大了，什么鸟都会有"，这些人也不见得有什么目的，存心要害我们。但是他们却使我们认为这样做，是正常的甚至是正确的。这些无原则的怂恿和忍让，就把我们惯坏了，实际上在不知不觉中把我们害了。

这时候如果有个人对我们的想法、做法提出批评，我们要静下心来好好地听一下他的意见。千万不要对这些人有抵触情绪，甚至以为他们是跟我们过不去而怨恨他们。只有希望我们好的人，才会批评我们，所以要记住、感谢他，跟他永远做朋友。

如果我们对某事的确有想法和意见，不妨先把这些写下来。写的过程会使头脑逐渐冷静，我们才更有可能对该事物进行客观的分析，实事求是的理解，更加全面的判断，同时也在某种程度上有所宣泄。

写日记就是一个好办法，因为里面有我们最秘密的隐私，记住要保存好日记哦！

坚持在背后说别人好话，别担心这好话传不到当事人耳朵里，有人在你面前说某人坏话时，你只微笑。

其实在这世界还有一件事比被别人议论更糟，那就是无人议论你。

我赞成宋代诗人杨敬之古诗作品《赠项斯》里的第三四句："平生不解藏人善，到处逢人说项斯。"这是多么良好的习惯和品格啊！

另有一种人，我们可能遇见他们的机会很少，但是的确存在。他们即使受到表扬或者听到好话，也依然会有另一种理解。当你表扬他长得很帅的时候，他会反问你是不是认为他的智力有问题。当你说她身材好的时候，她会认为你说她不漂亮。你如果认为他这次取得了你没想到的好成绩，他会说"在你心里我就是个什么都不行的笨蛋吧？"永远扭曲别人善意的人，无药可救，我们干脆闭嘴，微笑着离去。

九、与最亲密的人之间也应该说好话

在生活当中有一个奇怪的现象，我们对自己的亲人，就是最亲近的兄弟姐妹之间，尤其是夫妻之间，还不如对陌生人或者客人那么亲切有礼貌。

可能是我们认为与外人之间说话，应该捡好听的说，与自己家里最亲近的人，就不必这样了。在自己家里，想说什么就说什么。

实话告诉你，这种认识大错特错。原因很简单，再好的朋友也是人，再亲密的关系，也是人与人之间的关系。很多朋友之间就是因为几句话处理不当，变成了对头。很多兄弟姐妹，会因为一些特别不经意的话，受到伤害后再也不相往来。在朋友之间，如果自己误会了或者错怪了别人，不要吝啬你的道歉，诚恳地说一声对不起，不会让他觉得你比他低矮多少。

有人问政治家塞涅卡："道歉有什么好处？"塞涅卡回答："道歉既不伤害道歉者，也不伤害接受道歉的人。"所以说道歉是一种美德，不仅能化解很多矛盾，而且会给自己及对方带来轻松和快乐。

在夫妻之间，很多夫妻认为彼此反正是最亲密的人，就在言词上恶语相加，故意说对方不爱听的话。对方最不爱听什么就专门说什么，所有刻薄、侮辱、伤感情的话，只要一张嘴话就都横着出来。只要能把对方压倒，越难听的话越敢说出口。这样做只能导致互相无法再交流，形成了恶性循环，互相越看越不顺眼。等到两人发展到互相打骂了的程度，结果只有两个字——离婚。

在结婚之前谈恋爱的时候，你对你的爱人是怎么说话的？刚结婚不久的时候，你们是怎么相亲相爱的？为什么过了几年之后，大家就只会相争不会相让了。原因就是人们对他人要求过高，对自己却要求太低。这些人只看见别人的缺点，看不见自己的毛病。争的是一时的面子，赌的是一口气，全忘了夫妻之间的恩爱，全忘了做丈夫和做妻子的责任。连一句好话都不肯说的夫妻之间，在一个没有笑容的家庭里，怎么会有和谐幸福的生活。

有一个很可笑的夫妻关系守则。

第一条：妻子永远是对的。

第二条：如果妻子有错，请参照第一条。

如果丈夫真正做到了这个守则，那还有什么矛盾呢？只不过如果做妻子的太不懂事，被丈夫惯坏了，也够麻烦的。作为女人，有跟丈夫撒娇、耍赖、不讲道理、胡搅蛮缠、耍小性子等权力。作为男人，有疼爱、忍让、大度和欣赏自己妻子的义务。在婚姻当中夫妻双方还有很多义务和权利，尤其是与其他人都没有的，只存在于夫妻之间才合法的性的权利和义务，是绝对必不可少的。只要能为对方多想一点，只要是互相从爱的角度出发，什么问题都能解决。

古人所提倡的"举案齐眉"，可以认为有大男子主义的倾向。但是"相敬如宾"还是应该效仿的。如果我们在互相交谈和家务事等很多事物上，用把对方当成客人一般尊重和恭敬的态度，就会减少了不必要的争吵。因为多数夫妻双方，都是要求对方必须要按照自己想象、要求的那样去做，做不到就不行，才发展到了互相不能容忍的地步。

夫妻两人即便是有些问题非常严重，而且到了非离婚不可的程度，最好也从"人无完人"的角度，多考虑一下自己存在的问题，多一点儿互相理解。离婚了也可以做好朋友，互相多记着对方的好，在一方有了困难的时候，尽量给予帮助。至少两人不要做仇人，不要做陌生人。

夫妻两人从不相识到相识，从两家人到结婚成家，偶然性和必然性都有，但是绝不是简单地，把行李搬到一起生活那么简单。自从强调爱情是婚姻的基础之后，相爱就是婚姻延续下去的必要的条件。

人们常犯的一个最大的错误，是对陌生人太客气，而对亲密的人太苛刻，把这个坏习惯改过来，天下太平。

夫妻和婚姻的问题，是一个很严重的大问题。

网上有一篇文章，非常引人深思。

离开贬损你的人

圣人角色会满足虚荣心，却不会带来真正的快乐。

□ 陶思璇

女友夏经朋友介绍，认识某外企高管。听说她最近几年一直单身，那位先生脱口而出："天啊，你是怎么熬过来的？那可怎么熬啊！"他接着又问："你是怎么被漏下、被剩下的？"夏一阵抓狂，她毫不迟疑地回复他："对不起，我没有被漏下或是剩下，单身是我自主的选择。"结果当然是不欢而散。

我想那位先生未必真的觉得自己高高在上，但他的这些话确实给人以拯救者的嫌疑。很多时候我们想要表达的是A意思，可是我们所选择的词汇、肢体语言却表现出了B甚至C、D等意思，与自己的本意南辕北辙，误会往往由此而生。

造成这种局面有两个可能性：

1. 嘴上说的、脑子里所想到的是A意思，可潜意识里、内心深处真正的认识则是B意思，我们未经训练的身体在不知情的情况下出卖了自己；

2. 我们没有认真学习怎样正确使用身体语言，包括语音和语调，不懂如何正确传递情感和情绪。

无论是哪一种言不由衷，结果都会引发误会。我常说任何事都要付出代价，情感关系更是如此。

我有一位朋友最近刚离异，她对前夫最大的不满就是他的那张嘴，话里话外总是透着对她的轻视。结婚10年，她和我一样很清楚他并非真的轻视她，只是习惯了用负面的词汇来说话。在他看来，就是因为关系亲密所以才会用那些负面的词汇说话，那是他的一种玩笑方式，只有对不亲近的人，他才会给予认可和赞美。就像我们经常说的那样：越是疏远的人，我们对他/她往往越客气。某种程度上讲，相当一部分人的观念里把认可、称赞等同于了客气，而客气意味着疏远。

我朋友说："我用了10年时间来忍受他对我的否定，我最美好的年华都用来听他否定我了，现在我要换一种活法，我要让自己的生活中多一点赞美的声音，我要让自己过得快乐一点，我值得过快乐的生活！"

她在一次出国交流的工作过程中结识了一位工程师，西班牙人，每天都把她赞美得和鲜花一样。她无法抗拒这种愉悦，毅然选择了离婚，开始和那个西班牙男人拍拖。

生活在都市里读过几本书的人都知道，自信心需要维护和培养，特别是来自自己最亲近、最信任的人的评价，对每一个人都至关重要。长期生活在批评之中，可以算是一种语言暴力，是一种慢性心理折磨，坚强的人也许只是会有情绪反应，严重的会导致精神分裂症甚至自杀。这样的案例不少，非常值得引起我们的重视和注意。

每个人都有优缺点，而人的注意力是有限的，当我们关注缺点时，就会忽略掉优点部分，反之亦然。说几句赞美、认可的话并不会让自己损失什么，损几句别人也不会为自己增添什么。而赞美会让对方、让自己都更快乐，何乐而不为，何必一定要每天挑剔自己的爱人、亲人，暗示他们有多落魄多糟糕多么需要自己来拯救。

这篇文章说明，不懂怎么说话甚至会威胁到婚姻。

如果你在长期的社会活动和家庭教育等外因的影响之下，结合自己的性格特点养成了爱批评人的习惯，你就会发现无论什么时候看见任何人，都会马上发现他的不足与缺点。你甚至会推理出别人在其他事务上的缺点和不足，猜想出与他有关的很多事都是由于这些缺陷造成的。于是，出于对他的关心和爱护，你必须指出来他的这些问题，以利于将来他的生活和工作。

而实际上因为你并不是完全地了解他，所以这些发现、推理和猜想不一定符合实际，你只不过是在世态常理上的这种发现、推理和猜想，具体到这个人在这个时间段上的作为，也许就完全出于一般人的常理，与你所认识的事物完全是不一样的，凭什么就认为他所做的就一定是错了。

有人认为尽管年纪大了，依然要锻炼身体，生命在于运动，为了使自己更加强壮，更多享受生命的美好，一定要坚持锻炼身体。也有人认为，到了一定年纪锻炼身体就不是必要的了，当人的五脏六腑皮肤骨骼都在逐渐衰老的时候，锻炼身体就会造成对身体不同程度的损害，只要保持心情愉快，坚持力所能及地适当活动，对于老年人才是最适当的。还有人认为，老年人要根据自己的精神状态身体状况，每天安排一定时间的活动，不要千篇一律每天都坚持做到一定的锻炼和活动。

每个人都有自己的道理，分得清楚谁对谁错吗？非要坚持自己是正确的，见到与自己不一样的观念就要批评指正，真的很合适吗？未见得吧。

情商太低的确对自己的事业和人际关系有很大的影响，这是一个很重要的问题，必须要引起我们这些傻瓜的注意。但是这有时候也是无法解决的事情，我们的脑子本来就不是很灵活很敏捷，尤其是想做好一件事的时候，不由自主地就会无时无刻地不思考着有关于这件事的一切问题。每到了这样的时刻，无论是周围发生了什么事，我们的脑子反应都更慢，无法应对周围的人事关系，想不到该怎么做才能使这些繁杂的琐事处理得更让人满意。比如在各种不同的节假日，应该给不同的人送什么礼物等等。于是时间长了我们也会被人看成是情商低，对我们的木讷和反应慢也会说是不通人情，也就是没办法的事情了。

因为一旦我们要把自己的注意力全放到这些日常繁琐复杂的人情世故上，也就无法再有空余的脑力思考自己想要做的事情，在这种情况下就要知道适当地取舍，不舍掉那些就得不到这些，先把自己要做的事情做好再说吧，至少人们看起来对有成就的人要宽容一些。

因为有很多人希望别人按照自己的意愿做人做事，如果你一旦决定了自己该怎么做人和做什么事了之后，就不必在意其他人的想法了。就像那句话说的：走自己的路，让别人去说吧。

有这样一句话："批评就像家鸽，它们会回来的。"的确是这样，如果你想造成一种历经数十年直到死亡才肯消失的反感，只要轻轻吐出一句恶毒的批评就够了。

我不再批评别人，也是因为每个人都有自我完善的责任和义务。

至于有很多人特别爱说大话，不着边际地吹牛，我们也不用过多计较或者挑剔，因为谁都必须给自己一个活下去的理由。

第八章
傻瓜须以勤当先

傻瓜的脑子有问题，说起来应该算自然灾害。

作家王小波写过一件事儿，说他有位老师先天残疾，生下来的时候就是手心朝下、脚心朝上，不论怎样都无法改变手脚的姿态。

后来老师去美国动了手术，勉强可以行走，但又多了些后遗症。

老师对此一直没有平常心——"我在娘胎里没做过坏事，怎么就这样被生了下来？"大夫告诉他，这种病有六百万分之一的发生几率，换言之，他相当于中了个一比六百万的大彩。

这位老师从此就恢复了平常心，他说："所谓造化弄人，不过如此而已，这个彩我认了。"

在聪明人比比皆是的情况下，我们生而为傻瓜，也算是中了人生的一个彩吧。值得庆幸的是，医治我们不需要动剪子刀子。天无绝人之路，我相信"勤能补拙"，"勤"是笨人的法宝，是补救这个自然灾害的良方。

"勤"字的基本字义是做事尽力，不偷懒。比方说，勤劳、勤快、勤奋。都是"勤"字打头，三者又有没有什么区别呢？

一、用勤劳战胜惰性

曾国藩曾文正公曾经无数次提到"勤"字。"勤字为人生第一要义。""古人云勤可补拙，盖一勤则不知者可徐徐可知，不能者可徐徐可能……""勤如天地之阳气，万物赖之以发生。否则凋敝枯萎也。"曾国藩告诫子弟说，"天下古今之庸人，皆以一'惰'字致败。"

对于很多人来说，惰性都是个强劲的敌人。它会随时随地为人们对于精力和时间的浪费找出无数借口。

在几年来的写作过程中，我发现了这样一个现象。因为怕自己犯懒贪玩儿，我给自己规定了写作任务，每天必须要完成几千字，而且一直在实施着自我监督，自己鼓舞自己，自己劝说自己，一定要尽量完成这个任务。

可是偏偏有时候明明已经打开电脑准备写作了，脑子里却突然冒出念头，想上厕所或想沏一杯茶喝，要不就想翻本杂书，或者想看看电视里有什么新节目。而一旦打开了电视，我的视线就再也转移不了了。继而我就会满心欢喜地发现这个电视剧内容很有趣，那个讲座里的知识很应该知道，这个节目宣传的道理很重要，那个电影过去没看过。于是我兴致勃勃地转了一个又一个频道。看电视的时间多了，心情也变得浮躁，于是我就很难静下心来进入写作状态。

在现实中，人们如果想做一件事，会找到不少理由；人们如果不想做，也会找到很多借口。问题的关键还是在自己身上！

多年的经验教训告诉我，一旦有了某个想法，就应该马上去做，绝不能等到万事俱备了再开始干，要在干的过程中逐步克服困难。

俄罗斯有一句民谚："一个傻瓜提出的问题，十个聪明人也解决不了。"

前苏联电影《列宁在十月》中，十月革命前，在一次党的会议上，革命导师列宁引用了这句民谚来比喻当时的"傻瓜"布尔什维克们只会提问题而拿不出行动纲领："他们这也要问为什么，那也要问为什么，于是乎不得不使人想起一句话'一个傻瓜所提出的问题，十个聪明人也解决不了'。"

布尔什维克们听到革命导师列宁讲这句民谚时便大声欢呼起来，尽情地嘲笑党内的"傻瓜"布尔什维克们。紧接着，阿芙乐尔号巡洋舰上的炮声响了，水兵和武装起来的工人们冲向冬宫……

这句俄罗斯民谚一语道出了聪明人和傻瓜对待事物的不同态度，就在傻瓜们还在不停地想问题、提问题，想个不停说个没完的时候，聪明人早已经干起来了。

仔细思考俄罗斯民谚，我们可以感觉里面似乎包含着好几层意思，除了嘲笑傻瓜只会提问题不会解决问题之外，还有另一层意思就是，一个傻瓜提出的问题恐怕十个聪明人也解决不了，因为凭空想象的问题可以不着边际没完没了，解答起来有巨大难度；也许还有更进一层的意思是，如果连"一个傻瓜提出的问题，十个聪明人也解决不了"，那么一个非傻瓜提出来的问题，恐怕一千个聪明人也解决不了吧。

前几年我在电视剧中听过一首歌，歌中唱道"生活就得前思后想，想好了你再做"。我有些不敢苟同。依我的愚见，这就是一种僵化的思维方法，因为世界上的人和事物无一不在变化当中，用瞬息万变来形容也不为过，哪里容得咱用很长时间去反复思考、斟酌。更何况以咱的脑子，咱凭空想好了的，真未必就能符合实际中正在发生和发展的客观情况。

再说，这个"好"也没个界定，想到啥程度算是"没想好"，想到啥程度又算是"想好"了呢？还有没有更好和最好呢？想到百分之百的正确之后再去做，听起来是不错，可是世界上所有的事都有未知的困难与风险，不去做永远不会成功。只有做，才有成功的可能。

所以，不管干什么事，"想"是必须的，谨慎周密地反复思考也不为过。做好最坏的打算，做好发生的可能性很大的突发事件应急预案，想想达不到预期效果该怎么补救。

但是不能想个没完，蹉跎了岁月。遇到像咱们这样脑子慢的笨人，要是等一切都"想好了"，黄花菜都凉了。

一旦想好了目标就要赶紧开工，逢山开路遇水架桥，用大无畏的精神面对所有艰难险阻，一步步前进，而不管是否"想好"了。

现在的书店和图书馆里有很多励志书籍，我非常爱看。我觉得这些书极大地启发和帮助了我，转变了我的思维方式。

在跟许多朋友聊天的时候，我曾经谈到励志书对我产生的巨大影响，励志书所给予我的启迪与激励。有些朋友对此表示认可，可是也有不少朋友断然认为励志书毫无意义，看多少也是瞎子点灯——白费蜡。

为什么同样的书籍在不同人心目中的认知会形成这么大的差别呢？后来我对这几个朋友的生活状态和心态做了一些观察和分析。这些朋友当中有啃老族，也有靠小族。我发现他们有一个共同点，就是不愿意行动。他们在看那些励志书对成功的论述的时候，总是希望找到什么诀窍，希望通过绝招轻而易举获得成功。结果他们失望了。因为无论什么绝招诀窍，都需要亲力亲为落实到行动上。而他们宁可整天整夜地甩扑克、打麻将、聊QQ、玩游戏，也不愿意脚踏实地真正做点什么。

说一万句空话，不如动手干一次。我就是这样写书的。管它呢，想写就写，我写过一篇小寓言故事，用的是一种动物的口吻，让你笑一笑吧。

啊！你们这些小东西来问我，人们所说的"天"到底有多大？算是问对啦！我这么大岁数当然知道！

这可是我亲眼见的那还有错！俗话说"耳听为虚，眼见为实"。这世界上的骗子太多了，一个不小心你们就会上当。上次风吹进来一粒大沙子，我还没看清楚，以为是小虫子，就给吞进嘴里，结果弄得我头疼拉肚子。

所以，凡事都一定要亲眼看清楚。

好！现在你们抬头看仔细，那蓝色的亮光，就是天发出来的，圆圆的一片就是天！人们管我们住的地方叫做井，蓝色的亮光那里就是井口。

怎么样？现在看清楚了吧？你们谁能说说天到底有多大？

周围异口同声地说："天跟井口一样大！"

这篇寓言故事用哪种动物的口吻在说话？哈哈！没错就是井底之蛙。

我一边写一边想，写得不好就重新写。短文章是这样，长篇著作也如是。我就像一只井底之蛙，不管自己的认识带有多么大的局限，存在多么可笑的谬误，依然自得其乐孜孜不倦地思考着。

成功与失败都是在干了之后才会有结果的。说空话和空想的结果只能等于零。连成功的母亲都没见过的人，怎么会得到成功？

不过，咱们傻瓜要勤劳而不要追求勤快。太快容易出乱。身为一枚傻瓜，要是想一口吃成个胖子，非噎着不可！

自打开始写作以来，出门的时候我在身边总带着一个小本子，床头也常备着纸笔，只要脑子里蹦出来一点新的想法或者疑问，就随手记下来。

最初为了求快，我尽量用最简单的文字记录我的"光辉"思想，不想到了准备把它们整理出来的时候，也许刚过了一个半天儿，却往往已经看不懂那些语句，竟然就忘记当时寥寥几笔记录的究竟什么意思了！这就是傻瓜求"快"的结果。

后来我解决了这个问题，已然知道自己是个"拙人"，那就多花点时间，别图快，又没有什么火烧眉毛的事儿赶着去做，就多写几个字，记录得详细明白一点儿吧。

要是你亲眼看过我的写作状态，也许真得把你急坏了。我要思考很长时间，才笨手笨脚用全拼敲出一小段文字。

有天我起了个大早，文思泉涌，如得神助，一直写到夜里十二点之后，满打满算用了十八个小时，一共写了五千字。我累得够呛。在我的写作生涯中，这种状态仅此一次。

可是，计算一下才知道，每小时我其实平均只写了不到三百字，每一分钟只写了不到五个字。就像有人说的："退一步，着眼于大局。这便是你吞下一头鲸的办法，每次只咬一口。"

平常多数时间，我的写作速度，每天在一千到两千字左右。也有几百字、几十字，甚至一个字也写不出来的时候。

实在写不出来我也不着急、不生自己的气，因为能写出那么多对我来说已经很不错了。不行就看看前面的，修改一些错别字，自我欣赏一下。看看别人的书，也许能得到一点儿启发。要不然就干脆去找朋友聊聊天。

我坚信，只要坚持写下去，早晚能写成！

三十岁以上的人大多不会忘记，没有煤气那会儿生火取暖做饭的事儿。生火的时候，谁也不能用一根火柴就把煤球或者蜂窝煤点燃了，都是在火炉底部放一些刨花或者废纸，刨花上面是劈柴，劈柴上面才是煤。

用火柴点着了刨花或者废纸，由它们引燃劈柴，劈柴再把煤引燃，这是煤炉生火的过程。在生活当中这种由小到大、由简单到复杂的事例非常多。

据说氢弹爆炸，也是先由普通炸药把小型原子弹引爆，再由原子弹引爆氢弹。在普通炸药之前，估计也有雷管和电子引爆器之类的东西。

"不能一口吃成胖子"，"不能一锹挖出一口井来"，这都是生活当中我们熟知的俗语。但是很多人一到做事情的时候，总是急于求成，为了追求快，不愿意勤劳，甚至丢下勤劳去找捷径。就是这种急于求成的心态和做法，把很多可能做成的事情变成了不可能，把本来按部就班很简单的事情变得复杂了。

二、勤劳改变生活

小时候我的家里穷。上中学以后，每到寒暑假我就要找活干，挣钱贴补家用。我在双桥农场割草卖到马号、给建筑工地当小工、给葡萄园除草、给红薯地翻秧。我夏天到火车站卖冰棍、到玉渊潭公园兜售钓鱼钩，冬天在家门口摆摊卖鞭炮和玻璃球。

实践出真知。干活的过程，实际上也是增加知识的过程。比如割草，虽然我的手、腿、脚常常被自己用镰刀砍伤，可是我也学会了怎样磨镰刀，会用眼睛看刀刃，知道当看不到那条亮线的时候就算是磨到最快了，不用拿大拇指在刀刃上来回试。更重要的是我知道了"磨刀不误砍柴工"，只有把镰刀磨得飞快，割草的时候才省时省力，割伤自己的情况也会少得多。

"穷人的孩子早当家"，就是这个道理。有时候我觉得自己简直天生就是受累的命，明明可以休息，却偏想给自己找点儿事干。要是有一段时间闲着，我就觉得无聊浑身难受，心里没着没落的。

工作一段时间之后觉得累，盼着休息，休息了一段，又开始犯贱想再找点儿任务。

因为天生的"猴气"性格，我从小几乎就闲不住。用现在的话来说，属于"没事找事型"。我踢足球、扇洋画、弹玻璃球、跳房子、唱歌、跳舞、写诗、画画……后来终于找到了自己最喜欢的项目——制作收音机。从最简单的单矿石收音机，到单回路、双回路和三回路矿石收音机，一直到电子管、半导体收音机，再到电视机。为了买到打折处理的零部件，我和朋友可以双脚跑遍北京城。我们买了零件就装、装完了又拆，兴趣极浓地玩了十多年。

后来去了北大荒，买不着无线电元器件了，我才放下了这个爱好。我又开始写文章、编节目、养鸡、种菜、搞摄影。

写文章登在生产队的板报上，编节目到总场参加汇演，养鸡的时候学会用针灸治疗鸡瘟，在种菜的园子里，种下了满园的黄瓜、豆角、西红柿……我还抽时间挖了一口灌溉专用的小井。最后，摄影成了我的最爱。

回京以后，我一边在轧钢厂当工人，一边坚持不懈到摄影函授学院学习，早起晚睡东跑西颠搞创作。

这样折腾了五六年，我只有一次参加了全国影展，很少的几次被刊登在报纸杂志上，算是可以说出口的成绩。其余大都是泥牛入海——无消息。

尽管发表在报刊杂志上的作品不到一成，我还是乐此不疲。

人们都说，"枪法是子弹堆出来的，摄影家是胶卷堆出来的。"那年头没有数码相机，摄影拍照必须用胶卷。购买相机等摄影器材、购买胶卷和相纸、冲洗药品，都是无尽无休的开销。这是名副其实的"单反穷三代，摄影毁一生"。

后来有了老婆孩子，我明白了做事情要分主次，分轻重缓急，"挣钱"养家是男人的首要任务。于是我放弃了钢厂饿不着吃不饱的铁饭碗，暂时克制住"烧钱"的创作欲望，白手起家开了一间小小的摄影图片社。

离开工厂干个体，我没了收入保障，没了公费医疗，没了涨工资的盼头。没人领导管理，没人指挥我走路先迈左腿还是右腿，心里也是空落落的。

刚开张那一年，我们是几家图片社联合，集中将顾客的胶卷送到广州冲印。我每天早上五六点钟就爬起来为开门做准备，送完胶卷半夜才能回家。每张照片就挣几分辛苦钱。

我不甘心做这样单调的代理生意。为拓展业务，我买了一台小型国产冲印机，自己学着干。别人不收的活我收，尽量做得让顾客满意。

1986年10月24日的《中国青年报》头版刊登了一篇题为《北京彩色扩印行业现状》的纪实报道，捎带手儿提到了我的图片社。"在北京西城三里河，有一个合佳图片社。店主蔡军为了与其它图片社有所区别，购进了一台手工彩色放大机，专收别家不收的活，比如曝光过度、曝光不足、颜色偏差较多、局部放大等等。在不到两平方米的暗房里，蔡军一张一张地为顾客单独冲印，所以他店里生意相对好一些。"

没想到就这么简单几笔，让我成了新闻人物，一时间我"名声大噪"。不仅北京人慕名找了过来，外地读者也纷纷寄来了他们有"疑难杂症"的底片……

回想起来，那阵子我有两年多没看过电影、电视，更没有节假日，兢兢业业，历尽千辛万苦，生活终于有了起色。

三、机遇总是青睐有准备的人

世上人人都在期盼着各种机遇。

机遇就是契机、时机或机会，通常被理解为有利的条件和环境。按照字面意思理解，就是忽然遇到的好运气和机会。一般说来，机遇有一定的时间限制或有效期，时间过后，就再也得不到了。

我从来不相信机遇只属于聪明人。

一九六八年我去黑龙江生产建设兵团，在传说中的北大荒前后生活了十一年，长了很多见识。

在玉米地里干活，有项工作是间苗锄草。

锄草没什么可说的。

间苗又称疏苗，是个农艺专业术语。

种玉米的时候，为保证出苗率，播种量都会大大超过留苗量，往往造成幼苗拥挤。为保证幼苗有足够的生长空间和营养面积，使苗间空气流通、日照充足，在种子完全出苗以后，要去除多余幼苗，也就是间苗了。我常常盯着那些被间出来的玉米苗发呆。

时间过去了二十多年，我才在日记里写了下面这篇寓言。

麦子地和水稻地的旁边是一片玉米地。有一天，玉米地里来了一群人，锄草间苗忙乎了大半天。

这群人走了之后，玉米地旁边堆了一大堆被间出来的玉米苗。这些玉米苗们已经知道自己的命运注定会是干枯致死，都在临死之前愤愤不平地诉说着。

其中一棵看上去很是纤弱的小苗说："唉，被间出来了，谁让我是弱苗呢！我们这些弱苗，或是因为种子本身弱，或是因为水分少或者够不着肥料，长成这样，被间出来我们认命了。可是你们这些壮苗呢？为什么也被间掉呢？"

第一棵壮苗说："我是挺壮的，可也算不上是最壮的啊，每个坑只留一棵苗，所以我就被间掉了。"

第二棵壮苗说："我们几棵苗倒是都一样壮，但是只能留一棵苗啊，其余都得间掉，我也没办法。"

第三棵壮苗说："我虽然比留下的那棵苗强壮，但是我与前面那窝苗之间的距离太近了，位置不对，所以也留不住。"

第四棵壮苗说："我是因为干活的小伙子技术太差、也不细心，所以留下了弱苗，把我间掉了。"

众苗一起喊道："这太不公平了！为什么会这样？"

第五棵壮苗说："你们看我够壮的吧！可就因为间苗人昨天晚上被老婆骂了几句，今天他就把气儿撒到了我头上，偏要锄强苗留弱苗！"

第六棵壮苗叹了一口气说："唉！别提了！我是最冤的了！"

众苗不解。

"间我的是个老汉，他的手最有准头了。可是好好的他突然放了一个屁，失手把我给间了出来，连老汉自己也心疼了半天呢！"

众苗无语。

良久，一苗叹道："时也！命也！运也！"

麦子和水稻们看着、听着，谁也没说什么，却在心里感叹自己的幸运。生而为麦子和水稻，只要发芽了，只要风调雨顺，不管好歹它们个个儿都能长到扬花吐穗、灌浆黄熟，免了间苗这一劫。

一九九六年十一月

按理来说，在每个窝同时存在的若干玉米苗中只留一棵，留大去小、留强去弱是天经地义。可是据我观察，实际上留下的真不一定是壮苗，被间掉的也不一定就是弱苗，随机性很大。

对于人类来说也是这样，每个人赶上什么都是不可预测的。这就是机遇的不确定性。机遇对任何人都是平等的，而能不能抓住它，主动权却在每个人手里。

我始终相信，机遇的降临不论智愚，它只是与懒惰无缘。

老天爷饿不死瞎家雀儿，机会每天都在产生，每个人都可能遇上。可是机遇落到每个人头上的几率简直太小了，百年也许能遇到有数的几回。世界上有这么多生物，都在眼巴巴盼着各种机遇，老天爷有点忙不过来呢。

机遇总是青睐有准备的人。什么叫有准备？每天躺床上睡大觉当然不叫有准备，躺床上睁着两眼等着天上掉馅饼也不叫有准备。我觉得有准备就是要在机会还没有出现的时候就开始并且一直坚持默默地付出努力，付出自己的生命能量。而这样的人一定是勤奋的人。机不可失时不再来。机遇不是源源不断地涌向每一个人，机会罕见且稍纵即逝。

我就遇见了这么一件至今想起来还让我叹息不已的事儿。

许多年前流行着一个顺口溜："穷玩戒指富玩表，傻瓜才玩照相机。"这话怎么就应在我身上了。前边说了，三十多岁的时候，我酷爱摄影。

搞过摄影的人都知道，搞摄影靠的是天时地利人和，要出一幅好的摄影作品相当不容易，而拍出自己的独特作品，是所有摄影人的心愿。虽说要是身处九寨沟那样的风景名胜，不用挑选，只需按动相机，每张都是很美的作品，但是大家都能拍到的照片，本身就失去了个性。

摄影是个讲究精神享受的苦活儿。不说搭进去的工夫，光说那不离身的摄影器材包，总重就有十来斤。包里装着照相机遮光罩、暗袋、闪光灯、自拍器、曝光表，各种滤色镜，各种可更换的镜头，胶卷、快门线、充电器和电池……，包外还带着一个大三脚架。那段时间我还没离开钢厂，每天上下班背着这么一大堆东西，有时候好多天都未见得能碰上一个值得一拍的画面——白受累了。

夏季的一天，我骑着自行车赶路，"火红的太阳当头照"啊，偶尔抬头看天，居然看到了一幅奇景！湛蓝的天空，两片细而弯曲的云彩隔着太阳相对，就像两条活灵活现的白色蛟龙在大海中对峙、游动，而太阳正处在两条"龙"的龙头之间，光芒四射！"二龙戏珠"！好一幅壮丽的大自然奇景啊，令人叹为惊止！这是我活在世上将近四十年，生命中唯一一次见到的空前的奇观。

我的脑子里马上有了拍摄方案：用黑白胶片，镜头前加一片深黄滤色镜，暗化天空，突出太阳和云彩。我的脑海中已经浮现出作品的精彩图样！

太激动了！这天然巧成的奇观，居然被我遇见，被我发现，真是天赐良机！

我盯着天空，眼睛都舍不得眨，一只手伸到背后摄影包里去掏相机，却惊愕地发现摄影包没在身后！一拍脑袋，这才想起来就因为之前连续好多天没能遇见好题材，而那天带的乱七八糟的东西又多，我就犯懒把摄影包扔在家里了！我眼看着两条云彩一点点淡化，化作云朵飘飞，一去不复返……摇头！跺脚！咬牙！捶胸！什么叫终身遗憾！

我当时就明白了，运气啊机遇啊什么的，就是机会碰巧撞到了不惜力的人，否则什么都白搭。

就在前几天，我在《易经》中看到了老祖宗专为我写的一句话："君子藏器于身，待时而动。"

可惜啊，这样的提醒我看到得太晚了。

四、勤奋成就了我的"伟大"

在电视上，我看过一次特殊的钢琴演奏现场直播。与一般演出不同的是，舞台上一大块布幔遮住了钢琴和演奏者。在行云流水般的乐曲演奏的间歇，主持人问嘉宾刘德华，布幔后面的演奏者水平怎么样，刘德华诚心诚意地点头说，弹得不错。

当布幔慢慢升起，所有人看见，不是动画片更不是特技制作，一个失去双臂的眉目清秀的小伙子，坐在高高的椅子上，正在用双脚的脚趾弹奏钢琴！

刘德华惊呆了！我也惊呆了。感动、疼惜，说不出的敬佩。掌声像潮水一样响起来。这是一次真正完美的演出，小伙子演奏所用的不是手，也不是脚，用的是一颗不屈的心灵！我泪流满面，用了好几张纸巾，擦也擦不干，后来就索性让那如泉的泪水在脸上尽情地流淌。面对着台下无数哗哗流泪的人们，小伙子微笑着，仿佛生命给予他的磨难从来就不曾有过。

在和主持人的对话中，小伙子淡定地说："没有人规定钢琴只能用手弹。在我的人生当中只有两条路，要么赶紧去死，要么精彩地活着。"

我记住了这个北京男孩，他叫刘伟，十岁被电击后痛失双臂。他十二岁学会游泳，成为全国残运会游泳冠军；十九岁学会弹奏钢琴，一年练成了钢琴十级……

一句"要么赶紧去死"，道出了这位不幸少年曾经面对的万念俱灰生不如死的绝望，然而最终他扼住了命运的咽喉，选择了"精彩地活着"，他用他的极普通而又极不普通的双脚向世人展示了生命的顽强和伟大。

我一直很爱看残疾人运动会，爱看那些特殊的运动员，虽然有着这样那样的残疾，却都在凭着毅力拼搏。无论赛场上拿没拿到奖牌，我都在心里为他们喝彩。

联想自己，我想到一句说出来很残酷的话，"我们傻瓜其实也是残疾人，是智力上的残疾。"这话绝对是我的傻脑袋瓜儿的原创，"脑残"这个损词儿那年月还没出来呢。

那些残疾运动员身残志不残，我们傻瓜也要活得有志气，也要脑残志不残！要么赶紧去死，要么精彩地活着！我们也要像刘伟那样，让那些健全的人们为我们的成就呆一次、傻一回！靠什么？靠勤奋！靠勤奋来打破现状！

我们要向那些残疾运动员学习，他们失去了双腿的，发挥自己双臂的优势；失去了双臂的，充分运用自己的双腿双脚；聋哑人善于发挥四肢的功能；盲人充分运用自己的听力……。他们是"有自知之明"的榜样，扬长避短发挥自己的长处。在有自知之明方面，这些残疾人比我们这些傻瓜都强得多。

我一直认为，在所有的残疾人当中，有的人是身体有残疾，有些人是智力有残疾，有的人是心理有残疾。而我们这类人，则归属于智力方面的残疾。完全健康的人当然幸福，他可以有最美好的人生。只有一项残疾是幸运的人，有两项残疾是倒霉的人，有三项残疾是最不幸的人。

穷则思变，一直以来，我都称得上是一个勤劳的人。可是，作为一个男人，仅仅有勤劳是不够的。说句不脸红的话，在我的内心，我觉得自己实际上是个勤奋的男人。勤奋和勤劳是近义词，不过还是有些差别。

"奋"的本义是指鸟儿振翅飞翔，后来引申为振作、鼓动，强调精神振作。我觉得其中积极向上的心态的成分比较多。

我这一辈子，总有太多的不甘心。人生的前四十年，我都是听别人的话走过来的。从小听父母的话，上学听老师的话，参加工作听领导的话，结婚听老婆的话……我多么向往有一天，能做自己的主人，听自个儿的话，做一次自己愿意做的事。我想出国！二十多年前，出国对于中国的平民百姓来说还是件很稀罕的事儿。

我在国外没有亲戚朋友可投奔。出国到哪儿去？出国之后干什么？连我自己也不知道。就想着先出去再说，走到哪儿算哪儿。

东跑西撞很长时间，我才打听到出国需要外国人的邀请函等条件。我联系了另外几个想出国的人，互通消息，到北京市各大饭店、旅馆去探听消息找路子。我们跑了几个月也没结果。

终于有了一个机会。我结识了一位朋友，得知他有办法帮我出国。这位朋友是个小伙子，之前他的亲戚出了车祸，我是目击者，义不容辞出庭作了证言。从此我俩成了好朋友。

他为我提供了匈牙利某个学校的邀请信。接下来是办出国留学手续。二十世纪的九十年代初，出国的难度可比现在大多了。就拿办护照来说，现在只要拿着自己的身份证，到各个区有关部门填个表就把护照办下来了。那年头北京市办护照的地方就是"独一处"。办公室的小门外排着几十米长的队伍，要溜溜等上三五个小时，有人甚至半夜三更就来排队了。

三五个小时里，就那么站着一点一点地往前蹭，哪次都得腰疼腿酸屁股发麻，恨不得倒在地上，不管脏净躺下就起不来了。熬到进了办公室的门里，递上手头的文件，提心吊胆等那些一脸严肃的办事员，检查手续是否齐全。

办事员的态度不能说很恶劣，但他们往往不能或者不屑一次把所有事项交代清楚。人们往往在排了三五个小时的队之后才被告知，某一项手续还不合格，于是折回去再办。

在这过程中，要跑派出所、办事处、街道居委会、银行、照相馆、人才交流中心、档案处……我已经数不清在这些办事机构往返多少次。

再排一次队，到跟前可能又一次被告知，某一项手续还不完备……

不知道别人怎么样，我是去到第四次，才把手续凑齐了交上去待批。

大约十五天之后，护照获批的人名被公布在一面墙上，就像现在艺术院校的录取，又像旧时进京赶考的张榜公告。拿到护照的人，也都像中了进士那般高兴，欣喜若狂。

然后是到大使馆办理签证。前苏联使馆外面排着几百人的队伍，每天只有一定数量的中国人能得到签证。我是白天黑夜地坚持排了三天队，才进到使馆里面。

签证办完了再去买火车票，又是大费周章。有一阵子，在火车站售票处买火车票需要出示签证，而大使馆办理签证的前提却是必须买到了火车票。机场卖机票也如是。大家无所适从，反复跑了好多次，才把这个问题解决了……

用勤劳或者勤奋来形容我为出国所付出的努力，似乎并不合适。可如果是个懒人，这事儿绝对办不成。

出国之后，我又辗转来到了非洲的塞拉利昂、科特迪瓦。在非洲，那可真的要指着勤劳和勤奋才能活出个人样儿了。

有人说黑人很懒，不爱干活，这话听起来有点儿偏激，有点儿以偏概全的嫌疑。不过黑人就算懒也懒得有道理。因为对他们而言，生活可以极其简单。在非洲，有相当一部分国家里的人，"穿衣一块布，吃饭靠大树，花钱靠援助"。只要没有奢望，活下去非常容易。

非洲全年都是夏天，一间小木板房或者一间草房就足以安居了。人们不用为御寒买棉衣，多数地方的成年男女都是用一块一米多长的布，围在腰间遮住下身就算行了。在阳光下的沙滩上，经常可以看见男孩、女孩们一块儿踢球、赛跑，小一点儿的基本上都是光着身子，那些十几岁二十多岁的已经充分发育的女孩儿也和男孩子一样，只穿着个小三角裤。

晚上睡觉也用不着被子和褥子那一套，把白天身上的包身布打开，放在地上摊平，直接躺在上面就可以呼呼了。谁要是有张草席可铺，就算生活水平很高了。

非洲一年四季都生长着各色水果，香蕉、木瓜、芒果、橙子都可以果腹。普通百姓一般每天两顿饭，很少有吃三顿的。虽然也吃些面包或米饭，但多数人还是习惯用水果充饥。非洲的香蕉所含淀粉比较多，烤熟了吃，味道很像咱们的烤白薯，含糖量更高。

如果想喝酒，就自建一个天然酒厂。既省事，又省钱，还天天都能有酒喝。

黑人三下两下爬到高大的棕榈树上，在合适的地方，两脚踩着大树叶的根部，用树皮或者藤条做成的圆圈把自己套住，像高杆作业的电工一样固定住。然后他们用一个大号的木工手摇钻在树上打眼，往树眼中插进一根竹管，再把一个塑料桶挂在树上，让竹管引出树里的汁液，流进塑料桶里，放置一段时间就自动发酵成了类似酒的饮料，想喝时取下来就可以喝了。

可是中国人在这里的生活就没那么简单了。

作为黑人眼中的白人，我可不能身上裹块布就出门。我也不可能用水果解决饥饿问题。黑人们长期以水果为主食，肠胃都已经习惯了。中国人要是这么吃的话会因为胃酸太多胃疼。

就算我饿得奄奄一息屁股后头都跟着鹰了，当地政府也不会拿出外国援助的钱对我施行救济。

如果不够勤劳不够勤奋，我同样只有死路一条。我先是到别人的公司里打工，后来公司破产，大家就散伙了。我来到了塞拉利昂的弗里敦。正在一筹莫展的时候，我看到当地盛产的热带水果杨桃到了收获季节，就自己试着做起了果脯。把杨桃切成5毫米厚的小片，用淡盐水泡一天，然后放到太阳下晒。非洲的太阳晒一天就够了。晒完用浓糖水把它们煮熟，捞出来再晒一两天就成了。

进行到最后一道工序的时候，被蚂蚁发现了。十几分钟的工夫，成千上万的非洲大蚂蚁循着糖味爬了过来，在晒杨桃的桌子上黑压压蠕动着，几乎把杨桃全部盖住。

顾不上恶心了，我用烟熏、火燎、敲打等方法，才把蚂蚁赶走……

做成的杨桃果脯我尝了一下，实在太好吃了，因为它有特殊的香甜和独一无二的口感，真的比其它任何水果做成的果脯都好吃。直到现在我都坚信，任何人只要尝到它，原本不爱吃果脯的，从此就会爱吃果脯；而原本爱吃果脯的，从此就会只吃杨桃果脯了。

然而这次自谋生路的尝试彻底失败了。果脯送到黎巴嫩人办的小超市里去代销的时候，愣是没人识货。我明白了，要想打开一个市场，需要广告、宣传、时间。这不是我一个人在短时间内能干成的。

后来我去了塞拉利昂的钻石出产地做了一次考察。塞拉利昂盛产金刚石，被世人称为"钻石海岸"。金刚石自古就是最名贵的宝石。其加工成品被称为钻石。塞拉利昂出过重969克拉世界排名第三的大钻石，名叫"塞拉利昂之星"。

塞拉利昂的金刚石矿最大特点是易于开采，大大小小的开采点星罗棋布，只要拿把铲子在地上挖几英尺，就有可能能挖出金刚石来。在干涸的河床上，砂砾中也有金刚石。

我带上蚊帐、地图、食品、药品、打火机、手电筒、火柴、小刀、杀虫剂，去了塞拉利昂东部的两个金刚石开采区。坐上老爷车一路颠簸，肠子都快颠折了。然后我又沿着高低不平的小路步行，衣服上的汗水湿了又干、干了又湿。大约走了四个小时。当地人告诉我说，十多年前这里还有很多金刚石，但是经过长时间的挖掘，大块金刚石挖没了，人们又重新翻挖一遍，小一些的金刚石也找出来了。现在只有老人和小孩，在这已经翻过不知多少遍的地里勉强找找前人遗漏下的小金刚石。

他们把挖出来的沙石运到水池，再用笸箩样的筛子，像淘米一样在水里淘洗着。据说在水里能清楚地看见闪着光芒的金刚石。

骄阳似火。我忘怀一切，坐在水池边上，目不转睛地看工人从沙石中淘金刚石。

两个小时过去了，人们连颗小米粒大的钻石也没淘到。我叹了口气，干活的工人抬头看看我，咧开厚嘴唇笑着对我说，只有这样辛苦工作很多天才能有运气找到钻石，不要想很容易能找到很多钻石。钻石很少，可是很值钱。沙石很多，却不值钱，上帝是公平的。上帝会保佑我们这些不怕热也不怕苦的人。

没想到在这儿还碰上这么一位有思想的哲人。

午饭后我又看了一个多小时，也没见着有人淘出钻石。我就去了塞瓦河附近另外一个矿区。

这是塞瓦河的一个小支流，由于落差较大，河水很急。有五六个人在这条河里捞钻石，河流有二三十米宽，但是据说这里水很深。

工人们潜到水下，用手捞起河底的沙石再游上来，看看手里的沙石中有没有钻石。我说好不容易下去一次，为什么不用一个容器多捞些沙石呢？他们说太贪婪了会受到上帝的惩罚。我才知道在这过程中会有人被淹死……

返回的时候汽车坏了。我决定翻过一座小山走回去。山上灌木多。我迷路了，走来走去直到天黑也没走出来。正在深一脚浅一脚走着时，忽然一脚踩空，我趴在一片树枝上掉进了一个大坑里，眼冒金花。我听到耳边"轰"的一声，蚊子的叫声响成一片。我的脸上、脖子上和手臂上几秒钟就被咬出了无数个包。我赶紧翻出杀虫剂上下左右一阵狂喷，差点没把自己呛死才停了手。

定了定神，我发现这坑的深度也就两米左右，明显是人特意挖出来的。上口较小，下面空膛较大，我站直了伸手摸得到坑沿儿，可是怎么使劲也蹿不上去。这一天连走路带折腾，我已经累得不行了，决定吃了食物先睡一觉再说。刚躺好就听见身下窸窸窣窣，我连忙起身用杀虫剂喷几下，没有响动了才又睡下。

虽然够倒霉的，可也觉得挺有意思的。就凭我，居然来找钻石，居然掉进人家挖的坑里了，居然还爬不出去。

乱七八糟想了一夜，天亮了，我翻开昨晚有响动的地方一看，汗毛都竖起来了。老天爷！原来是对大蝎子！每只从前面的大夹子到尾部蛰针至少有二十厘米长！我小心翼翼把这对蝎子夫妻用纸包好了带回去制成标本做纪念。

我用小刀从坑壁上挖下沙石，把裤子和背包都装上沙石摞起来，再用绳子把它们一样样拴住，爬出了陷阱。

就在我倒出衣物里面的沙石的时候，忽然眼前有亮光一闪划过，钻石？！我趴在那堆沙石上用小树枝翻找，找到了一颗小金刚石。

这时候太阳已经老高了。小小的钻石乖乖地待在我手心里，闪耀着醉人的光芒。那一刻它就是我心中的太阳！

我眯着小眼睛，从各种角度仔仔细细看了又看不够。把它擦干净之后就放进嘴里含着，回去的路上不断用舌头抚摸着它。这是上帝赐我的礼物！

……后来听人讲，钻石生意属于"龙潭虎穴、不得擅闯"一类，风险大可是利润空间却不够大，弄不好就会血本无归。我也就死了那条心了。

后来我就在赤道边上摆药摊。弗里敦的地理位置距离赤道五度左右。常年气温在三十摄氏度左右，比北京夏季的最高温度还要低一些，并非热得让人忍受不了。

可是弗里敦的阳光很厉害，尤其是紫外线成分较多。在白天的阳光下，我的手臂微微发着蓝白色的荧光……在酷热和阳光下讨生活，我出了满身的痱子。

后来我曾经开过中医诊所、出租车公司、中餐馆、象牙雕刻作坊……不管从前在国内干过没干过，不管失败多少次，只要有一线希望我就不停地奋斗。

终于，我提前奔小康了。

来到非洲的第二年，当国内私家车还是奢侈品的时候，我在非洲已经有了好几辆自己的小汽车；不到三年我就住上了自己的别墅，里边各种家具和家用电器，大彩电、空调、冰箱、电脑、卡拉OK机等都置备齐全，家里摆着各种非洲工艺品、象牙艺术品；到酒吧开心、舞厅快乐、海滩观光、飞机旅游……都不再是奢侈的事。与我在国内的情况相比，生活质量有了很大的改善。

一九九五年，我的年收入大约是15000美元，按照当时美元汇率1：8.5，合人民币127000元左右。据资料说那时候北京人均年收入8144元。

二零零零年，我的年收入在20000美元左右，按当时美元汇率1：8.3，折合人民币约为166000元。据资料说那一年北京人均年收入15726元。

后来所在国发生政变，为了保住性命，我不得不抛下一切回国了。

"我曾经豪情万丈，归来却空空的行囊。"这句著名的歌词早就听费翔唱过，却不大相信会有这样的事情，后来才知道这说的就是我。几乎一夜之间，我又成了一无所有的穷光蛋。那年我已经五十有六了。

有人说我这一辈子算是白忙活了，一切付诸东流。

我自己倒并不这么看。这次出国，大大开阔了我的眼界，丰富了我的人生阅历，就像我在QQ上给自己空间的命名一样，这辈子就算"不白活一回"了。

正如一个朋友所说："能被人夺走的东西，你都丢光了。但是你自己头脑中的生活经历和思考领悟出来的东西，是别人永远也夺不走的财富。"

中国作家协会副主席、中国作家出版社社长何建明先生，在拙作《生死非洲》的序言中写道：

"虽然从非洲回来的蔡军根本没有发财，可他内心的精神世界已经是个富翁了。这种富足可以让一个男人在弥留之时安然地笑着离开人世……

男人一生不可能不犯错误，伟人都不例外，更何况是普通的男人。但男人犯错误自有他的道理，其实男人对自己的错误最清楚，内心也最痛楚。男人总有抹不去的所谓的尊严，这尊严有些会极度地伤害自己的亲人，其实也根本地深深伤害了自己。但既然是男人，选定了自己的路后，或苦，或死，都是自己的事。

男人很累。男人有一串串致命的错误，而男人的致命错误有时也成就了他伟大的一面。"

我就是这么一个人，宁愿跑起来被拌倒无数次，也不愿规规矩矩走一辈子。我的勤奋并没有付诸东流。并不是所有的人都奋斗过，更不是奋斗过的人都得到了伟大的成功。"努力奋斗过"这个经历，就足以使我们感到骄傲。

有生以来第一次，因为勤奋，我和"伟大"这个词有了关联。

傻瓜蔡军为这样的评价热泪滚滚！

第九章
傻瓜也思考

　　来到这个世界，我们接受的第一份训诫就是"听话"。所谓听话，简言之，就是无须动脑筋思考，不论对方说什么，我们照做就是了。

　　说句实话，直到高中毕业，我都不能算是太听话的孩子，但在我心里，却百分百认定只有听话的孩子才是好孩子，以至于后来当我接触到马克思主义的"怀疑一切"的时候，我的第一反应是，不知是自己听错了，还是别人说错了。

　　几乎用了半个世纪，我才认识到，"怀疑一切"的确是个真理。因为没有怀疑就没有思考，没有思考就永远不能分辨出真假、善恶、美丑，分辨不出正确与错误。

　　古人说："学起于思，思源于疑。"质疑是思维的源头。明代学者陈献章说："小疑则小进，大疑则大进。疑者，觉悟之机也，一番觉悟，一番长进。"

　　聪明人会思考，我们傻瓜也要学会思考。就算有人说我们是"猪脑"，我们心里要有数，知道自己最多只是像猪脑而已。我们比正宗的猪脑要强上千倍万倍。要是连这一点都想不明白，那可就真成了猪脑了。

　　现实中，每当我在思考中获得了一点儿领悟，我都会觉得豁然开朗，心明眼亮。随之而来那种全身心的愉悦，简直难以形容。

在和朋友交流的时候，朋友听说我打算写一章"傻瓜也思考"就笑了，问我可曾听说过一句话叫"人类一思考，上帝就发笑"？

我一脸认真地回答："管他笑不笑呢。思考是人类的权利。这权利傻瓜也得有。"

"您不是刚刚否定了'生活就得前思后想，想好了你再做'吗？"

"我觉得这不是一码事。这有些像刘禹锡在《陋室铭》中，前面说了'可以调素琴阅金经'，后面却说'无丝竹之乱耳，无案牍之劳形'相类似。'调素琴'与'丝竹乱耳'不是一回事，'阅金经'与'案牍劳形'不可类同。我反对空想。"

朋友微笑："拽吧！"

一、傻瓜也有思考的权利

老实说，别人一秒钟就能想明白的事情，我们往往一个小时也不一定能想明白。可是，这并不奇怪啊！因为我们是傻瓜。

我是一个爱思考的傻瓜。

几十年来我一直记得，念小学的时候，自然老师的几句话让我思索了好几年。那可能是我喜欢思考的最早记录了。

在一堂自然课上，老师讲解地球的知识。下课之前几分钟，老师一边用手飞快地转动着地球模型，一边说："你们觉得这个球转得非常快吧？其实咱们的地球转得比它快多了。"

听了老师的话，我愣住了。我的思维就停留在了老师的手势上。地球模型恨不得几秒就转一圈，地球转得比它还快，还不得一秒钟转上一圈，那我们的白天黑夜不是应该一秒钟一变吗？

这个问题我当时没敢说出来，但是一直在脑子里忘不掉。直到上了中学，我才弄明白我想的是角速度，论圈儿，而老师讲的是线速度，论距离。老师的话说全了应该是："你们觉得这个球转得非常快吧？其实咱们的地球转得比它快多了。我这几秒钟只让它转了几米，而地球在这短短的几秒钟内已经转过去几公里远了。"

大半辈子过去了，因为总想弄明白一些道理，所以经常要求自己多思考。作为一个资深傻瓜，难免有时候想得清楚，有时候想不清楚，好在我生性乐天，只要有一丁点儿收获，就会觉得非常开心。

从一开始学习书法，我就发现，几乎所有人在谈到王羲之《兰亭序》的时候，都是五体投地。千百年来，总有人特意提到，《兰亭序》里面的几十个"之"字没有哪两个是一样的。

可是，一向对高人心悦诚服的我却渐渐地产生了一个疑问。

因为我在练习书法的过程中发现，要想写出两个一模一样的字几乎是不可能的，写得不一样才是正常的，一点儿都不奇怪。看官谁要是不服我说的，你就动手写写看，不管用什么笔，看能不能写出两个一模一样的字来。

但是慢慢地，我又想到，王羲之写的《兰亭序》里几十个"之"字各不相同和我们普通人写出字来的各不相同可不是一码事。《兰亭序》里的"之"字，同一点画的提按顿挫，每一笔都是精到而多变的创作，写法多样，无法而有法，同一字形结构的欹正开合，绝不重复。人家那叫形态各异，生动多姿，所以才为后人所称慕与景仰。

想明白这个问题，我模仿起王羲之来就更起劲了。与此同时我也发现我学得越来越不像了。要按我的逻辑说来，这也不奇怪，他自己都没有像的，别人又怎么可能像呢。不过我还是觉得我进步很大，因为过去凡是看到表面像的我就认为是像，现在我渐渐能看出那些表面相似的背后的天壤之别了。

宋代禅宗大师青原行思提出过参禅的三重境界：参禅之初，看山是山，看水是水；禅有悟时，看山不是山，看水不是水；禅中彻悟，看山仍然是山，看水仍然是水。

我有时候私下里偷偷地想，我研习书法的过程和大师参禅是不是也有一点点相似呢？

年复一年，日复一日，就在这样自得其乐的思考中，我已经养成了习惯。虽然可以控制住自己，思考或者不去思考哪些问题，但是绝对控制不住自己的这种"思考"行为。有时候我甚至想，即使某一天我不幸被关在黑屋子里，吃饭、喝水都受到限制，也没有人能限制得住我的思考，我的思想永远享受着最大程度的自由。

身为傻瓜，既然咱们脑子慢，反应迟钝，那就别发愁，也别生气，多动脑筋，多想些时候就是啦！一个时辰想不明白，就想两个时辰；一天想不明白，就想两天、想一个月、想一年！即使想了一辈子都想不明白又有什么要紧，在这世界上，聪明人想一辈子想不明白的问题也数不胜数啊。

智者笛卡尔有一个哲学命题："我思故我在。"由"思"而知"在"。意思是："我无法否认自己的存在。因为否认和怀疑本身就是人类的一种特殊的精神活动。所以，当我否认或怀疑自己的存在的时候，我就已经存在了！"所以说，不管我们多傻、多笨，我们的思考对于我们自身的存在来说都是有意义的，思考行为本身就证实了我们是人而不是猪不是蚂蚁，证实了我们活着，证实了我们头脑虽然笨些但是很清醒。

在最初开动脑筋思考的过程中，经常会有一个问题冒出来干扰我。

"世界上有那么多聪明人，那么多科学家，哪能轮到傻瓜我来解决什么问题呢？"

这个想法会阻碍和限制我思考能力的发挥，朋友和亲人们，也总是用这样的说法劝我不要异想天开，痴人说梦，白白浪费了精力和时光。

但是后来我发现，未见得专家学者就能够解决所有的问题。甚至有些传用了几十年的所谓的科学定论，最终竟然也会被不起眼的小人物推翻。

报上就刊载过这么一件事：

2003年11月的一天，湖北省监利县的科技副县长来到了黄歇口镇中心小学，专门向一位名叫聂利的六年级小学生请教一个问题：蜜蜂到底靠什么发出嗡嗡声？

"蜜蜂有自己专门的发音器官，不是靠翅膀振动发声的。"聂利说。

原来，同年8月中旬，在兰州市举行的第18届全国青少年科技创新大赛上，12岁的聂利撰写的科学论文《蜜蜂并不是靠翅膀振动发声》，荣获了优秀科技项目银奖和高士其科普专项奖。

聂利的结论是在对蜜蜂进行了一年多的观察和试验之后得出的。

2001年秋，聂利从《小学自然学习辅导》中得知，蜜蜂、苍蝇、蚊子等昆虫没有发声器官，嗡嗡的声音是因为它们在飞行时翅膀不断地高速扇动，使空气振动而产生的。后来，聂利在《十万个为什么》中也看到，蜜蜂的嗡嗡声来自翅膀每秒达200次的振动。

聂利向老师求证，老师的说法也同书上一样。

2002年春天，聂利到养蜂场去玩，发现许多蜜蜂停留在蜂箱上，翅膀并没有扇动，仍然嗡嗡地响个不停。

聂利对教材、科普读物和老师的观点产生了怀疑。

她先是把蜜蜂的双翅用胶水粘在木板上，听见蜜蜂在发出声音。她剪去了蜜蜂的双翅，蜜蜂仍然发出声音。她把两种方法交替进行了42次，每次用去48只蜜蜂。试验结果表明：蜜蜂不振动翅膀也能发声。

为了探究蜜蜂的发音器官，她把蜜蜂粘在木板上，用放大镜仔细观察了一个多月，终于在它们的双翅根部发现了两粒比油菜籽还小的黑点。蜜蜂叫时，黑点上下鼓动。一旦用大头针捅破小黑点，蜜蜂就没声了。她又找来一些蜜蜂，不损伤双翅，只刺破小黑点，放在蚊帐里，蜜蜂飞来飞去，再也无声无息。

这项试验她反复做了10次，结果都一样。于是她将这一发现写成论文：蜜蜂的发音器官就是这两个小黑点。

中国教育协会的会刊全文发表了聂利的论文……

就这样，一个小学生居然推翻了一个众所周知、沿袭已久的科学定论！

聂利的成功证实了一点，即使是名不见经传的小人物，通过自己的观察和思考，也能发现并解决科学家们没有发现和解决的问题。

再说一位现代传奇人物——"世界大豆纤维之父"李官奇。

李官奇原本是一位靠提供粮油机械先富裕起来的农民企业家，只有高中学历。

1991年，李官奇被"植物蛋白可以纺丝"的消息吸引，全身心投入到大豆纤维产业化生产的研究中。

历经十年，李官奇花光了全部积蓄，终于在世界上率先实现了改性大豆蛋白质纤维产业化，并以"中国人的专利，中国人自己生产"拒绝了美国亿元重金的专利购买意向。

目前大豆纤维产业化已经被列入国家高新技术重点产业项目。

这是我国唯一一项拥有完全自主知识产权的纤维发明。

李官奇亲手改写了世界化纤发展史上中国原创技术为零的记录。

爱迪生可以说是我们傻瓜行列中的佼佼者了。他从小被人认为是低能儿，一生只上过三个月小学，长大后却成为了举世闻名的"发明大王"。爱迪生有句名言：一个人年轻的时候不会思索，他将一事无成。陈胜说："王侯将相，宁有种乎"，我想说：思考者，宁有种乎！

二、我的思考之路

一九六八年是我去北大荒的第一年，那年我第一次见识了北大荒的春小麦播种。

三月底四月初，大地还没有完全化冻，只有表面被拖拉机翻过耙平，麦种就播在冻土层上。

播种那一天，我所在的连队上了十台拖拉机，每台拖拉机后边挂着三台播种机。还有一台大型的带拖斗的轮式载重拖拉机，专门负责把麦种运送到地头，然后再由播种员扛着装麦种的大麻袋，把麦种倒进播种机的机箱。

我的眼前是一大片平整的黑土地，地头十台拖拉机三十台播种机一字排开，突突地响着一片低沉的轰鸣。

指导员情绪激昂地说："今年的春播小麦战役就要开始了！我们要发扬不怕艰苦和连续作战的精神，争取今年小麦大丰收！打好春播第一仗！同志们有信心没有？"

"有！"全连群情振奋。

连长挥臂高喊："播种开始！"

拖拉机和播种机机器的隆隆轰鸣和履带转动的哗哗巨响震耳欲聋，脚下黝黑发亮的黑土地在颤抖！

第一台拖拉机开动，第二台拖拉机压着第一台播种机的边垄跟进，第三台、第四台……几分钟后，十台拖拉机排成了一个工作斜面，一条条整齐的垄沟不断出现和延长，就像在大地上铺开了一片带条纹儿的无垠的地毯，场面好不壮观！

那一年，我们连队一共播种春小麦一万四千亩，每亩用麦种二十多公斤，总共大约是三百五十吨。大拖拉机的拖斗一次能装四吨麦种，来来回回装了九十来车！

一车又一车，成吨成吨的麦种不停地倒进播种机，播到地里，埋进黑油油的泥土里，消失不见了⋯⋯

地头堆放起越来越多瘪瘪的麻袋，之前它们还鼓鼓囊囊地装满了麦粒。

震撼的同时，我非常心疼！

不过这只是当时自己的感觉，从来没对人说起过，我也知道怕人家笑话我。

可是我真的很心疼！从小长这么大，我眼里就没见过那么多粮食！那时候，每人每月的口粮是定量供应的。北京中学生每月二十八斤半。我几乎就没有吃饱过。自从来到北大荒，食堂里大馒头随便吃，我才算不担心挨饿了。"吃饱了"成为我对北大荒最重要的美好记忆之一。

⋯⋯

转眼到了秋后，大田丰收了！果实累累，遍地金黄！

那一年，我们粮食作物的总收成达到四千多吨！

拉去上交给国家粮食储备仓库的粮食装满了一车又一车，上百辆运粮车浩浩荡荡，排成几十里长队！

我们欢呼着，就像打了大胜仗那么开心！

⋯⋯

想想看，要是当初没有那几百吨的种子，怎么能有后来几千吨的收获？秋收的时候回想春播，我就明白了"舍得"这个道理。唐诗说："春种一粒黍，秋收万颗子。"黍是一种小米。我没种过。我种的是麦子和稻子。一粒麦种大约分蘖十个麦穗，每穗大约结籽三十粒。春天撒下一粒麦种，秋天能够收获三百粒左右。一粒谷种结籽在四千粒左右。我觉得这是"舍得"最好的注脚之一。对很多人来说，这样的道理简单到不值一提。但是对我而言，这却是经我眼、入我心的第一个人生感悟，就像一颗种子一样。

回顾北大荒那段生活，很多经历都留存在我的记忆中，几十年都未曾磨灭。

北大荒冬季的温度最低能到零下四十度左右，那才真叫滴水成冰啊！有几年的冬天，知青都要去一个名叫"蛤蟆通"的水利工地劳动。

当时土地的冻土层有一米多深，是名副其实的冰冻三尺。知青的驻地由连队自行准备。多数驻地设在斜坡的中部。用炸药在地面炸开一个长条大坑，上面用树干、树枝搭成斜面棚顶，棚顶再铺上一层干草，棚里就住人了。每个棚子要住上几十个人，每个人能分到一米左右宽的铺位。

我因为身子单薄，就尽可能多找了些干草，铺了约莫有半米厚，才把被褥再铺到上面。棚内用两个大汽油桶做成取暖炉，白天黑夜不停地烧着木柴，所以也就不冷了。

就这样，白天干活，晚上睡觉。过了一段时间，我睡觉的时候老觉得身子下面有东西硌着我的后背。一开始我没理会，但是硌人的感觉越来越厉害。终于有一天我掀开了被褥。

我扒开干草一看，底下居然结出了一个大冰溜子！就像早年各家生煤火的时候，窗外烟囱下面的地上冻成的冰溜子一样。

不过这个冰溜子很大，约有一尺多高，下面大，上面小，圆形底座直径大约两尺左右，往上逐渐变细到像茶杯口差不多大的半圆儿。原来就是这家伙天天顶得我后背生疼。

我最先发现了冰溜子，大家这才纷纷翻起褥子找到了自己身子底下的大冰溜子，用镐头刨掉了。虽然又可以睡安稳觉了，我却一直在琢磨一个问题：这冰溜子神不知鬼不觉地是打哪儿来的呢？后来我终于想明白了，可能是因为棚里两个大炉子烧得太暖和，睡觉的时候人身上的汗气穿透了褥子，遇到冰凉的冻土又凝结为冰，时间长了就结成了冰溜子。

这个现象让我联想到，每个人所有的言行举止，不管你意识到了没有，都会对外界产生影响，最终造成了自己的顺境或者逆境。

曾经有位德高望重的学者，经常被邀请参加各种学术会议。一般情况，他都会被邀请到主席台或者比较重要的位置就座。没曾想这位老先生曾在一次感冒之后，养成了爱挖鼻孔的习惯。他自己并没有觉出有什么不好，但在主席台上频频挖鼻孔总是不太雅观。

大家都知道这位学者性格偏激，不喜欢接受任何批评建议，所以没人对他提起，只不过之后尽量避免让他坐在显眼的位置。最后大家干脆不再通知他开什么会了，说是照顾他年纪大了，如果有什么需要，会去他家里征求意见。

这位学者也感觉到了大家对他的排斥或冷淡，郁郁寡欢……

就这样，一个说起来微不足道的毛病，在他自己并不知情的时候，竟然对他的工作和生活产生了这么大的影响。

我在北大荒生活了十一年，虽然艰苦寒冷，但是也的确收获不小。不论是在思想上、意志上，还是身体等各个方面，我得到了极大的锻炼和提高。

其中有一件小事，对我启发很大。

到北大荒七八年以后，我分到了一套小平房，门前有一块地，开辟出来就是一个小菜园。跟着当地老乡和之前转业落户的官兵，我慢慢学会了栽种各种蔬菜。

当时我们没有自来水，吃喝洗漱的用水都要到很远的水井那，从二十多米深的井里用辘轳把水摇上来，再用一根扁担把两个水桶挑回家。

挑水走路，对我来说是件很不容易的事情。我身单力薄，肩膀上没有多少肉，硬硬的扁担压在骨头上，咬牙坚持才能把两桶水挑回家，每次肩膀都被硌得生疼。

若是很久不下雨，园子里的菜就长得很慢。可是挑水抗旱浇菜园子对我来说是不可能的。

就在这时候，我发现邻居家的小园子里，有一口很小的水井，直径也就是二十厘米左右。这家主人用一个小水桶从小井里提水上来，灌溉自己的蔬菜。小井不占多大地方，不会减少蔬菜产量，但是却省了很多时间和劳力，是个一劳永逸的好办法！

于是我向他请教。他说，挖个一米左右深的大坑，用碎砖头码一个小井筒子，再把土填进坑里井筒的周围就行了！井里存的都是雨水等地表水，虽不能吃，但是浇菜园子没问题。

我回去之后马上动手，我也在菜园子里照样打了一口小井，不过我的井比他的要深一倍多，已经能见到地下水了。不管天气有多旱，从井眼里出来的水都足够我把整个园子浇一遍。邻居特意过来看我挖的井，说："还是你聪明，我那个小井太浅，靠天吃饭，水常常不够用。"我说："没有你的启发，我这个井也挖不出来啊。"

邻居回去又在自己园子里挖了一眼小井。井口和我的一般大，但是井口下面有一个很大的肚子，就像一个大鱼篓。这样一来，井里就可以储存更多的水，连洗衣擦地都能够用了。我看了之后也很是佩服，啧啧赞叹。

端详着这眼井，我站了半晌，脑子慢慢悠悠地转了不少圈。我先是想到，世界上很多事情就是在人们这种不断思考不断创新中，越来越进步，越来越完善的。同时我又想到，如果这是别人的故事，听过、看过，也就过去了，绝不会有自己亲力亲为所得到的启发或者悟出的道理感受更深刻。

三、思考才会赢

三百六十行，无论做什么工作，都应该开动脑筋，认真思考自己所遇到的每一个问题。

在同样的职业同样的工作岗位上，总有人得心应手，把工作干得非常出色，显得出类拔萃。

早年间的某一天，有个剧团的大铜锣突然出了毛病，敲打时变得啪啦啪啦的，不响亮了。老演员说，这叫哑锣，就把小伙计叫过来，让他带着三块大洋去找一个姓郭的补锅老师傅。

小伙计找到了这位郭师傅。在老北京，补锅匠有几十个，大多都勉强度日。这个郭师傅补锅出了名的特别结实，生意竟然忙不过来。

郭师傅接过小伙计送来的哑锣，用一把小锤上下左右轻轻敲打了一会儿，在铜锣上面标出三个点，然后拿出一把大锤，在每个点上重重地敲了一下，然后把铜锣交给小徒弟，把手一伸说："三块大洋。"

小伙计疑疑惑惑地轻轻敲了几下铜锣，果然这铜锣又噔噔地响亮了，于是把手里的三块大洋送了过去，嘴里却不甘地说："您敲了这么三下，就值三块大洋啊？"

郭师傅听了这话，什么也没说，推开他的钱，把那铜锣拎过来又敲了三锤子，再交给小伙计，就干自己的活去了。

小伙计一头雾水，拿着那面铜锣看了看，敲了敲，铜锣又变成哑锣了。小伙计这才知道这三锤子的重要性，赶紧磕头作揖赔礼道歉。郭师傅倒也不计较，重新再敲三锤，治好了哑锣。小伙计恭恭敬敬奉上三块大洋，拿着修好的铜锣回去交差了。

这位貌不惊人的补锅师傅，就因为在自己的领域比别人技高一筹，赢得了人们的尊敬。

这些在同行中显得出类拔萃的人，往往是勤于思考和善于思考的人。勤于思考是指思考的主动性。勤于思考的人在遇到问题时，会尽最大努力开动脑筋想办法来解决它，会自觉地把思考当作自己的本分，最终把主动思考变成了一种本能，并且乐在其中。

善于思考是指动脑筋的能力。善于思考的人通常知识丰富，至少在特定范围内学识高于其他人，能够利用自己现有的知识，举一反三、触类旁通。他们会对事物进行仔细观察，做一些调查、试验，会向其他人请教，查找工具书和相关资料等等。由于经常思考，他们比较容易找到行之有效解决问题的最佳途径。

现在看来，从某种意义上说，其实遇到了问题就等于遇到了机会。

单位的问题，是我们发展的机会；自己的问题，是我们成长的机会；同事的问题，是我们建立人脉的机会；竞争对手的问题，就是我们变强的机会。

对我们傻瓜来说，如果遇到一时难以解决的问题，一定不要自暴自弃、妄自菲薄，不要被自卑感束缚了头脑。聪明人能想得出来解决办法，我们傻人未必就想不出来。也许需要用很长的时间，也许需要费很大的力气，但是这都没关系。想出来了当然好，想不出来也不丢人。而我们一旦养成了爱思考的好习惯，绝对受用一生。

在钢厂当轧钢工的时候，我遇到过这样一件事。

有位老师傅掌握着一台轧钢机，其他任何人用这台机子都轧不出他那么漂亮的产品。就算出品合格，钢带上也都不可避免地带着一道又一道无法消除的亮印。因此一旦老师傅有个头疼脑热或者请了事假，谁都无法接手那台机子。我曾问过老师傅，为什么别人就免不了轧出那一道亮印呢，老师傅只说两个字："手潮。"意思是别人技术太差。

有一次，老师傅请了一星期的假，我被分配到那台轧钢机上干活。因为我进厂时间短，级别低，根本没有说话的份儿，只能服从分配了。于是我硬着头皮上了那台轧钢机。

我一面干活一面观察，果然，那一道道亮印又出现了。我仔细找了找，发现上方的轧辊上有一道亮印。既然轧辊上有亮印，轧钢的时候这道亮印肯定会被留在钢带上，就像盖章一样。

寻思起来，这根轧辊刚装上的时候原本并没有这道亮印。我反复地观察思索。一天过去了，没弄清楚。两天过去了，没想明白。直到第三天，我终于找到了症结所在，同时也找到了解决的方法。

说出来可是很简单呢。

轧钢机有一上一下两个轧辊，它们需要同时在长长的钢带上用力，才能把钢带轧成需要的厚度。别的轧钢机都是两个轧辊同时驱动，而这台轧钢机只有下面的一个轧辊驱动，靠摩擦力带动上面的轧辊来轧薄钢带。

工人每天上班后第一个工作程序是调整轧辊的压力。在这台机子上，下面的轧辊转动，上面的轧辊不到一定的压力就不动。在压力不足的这段时间里，下轧辊就把上轧辊的下面磨擦出了一道亮印，就像给上轧辊抛光出一条印记。这就是上轧辊那道亮印产生的原因。

解决的办法是：开动机器之前，在上下轧辊之间放上一片废弃的小钢带。当上下轧辊之间压力够大的时候，小钢带就会被碾压出去，这时两个轧辊同时转动，亮印也就出不来了。

在这一周的最后两天，我终于也轧出了既合格又漂亮、没有亮印的产品。我成功了！

其他人来问，我也骄傲地说："那是你们'手潮'！"哈哈！

老师傅来上班了，看见我的产品大感意外。他问清情况之后反复叮嘱我，不要把这个技术告诉别人。

老师傅说，什么叫技术？你能做出来这件东西，就算有了这门技术。你比别人做得好，就是技术高。你能做出来而别人做不出来，你就是这个行业里的能人。

师傅还说，他在发现这个问题的当时就解决了。而我用了好几天。笨人，没辙。

不管怎样，整个车间一百多个工人，只有我和老师傅掌握了这个技术诀窍。从此我在大伙儿眼里成了不可小觑的有两把家伙的能人。

老师傅的话使我想起了一个梨园行的故事。

传说有位老京剧演员，有一手绝活儿，在戏台上武打甚至翻跟斗的时候，他头上的帽子怎么折腾也掉不下来。而到了最后一刻，随着他一甩头，帽子就按照他的意愿飞将出去。这个甩头的招牌动作，每次都迎来满堂彩。

徒弟向他请教，他拒绝透露。后来他老了，不能上台演出了。徒弟问师傅，自己怎么做，师傅才肯把绝招传授给他。师傅说："你养活我，去世前我一定告诉你。"于是徒弟尽心尽力地孝敬师傅。师傅临死把徒弟叫到跟前说："这些年亏得你照顾我们老两口。现在我快死了，可你师娘还活着，她还得有人照顾。我把绝招告诉你师娘了。"徒弟继续无微不至地照顾师娘。师娘临死把徒弟叫到跟前说："这些年亏得你照顾我。现在我把你师傅留下的绝招告诉你。"师娘说，"你师傅每次戴上帽子的时候，是咬着牙把帽子上那根带子系紧了的。在整个武打的过程中都咬紧牙关，直到要甩出帽子的时候，把咬紧的牙关一松，帽子就飞出去了……"

徒弟在师傅和师娘的坟前痛哭了一场。

就为了这个动作，就为了这一句话，他等了十几年啊！他大概没有想到，咬牙的动作和武打中甩帽子的动作，看似没有什么关系，但是师傅通过思考，找到了这两个动作的相互关系，成就了艺术上的一绝。而他自己因为头脑懒惰，想走捷径，不肯主动思考，也不善于思考，才会空耗了这么多年的光阴。

所以，遇见不明白的事情我们一定不要放弃思考，要一想再想。想不出来没什么损失，反正原本也不明白；而若是想明白了，那就是一个了不起的收获。

四、遇事最忌想当然

这么多年的生活经验告诉我，思则活，思则全，遇事最忌想当然。

我在非洲的科特迪瓦生活过八年左右。那时的亚穆苏克罗城（简称亚城）是科特迪瓦兴建中的政治首都，距离经济首都——大西洋岸边的阿比让城二百多公里。坐大客车去顺利的话要用三个多小时。

有位在亚城开中国餐厅的朋友，让住在阿比让城的我帮她买些海虾、粉丝、调料什么的送过去。那时我刚拿驾照不久，买了一辆崭新的尼桑车，就决定自己开着过去。一方面过车瘾，一方面也想显摆自己会开车了。

采购完东西上路。一路上道路又平整又宽敞，开着自己的新车，心情兴奋，不由得把油门踩得深了些，车速到了140迈左右，耳边风声呼呼，音响里放着多年来一直喜欢的韦唯的歌儿，我听得如醉如痴，自我感觉那叫一个好！

不经意间，我忽然发现，其余车道上，一辆辆宝马、奔驰都在不紧不慢地开着，不知不觉中我已经超过了很多辆。这些车可比我的尼桑好多了，开得却比我慢，这路挺顺的呀，为什么不开快点呢？真弄不明白！管他呢！

我正开得神清气爽时，路边的大树旁，像是有闪光灯对着我的车闪了一下。我心想，这大白天照相还打闪光灯，水平也太凹了。

又开了近二百米，只见前头有几个警察正在拦截车辆，他们对我也挥了挥手。我靠边停了车，其中一位警察走过来向我敬了个礼，告诉我超速行驶了，让我把驾照交给他。我被开了张一万西非法郎的黄色罚单！合人民币一百五六的样子。

这时我这个笨脑瓜儿才明白为什么别人开那么好的车，却开得那么慢。刚才路边的闪光不是有人照相，那是雷达测速。

如果当时我好好想想，也许就不会是这个让人臊眉耷眼的结果了。这个教训告诉我，如果情况反常，那一定是有原因的。

在自然界中，人类的生存本领是很弱的。人类之所以能够繁衍至今，很大程度上依赖于大脑的思考能力。所以我们一定要珍视上天赋予我们的这一项特殊能力，遇事千万要学会思考。

在一九九三年五月七日的日记中，我记载了这样一件憾事。

今得一豹牙，极是尖利。豹牙着于小块颌骨之上，二者结合甚密。闻听豹牙项坠甚好，意欲为之。自忖牙坚而骨松，或可碎骨取牙。乃以铁锤凿之，未料骨碎牙亦碎。盖因豹死已久，牙髓中空且牙质硬脆，暴力之下焉得不牙骨俱碎？悔之晚矣。

反思而悟，世事皆同此理。急于求成，诸事想当然而操之过急，胡不败！

这是我一生中唯一一次见到并拥有一颗豹牙。至今我仍然记得那颗长在一小块颌骨上的美丽豹牙的形状。当时黑人小伙默罕默德建议我取下豹牙做一枚项坠。我想当然地以为只要把骨头敲碎，豹牙就取出来了。没料到，用锤子敲了几下，下颌骨是碎了，可是豹牙也碎了。后来我才意识到，豹牙中间是空的，而且质地也是又脆又硬。用锤子敲打，当然会一起碎掉。如果慎重一点，用锉刀或者砂纸磨掉颌骨，那颗豹牙就能作为我在非洲生活的一个美丽的纪念品，一直保留到今天。

一次轻率的"想当然"，让我抱憾至今。

平常我们经常听到或者读到这样那样的事情和道理，我觉得对它们都不妨进行一番思索，想想是否真有道理，或者是否合乎真情。

我曾经在一本书里看见过一篇小品文——《壁虎的爱情》，据作者说这是发生在日本的一个真实的故事。

日式房屋的墙壁由两层木板组成。两层木板中间是空的，外面是泥土。有户人家在重新装修的时候拆开了墙壁，竟意外发现有只活壁虎被困在夹层里面——一根钉子从外面钉进来，钉住了它的尾巴！而那枚钉子，是十年前盖这所房子时钉下的。

房屋的主人看见后，觉得那只壁虎很可怜，心里也很好奇。这只壁虎在墙壁里已经整整困了十年！这只被钉住了尾巴的壁虎，靠什么活了这么长时间？

主人停下了装修工程，打算一探究竟。

没过多久，他愣住了，在他的眼前，另一只壁虎不知从哪里冒了出来，嘴里衔着食物……

啊！是爱！是至高无上的爱，是那生死不变的爱，使这只壁虎在寸步难移的情况下活了十年！在这漫长的岁月里，它的壁虎伴侣一直在喂它。

这故事曾经感动了很多人。

但是我仔细想了一番之后发现这故事编得不合"常识"。

首先，钉子钉住壁虎尾巴是不可能的。壁虎在受惊吓时会主动把尾巴断掉，这是小学生都知道的，有一篇课文就叫《小壁虎借尾巴》。而且钉墙板的钉子比壁虎尾巴细不了多少，且不说歪打正着钉进去的难度有多大，就算尾巴自己不挣断，钉也被钉断了。

其次，壁虎属于低等脊椎的冷血动物，神经系统尚未进化完善，根本无所谓感情。雌雄壁虎交配之后就分道扬镳，雌壁虎把蛋下到岩石缝之类的地方，下完了就弃之不顾，不会孵化喂养。壁虎之间不可能发生相互救助的情况。

前两年网络上流行着一个恐怖的偷肾的段子：一个人在酒吧醉倒，醒来之后发现自己躺在一个装满冰块的浴缸里，旁边放着一张纸，上边写着："打电话叫救护车，否则你会死。"

这个恐怖段子有休斯顿版、拉斯维加斯版、新奥尔良版、深圳版、广州版、上海版……

在听到网友提及的时候，我就不信。我觉得，按照一般医学常识来看，这个段子就有很大的漏洞。因为肾脏在与供体分离之后根本保存不了多长时间，所以一般移植都是先有需要配型的被移植者，然后才去寻找相配的肾脏。

后来我在杂志上找到了这个段子的发源地。它的原型是一个在英国发生的自愿卖肾者与器官贩子之间的官司，二十世纪九十年代改头换面在一部美国电视剧中上演，而这部电视剧自称所有内容均来自真实案例，所以这个段子在美国疯传一时，二十一世纪传入中国。

五、多思考才能少浪费

我一直认为，任何能够改变自己命运、向着理想迈进的行动都是伟大的。

我在轧钢厂里做轧钢工，经常看见各种创造性的劳动，很多事例都引人深思。

二十世纪八十年代初期，日货在市场上很走俏，什么半导体收音机呀电视机呀，还有录音机、录像机，风靡一时。很多人尤其喜欢日本摩托车。

那时候，日本摩托车很贵，是一般工人买不起的奢侈品，只有个别人买了一种叫"小伍铃"的轻便摩托。据说在日本和其它国家，这种小型摩托只是女青年和学生们的交通工具，到了我们这儿，壮实的大老爷们也坦然地骑着它到处炫耀。不过，它的优点确实很多：重量轻、省油、灵活、操纵方便。最令人称道的是它跑起来几乎没有声音，最多轻轻地突突几声，不注意的话根本听不见。

可是日产摩托不易买到，价格也高。有几个工人就买了国产的轻骑摩托，骑着上下班。这下子就比出差距来了。日产摩托无声无息地跑，而国产摩托老远就能听到哗哗的声音，噪音大得像小拖拉机。

有的工人就议论说，还是人家日本人有技术，咱们的东西差得太远了，国货就是比不上日货啊！

买国产摩托的人当中，有位刘师傅不爱听这话了。他说，日本货有什么了不起，中国人要是用点心思，照样能把东西做好。

为此两人抬上杠了。最后，那人说："咱俩在这儿瞎抬杠没用，你要是能找来一辆跑起来没声儿的国产摩托，我就服气，我请你喝酒！"刘师傅想了想，说："好吧！不超俩月，我要是拿不出跑起来没声音的摩托，我请你喝酒！大家作证！"

之后的几天还有人说起这事。刘师傅只是笑一下，不说什么。从那时起，刘师傅又骑着自行车上下班了。

大约一个半月后，大家几乎都忘记了这件事情。有一天，刘师傅骑着他的国产摩托上班来了，静静地，他把车停到了正在聊天的工友身边，微笑着，一句话也没说。

此时无声胜有声啊！

大家都惊呆了！一个个起身走到刘师傅身边，把那辆摩托看了又看。有人要求刘师傅再开起来跑一段。刘师傅一声不吭开着摩托遛了一圈，那清静的感觉绝对不输日本摩托。

大家你一句我一句问这是怎么回事。

刘师傅说："没什么，我修了修就成这样了。我就是想告诉你们，就这点儿小技术，中国人想做就做得到！"

大家都朝刘师傅竖起大拇哥，觉得刘师傅这人有志气！下班后大家一起跑到酒馆儿，高高兴兴喝酒庆祝了一番。

刘师傅这脑筋动得多精彩！

在工厂当工人的时候，我还遇见过这么一件事儿。另一个车间有位青年工人，自己动手制作了一把非常精确的木工用的不锈钢直角尺。我一向对心灵手巧的人很有好感，所以有一天偶然遇见了，就提起这件事，向他表示钦佩。

小伙子很高兴地跟我细说起这件事。曾经他每天下班回家之后的两三个小时都用来做这把尺，前后整整花了半个月的时间。

他说："您不知道，光调这把尺的精确度我就用了三天，最后我的测量误差不超过三道。"在工厂的测量术语中，千分之一毫米叫一道。听完这话，我微笑着向他点了点头，没再说什么。因为这时候我忽然觉得不值得。他只是在动脑筋做好这把直角尺，却没有动脑筋好好想一想，有没有这个必要。

首先，木工用的直角尺，误差要求根本就用不着这么高精尖。俗话说短铁匠长木匠，无论是哪个木工师傅打家具做门窗，划线都是一个大致的标准，真正的曲直精度都在手里掌握的工具上。最后的修整也是靠着多年的经验和智慧，哪一道工序也用不着精确到千分之三毫米。

其次，这些时间干点什么不好啊，哪怕是听音乐，看书，唱歌跳舞，还能陶冶情操增加知识愉悦自己呢。路过五金工具商店我特意进去看了看，这件工具当时花三元钱就能买到了。就是现在去买，也不过二三十元钱。

这工夫和精力耗费得就不怎么值了。

还有一个我熟悉的小伙子，自打上小学起就喜欢用粉笔雕东西玩，雕个小人儿、小船儿或者小宝塔什么的。这个爱好他一直保持到了工作以后，手艺也越来越棒。

他专门置备了一套小工具，每天下班之后就动手刻。有一次，也不知花了多少时间，他最后居然用一整盒粉笔雕刻出了一辆精巧的小摩托。做成的时候，大家看了都啧啧赞赏。

他用一块小木板做托，小心翼翼把这枚粉笔小摩托用胶水固定在上面，罩上玻璃盒子保存起来。他女朋友看到了，一定要他把这件精美的艺术品拿给她的父母看看。到了未来的老丈人家，老爷子带着老花镜，笑呵呵地说："小伙子手真巧啊！"他打开玻璃盒子一伸手就捏住了小摩托。小伙子还没反应过来呢，小摩托已经变成了一堆碎片！

小伙子的脸色由红变白，由白变红，嘴里还说着："没事！没事！"

姑娘跟老爸嚷起来了："让您看看就行了，您动手拿它干嘛啊？"

小伙子跟我说起这事儿的时候还一脸懊丧："您说！这让我说什么好？我能说什么？"

依我看，在这件事上，小伙子心灵手巧没得说，但在关键地方还是没动脑筋。小时候用粉笔雕刻是一种游戏，工作之后，具备了一定物质条件，如果还热衷搞雕刻，就应该找高档点儿至少是结实点儿的原材料，制作出可以长久保存乃至收藏的工艺品才对。

这两个小故事说的都是一些人费了半天劲却做了无用功，这种精力和时间的付出，真可以说不值得。

最笨的人，就是出色地完成了根本不需要做的事。

六、我的思考

思考之一：应该怎么看待"公平"接受现实

很多人希望有一个公平的世界，然而这个世界上却存在着很多不公平的事情。不过，世上似乎没有完全的公平。当你认为公平的时候，也许别人会认为不公平。

在法治社会，法院是以公平为己任来判断和惩罚那些不公平的事情。但是，法院是以法律为准绳的。所以，尽管很多事情合法，却不一定合理。同样，很多事情合理，却不一定合法。何况现行法律还不够完善，更无法做到完全的公平。

以一件简单的事情为例。

如果某人被楼上掉下来或者扔下来的物品砸伤，在找不到嫌疑人的情况下，受害人可以把楼上的住户都列在被告人名单之内，这些住户就都成了嫌疑人，面临集体被处罚的可能。

法院按法律条款处理此事是合理的。但是，从客观的角度看却又并不太合理，因为无辜的人所占的比例太大了。但是除了这样处理还有其他方法么？所以，这条法律的构成，就是在很多无法解决的情况下，权衡利弊之后得到的最佳选择。

生活在法治社会，如果有人犯了法，给我们的身心或者私有财产造成了损失，我们就应该拿起法律的武器，给自己找回一个公道，争取到一个公民的正当权利。这是一个原则问题。凡是这类原则问题，都应该有一个坚定的立场。

我这里说的不公平，不是关于有人侵犯这类问题，而是社会普遍存在的等级、地位、收入、待遇、机遇、关系等方面的问题。在这类问题上，我们有选择的主动性，也有等待选择的被动性。在选择既适合自己、收入又较高的工作时，也存在着人家是否录用我们的问题，使得这种相互选择的随机性与不确定性非常高。与其抱怨不公平，不如一方面提高自己，另一方面再去寻找新的职业或者岗位。

任何人都可以找出太多不公平的事例。于是，有人总呐喊着："这不公平！"

我也曾经对社会愤愤不平。看着别人比我们吃得好、穿得好，觉得不公平；别人可以留在北京，我却必须上山下乡到北大荒去，这不公平；有人在北大荒干了不到一年就回北京了，我却在那里干了十一年！这不公平；从北大荒回到北京之后，看到北京那么多楼房，我只能住阴暗的小平房，这不公平；有的人能挣钱挣到千万、亿万，我却一直为吃饱、穿暖而奔命，这是多么的不公平！

多年之后，我的认识却变了。我现在知道，不公平是绝对的、永远存在的。公平是相对的、有限的，在一定条件的情况下才存在。完全绝对的公平只是存在于虚幻之中。

每人一碗饭就公平了么？饭量大的不够吃，饭量小的吃不完。同样道理，工资都一样就公平了么？每家都住同样的房屋就公平了么？在实际生活当中，谁也没见过完全的公平，因为完全绝对的公平根本就不存在，从来就没有过。

有人说过，我们必须承认今天的社会具有等级差别。无论我们回避与否，等级无时无刻不在。只要我们描绘的无等级社会没有来到之前，等级是社会进步的阶梯。不设等级的社会无法进步，所以我们应该尊重等级。这话就明明白白地告诉我们，有等级差别就有不公平。有了这样的不公平，社会才能进步。

我刚开始满北京城跑剧组、送资料的时候，跑了几个剧组后，就满怀期盼地在家里等待着，以为人家即使不用我也会来个电话通知一下。谁知道，都开机拍摄了，也没人通知我。后来我弄明白了，到剧组送资料的人太多了，剧组想用谁的时候，就通知谁来剧组，用不上的演员就不通知了。

生气、抱怨……什么用也没有，只有自己想开了。不等待，不抱怨，不生气，用这些时间多跑剧组递上资料，多见几次导演。跑得越多，被选上的机会就越多。再说这些年北京变化太大，只当是老北京人重新逛逛北京城。

我写了文章和书稿后，满北京甚至在全国各地寻找给自己刊登和出版的地方，被几个甚至几十个出版社以各种原因或者莫须有的理由拒绝了。那好吧！您说这本不够出版水平，我就再继续修改，或者找一个新题材再写一本。我找到很多朋友出谋划策，提出修改意见，帮助我把书稿的水平提高了一大步，终于有出版社同意出版了。

一个白发苍苍的快乐老头，逛着北京跑剧组，有了机会就去拍电视剧、电影、广告。没有这些乐子的时候，我就在家里继续敲击着电脑键盘，自得其乐地写书。时不时快乐地奖励自己一杯酒喝，再吼上几句经典老歌，这生活多有意思啊！

就像一首歌词写的那样：

你的所得，还那样少吗？

你的付出，还那样多吗？

生活的路，总有一些不平事，

请你不必太在意，

洒脱一些过得好！

如果都要求绝对的公平，那么，谁坐车、谁开车？谁种地、谁吃粮？谁服务、谁享受？谁住楼上、谁住楼下？谁在农村、谁在城市？要是都要求绝对的公平，这世界就乱了套了。看来，大自然有一套发展规律，社会也自有它存在和发展的规律，并不以某些人认为不公平而改变。

历史上，太平天国颁印了《天朝田亩制度》，提出"凡天下田，天下人同耕"。希望建立一种"有田同耕，有饭同食，有衣同穿，有钱同使，无处不均匀，无人不饱暖"的理想社会，还规定了妇女与男子同样分田，在经济上享有同等地位，并规定了妇女与男子同样可以受教育，宣布"天下婚姻不论财"，似乎要铲尽天下不平。其实，等级制度在太平军内部非常森严，这与其追求的理想社会自相矛盾。

之所以讨论"公平"这个问题，就是因为我看到一些人经常抱怨人世间的不公平。因为发现了对自己的不公平，所以人们气愤、等待、投诉……，浪费了大量宝贵的时间，而且心情变得很坏，心里充满仇恨，甚至不相信世界上还有真、善、美的存在。浪费时间就等于浪费生命。我就是在这种无意义的事情上浪费了太多的时间。所以我诚恳地告诉大家，希望你们不要像我一样把时间浪费在这上面。也许你所说的不公平与我所谈的不一样，但是我想告诉你，你要的公平也许不可能实现，而别人要的公平也许正好与你要的相反。与其在这种无意义的抱怨、愤怒、仇恨的情绪下浪费时间，不如承认世上根本就没有"绝对的公平"这个现实，然后平心静气地做一点力所能及的事情，把时间用在有意义的事情上。

如果这样讲，还是说服不了一些人，那就从自己这个角度分析一下。要求别人公平，至少自己要做到公平。如果你觉得自己是一个最公平的人，就请你想一想，你能做到对所有的老人都像对自己的父母一样，对所有的孩子都如同对自己的孩子一样么？对所有的人，不论熟悉的还是不熟悉的，不管是朋友还是街上的乞丐，不计较是领导还是下级，不分是亲人还是陌生人都能一视同仁么？

再比如，如果你出门，见到所有人都要点头微笑地问一声"你好"，累也要把你累死了。但是你不这样做，别人就会指责你对大家态度不一样，对人不公平。对此，你能接受么？

所以，我们要学会接受所有的不公平。

很可能没有人理会你的委屈，没有人理会你的无奈。当一切已成为既定事实的时候，要学会接受，接受所有的不公平。

当有人背信弃义时，你的指责能改变这件事吗？不能！那么就接受吧！权当是一种教训。

当有人欺骗你的时候，你的揭露可以将被欺骗的事实推翻吗？不能！那么就接受吧！也当作一种教训吧。

当有人背后说三道四的时候，你的争辩能洗清这种恶意中伤吗？不能！那就学会接受吧！权当是无聊者唾沫横飞，污染环境。

当你爱的人和爱你的人都离你而去的时候，你哭天喊地能换回他们的身影吗？不能！那么就接受吧！虽然现实是残酷的，但生活就是这样有聚有散、有合有离。

痛苦、磨难、欺骗、中伤、爱与不爱都只是一个过程，不过是一个感受现在、拥有未来的过程而已。你期待着明天更加美好吧！但是明天真的会更美好吗？我们可以期待、希望，但千万不要百分之百地相信。

冷静下来想一想，我们所经历的每一种创伤，都促进了我们的成熟。活一天，就有一天的福气，就该珍惜。有人说，当我哭泣没有鞋子穿的时候，却发现有人没有脚。说这句话的人，用的就是聪明人的思维方式。

思考之二：成功有扩大效应

在思考小成功怎样变大成功的过程中，我发现了一个非常有趣的现象，那就是"成功有一种扩大效应"，而且这种扩大效应的表现形式有很多种。

1. 一张桌子，桌面上只要有一部分收拾得干净整齐一点，即使别的地方还比较纷乱，看起来也不太乱了；一个房间只要收拾了一部分，整个房间看起来就整洁多了；一个本来不太漂亮的人，换了一个好的发型或者穿了一身整洁的新衣服，于是在人们的眼里，他比原来漂亮了许多。这就是俗话说的"人靠衣衫马靠鞍"。

很多成功人士在人们的眼里几乎没有缺点，因为他们的成功被扩大到了整个人的全部。甚至有这样的现象：某人初次见面时也许并没有给你留下多少好感。你觉得此人相貌平平甚至有点丑，身材矮小，穿着不太得体，甚至说话也不是很清晰流畅。后来，有人向你介绍说那人是一位科学家，为国家的某个科研项目做出了重大贡献，当前正在领导着某个高精尖科研项目搞攻关。于是你会觉得他突然变得顺眼多了，身材变得高大一些了，穿着变得简朴了，说话变得沉稳了。这就是一般人身上常常体现出来的"成功的扩大效应"。所有局部的成功，会使得整体变得更好了。

2. 另外，一些本来看上去不大起眼的成功，由于成功者自己的重视，继续努力而使其成功的程度慢慢增加，最后会变成了较大或者很大的成功。一块砖、一块瓦的积累，最终建成了摩天大楼。一个字一个字的拼凑，一篇又一篇文章的写作，最后成就了一部著作。一步一步地向上攀登，终于登上了世界最高的珠穆朗玛峰。这样的例子实在太多了，俯拾皆是，数不胜数。这也是一种成功的扩大效应。

回想自己的生活经历，一定会发现不少让人感到痛苦、沮丧、烦恼的失败记录，同时也能想起一些快乐、幸福、兴奋甚至感动自己的成功与美好的事情。在这一点上，所有的人都是一样的，都会在心里留下深刻的记忆。

如果把那些令人烦恼的往事丢开，专门把那些好的、令人高兴的成功经验想一想，甚至把它们记录下来，让自己更清晰地回想这些成功，会有怎样的结果呢？这些成功也一定会出现扩大效应。也许回想起来的不是什么伟大的成功，只是一些微不足道的小事，但是这些小事给你的印象很深，是你至今不能忘怀的小成功。比如说，在一个野蛮的同学面前没有畏缩，甚至狠揍了他一顿；在学校的赛跑中得了第一、二名；稍微努力了一点就考了一个高分；没费多少功夫居然得到了一个女孩的青睐；喜欢一首诗，不经意地就背了下来，却发现考试卷子上需要默写它……。这些小成功实在是微不足道，但是你得到的感觉是那么的美好。也就是说，随着这些成功而产生的那种自我感觉更重要。

如果能在记忆中搜寻，使那些成功或者得意的事情在头脑里重新出现，就能找回那些在成功之后的感觉。回想得越具体、越生动，效果就越好。比如说当时有什么声音？周围的环境如何？同时发生了哪些事？有什么人和事物在现场？什么季节？你感觉到是冷还是热？等等。如果你能够充分详细地回忆起过去在某一时刻取得成功的情景，就会发现，现在的感受和当时的感受是一样的。只要有了这样的感受重新出现，它们就能扩大而后产生新的活力，使你感到自信，因为这种自信是建立在过去成功记忆的基础上的。一旦你把这种成功的感觉找到之后，就主动地把它们转换到现在想要做的事情上，使你获得成功的感觉，促进现在事情的成功，而且完全可以运用想象力，使自己享受到已经成功之后的感觉。

我把自己在几个电视剧中的剧照找出来，挑选出最满意的新版《三国》

之中华佗的造型的剧照，放大成宽一米二、长一米六的巨幅照片悬挂在卧室里，它占据了床头的全部位置。倔强的白眉不长不短，卷曲的山羊胡显出卓尔不群的性格，白发挽成的发髻和披在脑后的长发，衬托出饱经风霜的神情，深邃淡定的目光凝视着人间变幻的风云，略向下弯曲的嘴唇紧闭着，蔑视人间权贵和富贵。一代神医的风骨，被化妆师的妙手装扮，又被摄影师匠心独具的表现角度，刻画得淋漓尽致。每次看到这张照片，我马上会想起在演出这个角色的时候，是怎样表现出从容不迫和仙风道骨的，又是怎样得到了导演和朋友们的认可的。那一举手、一投足都经过自己反复地琢磨和演练啊！有了这种回忆，无论是在写作、弹琴还是练习书法，或者做其他什么事情时，都会增加自己的信心和排除各种困难的勇气。

我需要，你也同样需要这样，用小成功来鼓舞自己，增加我们的信心，创造出更大的成功。这是又一种"成功的扩大效应"。

在日常生活与工作当中，"成功的扩大效应"几乎无处不在。不论做任何一项工作，在做这项工作的过程当中，我们会自觉地不断修正错误，而把成功的部分进行重复和不断扩大，一直到这件事情的最后成功。

在练习书法的时候，我们会找到写得好的那一笔一画，保持它的成功，改变那些不好的笔画，使自己越写越好。

唱歌的时候，我们会听出这首歌哪些部分唱得较好或者很好，然后继续保持并且发扬它们，努力改掉唱得不好的地方，最后成功地唱好整首歌。

即便是裁制衣服、炒菜做饭、走路坐车甚至在游戏的过程中，我们都会主动地找到在这个过程当中已经成功的部分，把这些成功扩大、再扩大，直到做得最好、最成功。

也许你还能发现更多的"成功的扩大效应"，那就找一找，看能不能找到。所以说"成功的扩大效应"几乎无处不在、无时不在，只不过原来没有总结出它的存在，也就没意识到它的存在，所以就不能利用这种效应。如果我们更加主动地、有意识地把"成功的扩大效应"用在我们的努力奋斗上，它就能帮助我们更快地达到成功。

思考之三：遇到争论该怎么办

俗话说："理不辩不明，话不说不透，砂锅不打一辈子不漏。"就是说凡事都要讲清楚，辩明白，说透彻。所有道理都要经过透彻地辩论才能明白是对是错。

辩论、争论有很多形式。不同的形式会得到不同的结果。

有过"大鸣、大放、大字报、大辩论"那段经历的人们都知道，当时那场运动中，一股摆擂台、辩是非的风气几乎席卷全国，到处都成了两派或者几派人的辩论战场。人们从斗嘴变成了斗气，又由斗气变成了斗争，继而从一般的动手动脚发展成动刀动枪的武斗。

作为那个年代的一个中学生，为了"响应号召"，把"真理"传播出去，我也参加了写大字报、与其他人辩论的活动，最终因为嘴巴太笨，总是被人说得哑口无言，就被"辩论会"淘汰了。

有不少人，因为参与这个过程的时间太长，养成了总想跟别人争论的习惯，总想找出别人说话中的毛病，然后把他的毛病挑出来进行批评。一旦遇见被他说得哑口无言的人，他心里会感觉非常得意。

更多的情况是两人争得不相上下。不管争论的道理是什么，最后的结果是不欢而散，甚至因为在争论过程中的口不择言或者情急之下的出言不逊，使得原来多年的朋友、同事反目为仇，变成了陌生人。

在我心目中，我对三国时期能够舌战群儒的诸葛亮简直崇拜无比。对战国时期的苏秦、张仪这样的辩才，能凭三寸不烂之舌挂六国相印，我也佩服得五体投地。他们的聪明机敏，也使很多人视之为榜样，把"争论"当作一种乐事甚至变成职业。

多年前出现了一种辩论形式，就是针对同一个命题进行正反两方面结论的辩论。辩论的双方称为正方和反方，各自用自己认为正确的理论来争辩、说服和压倒对方。但是有时非常遗憾，辩论的双方谁也不能说服谁，辩论也往往没有结果。

遇到争论，我们傻瓜应该怎么办呢？

傻瓜的显著特点之一就是脑子慢，对外界的反应比较迟钝，说话也往往跟不上。人家说话听不大明白，自己想说的话又老是说不清楚，尤其是跟人家吵嘴的时候，即便是有理往往也是张口结舌地说不出来。

我反复思索这种现象的过程，发现之所以辩论不过人家，原因是总想听明白对方说话的内容，然后根据他们所说的内容，再说出自己的理由。但是因为我们脑子慢，还没明白上一句话，他又开始说下一句话，结果就成了只能听他说，自己根本就插不上话。

历经多年之后，我终于知道了遇到这种情况该怎么做。一般有两个办法。

第一个办法：有选择的倾听

如果人家是心平气和地讲道理，那么要仔细认真地听他们讲的是什么。没听明白时就告诉他"我没听明白您讲的是什么意思，您再说一说吧！"等到听明白之后，再讲出自己的想法。

如果他是来吵架的，属于不讲理地胡搅蛮缠，用他的聪明伶俐欺负我们。既然他已经不尊重我们了，那就不管他说什么，连听都不要听，只管大声讲自己的道理，讲完了之后扭头就走，让他对着空气去吵。反正已经说完了自己的理由，也把那股气撒出去了，不管有什么反应，不管他对我们的话认可不认可、同意不同意，就把他扔在那里，自己该干什么就干什么去。

第二个办法：不参与任何争论或者吵架

如果遇到一件事情已经开始发生争论，而且很可能会出现失去理智的吵架，最后丢掉了原来争论的内容，只剩下互相人身攻击的时候，为了不伤害他人，也避免自己生气，就采取不争论更不吵架的态度。不管谁要和我们争论问题，马上就微笑着闭嘴，然后看着他，等他说完就走开。

问题如果能弄明白，用不着吵嘴也能明白；如果是永远也弄不明白的事情，那就更不值得吵嘴了，反正弄不明白，吵也白吵。

我因为脑子慢，而且嘴巴太笨，所以遇到出现争论的情况，肯定不参加争辩。

如果参与争辩是希望让大家看见自己多么睿智和善辩，那可能会是你的一厢情愿，因为一旦争辩开始，最后的结果很可能会脱离了原来争论的内容，变成了讽刺、挖苦甚至互相谩骂。就算是争辩到最后你看似赢了，实际上你也输了，因为你可能因此失去了别人的好感和友谊。即便是夫妻之间，也同样是如此。夫妻之间只应该在爱的基础上互相体贴、宽容和忍让。每天争论而且一定要分出对错的夫妻，感情距离只会越来越远。朋友和同事之间更是如此。如果经常无谓地去与别人争辩，很难得到别人的好感与友谊。所以，爱争辩的人不管输赢，最后都可能是失败者，只有和你一样爱争辩的人愿意和你在一起继续争辩。

在真正设身处地的理解下，对于错者给予体贴和关怀，才能显示出一种崇高的境界——宽容。

吵架让别人赢，争论也让别人赢，我们就只要一样东西——成功。

要是有人非常执着地总要跟你争辩问题，你不妨告诉他，自己是一个智商很低的傻瓜。再告诉他一句名言：不要同一个傻瓜争辩，否则会搞不清到底谁是傻瓜。

有一句古语说"夏虫不可以语冰"，这句话完整的版本应该是：夏虫不可语于冰，笃于时也；井蛙不可语于海，拘于虚也；曲士不可语于道，束于教也。意思大致是这样的：夏天的虫子不可能和它们谈论冰冻的事，是因为受到生活时间的局限；井里的青蛙不可能和它们谈论大海的事，是因为受到生活空间的局限；乡下的书生不可能和他们谈论大道，是因为受教养的束缚。

从这个意义上说，很多时候，我们并不是需要把所有的道理都要跟人讲清楚的，因为，这要看你所面对的对象，是不是可以"谈"。倘若是一个夏虫，你去跟他说冰，那他知道是什么东西呢？一个在井底的蛙，去跟他谈什么辽阔的天空，那是没有意义的。

若是从另一个角度来看这个问题，假如你就是那个夏虫，还非要跟人家争论你没见过的那个冬天里的冰的有无，不是一件很可笑的事情么？

所以无论你是不是那个夏虫，都不要陷入争论之中。

第 十 章

做一个快乐的傻瓜

　　小时候我的自卑感很强，就喜欢一个人做事，不合群。自从有了书籍做朋友，我的知识增加了，精神世界开阔了，我逐渐变得乐观起来，不知从什么时候开始，居然变成了乐天派。

　　也许"乐天派"这个词有很多解释，可是我认为凡事只要乐观地对待，心情就会变好，高高兴兴地过日子，就比愁眉苦脸强。高兴是一天，不高兴也是一天，反正天天都要过日子，还是高兴一点儿好。

　　人人都希望过上幸福、快乐的日子。可是面对着同样的天地、社会，有的人感到很快乐，有的人却常感到不快乐。看来快乐和幸福都是同一属性的感觉，只有你自己觉得快乐、幸福了，才是一个快乐幸福的人。

一、我的快乐无条件

　　关于快乐，最早得到的启发，竟然是大肚子弥勒佛给我的。我自认为是唯物主义的无神论者，所以从不相信鬼神，认为所谓的神、灵、鬼、怪，都是人们杜撰出来的神话故事。但是在所有的佛爷当中，这位佛爷以他的开怀大笑和坦露的大肚子著称于世，是独一无二的。与这位佛祖相伴的一副对联，不知道是哪位贤明人士所作，也随着塑有弥勒佛形象的寺庙流传于世。

"大肚能容容天下难容之事，开口便笑笑世间可笑之人。"

啊！这位佛爷可太高明了！他宽容大度过得潇洒快乐，应该是我生活的榜样。活到六十多岁之后，我发现很多当年看起来要死要活、了不得的大事，再回头看看，都是不值得一提的小事。所谓的财产、名誉地位都无非是过眼的烟云，根本不值得为之把宝贵的生命丢掉。

别人容不下的事情，弥勒佛能容得下。天下有多少难以容下的事，到了这里都能容下了。像我们这样容不下鸡毛蒜皮小事的人们，难道不可笑么？如此看来所谓的快乐是与人的心胸、度量有关。

自从慢慢地变成乐天派之后，我确实把很多事情看得无足轻重了。一时的困难再严重，总有克服过去的时候。暂时的痛苦和绝境、荣辱与毁誉，同一生的经历比较起来，也显得不值一提了。对于所有的乐天派来说，快乐生活是非常自然的事情。

我总是不自觉地就感到快乐。比如我左肩膀患了肩周炎疼得抬不起来了，但高兴的是幸亏不是右肩疼，干活还不受影响。幸亏不是两肩都疼，那样就更麻烦了。虽然年纪大了，高兴的是身体还算健康，没什么疾病。虽然不富有，但是有很多朋友。虽然没有多少本领，但居然出国到过欧洲和非洲。不是真正的医生，却能医好那么多病人。虽然不是专业演员，可是却参加演出了那么多电影、电视剧和广告。虽然不是职业作家，也能写出来并且出版了几本书。虽然我经历过无数次失败，但回想起那些艰苦奋斗的过程，还是很高兴。我为那过程的有趣、为敢于承担风险的勇气、甚至为了敢于赔钱的胆量而高兴。

我不聪明，但是有很多聪明人甚至伟人也没有我见多识广。据说马克思生活的年代，汽车还没有发明出来，如此伟大的人物都没坐过汽车，我比他幸运多了，不但坐过汽车还会开汽车。

中国有那么多圣贤还有至高无上的皇帝，秦皇汉武、唐宗宋祖，但是他们都没看见过电视机。我不但看见电视节目了，还看见了彩色的、立体的电视节目，而且在电视机里看见过自己演出的电视剧、电影、广告等等。在这一点上他们谁都不如我。

类似这样的满足能找到很多，所以我常常自己一个人突然傻笑起来，谁也不知道怎么回事。听人说，傻笑有益健康长寿，那可太好了，这绝对是我的强项啊！

文章里是这样说的：现代人心目中标本式的笑容，当属微启双唇，露出八颗白牙的职业化微笑。其实，"笑"对人类来说，最初并不是一种社会交往工具，而是一种特殊的天然保健品。专家指出，看喜剧、听笑话时最自然、最舒畅的"傻笑"，对人的健康大有裨益。

中国首席健康专家，74岁的万承奎教授做客央视《人物周刊》，向全国电视观众讲述了他的健康、长寿、幸福"秘方"。

他说，在健康问题上，你自己比老天爷管用。人不是老死的，不是病死的，是气死的。

人哪能不生气？人是感情动物，喜怒忧思悲恐惊。高兴就要笑，不高兴就要哭，生起气来还要骂两句呢，这是人感情丰富的表现。假如人只有一种感情，这个人就不健康。一个人感情很丰富，该怎么样就怎么样，但是你千万记住：第一个不要过度，第二个过度了但是不要长时间，很快就调整过来，这才是健康的。《皇帝内经》早就讲得很清楚："怒伤肝，喜伤心，忧伤肺，思伤脾，恐伤肾，百病皆生于气。"讲得很绝。

说老实话，很多人不是老死的，不是病死的，是气死的。当不了官，气死了；提不了教授，气死了；赚不了钱，气死了；很多老年人为很小的事，气死了，我这里有很多例子。所以我说人不能不生气，但一定要会生气。一定不要当情绪的俘虏，一定要做情绪的主人，一定要去驾驭情绪，不要让情绪驾驭你，记住情绪是人们生气的指挥棒，至关重要。

这篇文章说得好啊！明白了这个道理，就更要开心快乐地过日子哦！如果不读书不看报，不知道有这样的好文章，那可就亏大了。

"知足常乐"这句俗语说得对么？知足就是知足，并不等于快乐。知足实际上是无计可施，一旦有计可施的时候，谁还知足。常乐是属于乐天派的，知足不知足都快乐，这才是真正的乐天派。

至于我自己成为了乐天派，我相信遗传也是重要的原因之一。因为在印象中尽管生活很穷和艰难，父亲总是乐呵呵的。每次到了过年的时候，家里不管怎么穷都要买一个红灯笼，装上蜡烛让我提着出去玩一会儿。等我回来之后他就挂在大门上，无论是谁路过这里，老远就能看见我家门前挂的这个红灯笼。在虎坊桥的帐垂营胡同里，这红灯笼成为新年的一道小风景。

解放之后父亲进入了一机部汽车局工作，由担任看门工到清洁工的那些年，年年都被评为先进生产者。他参加夜校提高自己的文化水平、进宣传队唱京剧、说相声把欢笑带给大家，自己也穿得整齐干净从不灰头土脸，找几个爱好相同的朋友，拉起京胡你唱几句我来一段。

父亲喜欢养花，曾经在自己开出的几平米小花园里种了西番莲，扫笊梅等各种花。他告诉我"扫笊梅"这花长大后到了秋天，花和叶子都掉光了，可以绑成大扫把。我见得长得最好的是喇叭花和马齿苋，马齿苋又叫死不了。

当清洁工的任务是保持办公大楼的卫生工作，父亲按照当时流行的一首歌的曲谱，用自己的工作内容填词编了一首歌，歌词很简单所以我依然记得：

> 轰轰烈烈地搞卫生，里里外外都打扫干净，
>
> 打扫完楼梯打扫过道，打扫了一层又一层。
>
> 哎咳哟哦！打扫了一层又一层。

填完这词之后他给我唱了好几遍，唱完还呵呵地笑起来，给我留下了深刻的印象。

父亲的文化程度也就是在私塾读过那些"三字经"和"千字文"等等，他曾经在我面前非常熟练地背诵"三字经"和"千字文"，以此来鼓励我背好书。

如果有人对他讲一件事情嘱咐他不要忘记，他经常会学着老舍先生的话剧"茶馆"里的一句台词说："您放心！我就是忘了我姓什么，也忘不了您这档子事！"

有一次领导告诉他去办一件事情，说天气不好可能要下雨，最好带上雨具，千万不能耽误了！他笑呵呵地说："您放心吧！就是下刀子顶铁锅我也一定去！"说得那人哈哈大笑。后来他跟我说："这句话得改一改，就是下刀子顶面板我也去！"我不解地问："怎么不顶铁锅了？"老爸说："头上顶一块大面板的话，天上下的刀子就能留到案板上，都带回家来，咱们家就省得买刀子了！"看着他能把一个根本不可能发生的事情，说得那么严肃认真，我也笑得开心极了。

父亲在办公室里养了一盆大叶兰花，多少年之后我才知道它叫君子兰。办公室的几个室友都很喜欢这盆花，在大家精心地照料下，那兰花叶柄间蹿出了一个粗壮的花茎，花茎上顶着一个硕大的花棒槌。过了些日子花棒槌慢慢地打开了，里面的一丛白色兰花的小花苞展开了，像一个大蒲公英那样排列着。小花苞渐渐长大，按照花苞的大小，一朵又一朵地绽放开，办公室里弥漫着一股迷人的清香。

有一天父亲叫我到他的办公室，说是看看兰花是怎样绽放的。我去了之后才知道办公室的几个同伴都在他的建议下，一同来观察兰花绽放的那一瞬间。他们喝着茶聊着天，我也在一边静静地等待。

晚上八点多钟的时候，一朵最大的花苞，慢慢地膨大起来。几个大男人和我这个小男孩，围坐在花盆旁边，平心静气专注地盯着越来越膨大的花苞。只见花苞几个花瓣的尖端还粘连在一起，花瓣之间却慢慢裂开了一条小缝。小缝越来越宽，把那个花苞撑得像个小灯笼的样子。

突然，我似乎觉得心里"啪"地轻轻响了一声，只见几个花瓣顶端的粘连处突然分开，然后就像动画片里的影像，又像是电影里慢镜头拍摄的画面，几个花瓣就在我们的注视下，慢慢地伸展开了，再慢慢地向四面弯曲下去。

娇嫩洁白，它像一个小小的精灵，又像白翼的小天使，睡醒伸了一个懒腰，然后惊喜地望着我们，说"我已经绽放了，你们看我美吗？"不由得大家都为这精彩的绽放鼓掌欢呼起来。

生活贫苦怎么了，工作辛劳怎么了，照样活得开心乐呵。最近见到了一首小诗：

《花开夜间》

□ 官演武

夜色茫茫。
没有谁可以看见一朵花的全部，
甚至没有谁能够独占全部花香。
花确实开在夜中。
越是夜深越是开得烂漫，

而只有花本身才明白自己正在打开。

正在用每一心瓣向夜的世界表白，

尽管花开的声音细到如星星在深邃中闪烁。

尽管夜把白天难见的事物藏入深深的黑暗，

尽管黑暗已遮盖了世界的瞳孔。

然而，花确实在开。

花开，从内心出发，发出心的声音。

是向世界真挚的示爱，是翅膀的展开，

飞翔的预演，是勇敢的绽放。

弥漫的香，是花静静的行踪。

这首诗就那么突然拨动了我心中那根弦，居然道出了我心中的意境，后来我在微信中发给几个朋友，有的也受到了感动，把她的朗诵配上音乐，录音之后发给了我。也有的朋友表示没看懂，我对他说，首先是你没有见过夜间绽放的花朵，再有也许你是一朵在阳光下绽放的花。

想一想自己前半生，没有优越的背景，没有资本，没有环境，就连好的身体都没有，智商还那么低，每一个小小的成绩，都是拼了比别人多出几倍的努力，才做到了。我几乎就像诗里写的那朵花，在根本见不到阳光的黑暗中，拼命绽放着，不管有没有人看见。

生活当中会遇见各种各样的人，我就见过一个长相极丑的男人，牵着一条极丑的小狗，身上穿的也很破旧。可是我常见他一边遛狗一边唱歌，唱得最好的是《一棵小白杨》能唱出四句，其余的歌一般只能唱两句。

听他唱歌特让人着急，因为他每次都只唱两句，然后就再找另一首歌，从来没听他唱完整的一首歌。每次我都产生要把他没唱完的部分，接着唱下去的冲动。我曾经问他干嘛不好好地唱完一首歌，他看了我一眼咧开嘴笑了笑，满不在乎地说："我啊！记不住那么多歌词，能记住前两句也就不错了！"

可是他悠然自得整天乐呵呵的，从没见他发愁过。穷成那样怎么了，丑成那样怎么了，只要愿意快乐地生活，他就会永远快乐。

如果态度不端正，整天悲观失望、愁眉苦脸，不能把正在做的事情做好，不热爱本职工作，不喜欢自己的生活空间，认为周围的每个人都虚伪、愚蠢，就把一切都涂上了阴暗的色彩，还把失望的情绪传染给他人。对自己没信心其实等于宣传自己是一个失败者。在这样人的周围没有一个好人，更不要提知心朋友。

面对困难、挫折、打击、讽刺、贬低、还有劳累辛苦，应该怎么对待呢？应该微笑，大笑，偷笑甚至可以傻笑。这才叫笑对人生，笑傲江湖！

二、快乐的情绪有利健康

有人研究了国内外长寿的老人，研究的对象当中八九十岁的占绝大多数，百岁以上老人也有不少。他们把这些人的生活环境、饮食习惯、文化、遗传等等诸多的因素都进行了研究比较，却发现并不存在着什么规律。

有的人早起早睡，也有的人喜欢晚起晚睡；有人吃得清淡，也有人专门爱吃咸菜；居住在山清水秀的农村山区的有，生活在现代化大都市里的也有；有每天劳作不息或者经常锻炼身体，也有悠闲自在不大运动的；一些人非常注重养生文化，也有一些人从不关注这些，而是自由自在地生活……

唯一能在这些长寿的人当中找到的共同点，就是他们的性格乐观，心胸开阔豁达。无论遇到什么难过的事情，甚至遭受到什么灾难的打击，他们都乐观地对待，凡事都往好处想。他们最懂得，过去的事情再苦再难也过去了，既然还活着就要尽可能快乐地活着。

这样看来我们应该能得到这样一个结论：快乐的情绪有利于身心健康！

既然可以快乐地生活，为什么还要愁苦地活着。既然可以长寿，为什么让自己做一个短命鬼。

如果给人们提出一个非常可笑的问题：你是愿意做一个整天愁眉苦脸、愤怒悲伤的短命鬼，还是愿意做一个快乐豁达、开心健康的长寿老人？估计问遍了所有的男女老少，大家只有一个选择，做快乐豁达、开心健康的长寿老人。

既然如此，那就不要等着其他人给你开心和解决烦恼，不要请别人做心理医生帮助你脱离愁苦的陷阱。更不要独自一人死钻牛角尖，使自己永远在怨恨、无望的生活和工作当中，受着精神上的折磨，无尽无休地过苦日子。

应该怎么开心就怎么生活，怎样快乐就怎样工作。把找到开心和快乐，当作自己生活与工作当中的首要大事。把所有遇见的人和事，都与快乐高兴联系起来，有了这种心态或者说有了这种本领的人，就可以成为一个快乐豁达、开心健康的长寿老人。

对那些说我们是傻瓜的人，回答一句"你刚知道啊？我就是傻瓜"，让他们不知所措吧！对于那些无故指责我们的人，不要与他们争论，因为这样只会使自己变得愤怒。与其去埋怨、仇恨、伤害别人，不如去宽容别人，宽容是治疗他人也是治疗自己伤口最好的灵丹圣药。

据说棋术高的棋手，每下一步棋能往后看到十几步，他们真是太聪明了。我下围棋或者象棋甚至是跳棋，一般只能想到下一步或最多两步，再多想几步几乎是不可能的事情。不仅仅是在下棋的问题上是这样，我在其他问题上也是这样，最多对将来的事情想出一两个步骤，再往下想也不可能了。没有其他原因，是智力限制了我再往下多思考的可能，全盘筹划是需要大智慧的。

虽然智力限制了我在棋类竞技方面的发展，但是我却发现这种思考加上行动的方法，却是做成很多事情的好办法。

不去想那么多，最多是粗略地计划一下将来的工作。至于将来真的能不能做到或者具体怎么样去实施，干脆不去想它，只想怎样把今天的事情做好。不为明天发愁，只想尽最大努力把现在的事情做好，这种思考方法使我丢掉了很多烦恼。

有一个最简单的例子，在写作当中我经常觉得有一些好的词汇、句式和想法要用在文章中，这时候却会想到，如果将来在其他章节再遇见类似或者更重要的情节，没有词汇用了，没有这么好的句式表达了怎么办呢。

接下来我的决定是，今天想到了就用在今天的文章里。将来写到了其他章节就再想出新的词汇和句式，明天和将来的文章今天先不去管它。

凡是现在想到的词汇、句式和想法，只要是最适合表达自己思想感情的语言，我就毫不犹豫地敲上去。

今天在做什么？现在做什么？这是最重要的！

如陶渊明所说："悟已往之不谏，知来者之可追。"

闻鸡起舞的傻瓜
SHAGUA

不管做什么事情，保持轻松愉快的心情，效率也会提高。

据说让庄稼听音乐可以增加产量、对母鸡播放音乐能让它们多下蛋、奶牛听了音乐之后牛奶的产量变大，这些我都只见过报道但不知是真是假。

我在网上看到"重量仅为49克的素纱禅衣，是马王堆汉墓随葬物品中最为引人关注的一件文物，除去较厚重的衣领、衣袖、衣襟边缘的绢，其重量只有20多克。"正如古人形容的"轻纱薄如空"，其质地及纺织技术都让现代人称奇。

文物工作者花了整整20年时间，才成功复制出马王堆一号墓的素纱禅衣。复制品的重量是49.5克，比马王堆素纱禅衣那件原品还重了0.5克，但是确实已经达到了极致。

技术精湛的织工，用复制的汉代织机手工操作，在刚刚开始复制素纱禅衣的过程中，无论怎么努力也不能织得很均匀。因为他喜欢听音乐，尤其是他特别喜欢的那些乐曲，听着会使他心情愉快。后来他偶然发现，一边听音乐一边工作的时候就能织得很匀。

我认识的一位摄影评论家，在写作过程中也愿意在案头播放着轻轻的音乐，他说听着音乐写文章心情很放松，思路也清晰。

这样看来，在心情愉快的情况之下，的确能使工作效率提高。

在开图片社的时候，我常遇见一位来冲洗照片的环卫工人。时间长了我知道我们都有喜欢装修收音机、电视机的爱好，彼此谈得很投机，经常为一些共同的想法开怀大笑。爱好无线电且经常自己装修电器的人，都会用已有的器材来替代线路里的零配件，所以有很多故障就不是教科书里写的那么典型。他曾经对电视机里一些莫名其妙的故障，发表过一个让我永远铭记在心的观点。

他说："你放心！没有解决不了的问题，没有克服不了的困难！"

这是多么深刻而简单的道理啊！又是多么乐观而豁达的胸怀啊！每当想起这句话的同时，我的脑海里就出现了他那张快乐的笑脸。

据《美国心理学家杂志》报道，约有17%的美国人是乐天派，他们对生活有着积极的态度，有明确的目的和很强的社会认同感，他们要比悲观的人

250

更健康。美国埃默里大学的社会学教授科里·凯斯博士建议，我们应该努力保持乐观的态度，积极寻求生活的意义。在意大利的撒丁岛或日本的冲绳，那里有世界上最长寿的人们。他们都很勤劳地工作，但是他们更注重和家人一起度过时间，提升自己的精神状态，并且喜欢帮助别人。

不为过去烦恼，不为将来发愁，每天都快乐地活在现在这个时刻，这是多么简单的事情。如果每天都能这样快乐地生活，就是在享受美妙与舒服的生活了。

大提琴曲《殇》，是杰出的大提琴演奏家杰奎琳·杜普蕾演奏的。据说匈牙利大提琴家史塔克在广播里听见这首大提琴曲时，说："像这样演奏，她肯定活不长久。"结果史塔克真的一语成谶，杜普蕾仅仅活了42岁就告别了这个令她无限眷恋的世界。也许只有顶尖艺术家才能理解顶尖同行的水准。史塔克听得出，杜普蕾是用生命在演奏。

音乐史上曾发生过一桩著名的"国际音乐奇案"：人们为听一首乐曲而自杀的事件接连不断地发生。这就是传说中那首听了让人想自杀的歌——gloomy sunday。

它诞生于1932年的法国。可惜它在1945年被毁了。因为在这首歌存在的13年里，听过的人纷纷自杀，竟数以百计。自杀者留下遗书都说自杀是因为无法忍受这无比忧伤的旋律。此间还有无数的吉他、钢琴等艺术家弹过此曲后从此封手。作者死前深深地忏悔，他自己也没想到此曲会害死如此多的人。于是他和欧洲各国联手毁掉了此曲。

它是由匈牙利作曲家鲁兰斯·查理斯在二十世纪初创作的一首乐曲，《黑色星期天》是音乐史上真正的"绝世"之作，不在于它的艺术方面，却在于绝大部分听过这首乐曲的人都自杀了。

有记载第一个自杀的人是一位英国的军官，他在家里一个人安静地休息，无意中就开始听邮递员送过来的唱盘，第一首乐曲就是鲁兰斯·查理斯的《黑色星期天》，当他听完这首曲子以后，他的灵魂受到了极为强烈的刺激，心情再也不能平静下来。不一会儿，他拿出家中的手枪，结束了自己的生命，枪声响起的同时，还正放着那首《黑色星期天》，这也是他留下的唯一死亡线索。警方经过彻底调查和推测，结果得出一个结论：他确是属于自杀,但这首《黑色星期天》是间接杀手!并警告人们不要去听这首乐曲——因为警方在听这首乐曲的时候也差点有人自杀!接着这件事就轰动了整个欧洲,人们感到不可思议,惊恐而好奇,不少自认为心理素质可以的人好奇地到处搜集并亲身体验,去探险。

其中一位美国的中年男子,听了几遍这首《黑色星期天》以后,开枪自杀,他在他的遗言中写道:"请把这首曲子作为我葬礼的哀乐。"接着类似这种的自杀消息一个接一个,从欧洲到美州,到亚州,整个世界为之恐慌。

当时欧洲的一位非常有身份的名人在出席一个音乐演奏会的时候,他坚决要求在场的一位音乐家用钢琴弹奏那首《黑色星期天》,钢琴家开始不答应,但迫于好奇的观众的压力和要求,只好演奏。演奏结束以后,这位钢琴家发誓:以后永远不再摸钢琴!而那位提出此要求的名人从此以后也隐名埋姓,销声匿迹了。

之后又有一些欧美国家的人,也因为受不了这首乐曲的刺激,选择了自杀。

《黑色的星期天》当时被人们称为"魔鬼的邀请书",至少有100人因听了它而自杀,因而曾被查禁长达13年之久。关于作曲家本人创作曲子的动机,连精神分析家和心理学家也无法作出圆满的解释。

由于自杀的人越来越多,美、英、法、西班牙等诸多国家的电台便召开了一次特别会议,号召欧美各国联合抵制《黑色的星期天》。

这首杀人的乐曲终于被销毁了,作者也因为内疚而在临终前忏悔道:"没想到,这首乐曲给人类带来了如此多的灾难,让上帝在另一个世界来惩罚我的灵魂吧!"

这些事实说明了音乐对于人们情绪的影响之大,甚至能让人心情忧郁乃至死亡。但随之问题也出来了,那么多人都听了这同样的音乐,为什么就死了一百多人呢?可见,听这个音乐的人大多数还是能控制住自己的情绪,无论听的时候受到怎样强烈的影响,听完之后都不抑郁不悲伤不痛苦,该吃就吃、该喝就喝,该玩就玩、该乐就乐。控制得好自己的情绪和心情,该干什么就干什么,不受这个影响。

所以说,每个人的快乐和开心的生活,应该是可以自己左右的。

三、把快乐作为生活的主要内容

什么是快乐呢？快乐就是人的一种美好的精神状态，就是人们心中对外界事物的一种感受。不管人家怎么说，这个定义是我自己想出来的。

对于快乐的认识，很多人都弄反了。我在很长一段时期内，就生活在这个大误区中。那时候我认为，如果身体健康、有了成绩就会快乐。也有的人告诉我们要助人为乐，还说送人玫瑰手留余香，或者好好干出成绩来就会快乐。其实更正确的说法应该是，保持快乐，就会做得更好，就会更成功、更健康，也就会更愿意帮助别人。

快乐本身是源于自己的头脑和心理，在快乐的时候你会觉得思维更敏锐、动作更灵活、感觉更深刻，身体也更健康。俄国心理学家柯克契耶夫试验过人们在快乐与不快乐时思维中的状况。他发现了人们在快乐的思维当中时，视觉、味觉和听觉都更灵敏，触觉也更细微。很多医学和人类学家都发现，人们在快乐的思维中记忆力会大大增强，心情也会很轻松。当人进入快乐的思维或者看到愉快的景象时，视力立即得到改进。在快乐的时候，我们的胃、心、肝和所有的内脏，都会发挥更有效的作用。

"助人为乐"是希望大家能互相帮助，以帮助其他人解决困难为乐事的一种倡导，而不是说"助人"本身就是"乐事"。

如果单纯地认为只有"助人"能为"乐"，那么是不是可以认为，没有能力帮助别人就不快乐了，受到帮助的人也不快乐。实际情况却不是这样的，那些没有能力帮助别人和受到帮助的人，也会快乐地生活。

施与和接受只是两种行为模式的不同，与心情的快乐不快乐并没有必要的联系。比如一个吝啬鬼被迫捐赠出了一些钱财，或者是一个贪心的人对于得到的捐赠觉得不满意，他们都得不到快乐。所以快乐不是美德的报酬，而是生活的一种精神状态。

同样的道理，有的人说如果我健康，我就会快乐。如果我成功了，就会快乐。如果发财了、如果升官了、如果得到爱情了……，就会快乐。这种对快乐的看法实际上是认为快乐是有条件的，只有满足了这样或者那样的条件之后，才会快乐。

那么看看那些得了重病也很快乐的人，身体严重残疾却快乐生活着的人，那些平民百姓过着清苦却很快乐的生活，还有那些快乐的单身男女们。他们之所以能快乐地生活，并不像有些人想象的那样，他们是因为得到了什么，或者所有的愿望都实现了才快乐。他们只是愿意快乐地生活，所以就能生活得很快乐。

那些感觉不到快乐的人，他们的心思不是在享受今天、现在的状态，而是惦记着将来那个特别想实现的愿望。

他们以为自己毕业之后、找到好工作之后、结婚之后、买了房子和车、孩子毕业或者完成某个任务取得某一个成功之后，就会快乐。其实这样的人永远都不会快乐，即便是某一个愿望实现了之后，他也只能有一个短暂的快乐，接下来又会被长期的苦恼、愁闷所困无以自拔。

"快乐"与"幸福"是两个概念，一个是心态、内心感受，一个是自己对个人生活的满意程度。

在参加电视剧《榛园村》的拍摄之后，我相当一段时间感到特别高兴。不仅仅是因为我喜欢拍戏而且找到了一个很好的演出机会，也不因为拍戏能给我带来一些额外的收入，也不是因为在山里买到了价钱便宜的野灵芝，更不是因为这次演出自己表现得很满意或者说很过瘾……

这次演出的确有和以前很不一样的地方，例如这部戏是表现少有的农村题材，使我又找回了一些在北大荒农村生活的印象，一般在城里的剧组这样的机会不太多，虽然很多人都不太喜欢农村题材的戏，可是我喜欢。

我一直都很开心的是我又遇见了一个好导演和一个好制片。在这部戏里我演的"神秘老人"，虽然是个贯穿人物故事线的配角，可是我却感觉到了一个好导演对我的帮助。

导演梁巨才在拍摄每一个场景的时候都非常认真负责，对群众演员也非常严格，有时甚至发脾气，但是你能感觉出来他是在为这部戏的质量生气发火。

我在这个剧组里也是年纪比较大的演员，导演并不因为我年纪大了或者说是业余演员，就放松了对我的要求，而是不厌其烦地反复给我讲戏。这里需要怎么理解和怎么表现，那里需要注意什么事情……

尤其是在扑灭山火的一场戏里，由于我没有理解剧情所以表演得很慌乱，梁导几次讲了这段表演应该注意把握好节奏。我从来不知道表演的过程要有"节奏"，在我的意识当中音乐和舞蹈是有节奏的，而电视剧和电影这样的表演，只需要把台词说好，动作适当就可以了。我不懂也不敢问，在拍摄现场什么也没说，反复表演了几次，才勉强通过了。

等到拍完整部电视剧，我依然不知道表演为什么还要有节奏，年纪这么大了有点不好意思问人家，而且也觉得这又不是说快板和唱歌跳舞的，还有什么节奏按照拍节表演不成么。我没听说过把台词说得跟快板书一样的，打着点按节奏说。

几年过去了，我又在电视剧《北魏冯太后》里遇到一件事，我表演完了一段戏之后，导演说："蔡老师，你别看我这个监视器的屏幕小，可是我在这儿看得清清楚楚，你在这段表演之前做了功课下了功夫，表演得很到位，节奏掌握得太好了。"虽然我笑着点头对导演说了一声谢谢，可依然是满头的雾水，根本就不知道他所说的节奏是什么东东。

又过了几年，演了不少电视剧或者电影，我对台词的表述掌握得更加准确合适，也得到过一些导演的表扬，似乎慢慢对所谓的节奏有了一些认识，但依然处在说不清道不明的状态。也就是说在实践过程中，我已经无意识地把握住了台词和表演的节奏，可是依然没有上升到理论认识，没有从量变达到质变。就如同哪怕是已经有了九十九度的水，依然没到一百度沸腾。

一直到最近拍到电影《桃花源志》中饰演苏东坡的时候，我才明白表演中的节奏，不是类似快板书或者唱歌跳舞那种节拍似的，而是根据每个剧情和台词内容中的情绪表达，不同的表现手法和方式自己变化，这才是表演的节奏。

当我把这个道理应用在以后的演出过程中的时候，自己都觉得演技提高了一大步，得到了导演们对我更大的满意和赞赏。参加了一部电视剧的演出，又得到了这么大的收获，什么时候想起来都是一件高兴的事情。

再说这部戏里的制片李少朋老师，他可是在评书界屈指可数的好演员之一，为人善良热情，豪爽大方，不仅是这个剧的制片而且还担任里面的一个角色。他平易近人谦逊有礼，尤其是对我这样年纪大了的演员，更是关怀备至。

刚开始他还有些拘谨，开口便叫一声蔡老师，过了几天之后就管我叫老哥了。他没事请我到他那里去喝点茶，聊一聊家长里短。谈到在生活各方面要注意的事情，无论是衣食住行，还是接人待物，都嘱咐得很周到。尤其是他非常郑重地告诉我，年纪大了一定要注意行动节奏慢一点，不要不服老。就算是起床也要醒了之后躺一会儿再起，起来的时候在床边坐一会儿再站起来，这样把自己从睡眠状态唤醒，慢慢进入到日常生活状态。

在进山拍戏的那几天，我的腰突然疼起来，他特别嘱咐几个年轻人，不仅帮助我拿着随身的用品，还要注意照顾和搀扶我们几个老演员，不要摔伤或者磕碰了。那几个小伙子就轮流跟在我们身边，一步不离地照顾着我们。

其实我还真没到那个份上，要是走一步都要人扶着，那怎么演出啊。可是就这份心让我特别感动。

有一次我上厕所找他要卫生纸，等我回来之后，他特意走到身边严肃跟我说："老哥我跟你说个事，既然您以后还要拍很多戏，就要注意一件事。每天早上起来就要把身上的陈货卸到厕所里，要不然碰到一个既要拍戏又不能上厕所解大手的地方，你就该倒霉了。你想是不是？"

他说完之后，我俩一起互相看着哈哈大笑。

要是你也跟我一样，碰上这么一个跟你交心的朋友，就连上厕所这样的小事都要嘱咐你一番的话，是一件多么幸运又幸福的事情。

快乐是一种心理习惯，一种心理态度，它不是在某一个外在问题解决之后能永远产生和存在的。因为一个问题解决了另一个问题还会出现，生活本身就是一系列问题组成的。除非离开这个世界了，所有的问题才会都解决完了。

快乐虽然不是一种奢侈品，但也不是每个人都能享受得到的。而能不能享受得到快乐美好的生活，需要自己来决定。对于快乐的人来说，这是一种随时能享受得到的本能状态。而对于悲观主义者和很多愿意钻牛角尖的人，他们就是不快乐。无论你用什么道理开导他，给他多少他所希望得到的事物，最终还是不快乐。不是其他原因，而是因为他自己不愿意快乐。

乐观的人到处都能发现快乐，悲观的人只注意让自己不开心的事情。

四、快乐是可以学会的

林肯说过："只要心里想快乐，绝大部分人都能如愿以偿。"这句话说得很好，不仅有分寸而且是实情。他说的是"绝大部分人"，而不是像很多人说的"一定"或者说是"所有的人"的绝对化语气。而不快乐的人，只要自己愿意心里快乐，的确是可以变成快乐的人。

在日常生活当中我们能看到很多人，由于疾病、灾难、受到挫折或者伤害等等原因，由原来的乐观、豁达，变得悲观厌世。同样我们也能看见很多人由于改变了自己的思维方法、思想认识，从一个悲观厌世的人逐渐变成了积极向上、乐观豁达的人。

这种情况就说明了悲观和乐观的生活态度是可以互相转变的。你可以变得悲观也可以变得乐观，两种可能都存在，就看自己愿意做一个悲观的人还是一个乐观的人。

在一般人的头脑中往往埋藏着很多过去失败的记忆、不愉快的甚至是感到痛苦绝望的经历，但是这些东西并不一定必须把它们发掘出来，让大家都知道并且加以分析和理解。

应该知道的是，所有的人在得到成功之前，都会有很多失败和挫折甚至痛苦的经历，因为有些人把这些经历看成是必须的一个过程，没有人能躲得开逃得掉，所以把这些都当作很平常的事情，过去了就过去了。只有经历过了这些，才有了经验和知识，所以很正常。至于那些小小的挫折和错误，根本就不要把它们当作一回事。

一位教师给学生上课时拿出一只十分精美的咖啡杯，当学生们正在赞美这支咖啡杯的独特造型时，教师故意装出失手的样子，咖啡杯掉在水泥地上摔成碎片，这时学生中不断发出惋惜声。

教师指着咖啡杯的碎片说："你们一定对这只杯子感到惋惜，可是无论你怎样惋惜也无法使咖啡杯再恢复原形。今后在你们生活中发生了无可挽回的事情时，请记住这支破碎的咖啡杯。"

不管是曾经遇到的挫折、失败还是犯过的错误，哪怕是受到的屈辱和其他痛苦的经历，都已经是生存过程中遭遇过的经历。这些经历本身并不是目的，而是达到目的必经之路。这条道路走过去了，它们教我们怎样走今后的道路，所以说它们的任务已经完成了。完全可以把它们抛到脑后，向前走就是了。

经历一次甚至多次较大的挫折而不要被打败。只要不被打败，你就会变得比过去强大许多倍。不经历这么一回，你不会知道自己其实多么有力量。

这话说起来容易做到却很难。

我曾经为一个没达到的目标耿耿于怀很多年，从青年时代我就想加入一个团体，但是努力多年依然得不到允许，就认为这是由于某些领导的偏心所导致的。这事积压在我心底几十年，想起来就忿忿不平，心怀怨恨、烦恼不止，成了一个心病。一旦有了机会，我就滔滔不绝地跟别人唠叨起这件事情。大多数人都能给几句同情的话，但是也只能使我暂时稍微放松一点儿心情，并不能搬掉心中的这块石头。因为每次只要一有机会，我就依然会跟其他人愤愤不平地诉说这件事。

后来，一位朋友非常严厉地对我说："这件事已经过去很多年了，你无论是记在心里还是跟任何人说出这件事，都已经改变不了事情的结果。所以，除了用它永远折磨你自己和给别人留下一点儿烦恼之外，已经毫无意义。而且，因为你的唠叨，很可能改变了其他人对你原来很好的印象，使人们发现了你是一个小心眼的人，是一个记仇的人，是一个祥林嫂似的爱唠叨的人。"

他的批评使我猛醒，话虽然说得尖锐不留情面，却把我从一个错误的认识中拉出来了。几句话说得我哑口无言、面红耳赤，却让我知道了他是一个好人，一个正直、实在的好朋友。

从那以后，对这件事情我尽量不去想它，每当不小心又想到这件事情，就马上想一想那位朋友说过的话，于是心里释然了。

在现实生活当中我们也会发现，无论是悲观的情绪还是乐观的情绪都有一定的感染力。在一个家庭里、一个单位里或者一个小集团里，常常有这样的情景，一个人的神情沮丧、不高兴或者发脾气，会让他周围的人都跟着情绪低落。如果一个人兴奋、兴高采烈，并且和大家分享他的快乐，其他人也会不由自主地快乐起来。

还有一种更有趣的现象，乐观的人比较容易感染悲观的人。一旦一个人从悲观改变为乐观，就不容易再变回为悲观的人了。悲观的人对乐观的人也有作用，只不过这种感染作用比较小，不太容易把乐观的人变成悲观的人。因为乐观的人的思维已经形成了一个良好的方式，他们认为不应该悲观地对待生活，所有悲观的人认为痛不欲生、可以弃生命于不顾难过的事情，对他们来说都认为是不值得不应该的。

乐观的人自信豁达、思路清晰，完全知道自己作为一个生命体，能活在这个世界上是多么不容易。生命的价值是非常尊贵的，只有快乐地生活才活得有意思、有价值，才没有白活了这一回。

生活中所有的经历，包括灾难、屈辱和痛苦，很大程度上完全归结于我们对这些现象所采取的态度。只要把自己的态度保持在努力奋斗的精神层面上，坏事也许就能转变成好事。乐观地面对一切艰难险阻，那么忍耐力和发愤图强的能力都会被激发出来，这个时候那些所谓的艰难险阻就变成了前进的动力。

我们可以从一个悲观的人变成一个乐观的人，还有很多人变成了乐天派，所以，如果你是一个悲观的人，也完全有可能变成一个快乐幸福的人。其关键在于学习和掌握这个变化的方法。如古人所说"知昨非而今是"。

1. 仔细地观察和分析，看看那些快乐的人怎么看待事物，然后学着他们尽量用乐观的态度面对一切。

2. 对事物认真地分析，这件事情是不是糟糕到了最严重的地步，有没有挽回的余地，如果可以挽回，就尽自己的力量挽回一些。一点儿也没有挽回的余地了，那就随它去吧。

3. 在这个事件中你失去了一些，那么你得到了什么？即便是得到了一些经验教训、知识和其他的东西，那就是有价值的失去。而且很多时候这些东西不是失去一次就能得到的。

有个寓言故事。一个人到烧饼铺里买烧饼吃，吃了一个之后没吃饱，于是就买了第二个。吃完第二个之后，他还是觉得有点儿饿就买了第三个。一直到吃完了第三个烧饼之后，他才觉得吃饱了。于是他后悔不迭地对烧饼铺的老板说："早知道我吃完了这个才饱了，就先买这第三个烧饼了。"

你千万不能指望只吃了第三个烧饼就把肚子填饱了。

提醒一句，如果是一个大肚汉，也许要吃五六个，或者更多的烧饼才能饱。同样的道理，如果你和我一样傻，很可能努力很多次甚至到老年才会取得一些成功。

4. 在自己的生活当中，练习主动找到可以高兴的因素。经常的练习会使你尽快掌握快乐的思维能力，变成一个幸福的乐天派。

5. 积极的生活态度。在工作和生活当中把奋斗、勇往直前和创造等等积极心态作为自己的主导思想，在对成功的追求过程中，把自己培养成为一个有快乐习惯的人。

6. 从今天开始，每天都提醒自己，时常提醒自己：我要做一个乐观的人。对着镜子里的自己，把这句话说出来。或者在脑子里，把这句话对自己重复几遍。

要向乐观的人学习，从生活和工作当中学习，也从世界上的万事万物学习。使自己在走向成功的道路上，首先成为一个快乐、健康、幸福的人。

五、懂得放弃才有快乐

我在非洲生活的时候，看见过这样一个乞丐。

刚开始，看见他虽然衣衫褴褛，但是身体很强壮，头发花白胡子拉碴的，年纪应该在五十岁左右，每天沿街乞讨。他伸出两手乞求所有见到的人，给他几个钱或者一点儿吃的东西。过几天我见到他的时候，他手里提着一个塑料袋，袋里装了一些东西在乞讨。又过了些日子，他手里提的是一个装了一些东西的大编织袋。后来编织袋就必须扛在肩上，鼓鼓囊囊的一袋子，他已经提不动了。

以后见到他，只见他不知从哪里捡到了一把藤椅，他把那藤椅放倒在地上，用一根短短的绳子拉着它，就像拉着一个雪橇那样往前走。在藤椅上捆着两个编织袋，都是鼓鼓囊囊的。再后来雪橇上的编织袋越来越多，那根短短的绳子换成了一根较粗的长绳子。长绳子的两端都拴在那把藤椅上，形成了一个绳子套，他把这绳子套在自己肩上，弓下腰使劲地拉着往前走。

走到哪里，这一大堆东西就拖到哪里，绝不给小偷下手的机会。有时候会遇见几个小孩，故意从他的那一大堆"财产"中揪出一点儿然后扔掉，他会连打带骂地追去捡回来。就在捡回那一点"财产"的时候，就会有好几个小孩围上来，抢着从那一大堆财产里再揪出更多的东西扔得更远。为此他找了一根较细的长棍子，轰打那些抢他财产的小孩。

一年左右的时间，他的"财产"多到捆在藤椅上达一人多高，那藤椅也换了几次。他拖着藤椅走的时候，走不多远就要休息一下，看来太重了。

后来我很长时间没见到他，再后来听说他死了。据说他是拖不动那越来越多的"财产"，又舍不得丢掉一些，更怕有人来偷来抢。他守着那些"财产"哪里都不去，在他的一大堆"财富"旁边，他饿死了！

这件事是我亲眼见到的，整个过程以及结果给了我很大震惊，总觉得这里面有一个道理，甚至是很深刻的人生哲理。这件事大约发生在1995年左右，从那时候到现在已经十多年了，我时常思索这个故事和它所说明的那个哲理是什么。

说起来很惭愧，从那时一直到我开始写这本书之后的很长时间，前后十五六年，我才慢慢悟出了一点儿什么。

他生活得很累很不快乐，虽然不知道他为什么当了乞丐，但这世界上总是有人要做乞丐的，把他看作乞丐之前，他首先是一个人，不妨从一个"人"的角度来分析一下他的精神状态。

一大堆我们平常人认为是垃圾的东西，他却当成了比生命还重要的宝贵财产，所以他累死、饿死了。那么世界上是不是有什么物质财富，值得用生命去交换呢？

如果生命都没有了，这些财富还有什么意义呢？

这样看来，懂得放弃才有快乐，背着包袱走路总是很辛苦。

绝大多数人总是在渴望着取得和占有的时候，却常常忽略了占有的反面——放弃。

懂得了放弃的真意，也就理解了"失之东隅，收之桑榆"的真谛。懂得了放弃的真意，静观万物，体会出大海、天空、整个世界，乃至无垠的宇宙一样博大的境界，自然会懂得适时地有所放弃，这正是获得内心平衡，获得快乐的好方法。

如果我们拥有了海洋、天空乃至宇宙那么宽阔的心胸，能容得下很多别人难容之事，也就会获得无比的快乐。

至于因为贪心不足，一心只想占有，最后丢掉了自由和性命，从达官贵人到普通百姓的人比比皆是。为什么一些非常浅显的道理，很多聪明的人反而不知道。就为了那些钱财、利益，迷失了自己的心性和判断力，使自己的乐善好施变成了贪得无厌，成功变成了失败，光荣变成了耻辱，高贵变成了低贱，自由幸福变成了身陷囹圄。

现实生活中总有不尽人意之处，甚至有时会逼迫你，不得不交出金钱、权力，不得不放弃亲情、机遇，甚至不得不抛下爱情。你不可能什么都得到，生活中应该学会放弃。放弃会使你显得豁达豪爽，放弃会使你冷静主动，放弃会让你变得更有智慧和更有力量。

放弃什么因人而异因事不同，有物质的有精神的。

应该把什么东西毫不犹豫地放弃呢？要放弃失恋带来的痛楚，放弃屈辱留下的仇恨，放弃心中所难言的负荷；放弃浪费精力的争吵，放弃没完没了的解释；放弃对权力的角逐，放弃对金钱的贪欲，放弃对名利的争夺……一切源于自私的欲望，一切恶意的念头，一切固执的观念都应该放弃。

甚至一份无望的工作，一个无爱的婚姻家庭……对于快乐的人生来说，这些都应该毫不犹豫地放弃掉，都是最不值得留恋的东西，都属于乞丐的垃圾。

然而，"放弃"并不是一件容易的事，需要很大的勇气。就算是明白了这个道理，也不是那么容易就能做到的。说时容易做时难，看别人做容易，轮到自己就很难。面对那么多不可能办到的事，勇于放弃，是明智的选择。只有毫不犹豫地放弃，才能重新轻松投入新生活，才会有新的发现和转机。

生活中缺少不了放弃，也躲避不开放弃。大千世界，取之弃之是相互伴随的，有所弃才有所取。人的一生是放弃和争取的矛盾统一体，应该潇洒地放弃不必要的名利，执著地追求自己的人生目标。而那个乞丐放弃的是自由与生命，得到的是死亡和伴随着他尸体的一堆垃圾。

学会放弃，本身就是一种淘汰，一种选择。淘汰掉自己的弱项，选择自己的强项。放弃不是不思进取，能够恰到好处地放弃，正是为了更好地进取，常言道：退一步，海阔天空。

　　人生短暂，与浩瀚的历史长河相比，世间一切恩恩怨怨，功名利禄皆为短暂的一瞬，福兮祸所倚，祸兮福所伏。得意与失意，在人的一生中只是短短的一瞬。行至水穷处，坐看云起时。古今多少事，都付谈笑中。

　　一个老人在行驶的火车上，不小心把刚买的新鞋弄掉了一只，周围的人都为他惋惜。不料那老人立即把第二只鞋从窗口扔了出去，让人大吃一惊。

　　老人解释道："这一只鞋无论多么昂贵，对我来说也没有用了，如果有谁捡到一双鞋，说不定还能穿呢！"

　　显然，老人的行为已有了价值判断：与其抱残守缺，不如断然放弃。我们都有过某种重要的东西失去的经历，且大都在心理上投下了阴影。究其原因，就是没有调整好心态面对失去，没有从心理上承认失去，总是沉湎于已经不存在的东西。事实上，与其为失去的而懊恼，不如正视现实，换一个角度想问题：也许你失去的，正是他人应该得到的。

　　普希金在一首诗中写道："一切都是暂时的，一切都会消逝；让失去的变为可爱。"有时，失去不一定是忧伤，反而会成为一种美丽；失去不一定是损失，反倒是一种奉献。只要我们抱着积极乐观的心态，失去也会变得可爱。可惜的是诗人虽然写出了这样美丽的词句，却无法面对爱情与尊严的考验，在一次决斗中失去了宝贵的生命，使人类失去了一位伟大的诗人和他可能写出的无数宝贵诗篇。

　　即便是收藏家，不管是收藏古董还是邮票、钱币、奇石、书籍等等，谁也没有收集到齐全的时候。哪怕你是世界上最富有的大富翁，也照样办不到。这看起来不是很奇怪的事情么，有了很多钱难道还买不齐全自己想要的东西？可惜，收集不全藏品是每一个收藏家的遗憾，也是无法改变的现实。

　　这也从另一个方面说明了，世界上不存在着十全十美的事情。懂得放弃对十全十美的追求，才是一个收藏家的正常心态。

　　其实写作当中也存在着这样一种遗憾，对于文章来说，几乎没有不可以再修改的时候。只要这篇文章没有发表，这本书稿没有出版，在你愿意修改的情况之下，永远有可以修改的地方。你想修改多少遍就能修改多少遍，不管到什么时候都有可以修改的内容。

　　不放弃修改，这篇文章和这部书稿就永无出头之日，下一篇文章和下一部著作就永远不会开始。

曹雪芹把《红楼梦》这部书批阅增删修改了十年，既说明了他对自己作品的负责，也说明了他是一个完美主义者。他用自己最大的努力，奉献给世人一部尽量完美的著作。他放弃的是十年时间和十年里可以拥有的其他一切，得到的是一部流芳百世的辉煌名著《红楼梦》。

这样看来，放弃更是一种智慧，它可以放飞心灵，可以还原本性，使你真实地享受人生；放弃也是一种选择，没有明智的放弃就没有辉煌的选择。进退从容，积极乐观，必然会迎来光辉的未来。

放弃绝不是毫无主见，随波逐流，更不是知难而退，而是一种寻求主动，积极进取的人生态度。

六、获得快乐的方法

快乐的方法之一，凡事往好了想。

有人认为快乐地生活是很难的事情，有人却很容易得到快乐。其实快乐也和很多事情一样，是可以想办法得到的。

不是那些快乐的人总有高兴的事，也不是像所有不快乐的人想的那样，"为什么倒霉的事情都让我一个人遇见了"。在日常生活和工作当中，每个人都会遇见一些愉快的事，也会遇见一些不高兴的事情。而对待这些事情的态度和解决的方法，决定了我们感到愉快还是不愉快。

同样是涨了工资，有的人会想，涨工资可不错，收入增加了，以后我的生活质量又会提高一些，现在可以用这些钱做那些原来做不到的事情。给老婆孩子买点儿什么也容易多了，冰箱、彩电也可以换成大一点儿的。明天先请全家吃一顿烤鸭！……这样考虑的人心情肯定是高兴的。

可是也有的人会想，工资虽然长了，但是涨得太少根本就没有多大用处。我长了别人也长了，还是不如那些人的工资高，永远也赶不上他们。我所有的工资虽然比原来多了一点儿，可是跟那些有钱人比起来，还不如人家吃一顿饭花得多，我永远也买不起豪华轿车和大别墅……。这样考虑的人心情肯定是沉闷不高兴的。

事情虽然是一样的，但是思考的方式和方法有差别，心情就有了差别。

表面看起来，他们所考虑的内容都是对的，没有错误的观点和认识。所以不要问这句话：难道我想错了么？难道我说的不对么？都对！没有错误，只有看问题的观点和角度的不同，造成了两种不同的心境，也造成了快乐与苦恼不同的心情。

听说过那个故事么：一个老妇人有两个女儿，大女儿是开服装店的，小女儿是卖各种雨伞的。于是老人就总是发愁，天气晴朗的时候，她发愁小女儿的生意不好，雨伞卖不出去。天气下雨下雪的时候她还是发愁，因为天气不好大女儿的服装店生意就不好了。

后来有人给她出主意，天气晴朗的时候，想一想大女儿的生意会做得好。等到下雨下雪的天气，就想一想小女儿的生意是怎样的火爆。老妇人听了他的话，从此变成了一个快乐的老人。

快乐难道可以一"想"就得，太简单了吧？事实就是这样，很多事情就是由于想不开而增加了无数的烦恼，只要想开了烦恼就烟消云散。为什么你遇见很难解决的烦恼，大家都劝你想开一些呢，就是因为凡事都有两面，辩证地来看好事也有坏的一面，坏事也有好的一面。

为了这个命题，有朋友非要跟我争论，问我雾霾有什么好处。我想了想告诉他，雾霾的天气除了张将军所说的对激光武器是最好的防御之外，对摄影师来说，是拍到红色太阳的好时机。

快乐的方法之二，自己或者请别人，找到自己所有的优点。

在上高中的时候，班主任召开过这样一次班务会，让所有的同学都发言，逐一找出班里每一个同学的优点。估计班主任在事前做好了一些布置和安排，所以班里的那些干部、团员都比较踊跃地发言，给每一个同学都找出了一些属于他们自己与别人所不同的优点。并且在开会之后，他们给每一位同学都写了一个他所有优点的单子。

那个阶段我正因为学习不好身体也差的情况之下自卑感极强，几乎就抱着混日子的态度在学习，根本想不出自己还有什么有优点之类的事情。我却看见坐在我前面的一位女同学站了起来，当着全班同学的面侃侃而谈地说出了我的一些优点。

这事使我很高兴也很震惊，首先是没想到同学们能看出我的那些优点，其次我这才知道自己身上还有那么多优点，太开心了。

五十多年前的这件事，对我起了很大作用，从那以后我的自信心大大增加了，性格开朗多了。在我从悲观主义者转变成乐天派的过程中，这件事起到了很大作用。

后来，我在杂志上读到了一篇文章，名字大约是《优点单的故事》，说的是在国外一所学校里，发生了一件这样的事情：老师让同学们互相找出各自的优点，不但当着所有同学的面说出来，而且还给每个人都发了一张属于他们自己的优点单。

就是这张优点单改变了很多学生的命运，多少年之后不管是参军的还是上大学的，以及干了其他工作的同学们，在与老师相见的一次聚会中，大家都拿出了这张优点单。甚至有的同学在战火纷飞的战场上，都随身携带着这张优点单。在牺牲了的战士口袋里，找出的遗物当中，也有一张破旧了的优点单。

我真诚地希望所有的老师，都给自己的学生发一张这样的优点单，它的作用太大了，甚至能改变一个人的命运。

了解自己的缺点得以改正，使自己变得更加适应社会，变成一个大家都愿意跟你来往，喜欢和你交朋友，乐意和你共同做事的人，是一件很重要的事情。

知道自己的优点，发挥这些优点，尤其知道在其他人的眼中，自己有多少好的优点，使自己增强自信，更愉快地生活与工作，也是一件很重要的事情。

获得快乐的方法之三，预演快乐，把快乐的思维变成获得快乐的能力。

汶川大地震中的安县桑枣中学，与伤亡最为惨烈的北川县毗邻。学校4年坚持组织学生进行紧急疏散演习。学校在此次汶川大地震中虽也遭遇重创，但由于平时的多次演习，地震发生后，全校2200多名学生、上百名老师，从不同的教学楼和不同的教室中，全部冲到操场，以班级为组织站好，用时1分36秒，无一伤亡，创造了一大奇迹。

这件事情的报道和宣传表彰，使人震惊与猛醒。据说后来很多学校都制定了同样的校规，但愿他们都能长年坚持下去。提到这件事情，是因为它与得到快乐有同样的道理。预演不仅能避免灾难，也可以通过预演获得快乐，包括预演胜利和成功。

书法家在练习书法时，有一个读帖的行为过程。读帖是在临帖之前，仔细审视要临写的字，从点划、结构、章法等方面揣摩其特点，做到胸有成竹。读帖越仔细，临帖的目的性越强，效果也就越显著。读帖既是临习过程中的一种手段，也是临习过程中要逐步掌握的一种能力。说白了也就是在心里把要写的字，做多次预演。

对于要获得快乐的人来说，也可以进行这样类似的预演。能不能学会这样的预演，决定了我们能否得到快乐的能力。有了这种能力之后，我们就能很容易得到快乐。

说到练习书法大家都知道，要想练习毛笔书法就必须把横、撇、竖、捺、折……都反复没完没了地练习很久，尤其最难掌握的是字体间架结构，练习起来非常枯燥无味，甚至让人心烦。经过很长时间地思考，我终于找到了一个提高书法练习兴趣的好办法。因为非常喜欢黄庭坚的字体，所以我就用他写的一些名帖做样本，在宣纸上用心临摹。

很长时间练习书法的经验，使我临摹起来并不太费力。每临摹出一幅名帖，就相当于拥有了一幅名人书法的复制本。把它装裱起来就是一件艺术品。这样临摹的结果，使我拥有了很多幅不同名人的书法作品，尤其黄庭坚的作品险、峻、奇、绝，完全可以作为艺术观赏品珍藏起来。

这种方法太有意思了，写完一幅就可以保存一幅，各种风格的名人书法作品，随我挑选，喜欢哪位大师的作品就先临摹一幅，极大地提高了我练习书法的兴趣。虽然买不起古人或者名人的书法作品收藏，但是我用临摹的办法拥有了很多古代和现代的名人书法。如果把临摹出来比较好的书法作品，当作礼品送给朋友，也完全是拿得出手的高档礼品。给枯燥无味的事情，找一个快乐实施的方法，就能让自己在愉快的心情中得到一种成功的享受。

在一件事情成功之前，就预先想到成功之后，可以有怎样的快乐，这是可以做到的。有人管这叫白日做梦，那就经常做这样的梦吧，只要这个梦能使我们高兴，为什么不做呢。

最妙的是，我们可以进行多次这样的预想，就可以有多次的快乐。不但把一次成功的快乐变成了多次预想的快乐，哪怕是将来没有成功，还可以把自己这样的预支快乐，依然当成一种可笑的经历来使自己快乐起来。

看见阳光灿烂的天气，我们心里就可以高兴地想，如果今天我去到一个什么地方，与哪位朋友见面聊天、跳舞唱歌、开怀痛饮或者游览于美景之中，那可真是太好了！不管是不是真的出去了，我们的心情都会很高兴。如果是风雨天气，就可以想到幸亏没出门而且有了准备，还好没遇见更大的风雨。这样一场大雨使久旱的田地可以受益了，那些秧苗得到及时的灌溉，就可以长得更好，今年就一定会丰收。国家今年大丰收了，明年就有可能再给我们涨工资。

今天的风很大，这么大的风，可以让那些风力发电机能发出更多的电了，电力紧缺问题可以缓解一点，可以不用过多担心限电，这可是好事。我们也可以跟自己说，这种大风大雨天可以不出门而且什么都不惦记，踏实地在家里做一点儿事情，至少可以看看早就惦记着要看的电影大片了……。

有人说这是躲避现实，其实只要能躲开烦恼和愁苦，那就躲开它又怎么了。难道我们明明改变不了的现实，还要为它发愁、烦恼自己么？没有必要吧。

另外，还有一个简单的使自己快乐的方法，就是去做使自己快乐的事情，或者到能使自己快乐的地方去。

比如说听相声、看漫画、看喜剧、看马戏尤其是小丑的演出，读书、下棋、跳舞、唱歌、逛商场等等。

我现在最不爱看悲情苦剧，每当电视里演出悲剧的时候，我不是马上换频道就是走开不看了。既然有能使自己高兴的事情，就尽量少去或者不去做让自己不高兴的事情。既然有让自己快乐的地方，就尽量不去那些使自己不高兴不快乐的地方。

可以获得快乐的方法还有很多，你也可以自己找几个试一试。

有个朋友对我说，我既然会临摹名家书法，就帮他也写两幅吧。既然这位老兄看得起我，我就按照他的旨意，临摹好了两幅当代名人书法，一起送给他了。这位老兄和夫人看了都很高兴。他特意跟我说，前两年见到有人出售临摹的名人字画，他自视清高不以为然，五十元一幅字画他都没买，现在想起来挺后悔的。

在正常情况下，字画等等艺术品若收藏自然是以真品为好，年代越久远收藏时间越长，就会增值越高。

但是真品的价格绝对不是一般老百姓能接受得了的，哪怕是现存的书画大师的珍品，也是按每平尺几千、几万、甚至几十万的天价来标价的。到一家有名气的装裱店去装裱一下，都是按照五千元一米的造价，绝对是我等平头百姓不敢问津的去处。

如果只为了喜欢和欣赏，那就没必要追求真品了，不管是赝品高仿品，只要做得神形兼备足以乱真，就可以了。就连吴祖光和新凤霞两位艺术家夫妇，都说过这样的话："我们买不起那些天价的原作，只好买来赝品欣赏！"不管是印刷的还是临摹手写的，只要是与真品的模样完全相似，就可以达到能欣赏的目的了。所以，欣赏与作品的真伪无关，只与高兴有关。

七、用快乐战胜一切

我们周围有一些这样的人，得到了表扬，他们就会骄傲自满起来，自高自大地看不起别人，固步自封地不再前进了。如果遇到挫折或者批评打击，就会一蹶不振，丧失了再前进的勇气。

我们也可以发现另一种人，表扬会使他干劲十足，意气风发地继续奋斗。如果批评哪怕是讽刺打击他，或者遇到挫折失败，则会激起他的斗志，使他更加勇往直前、不屈不挠地发愤图强。

对于前者，说不清楚是悲观主义者还是乐观主义者，但是他们什么也经受不得，无论怎样都会用最坏的办法，使自己走向失败。

而后者就是乐观主义者，无论发生什么事情，都会被他当成是自己奋斗的理由，给自己增加奋斗的勇气，不停地前进。只有这样的人，才有可能得到"成功"这个美丽女神的青睐。

每一个成功者都是在乐观、愉快的心态下，把自己塑造成功的。一个不相信自己能成功的人，只有发现自己也能成功，把自己变成一个乐观的人，才有可能最后得到成功。

所以应该掌握获得快乐的秘密，用快乐做武器，战胜一切困难，战胜恐惧，也要战胜消极、痛苦、悲观、失望等等一切不利于成功的因素，使自己走向成功。

只要我们发现自己有了不高兴的情绪，就马上用快乐把这个情绪赶走，用快乐去战胜一切不好的意识。而且应该马上就用全部的注意力集中在使自己快乐的情绪上，用那些积极的、令人愉快的想象、记忆，把否定的感觉和情绪消灭掉。能做到这一点，我们就学会了用快乐战胜一切不利因素。

有很多人，因为各种情况，在童年时代有一些不幸的经历，给心理造成了很深刻的创伤。这些创伤并不像有些人说的是永远不可磨灭的，更不是像他们所说的是致命的。通过我的经历就可以告诉大家，不仅过去可以影响现在，现在同样可以影响过去。我们就要用自己培养出来的乐观情绪，把一直留存在心底的痛苦驱除出去，用快乐战胜它是完全可以的。

过去既不能使我们永远生活在不快乐的阴影当中，也不能注定现在和将来的一切也是不愉快的。在童年时的不幸遭遇和创伤虽然留下了痕迹，却绝不意味着现在依然要被这些痕迹所束缚，更不意味着我们的一切行为已经定型，永远也不能翻身了。

现在的乐观态度以及新的想法等等，会对过去那些经历和将来的态度，都产生巨大的影响。所有的旧认识、旧思想、旧观念，都可以用现在的乐观去取代。

科学家做过一个试验非常有趣，如果我们把心思放在回想自己快乐的记忆当中，不但会越想越使自己高兴起来，而且这种类似被"重新播放"的次数越多，所起的作用就越大。

这可是一个好现象，尤其对我们傻瓜来说，这绝对是一个好消息。

知道了这个道理，我们就可以有意识地把那些快乐的成功记忆，反复地多次重放再重放，使我们加强快乐与成功的印象，削弱那些与失败和痛苦有关的印象。

这些观念绝不是毫无根据的推断，而是专家根据对大脑生理的可靠科学研究得出来的结论，是可以观测到的事实和现象，而不是以想象的理论为根据的。你完全可以用实践来检验一下这个理论的正确性，通过反复回想自己快乐成功的经历和体验，使自己增强自信变成一个乐观的人。

用回忆从前的快乐和成功的方法，可以战胜那些痛苦的经历。用乐观的态度和思维，同样可以战胜现在和将来你所遇见的一切艰难困苦。你完全可以把头脑里那张储存着成功和快乐的"老唱片"，经常地多次"重新播放"。用不了多久你就会发现，用快乐做武器，会使你最终成为一个快乐的人。

有人认为我们傻瓜属于虽然没有什么能耐，却是"自我感觉良好"那类人。这些人说到点子上了，我们所拥有最大的能耐，就是自我感觉良好。不管说这话的人本意如何，也要感谢他们，感谢对我们有这样深刻的理解和直言不讳的表扬。

民国元老于右任家中高悬一副对联："不思八九，常想一二"，横批："如意"。他虽饱经沧桑沉浮，却一生淡泊、荣辱自安。常言道：人生不如意事十常八九。每个人在成长的道路上都会经历诸多困难与挫折，如果纠结于这些"不如意事"，那就会倍感痛苦甚至绝望消沉。忽略那八九成的不如意事，常想一二可喜可贺的如意事，就能让我们感到庆幸、懂得珍惜、坚定信心、凝聚力量，进而推开幸福之门、打开快乐之源、升起希望之光。正如散文大师林清玄所说："快乐不快乐，如意不如意，并不决定于人生的际遇，而是取决于思想的深度。决定生命品质的不是八九，而是一二。"

写这副对联的正是林清玄先生，为此他还写有一篇短文。

"朋友买来纸笔砚台，请我题几个字把它挂在新居客厅补壁。

这使我感到有些为难，因为我自知字写得不好看，何况已经有很多年没写书法了。

朋友说："怕什么？挂你的字我感到很光荣，我都不怕了，你怕什么？"

我便在朋友面前展纸、磨墨，写了四个字："常想一二"。

朋友说："这是什么意思？"

我说："意思是说我字写得不好，你看到这幅字，请多多包含，多想一二件我的好处，就原谅我了。"

看到我玩笑的态度，朋友说："讲正经的，到底是什么意思？"

"俗语说：'人生不如意事十常八九'，我们生命里面不如意的事占了绝大部分，因此，活着本身是痛苦的。但扣除八九成的不如意，至少还有一二成是如意的、快乐的、欣慰的事情，我们如果要过快乐人生，就要常想那一二成好事，这样就会感到庆幸、懂得珍惜，不致被八九成的不如意所打倒了。"

朋友听了，非常欢喜，抱着"常想一二"回家了。

几个月之后，他来探视我，又来向我求字，说是："每天在办公室里劳累受气，回家之后一看见那幅'常想一二'就很开心，但是墙壁太大，字显得太小，你再写几个字吧！"

对于好朋友，我一向有求必应，于是为"常想一二"写了下联："不思八九"，上面又写了"如意"的横批，中间随手画一幅写意的莲花。

没想到过了几个月，我再婚的消息被披露报端，引起许多离奇的传说与流言的困扰，朋友有一天打电话来，说他正坐在客厅我写的字前面，他说："想不出什么话来安慰你，念你自己写的字给你听：常想一二、不思八九，事事如意。"

接到朋友的电话使我很感动，我常觉得在别人的喜庆上锦上添花容易，在别人的苦难里雪中送炭却很困难，那种比例，大约也是八九与一二之比。不能雪中送炭的不是真朋友，当然更甭说那些落井下石的人了。不过，一个人到了四十岁后，在生活中大概都锻炼出宠辱不惊的本事，也不会在乎锦上添花雪中送炭或落井下石了。那是因为我们已经历过生命的痛苦与挫折，也经历了许多情感的相逢与离散，慢慢地寻索出生命中积极的、快乐的、正向的观想，这种观想，正是"常想一二"的观想。

常想一二的观想，乃在重重乌云中寻觅一丝黎明的曙光，乃是在滚滚红尘中开启一些宁静的消息，乃是在濒临窒息时，有一次深长的呼吸。生命已经够苦了，如果我们把几年的不如意事总和起来，一定会使我们举步维艰。生活与感情陷入苦境，有时是无可奈何的，但是如果连思想和心情都陷入苦境，那就是自讨苦吃，苦上加苦了。在波涛汹涌的海上航行，我早已学会面对苦境的方法。我总是想：从前万般的折磨我都能苦中作乐，眼下的些许苦难自然能逆来顺受了。

我从小喜欢阅读大人物的传记和回忆录，慢慢归纳出一个公式：凡是大人物都是受苦受难的，他们的生命几乎就是"人生不如意事十常八九"的真实证言，但他们在面对苦难时也都能保持正向的思考，能"常想一二"，最后他们超越苦难，苦难便化成生命中最肥沃的养料，是为了他们开启莲花所准备的。

使我深受感动的不是他们的苦难，因为苦难到处都有，使我感动的是：他们面对苦难时的坚持、乐观与勇气。原来如意或不如意，并不是决定于人生的际遇，而是取决于思想的瞬间。

人文主义者伊拉斯谟在《愚人颂》中的一段话经常被人引用："如果一块石头掉到你的头上，你一定会感到疼痛，但是，羞愧、耻辱和诅咒只是在你感觉到它们的时候，才会感到它们存在。只要你不去注意它们，它们不会打搅你的。只要你能自我赞美，又何必害怕世人的讥讽嘲笑？愚蠢是打开快乐之门的唯一钥匙。"

这句话说的好啊！"愚蠢"可是傻瓜们的特征与专利，所以可以这样认为，我们傻瓜本身就具有打开快乐之门的钥匙！

伊拉斯谟真是一个伟大的人，他居然能写出一本名叫《愚人颂》的书籍，来歌颂或者称颂我们这些愚钝的傻瓜。既然愚钝的傻瓜们还能有被人称颂的价值，我们凭什么不快乐地生活着呢！

外国有一句名言说"人类一思考，上帝就发笑"。根据这话，我得出了一个结论：上帝总是快乐、高兴的！因为人类从来没停止过思考，所以他老人家应该是永远大笑不止。高兴呗！

八、愚者乐天

有很多杂志和书籍，为我们塑造了一个简单而纯净的世界，抚慰我们的心灵。不过我们也应该知道，那个"简单而纯净的世界"，只可想象，不能当真。

有这样两句话："仁者乐山，智者乐水。"

据查它出自孔子之口，子曰："知者乐水，仁者乐山；知者动，仁者静；知者乐，仁者寿。"

以山水形容仁者智者，形象生动而又深刻。这正如朱熹在《论语集注》里面的讨论："没有对仁和智极其深刻的体悟，绝对不能作出这样的形容。"孔圣人智仁双全，所以，作此形容的专利权非他莫属。

故事里是这样说的：在春秋战国时期，有一天，孔子对他的学生们说："聪明的人喜爱水，有仁德的人喜爱山。聪明的人性格就像水一样活泼，有仁德的人就像山一样安静。聪明的人生活快乐，有仁德的人会长寿。"

子贡问孔子："为什么仁者乐于见到山呢？"

孔子说："山，它高大巍峨。为什么山高大巍峨仁者就乐于见到它呢？这是因为山上草木繁茂，鸟兽成群，人们所需的一切东西山上都出产，并且取之不尽、用之不竭，可是它自己却不从人们那里索取任何东西，四面八方的人来到山上取其所需，山都慷慨给予。山还兴风雷、作云雨以贯通天地，使阴阳二气调和，降下甘露以惠泽万物，万物因之得以生长，人民因之得以饱暖。这就是仁者之所以乐于见到山的原因啊。"

子贡接着问道："为什么智者乐于见到水呢？"

孔子回答说："水，它滋润万物生命而出乎自然，就像是人的美德，它流向低处，蜿蜒曲折却有一定的方向；就像正义一样，它汹涌澎湃没有止境，即使跌进万丈深渊，也毫不畏惧。它柔弱，但是却又无所不达，万物出入于它而变得新鲜洁净，就像善于教化一样，这不就是智者的品格吗？"

"仁者乐山，知（同智）者乐水"是儒家的经典论述。儒家用山的给予和不求索取，象征有仁德的人的品德；用水的柔弱但却无所不达，象征智者的品格。

在现代社会当中，浮躁的情绪弥漫在每一个角落，让人无处躲藏。但当人们重归山林，似乎那种平静淡泊的心绪又重新回来。

正如刘禹锡在《陋室铭》文中所说："此处无丝竹之乱耳，无案牍之劳形。正所谓山不在高，有仙则灵；水不在深，有龙则灵。斯是陋室，惟吾德馨。"在这复杂的社会里，重新寻找久别的宁静，避开所有的俗事纷扰，回归本然。

不过，你如果问一般人乐水还是乐山，所得的回答多半是山水都乐。因为

"水是眼波横，山是眉峰聚。欲问行人去哪边，眉眼盈盈处。"（王观）山水各有千秋，仁智都是我们的追求，即使力不能及，也要心向往之。

当然，就实际情况来看，每个人性情有所不同，的确还是有山水差异的。也就是说，有人乐水，有人乐山。

最近，我在南怀瑾的书里，读到了他的解释。他认为，正确的解释是，"知者乐，水。"知者的快乐，就像水一样，悠然安详，永远活泼。"仁者乐，山。"仁者的快乐，像山一样，崇高，伟大，宁静。他说，这样的解释更能符合下文。知者的乐是动性的，像水一样。仁者的乐是静性的，像山一样。

所以下面的结论："知者乐"，知者是乐的，人生观、兴趣是多方面的；"仁者寿"，宁静有涵养的人，不大容易发脾气，看事情冷静，先难而后获，这种人寿命也长一些。这虽然属于南怀瑾先生的一说，却也有他的道理。

这样的解释让我豁然开朗。古人把生活的奥秘都思考透了，现代人最多是做个注脚而已。悲观地说，现代人有时注脚都不一定做得好。也不是现代人不如古人，只是生活在发生一些表面的进化。现代人以为有了手机、电脑就能控制这个世界。世界怎么可能被人控制？我们对于外物依靠得越多，跟内心，自然交流的机会就越少。真正本质的东西都朴素、简单地存在于大自然当中。

"人要有一点使命感，要有一点崇高感。一个人可以不信教，但必须要信点什么东西。要信一己私利之上的高远的东西。如果一点都没有，埋在世俗和庸常尘灰之中，每天都是卿卿我我柴米油盐，那就会觉得一辈子和过一天没有多少区别，那就让人萎缩和了无生气。"著名作家毕淑敏说，"人是一种奇怪的动物，他一定要为生活找点意义。生活本没有意义，所以我们要让它变得有点意义。生活本身并不幸福，所以我们要幸福地生活。"

《红楼梦》中的贾宝玉说过，女儿是水做的骨肉，男子是泥做的骨肉，女子聪明灵秀，是智者。男子高大结实，是仁者。还有人说，人和自然是一体的，山和水作为物质，存在于我们生命的时空，山和水的特点也反映在人的素质之中。

水柔和而锋利，时而变化为云雨，时而变化为霜雪，在漫长的生命迁徙中，它无惧无悔，一路欢歌，顺应着形势，变幻着千姿万态。而聪明人和水一样，善于随机应变，常常能洞察事物的发展，"明事物之万化，亦与之万化"，而不固守一成不变的某种标准和规则，所以，水总是活跃、乐观的。

而山呢，以大地为根基，巍然屹立，不为外在的事物所动摇；也像个母亲，张开手臂，包容万物。而仁爱之人正如山一般，宽容仁厚，不役于物，也不伤于物，不忧不惧，所以，仁者能够长寿。如果把山比作是伟男子的话，那水不就是有无穷智慧且顾盼多情的水仙子了吗？

体验和直觉永远是我们获取智慧的最好路径。所以，迷茫郁闷时，关掉手机电脑，把自己放在最原始自然的状态中，才有可能得到最大的慰藉。所以不是古人的智慧更多，而是他们依附的东西少。

"青山行不尽，绿水去何长。"（崔颢）

既然仁者和智者把山和水都霸占了，那我们傻瓜怎么办呢？既没有那么大仁大智，也没有那么聪慧灵动。幸好还留下了大地和天，大地就让农民去耕作吧，甚至可以用同样的句式称为"农者乐地"，而给傻瓜留下的只有天，我们就"乐天"吧！

山和水都是有形质的东西，一眼就能看到，而天就是无处不在的空气，常温下的空气是无色无味的气体，没有具体形状，随时随地都可以无穷无尽无代价地被享用，很可能就被古人忽略了。这一忽略就把它留给了我们傻瓜一族。

孔子作为一代圣贤，代表那些伟大的先哲们宣布"仁者乐山，智者乐水"。

我就代表几个愚钝的人，悄悄地对我的傻瓜朋友们说，我们"愚者乐天"吧！

按照南怀瑾的说法应该是，"愚者乐，天"。我们这些傻瓜的快乐，是天设地造从来就有的，就像周围的空气，就像头顶上的天空，无时不在无处不在。

这是老天也就是大自然给予我们的最宝贵的馈赠，所以不能辜负了自然造化，一定要做一个永远的乐天派，永远快乐的傻瓜！

也许会有人对此抱有不同意见，说这是把空气这个物质的天，与乐天派总是乐观、积极地面对生活，处世抱乐观态度，天天向上这种精神概念混淆了。如果这种概念混淆让我感到快乐，那就混淆吧！

在现代汉语词典中：天，读音tiān，汉语名词，会意字，"人"字上面顶着一个"口"字。造字本义是人的头顶上方的无边苍穹。最初指空间，与地相对，后引申为天空、太空。详见《道德经》："天长，地久。天地之所以能长且久者，以其不自生也，故能长生。"此处，天即空间；"天长"即"空间极其辽阔"。

中华关于对天的最早解释，在《简易道德经》（又称《简易经》）有所记载："常言天，齐究何也？昊曰：无题，未知天也，空空旷旷亦天。"甲骨文和金文中的"天"，是一个脑袋被着重画出的小人，本义为"头"，后引申为"天"（因为两者都是至高无上的)。

天玄地黄，天，第一也。天理，第一的道理。天道酬勤，第一大的道理就是对勤的回报。

即便是在词典条目中，"天"也是个多义词，对它的解释有很多条，但其中也的确没有把"天"解释为空气的。可是"天"的确就是我们身边以致头顶上的空气，也是不容怀疑的事实。而且在众多的解释中，"天"也有时间的意思，最常见的代表词汇"今天、天天、每天"等等。

我们已看惯了太阳的东升西落、月亮的阴晴圆缺，习惯了春夏秋冬的冷暖、世间万物的改变，却很难看淡人间的悲欢离合、情仇恩怨，更难将伤心难过看得风轻云淡。

经过了很多年的改变以后，我将开心当成了一种习惯，于是我发现我的开心感染了很多人。人们问我为什么的时候，我只说：开心是一种习惯！

以前我常常讨厌世人那些所谓的好心忠告，因为明明知道没有几个人能做得到，事事喜欢去斤斤计较，到头来伤心难过的只是自己。常常听不习惯一些人的花言巧语，看不习惯有些人的惺惺假意，突然恨透了这个世界，感觉到处都是虚伪的面孔。

也许是因为经历了太多，也许是因为个人在没有办法改变这个社会的情况下只能顺应这个社会，于是我喜欢上西门子公司的一句企业文化——"请愉快地工作"，并被我改成了"请开心地生活"。

　　的确，开心与不开心，都要过一天二十四个小时，何不开心地度过每一天呢？

　　当然，没有哪个人在面对伤心和难过的时候还可以傻笑，但是，你却可以在最短的时间内去调整自己的心态。要知道伤心不是解决问题的最好办法。于是，我将那句话刻在了心里："请开心地生活。"

　　这样时时刻刻提醒自己，我应该开心地过每一天，因为我像所有人一样，希望自己能过得好一点，虽然不能从物质上满足自己，但是要学会弥补自己心灵上的空虚。

　　只有你真的成了地地道道的乐天派，你才有可能享受到乐天带给你的好处，那种由内心发出的快乐和开心，一种幸福无尽无休的感觉，简直无法用笔墨形容，没有文字可以描述。就像戏剧家给学生讲课说的那样，有些东西是无法教授的，属于"可意会不可言传"的范畴，必须到了一定程度自己悟出来。

　　人的一生，总有学不完的知识，总有领悟不透的真理，总有一些有意或者无意的烦心事闯到心里来。总之，生之梦，顺少逆多，一辈子不容易，千万不要总是跟别人过不去，更不要跟自己过不去。

　　书上云：看别人不顺眼是自己的修养不够。想一下也是，因为每个人的出身背景、受教育程度、受社会的影响都是不一样的，在你看不惯别人的同时，是否别人也看不惯你呢？

　　所以要开心地去面对每一个人，学会看朋友身上的优点，学习朋友身上的优点；朋友的缺点正是你最好的反面教材，如果你也有这样的缺点请及时改善，不正是你所期望的吗？

　　开心不仅仅是心里的感觉，而是因为你有了开心的感觉，于是别人可以从你的脸上读到微笑，读到开心。

　　如果你在生活中比较细心的话，你就会知道世间最美丽的表情就是微笑。如果你想天天拥有世间最美丽的表情，那么请把开心当成一种习惯吧！

　　有人说过这样一句话："走路想走得有女王范其实很简单：1. 收起小腹 2. 肩膀打开，抬头挺胸 3. 心想：我要去杀人……很管用的。"看完了这句话你一定觉得很可笑吧，但是不妨试一试，使自己的气质和心情都有一个变化。

第十一章
傻瓜也有幻想

有这么一句话，"成功的人生活在现实中，失败者总以美丽的幻想抚慰自己。诚实不仅仅是对其他人，也要用诚实的态度对待自己，才能做到不欺人也不自欺，期望过高无异奔向海市蜃楼。"

它的意思是说有"美丽幻想"的人是不诚实的失败者，而这些"美丽幻想"只能用来欺骗和抚慰自己。这句话说得有点问题。

反复思索了这句话的意思之后，我根据亲身经历得出的最后的结论是：作为我这样的傻瓜，有幻想是应该的，没有幻想才错了。必须要用幻想作为思维方法之一。因为在这一生当中，我对自己的未来一直充满幻想。

一、每个人都有幻想。

原以为像我这样生活在幻想中的人很少，之所以经常胡思乱想，各方面都表现得很不成熟，是由于性格、环境以及没有受到过很高的教育造成的。

但是我仔细想一想，其实每个人或多或少都生活在幻想之中。无论是理想、希望甚至计划，都有幻想的成分在内。只要不脱离实际太远，幻想也未必无益。从历史上看很多幻想都已经成为现实，人类就是在科学的进步当中慢慢地实现了自己的所有幻想。

　　科学幻想就属于幻想的一个典型存在，所有的神话故事也都属于极具浪漫色彩的美丽幻想。所有的事情在实施之前，人们对这件事情的过程与结果的设想也是幻想。这就说明了"幻想"本身就存在于人们生活的现实当中，不应该把幻想排除于现实生活之外。

　　很多幻想中的事物由幻想而成为现实。人类的一切发明创造，最早都是以幻想的状态出现的。在很多成功者的头脑里也存在着很多幻想，所以即便是充满了幻想的人，经常用美丽的幻想抚慰自己的人，也不一定就是失败者。

　　没有幻想，就没有发明和创造！

　　我年少时努力学习就一直幻想着，也许有一天通过刻苦勤奋的学习，会成为班里乃至学校的学习尖子，将来可以考上一个好大学，然后成为一个科学家，成为国家的栋梁之材。虽然这个幻想没有成为现实，但是我的收获是，在学习的那些年里，我得到了能学到的最多的知识。

　　在北大荒的日子里，我幻想着能成为一个好的农业科学家，出色的老师，要为国家生产出更多的粮食，要培养出比我更有学问和能力的学生。这个幻想也基本破灭了，北大荒没有因为我的努力产出更多粮食，很多学生后来的确比我更有学问和能力，那也不是我培养的结果，是他们自己奋斗出来的。但是在北大荒十一年的生活经历，却锻炼出了我不畏惧任何困难的性格。

　　在工厂里我也幻想过，要努力使自己适应这个工作环境，争取早日成为一个技术革新能手，让新科技应用在我操作的机器上。可惜，这个幻想也失败了。我却知道了自己到底是一个什么样的人，作为一个根本不适应繁重体力劳动的人，一个智商低于平常人的傻瓜，应该找一个适合自己的工作，所以我离开了。

　　作为一个商人，我幻想过自己创造出一个大事业，所以栉风沐雨从亚洲漂泊到欧洲再从欧洲闯到非洲。虽然也失败了，但是在我的一生中，这绝对是一段不悔的经历。我的眼界和思想达到了从来没有的高度，心胸也得到了从来没有的开阔。古人说"行万里路，读万卷书"，真是一点也不假。

　　进入影视圈以后，我幻想着将来要参加一部著名的大制作，演一个比较重要的角色。这回天遂人愿，在演了八年之后，我终于在《三国》这部著名的大电视剧当中，饰演了神医华佗的角色。

在开始写作的时候，我幻想着将来我写的书出版了，拿在手里、看在眼里，摆在书架上和送给朋友们的时候，是一种什么感觉。到现在为止我一共动笔写了六本书，出版了的只有两本，但是我成功了。

我的幻想不是海市蜃楼，它是前进的动力，是对成功美好的憧憬，是成功路上的五彩路石，更是成功大厦下深厚的地下基础。它使我在脚踏实地的基础上更增加了信心，也在艰苦的奋斗当中有了快乐的心情。它使我更加注重过程而不只是追求结果，也使我追求得更加轻松。

不要懒于创造，辛勤创造财富的人能得到报酬是一条真理，这叫"天道酬勤"。一切要凭实力干，必须在现实中，创造出别人愿意要的东西，报酬的多少取决于创造贡献了多少。

我觉得有幻想是挺好的事情。

有人说这是理想不是幻想，那么理想和幻想的区别是什么呢？新华字典里查不到这两个词，我在《辞海》中找到了这两个词的解释条目。

幻想：心理学名词。指向未来的特殊想象。由个人愿望或社会需要所引起。符合现实生活发展要求的幻想，能激发人展望未来，克服前进中的困难。反之，不切实际的幻想，会成为有害的空想。理想：1.同奋斗目标相联系的有实现可能性的想象。如：伟大理想。2.符合希望的；使人满意的。如：十分理想；不够理想。

看来，对未来的"想象"这一点，幻想和理想是相同的。有很多从小就被我们当作是理想的东西，其实就是一种幻想。对我们这类人来说，基本上分不太清楚理想、幻想和梦想等等这些名词的区别，干脆就把理想、幻想、梦想、设想、遐想等等都包括在内，当作是同类词语就行了。

我在计划写每一本书的时候，以及在写作过程中，都在心里告诉自己现在写的这本书绝对是畅销书。甚至连签名售书的场景也都在我的幻想之中，用这种画饼充饥的方式，使自己保持强烈的创作欲望。虽然到现在为止我还没写出过一本畅销书，但想到的不是这本就是下一本，也许是再下一本，就一定是畅销书了。

当我把这个想法告诉了一位出版社编辑的时候，她笑着说，每一位作者都是这么说的。看来有幻想绝对不是我一个人的专利，绝大多数成功的人或者不成功的人，只要是在奋斗着，都在用幻想作为激励和鼓舞自己的动力。

二、幻想是思想的表现形式之一。

有位名人早就说过："思想决定财富！"这句名言虽然只有简短的六个字，却说明了财富与思想的关系。

试想一下那些决定国策的政治家、金融家们，如果没有对世界的大趋势、政治、金融以及商业、企业、事业等等方面的深刻了解与思考，国家就不会获得巨大的财富。

一个集团公司的决策层，如果没有对市场经济运作的深刻认识与思想，公司无法做出正确的判断与决定，早晚会被淹没冲垮在经济大潮当中。

经济学家说"百分之二十的人手里掌握着百分之八十的财富"，这就是著名的二八定律，也叫巴莱多定律。也就是说百分之八十的人，只能分配百分之二十的财富。绝大多数人都属于这百分之八十，我们傻瓜更不例外，也在这百分之八十之内。

会不会有这样的现象，这百分之二十的财富也是按照那个定律分配的。不用太多的层次，只要按照这个定律再分配二次，就成了百分之五十一点二的人，分配着百分之零点八的财富。

因为傻，所以就要受穷，这是很简单的道理。要使自己聪明起来，也是很正常的现象。

一个人如果没有经济头脑，不懂得怎样在经济社会中立足、创业、应聘和工作，甚至于对自己的经济价值都没有一个比较正确的了解，那么他只能生活在穷困当中，迈不进富人的阶层。

但是我认识一个女孩，通过了解觉得她不太聪明，还劝过她不要炒股，那是聪明人才能搞的事情。可是她没有听从劝告，从二十多岁以几千元起家，到现在炒了二十多年，四十多岁已经炒来了上百万的资产。现在一谈起股市来，她能侃侃而谈分析得头头是道。二十多年炒股票的经历，使她生活上的一切开销都由股市上来，她是靠股市生活的那部分人之一。

她当然赚钱了，但是也赔过钱，不管赔的多少都在能接受的范围之内。

所以这就成了问题的关键，要看你的心理承受能力有多大。炒股票之前我们一定幻想着赚钱，但是也要做好精神准备，如果遇见股市大跌所有的钱都赔进去了，能不能承受。不能承受就不要炒股，心里能承受的损失最大是多少，就投进去多少，也就没有什么大问题了。

也有人说炒股票要有一种玩的心理，扔进去多少钱能不心疼，就投入多少钱。扔进去几百元不心疼，那就用几百元玩一玩。丢出去几千元不心疼，那就用几千元来炒一炒。手里有几十万的积蓄，赔掉几万元不会伤元气，心里也经受得住，那就用几万元来搏击股市……

不管数目多少，只以自己心里能够承受的程度为准，这是最保险的基数。有人建议拿出积蓄的三分之一，那只是建议，自己能承受四分之一、三分之一还是二分之一，甚至是全部，其他人无法替你决定，全由自己掌握。

把钱投入任何一个生意之前，我们都可以尽情地幻想，一旦生意开始了，就像一个游戏开始了，必须按照这个游戏的规则来进行，有时候真的身不由己。

以股市为例，说明不管是做什么事情，事先都可以幻想、设想、梦想等等。要是谁说我做什么事情之前根本就不想，脑袋一热就做了，可千万不要相信。脑袋一热的那个时刻，就是在想了。也许想得不太多、不全面、没想好，没有把后果想清楚，这都是真的。

什么都没想，一点儿也不想，就去做事情那是骗人的瞎话。

想就是思考，思考就是想。不管怎么想，得出的结果都是思想。所有的理想、幻想、设想、梦想、假想等等都在思想范围之内。

"思想"往大里说是主义、学说等的同义词，说小了也可以与顿悟、想法、体会等等归结为同类语汇。

所以不要把所谓的"思想"看得那么神秘、高级、正统、伟大等等，似乎只有它才是高尚的、正规的。

大家都知道在科学研究中的科学家，在他们的脑子里就充满了幻想、假想、设想，所有的人几乎都有过理想、梦想。千万不要把自己脑子里出现的那些奇奇怪怪的想法，一概当成毫无用处的东西，想过就忘记了。很多科学家都是在不经意时突发奇想，他们抓住了这些思想上的闪光，把这些微小的、毫不起眼的想法，进行了深入的研究，最后获得了伟大的成功。

这样的事例太多了，根本不用我在这里多啰嗦，随便翻一本励志方面的书籍，就能找到不少。

每个人的一生都有许多梦想，但如果其中一个不断搅扰着你，剩下的就仅仅是行动了。

Google创始人拉里·佩奇说："当一个伟大梦想出现时，抓住它！"

三、我的一些思想。

我把一些想法大致分类，有些属于对人生和某些事物的感触，顿悟出来的一些似乎很有哲理的认识。还有一些是对可以做某些事情的设想，也有一些是不着边际的幻想或者说是胡思乱想。几十年来这种事情很多，我找出一些来让你们笑一下。

1. 顿悟出哲理的思想。

如果觉得自己的命运不好，先看看有没有与你差不多命运的人，甚至命运更不好的人。他们是怎么对待和改变自己命运的，再想一想"性格决定命运"这句话对不对。

一个人很有钱，如果不是承袭了祖上的遗产，而是靠自己的力量挣来的，必定是一个有智慧、有胆识、会发挥自己的特长、能团结朋友、不怕吃苦受累，而且百折不挠、拼搏奋斗的人物。这样的人只要走正路不管发了多大的财，都能心怀坦荡地生活，一定是可敬可爱的人。

如果有女人爱他，既是因为他有钱，也是因为他有本事。他还有一般普通人没有的风度、气质和智慧，他的资产就是最好的证明之一。

缺点太多的人有一部分不愿正视自己的不足，反正债多了不愁。自信心极强的人，容易看不到自己的缺点，对自己永远感觉良好。自卑的人眼中的每个缺点和困难都是难以克服的，逆来顺受吧！

只有活明白了的人知道，世界上的所有事物包括自己在内都不是完美无缺的，如果真是自己怎样努力也克服不了的缺点和困难，就尽量争取克服一点是一点。好听人言、善改己过、懂分析、会判断、不盲从、乐观豁达、对前途充满信心。也许他只是一个小人物，但是只有这样的人，才能生活在充实快乐的人生当中。

对于人的使用，不要因噎废食。就如同你想喝茶，也许会让开水烫了嘴。吃饭不小心，可能会被噎了一两口。用锤子敲东西，没准会敲了手。但是你绝不会从此不喝茶、不吃饭、不干活。

世界上的人千种万类，没有十全十美，但是各有特质。就像世界上的其它物质一样，有的硬如铁、有的软如绵、有的柔似水、有的轻如气，人们把铁做成工具、器具，把棉制成衣服、被子，用水浇田、发电，用气充胎、托起飞机。

要做到物尽其用人尽其能，能团结人非常重要。与人相处必须要能容人，所谓容人就是容许人家有缺点、犯错误、有个性等。不能容就不能与人共事，能容才能成就大事。小家子气、心胸狭窄永远成不了大事。

思考，就是要用正确的思想指导自己的行动，不思考就没有正确的思想。很多人之所以不思考，就是被类似我思考太累了，我不太会思考，思考也没用……等等错误的思想观念束缚着。

孙子兵法中的"三十六计"在生活中也用得上，完全用得上，只要是你想争斗就用得上。

在大自然当中，因为昆虫的生存弱点而决定它们必须大量繁殖，以保护它们种群的延续。兔子由于保护自己的能力太弱，所以要为自己逃跑和生存做三个窝，叫做"狡兔三窟"。

我的智商和体能都在常人之下，要想将来有较强的生存能力，必须多学几手本领。

有句歌词说"生活在没有爱的人间，度一日胜过一年"。多年来无爱的生活，使得很多人不敢爱、不会爱了，不会示爱、不知道怎么表达爱和接受爱，甚至连拥抱、接吻都不会了。

世界上有很多事物是可以找到替代品的，唯独爱与被爱的感觉，无可替代。

在社会上取得了很大的成就，说明了一个人的聪明程度，也说明了在他们身上的缺点较少，或者有几个优点大大地超过了其他缺点，尤其是致命的缺点、痼疾较少。

大凡失败的人几乎都有一个或者几个重大的缺陷、缺点，或者一个重大的缺点胜过了他所有的优点。

一个认为"老公比事业重要"的女人，她会觉得再多的财富也不如有个温馨的家，所以她的家庭一定是和谐美满的。

爱自己胜过爱他人的人，往往处理不好与周围人的关系，甚至处理不好与自己另一半的生活，这样的人就是传说中情商较低的那类人。

在社会上要想成就自己的事业，情商比智商更重要。智商虽然是不变的，情商却可以由对万事万物的理解和认识逐步提高。只要多关心别人、多替别人着想、减少自私之心即可。

虽然难，但是我们完全可能做到。

找一个自己爱的人和找一个爱自己的人，虽然都很幸福，但是那感觉真的不一样。我觉得在爱自己的人当中找一个最可爱的可让人疼的爱人，然后用全部身心去疼爱她（他），一定是最幸福的事情。

有人说：成熟的人不问过去，聪明的人不看现在，豁达的人不管将来。从前的已经过去纠缠无意，将来的不可预测，不必多想。但是我们都活在今天、活在当下，所以要把今天的日子过好，才是明智之举。

不看现在的原因是：应该用发展眼光看问题，如果是潜力股，将来一定有大发展。

有人说女过三十豆腐渣，也有说是四十豆腐渣。其实有的女人即便才十八，就已经成了豆腐渣。还有很多女人一辈子始终灿若鲜花，不管是八十还是十八，只要她自己想做鲜花就永远变不成豆腐渣，永远的美丽鲜艳，永远的绚丽如花。

赤、橙、黄、绿、青、蓝、紫，构成了这千姿万色的世界，不管你愿意不愿意，它们都确确实实地存在。缺了哪一种，就不称其为正常的世界了。祖国山河一片红，想一想可以，说一说也可以，真的这样是办不到的。

这最多只是一种愿望而已。

古人说：书山有路勤为径，学海无涯苦作舟。在学习上不下一点苦功夫，的确是难以学成。但是如果找到一个有趣的方法，就可以把很多枯燥无味的学习变成游戏般的快乐，也就不必以苦作舟了。

我见过一款电脑游戏，就是把随机跳出飘在屏幕上的几个字母，组成一个英语单词，字母由少到多，以完成的时间和正确的程度打分。这就把英语学习与电脑游戏结合起来了，趣味性增加了不少。电脑上也可以查询出一些有趣的学习方法，为我们所用。

一般人的交友之道是，谁对我好我就对谁好。如果把这种被动的状态改成主动，我先对别人好，他对我也好就好下去，他对我不好就敬而远之。是不是更好一点呢？

一些老年人还要离婚，也自有他们的道理。知道自己已经是老年人，已经走到了生命的最后阶段，如果还希望享受到幸福的生活，就必须抛弃多年来勉强凑合着生活的这个家庭。在继续生活在无望的日子里，还是尽量享受最后一段幸福生活的矛盾上，他们选择了后者。所以他们决定马上离婚，要抓紧时间再好好活几十年。这是最后的斗争，不下决心就没有幸福的明天。

每个人在处理事情的时候，都认为自己这样做是对的才去做。即便是不对也有一定的理由支持着，所以人们才会产生分歧、争论、打官司等等。

因为每个人都用自己的处世哲学待人接物，所以从他的为人处事就可以看出这个人的人品和情操。

生意场上三规则，要么忍、要么狠、要么滚。其实家庭生活也一样，对于各种暴力或者冷暴力刚开始是忍，后来想狠，狠不下去只好滚。

世界上可以被称为毒品的，真不止鸦片、白粉、冰毒之类。还有例如：权势、金钱、女人，甚至一份清闲的工作、一个舒适的生活环境、一个吸引人的业余爱好，一个电脑、手机游戏或者哪怕只是一堆垃圾。

只要能使人失去了正常人的本性，沉溺其中无法自拔，而且不能使你修身养性、保持身心健康的一切，都可以称之为毒品。

很多在婚恋网上的人，在几十几百万的点击人气里，在堆积如山的来信里，七八年甚至十多年沉迷其中，甚至忘记了自己的初衷不能自拔。

好厉害的毒性啊！找一个像王一样的男人，像敬王一样的敬他，像爱王一样的爱他。找一个像神一样的女人，像敬神一样的敬她，像爱神一样的爱她。

现代科学告诉我们，宇宙中的恒星和行星有很多很多，远近不一大小不一。可是在我们眼中看起来，距离我们比较远的太阳跟距离我们很近的月亮一般大，而除此之外的那些星星，大小都差不多。用我们的肉眼看上去，既没有小于日月大于星星之间大小的星体，也没有大于日月的星体。这是为什么呢？

2. 对一些事情的设想。

治理沙漠很难，有一个想法也许能试一下，用各种植物的叶子，比如野草和玉米皮之类，以及人们生活淘汰下来的，所有能再生利用的各种棉麻旧织物，与耐旱的草籽一起编织成大网。用一台大型编网机械，在雨季的时候一面往前开一面编出大网来盖在沙漠上，也许就成了。

出国的手续太麻烦，要是做一个大热气球，升起来随风飘荡，飘到了外国他们能把我怎么着呢？

东面有大海，西面越来越高，北边太冷，那就等到有南风的时候飘一下，管它能到哪个国家呢。因为比火车要慢得多，得多带上一些干粮和水，天上比较冷要带上羽绒服等防寒。还有望远镜、地图、降落伞、防护刀具等等……。

科学家们说宇宙的起源是一场大爆炸？那么宇宙在大爆炸之前什么样？如果也是一个大球体的话，它从哪来的？它的起源是什么？有多大多重？它的起源是不是应该叫做"宇宙的起源"。

据说物质和反物质如果碰到一起，就会消失湮灭了。湮灭就是不存在了，那物质不灭定律是不是就被推翻了，或者说这个定律只在物质世界才成立呢？既然有湮灭的现象，从有到无。那么也就应该有一个生成的现象，从无到有。很可能宇宙就是从无到有在真空中生成的，这种思维有点太深奥，实在想不下去了。让霍金去想吧！

新能源电动车的发展遇到了一个瓶颈，充电的时间太长。不能像汽车加油那么快，用很短时间内可以把电充上。但是电容器的充电过程就很快，几乎是瞬间就可以把电充上。能不能用电容器代替电池呢？

电容器充电快，放电也是一瞬间。一个大电容器如果很难承担逐渐放电的任务，那可以用很多电容器，例如十几万个或者更多的小电容器，在智能电路的控制下使它们能一起瞬间充电，也能控制它们按照需要分别放电，冲电的速度也许就解决了。

电动汽车的电气系统复杂且昂贵，还是空气动力汽车容易一些。看资料说现在的空气动力汽车，都使用压缩气体推动活塞带动驱动装置，这样太浪费能量了。如果用压缩气体，吹动一个喷气式涡轮机，使效率比较高的涡轮转动，带动汽车的驱动装置。控制放出压缩空气的大小，来改变汽车前进的速度。据说新纳米碳材料既轻便强度又很高，用这种材料做成的压缩空气储气罐就可以承受很大的气压。用压缩空气做动力的汽车，才叫真正的汽车了。

珠蚌里能生出珍珠，可是养殖珍珠非常辛苦，要花很多的精力体力和投资，而且要很长时间。构成珍珠的物质成分是什么？既然是在珍珠贝里一层层的包裹下形成的，那么它一定能溶于一种液体。只要制造出组成珍珠的物质，以及能溶解它的液体，就可以在工厂里制作珍珠了。想要多大就多大，想做多圆就多圆。愿意生产什么颜色的就调整配方来控制，就算是价值连城的夜明珠也能生产出来。而且是和天然珍珠一样，不是塑料珠子。

据医学界新发现，如果把自己的骨髓在年轻的时候保存起来，到了老年之后再注入到身体里，有返老还童的效果。那么用其他人可以配伍的骨髓或者干细胞，植入老年人的骨髓里，是不是也可以起到返老还童的作用呢？

女人只要怀孕乳房就会增大，这里面一定有一种物质在起作用。谁能用科学的方法把它找到并且制造出来，给那些愿意丰胸的女士用上，应该比植入硅胶的效果要好得多吧。这个人一定会发大财。

著名书法家和画家的作品非常好看，可是要想拥有一张真迹绝不是一般人能买得起的。我们可以用家里的打印机，把那些自己喜欢的书法绘画作品打印到宣纸上，然后去装裱出来，照样可以欣赏啊。既然荣宝斋可以木刻水印那些大师的作品，冯承素可以双钩描摹《兰亭序》，我家有打印机干嘛不用呢。

研究发现，铝、铜摄入过多容易诱发老年性痴呆症。金属铝和铜沉积在大脑中，是造成老年痴呆症的原因之一。如果谁能发明一种药物，把沉积在老年人大脑中的金属铝和铜溶解或者置换出来，对很多老年痴呆症患者将是一个福音。

自从XX市公交车起火烧死烧伤乘客的事情出现之后，除了所有公交车都配备了敲击车窗玻璃的应急锤，也制定了一些应急措施。还有不少人设计了各种可以在电路不通的情况之下，用手推开密封的玻璃窗的方法，据说设计的方案有很多种，其中有几种还申请了专利。

这真是把简单的事情复杂化了，应急措施无可厚非是必须实行的。但是后来的那些各种发明甚至申请专利都大可不必了。只要把每辆公交车的车窗改成像一般非豪华轿车那样，用摇把可以升降车窗玻璃的装置，装在公交车上就行了。

北方的各种公交车、客车、轿车，每到冬天或者天冷一些的情况之下，雾气就会在车窗里面形成，常看到司机用手或者擦窗布，不时地去擦那迷迷蒙蒙的雾气，否则就看不清道路了。可是一面开车一面擦雾气是很危险的，我就知道一个女孩替司机去擦窗子，结果还是出了车祸，女孩的脸被玻璃窗的碎玻璃伤得很厉害，差一点破相了。

要是把车窗里面也设计安装上一个雨刷，这问题不就解决了么。这么简单的事情怎么就没人做呢？

3. 无边际的胡思乱想。

据说因为担心地球的生态环境被人类生活不断地破坏，若干年之后不再适合人类居住，也担心由于突然发生的巨大灾难使地球被毁灭，科学家正在为地球人的外星移民做准备。

太阳系内迄今发现了八颗大行星。有时称它们为"八大行星"。按照距离太阳的远近，这八颗行星依次是：最近的水星、金星、地球、火星……。

火星是除金星之外离地球最近的行星，由于运行轨道的变化，它与地球的距离在5570万公里～12000万公里之间……

美国的火星协会制定出一套详细的改造火星计划，而且计划正如"愚公移山"一般地逐步实施，也许一千年后，人类的子孙将生活在火星上。

　　我虽然不是天文爱好者，多年来也断断续续从媒体上得来一些资讯。前些年我看过一篇文章，一个大户人家的孩子，到二十多岁的时候开始掌家。他发现这府上大门前，有一块台阶上的条石质量不太好，多年的踩踏使它的上面踩出了一个大深窝。在他的记忆里，小时候这个台阶的条石上，是很平整的。于是他很聪明地想出来一个办法，找来下人命令他们将这块条石翻过来，把那个踩踏出来的深窝翻到下面去。

　　几个身强力壮的小伙子，用了九牛二虎之力把那块条石翻过来之后，却发现条石的下面也有一个很深的窝。原来他的祖上多年前已经用过了这个办法，这条石已经被翻过来了一次。

　　在这个故事的启发之下，我最近突发奇想。

　　地球上存在生命的主要原因之一，就是到太阳的距离不远不近，在太阳能量的照射下得到了一个温度范围，这个温度正好适应生命的存在。

　　火星与太阳的距离是地球距离太阳的一倍半还多一点，在太阳系形成的过程中，太阳是一个温度不断慢慢下降的球体。就在太阳慢慢降温的过程中，有那么一段几百亿或者几千亿年的时间，火星所在的轨道得到了一个温度范围，这个温度正好适应生命的存在。

　　所有太阳系的行星包括他们的卫星在内，在刚开始形成的时候，都是一个炽热的球体。它们在慢慢的降温过程中，冷却出了一层坚硬的外壳，在地球上叫地壳。

　　距离太阳越近的行星冷却得越慢，距离太阳较远的行星冷却得就早一些。所以火星冷却得早于地球，地壳的形成也早于地球。

　　也许火星在距今四十亿到三十五亿年前，有山有水有河流。动物、植物、微生物……都进化到相当高级的阶段。火星人生活在火星上，也和我们生活在地球上一样。

　　那时候的地球因为比火星更靠近太阳，所以温度比现在高出若干倍。厚厚的地壳还没有完全冷却形成，根本不可能有生命出现。

　　火星人的文明曾经高度发展过，科技水平远远高过了我们现在掌握的程度。火星人文明的发展和科学技术的进步，逐渐对自然环境的破坏，导致了火星全球二氧化碳的成份越来越高，温室效应导致两极冰层融化，海平面升高，大陆逐渐被海水淹没。恶劣天气和重大自然灾害频繁发生，大面积大范围的灾难给火星生物的生存带来极为严重的考验。

火星科学家们的很多措施和火星各个国家的通力合作，改变了火星气候，阻止了气候继续恶劣发展，恢复了火星生态环境。

但是有两个巨大的灾难是他们所掌握的科学技术无法改变的。

第一：火星联合国的外空间部门，已经计算出若干年之后，有一颗星球将会与火星相撞，尽管这个星球的体积和质量要比火星小很多倍，一旦相撞火星也必然遭到粉碎性毁灭。

第二：太阳的热量慢慢减弱，使得火星整体得到的热能慢慢减少，火星的自身温度也在逐渐降低。科学家们计算出若干年之后，寒冷的火星无法再维持生命的存在。这也将是火星生命的灭顶之灾。

就在火星人和所有的火星生命濒临灭绝的时候，他们却发现地球最适合生命产生的时代已经慢慢到来了。为了维持宇宙间唯一存在的生命，为了延续和发展火星文明与高度发展的科学技术，一部分火星人决定移民地球。

由于那两个巨大的无法抵抗的灾难要在很多年之后才会发生，就给了火星人从发展高科技入手改变生存命运的时间。

他们来到地球考察，发现此时恐龙统治着这个世界。地球太大了恐龙太多了，火星人很难与之斗争并把它们消灭掉。为了一劳永逸改变这个生存环境，必须先要彻底消灭恐龙。

他们控制几个小行星撞击地球。灭绝了恐龙等等地球史前动物，扫除了阻碍火星人生存的巨大障碍。几万年以后，他们终于成功移民地球。

原计划制造出一颗反物质炸弹武器，来摧毁将来与火星相撞的那颗行星。但是因为某种原因，没达到原来预想的效果，只是略微改变了一点那颗星球飞向火星运动轨迹的方向。

那颗给火星带来灾难的星球，如期与火星相撞。虽然角度很小火星没有被撞得粉碎，但是不仅改变了火星自转的方向和角度，还留下了一个巨大的沟壑。也使火星的生态环境彻底遭到破坏，除了已经移民地球的火星人之外，所有的火星生命无一幸免。

火星人庆幸他们躲过了这一宇宙大浩劫，以为从此可以继续在地球上繁衍下去了。但是不久他们发现，地球的物理特性与生态环境，有几个困难让他们无法克服。

第一：他们的基因由于重力远远低于地球上产生的，根本无法适应地球的重力等等一系列重大生存条件。

第二：地球相对太阳的距离比火星近，所以地球受太阳的影响要比火星大得多。例如紫外线、太阳风暴和其他太阳产生的影响，所产生的一系列结果，都是火星人难以承受的。自然淘汰法则的残酷，使他们处于被淘汰的首选地位。

在灭绝之前的一段时间，他们考察了地球上所有的生物，最后确定一种猿类有可能进化成高级动物。于是他们就驯化它们，想把它们驯化成具有高科技水平的继承者。可惜那些科学技术，对这些猿类来说太过高深了，它们根本无法掌握。火星人无力回天。

于是经过反复研究他们终于找到了一个方法，就是改变其中一种类人猿的基因。被火星现代科技改变了基因的类人猿，智商大大地提高了，很快就接受了直立行走、取火、吃熟食和制造劳动工具等知识技术，使自己在迈向现代人的进化中走出了关键的一步。

还有一部分火星人，经过几十万年的努力，终于掌握了"反物质"的性质和运动规律，会制造和控制运用"反物质"。运用不同的物质与反物质制造出了可以随时隐身的飞碟，这种飞碟用反物质做燃料动力，可以基本不用添加燃料。

他们既利用物质之间的"引力"也知道了物质或者反物质之间怎样产生的强大"斥力"，就可以随心所欲地控制他们的飞碟作任何方向和任何速度的飞行。

他们利用已掌握的科学技术，成功制造出了各种类型的飞碟，可以随便穿梭于宇宙各个星球之间。利用宇宙间的虫洞效应，折叠空间的方法，和接近光速飞行的飞碟，在距离地球很远的几个星系里，终于找到了基本适合他们生存条件的几颗行星。他们接走了在地球上无法生存下去的火星人，继续在宇宙中生存发展下去，繁衍生息绵绵不绝。

因为地球曾经是他们想移民的第一个星球，很多火星人曾经在这里生活了一段时间，所以他们一直还在研究着地球，希望能找到一个在地球上生存的办法，对地球上各类生命的研究几百亿年之间一直没有停止过。

又过了若干年之后，地球人诞生了。地球人诞生几十万年之后，文明和科技有了很大的发展。发展的文明和科学技术，又破坏了地球的生态环境。地球上伟大的科学家们想到应该移民火星……我准备以这个题材写一本小说，还在计划之中。

进入二十一世纪的世界，科学的发展速度超过了很多人的想象和预测，新的科学发现也如涌而出，例如在纳米、量子、人工智能、石墨烯等领域，都有了让人瞠目结舌的成果。量子科学就是让和我之类的很多人百思不得其解的概念，关于什么是量子，什么是量子纠缠，我记不清看了多少次科普文章，也理解不了一丝一毫，这也再一次证明了在智商这个问题上，我绝对是无可救药了。

可是经过几年的思考之后，我居然对暗能量有了一点理解。我认为科学界所肯定的暗能量，的确是存在的。

这个问题既然是从天体运行中发现的，我也从这方面找到了自己的理解。我虽然不知道宇宙是怎样膨胀和加速膨胀的，但是知道地球在自转和绕着太阳地公转，转动也是运动的一种形式，而所有的运动都是需要能量的。那么地球的转动从它诞生以来就没停止过，让它不停地转动这么久的能量是什么呢？

既然地球、月球、太阳和整个太阳系所有的星球，乃至银河系都在不停地转动，这已经说明了有一种动力或者能量在作用于它们，不知道这种能量是什么，是不是就可以理解成"暗能量"呢。

不管它是正确还是错误，我通过自己的思考，对暗能量有了一点理解，也是很开心的一件事。

很可惜的是，对于同样被称为世纪之谜的"暗物质"，我依然保持在无解状态，无论暗物质是否存在，我对这个概念依然无法理解。

可能有的朋友会说，这本书告诉大家的，都是做出一些小成功的道理，那么问题来了，常言说的要"胸怀大志""志当存高远"呢？"燕雀安知鸿鹄之志"呢？

这写文章之所以不强调要有远大志向，关键问题之一就是我们傻瓜不大可能取得什么伟大成就。

"胸怀大志""志当存高远""燕雀安知鸿鹄之志"这些话应该是对那些天才人物和聪明人说的。我们要是把心思都用到那些远大志向上，很可能落得个"眼高手低""志大才疏""心比天高，命比纸薄"的下场。

如果对自己要求过高的话，精神压力就大。对自己要求低一点，压力相对就小一点，就可以稍微轻松一点，从容一点。我们傻瓜完全可以让自己稳稳当当不慌不忙地努力奋斗。有这么奋斗的么？有啊！不但我是这么奋斗的，还有很多人都是这么奋斗的呢。

是不是傻瓜就绝对不能有大成功，根本无法建立丰功伟业了呢？也不尽然。我们当中的智商也有高低之分，智商相对高一些的，做出较大的事业也有可能。

我更认为，不管有多傻，只要能一步一个脚印，在脚踏实地努力拼搏的时候，不妨把目标设想得稍微远大一点。比如在每次取得一点成功之后，再把目标稍稍提高一点。在取得每个小的成功之后，都在原来的基础上又进步一点。这样不断地成功不断地进步，很可能就有了一个较大的成功。一旦这些较大的成功多起来，也许一个伟大的成功就真的属于你了。

我的智力不如别人，体力不如别人，但是如果不跟别人比较，而是找到自己的长处，尽最大的努力克服一切困难、艰难，甚至是苦难，把长处发挥到极致，发挥到可能达到的最高境地，无论是小成功还是丰功伟绩，都算没有白活一回。愿朋友们抛弃庸人哲学，做一个对人类进步有贡献的人。

我们可以平凡，但不能平庸。

第 十 二 章
傻瓜的交友之道

有句俗语："一个篱笆三个桩，一个好汉三个帮。"这句话明明白白地告诉我们，就算你是一个好汉，有了事也需要几个朋友的帮助。那么我们这样的傻瓜如果没有别人的帮助，就很难干成任何事情。

还有这样的话，"若要了解这个人，只要看看他的朋友就行了"，因为"近朱者赤，近墨者黑""跟什么人学什么人，跟着巫婆跳大神"，说的都是人与他所处的社会环境分不开。

在你生活的圈子里，周围肯定有很多人，不少人互相称为朋友。既然需要有朋友，那么找什么样的人交朋友，怎样结交和对待朋友，就成了一个很重要的问题。

一、尽量找比你强的人交朋友。

因为你觉得他们比你强，所以你就会虚心地发现他们的优点，自觉地向他们学习。你的这种态度，也会让他们乐意交你这样的朋友。在生活中要逐渐学会挑选各个不同方面比你有优势的朋友，有的学问好、有的性格好、有的情商高、有的在某一方面有特长等等。

孟母为了教育儿子孟轲，三次搬家择邻而居的故事，大家都知道。其实每个人都一样，你周围的社会环境和所交往的朋友，都会对你产生影响。正所谓物以类聚人以群分。科学家的周围，知识分子多；演艺界的人里，演员和导演多；山大王的弟兄中，土匪多。你想做什么人，就多与这个圈子里的人交朋友吧！过不多久你就会成为他们队伍里的一份子了。有一位很年轻的网友，在个性签名里告诉了大家这样一句话，"如果整天和乞丐待在一起，最多可以当个丐帮帮主；如果整天和一群千万富翁待一块，至少也可以是个百万富翁。"

近愚者蠢，近智者慧，近贫者穷，近富者贵。这些就是"近朱者赤，近墨者黑"没有讲完的话。

环境对于一个人的成长、品格的养成是很重要的，查找一下类似马云这类大咖的朋友，你就更会明白应该与什么人为伍了。

我五十七岁学计算机，学会了计算机打字以后就可以在网上交朋友聊天了。决心写作之后，我就在天南地北的网友里面挑选出了几个文学爱好者，他们的文采远在我之上。每当看见他们发表了一些文章，我就向他们请教写作的方法，或者把自己写的东西发给他们，诚心诚意地请他们指教。

每次都会有几位朋友帮助我修改文章上的毛病，书出版了，又有几位网友帮助推销，甚至自己买十本、二十本的送给他们的亲戚朋友。

其中一位温州的警督网友，在平时聊天的交谈当中，知道我喜欢写作，就时常对我进行鼓励和表扬。她的这些鼓励和表扬，对于我遇到困难或者思想上迷茫的时候，就是一股促使我前进的精神力量。在她家的墙上有一幅著名书法家题写的《百术不如一诚》，我也非常赞成，以诚待人就成为我们共同的处世之道。

所以后来无论生活和工作等各方面，我们都成了无话不谈的朋友。

《生死非洲》这本书出版之后，她为我欣喜若狂。她一下就买了一百五十多本，转赠给她所有认识的朋友，并且把她这些朋友的名字列了单子发给我，让我签字签到手软。这件事既使我心里非常感动，也使我更增强了自信心。大家可以想一想，有了他们这样真诚的帮助，还能有做不成功的事情么。

随着年龄的增长，我逐渐知道了原来不知道的很多东西，懂得了原来不懂的很多道理，觉得自己好像是变聪明了一些，其实这只不过是知识积累越来越多了。所有的人都在这样的成长过程中，我也是他们中的一分子。

高智商不是学出来的，是天生无法改变的。只有向所有的人学习他们优点的过程中，才能慢慢地增长自己的知识与提高自己的能力。增加自己的知识和提高自己的能力的速度与程度，与学习其他人的优点的诚意和效果成正比。发现不了别人优点的人，或者虽然能发现却不愿学习的人，自己永远也不会提高。

如果想要得到别人的帮助，就主动说出来，不要等着别人主动来帮助，除非你比对方在其它方面要强很多，否则很难。因为世界上能主动帮助别人的人，实在是太少了。

这个问题在问路这样的事情上，表现得最明显。

我从前也和很多人一样，是一个不爱打听道路的人。无论去哪里，我宁肯自己多走路，也不愿意跟人打听一下。或许是因为胆怯，或许是怕麻烦人。现在我分析那时候的想法，实在是因为不善于跟人交流。这样做的结果，既浪费时间又使自己劳累疲乏。

可以设想一下，我一个小伙子在路上慢吞吞来回走着，寻找着要去的地方，会有人过来对我说"你去哪里啊？我可以帮助你么？"

不知道您遇见过这样的事情没有，反正我没遇见过。除非碰上熟人了，否则这样的事情很难发生。

可是在国外的生活，却使我完全改变了对这个问题的态度。

我第一次出国到了莫斯科，刚开始的几次，有先到这里的朋友带路，我们游览了莫斯科红场等地，等到待得时间长了，无论去哪里都要自己单独行动了。不会永远有人抽时间陪你出去，于是问路就成了不可避免的事情了。每当出门的时候，我都要检查自己是否带了地铁线路图，在莫斯科乘坐地铁出行，几乎是必需的。

莫斯科的地铁既是世界上堪称最古老的地铁，也是世界上效率最高的地铁，还是世界上最深入地底的地铁。地铁最集中的交汇处，居然达到地下五层，每层之间都相隔十多米以上。

莫斯科地铁线路星罗棋布，地铁站内永远都是人潮如浪潮，一波涌过又一波，加上不熟悉俄文和俄语，以及搞不清站名，我无法找到正确出口，很容易迷路。这时候无论任何原因你不肯问路的话，不是找不到该去的地方就是回不了家。

形势所迫，首先你要学会堆起满脸的笑容，然后再用最客气的语言和语气，跟你遇见的人打招呼，问清楚怎样乘车才能到你所去的地方。

幸好莫斯科人文化素质非常之高，每逢有人问路，他们都极其热情地不厌其烦地详细指点给你，坐哪个车和到哪里找到这个车。如果距离你要去的地方不太远，他们就会主动带着你一直找到目的地为止。

这样主动问路的结果就是，半年之后，我不用看地铁图也照样在莫斯科城里乘地铁畅行无阻。

回到国内之后，也因为有了这个好习惯，不管是到了哪个城市还是在我常年生活的北京，只要是我不知道路怎么走的时候，都会主动问路而很快找到了要去的地方。

主动问路，只不过是生活当中的一件小事，可是只要把这个主动请教的好习惯，发扬光大到生活和工作的每一个领域，都会使我们节约时间，更快地走向成功。

请教学习的时间一般都不会很长，但是要想自己摸索和领悟出一些经验、道理，就需要很长的时间。有时候很多技巧都是像俗话说的"就是一层窗户纸，一捅就破"。有这方面技能的人几分钟告诉你的一个诀窍，可以让你早成功几年甚至几十年，甚至能解决我们一辈子都无法自己摸索成功的经验。

所以，能结交比我们强的人做朋友，主动向有本领的人请教，道理很简单，却使懂得并且实行这个道理的人受益匪浅。

二、通过聊天和朋友交流

闲下来或者有朋友来访时，不妨和他们敞开心胸交谈请教。在聊天当中，我经常听到一些人说出感受颇深的话，或者是不经意的生活感悟，而这些话对于我来说，是根本想都想不到的。我从这些话中学习到了很多生活中的真理，有些能对我今后的生活，产生很长时间的影响。

在高中的时候，我有一个同窗好友。因为在排队的问题上，我与另一个同学发生了争执。他问清了情况之后对我说，很多问题要分清楚事情的大小，对于小事不必太计较，不应该在排队这样的小事上争论，浪费时间毫无意义。要是他让了你，你就不用再客气。他要是不让你，你让他就行了。

这样一番话，使我在以后的日子里都会时时想起，从此不管做什么事都会习惯用这句话来衡量一下，想一想这件事属于大事还是小事，值不值得为它争论，值不值得下很大决心、费很大功夫来对待。

这种思考方式使我的一生，节约了很多时间，受益匪浅。

还有一次，因为一个死结打不开，我很着急地想用剪刀将绳子剪断。也是他过来说，这事情会遇见很多，但是不用着急，所有的事物都有规律，你看它是一个死结，但是仔细观察就会找到解开它的方法。他来吧！

果然，他慢慢地找到了一个解开的方法，顺利地解开了那个死结。当时我想，他真是一个聪明的人，他说的不仅仅是怎样解开一个死结，而是对世界上所有事物的处理态度。

朋友能在交往当中，说出很多这样意义深远的话，使我受益匪浅，是多么的幸运啊。

俗话说"聊天长学问"，哪怕是在旅馆里、火车上，只要遇见愿意聊天的人，都可以天南地北地聊上一气。如果愿意请教，你会得到很多你原来不知道的知识，这种既不用花钱又能得到知识的方法你要是不用，绝对是一种极大的浪费。唯一要注意的是尽量引导对方多说，然后赞扬他。

在参加《大秦帝国》剧组拍摄的火车上，和我做邻居的是一个卖服装的小伙子。因为我对于服装问题一直是个大外行，所以就虚心地向他请教有关服装方面的知识。

可能是我诚恳的态度，让他很感动，所以他就打开了话匣子，滔滔不绝地给我讲起了他在这方面的丰富经验。于是我知道了，服装的穿着方面虽然有年龄和身材的大致要求和规律，但是具体到每个人，却是因为不同的性格而表现出巨大差距。

他以我为例，说一看我就知道是在服饰方面很不在意的人，穿着不讲究品牌，也不太追求时髦和样式，只要合身保暖就行！这就说明我是一个比较随和，对外部世界要求不高，性格比较活泼，对人对己都要求不太高的人。

我听了很高兴，因为他基本都说对了，于是就表扬他的眼力很好，几乎都说对了。然后我跟他说："我本身很希望做得更好，但是由于各方面的原因从来没有达到过自己的理想，所以干脆就不追求那么高了。总之你的评价很正确，够厉害的！"

听到我的表扬，他眼睛发亮了，又对我说："你别看都是老年人，因为性格不同穿着差别大了去了。有的人很年轻就穿着老气横秋的衣服，有的年纪六七十岁了，却穿得花里胡哨的。有个六十多岁的老太太，穿得比二三十岁的年轻人还时髦新潮。你还别以为她是老来俏，人家从小就喜欢这么穿，穿了一辈子漂亮衣服，人家就是这个性格。"

我听了之后对他的分析深表赞同，于是他又跟我讲了老年男性可以怎样穿着，显得有身份而且花钱不多。最后他还教给了我怎么把一双硬皮鞋，变得很松软的办法。

后来按照他的方法，我处理了一双很久没穿的硬皮鞋，果然变得很舒适松软。

如果没有和这个小伙子的一番交谈，我恐怕很难悟出穿着打扮和人的性格有关的道理，可能更不知道怎么把一双硬皮鞋变得舒适松软。

我朋友很多，其中还有几个是几十年的老朋友，但是能给予我帮助的朋友，就没有那么多了。真正的朋友是那些愿意和你肝胆相照，促膝谈心，互相信任，互相批评的挚友。不论什么时候只要想聊天了，就有聊不完的话，只恨时间有限事情太多，那么就下次再聊吧！如果有一段时间不在一起聊天了，会想念他。

写这本书的决定，也是在聊天时候的突发奇想。

因为几十年来，我一直为自己的智商太低而耿耿于怀。虽然我通过很多学习，使自己的知识和智能增添了一些，性格也变得快乐了，可是知道自己的智商并没有提高。在相当长的一段时间里，智商、情商等问题是我经常聊天的话题，但是一直也没有弄明白什么。

直到一个多年老友指出了我的"致命缺点是不仅智商低，而且情商也太低，情商低的根源就在于过分的自私"，这个一针见血的批评，给了我一个很大的震撼。于是在改变自私这个坏毛病的同时，我慢慢地在演艺事业和写作上都取得了一点成绩。在这个缓慢改变的过程中，我逐渐变成了朋友们眼中的成功人士。

当把朋友们的肯定，与原来的智商太低联系在一起的时候，我就发现了这样一个奇怪的现象。一个从小就很傻的大傻瓜，在六十多岁的时候，居然慢慢变成了一个有点成功的人。

因为在通常情况之下，傻瓜与成功是绝对不能相提并论的，这两个概念是无法划等号的。可是在这里就出现了一个矛盾，傻瓜居然是能够成功的！

傻瓜怎样才能成功呢？这可是一个非常有趣的问题。

知道我能写一点文章的朋友当中，有些人提出过建议，让我把自己几十年的生活和工作经验总结下来，写成一本书。那时候我心里的想法是，写出这样书的人，一定要做出了非凡的成就才有材料可写。我这个平常人当中的傻瓜，既没有资格也没有必要去写这类书籍。

在写一本小说的过程中，我不知不觉地总是在脑海里出现对某个问题的想法，以及对某个问题产生的好奇心。于是我每次都把脑子里出现的一些想法，用笔马上记录在手边的一些纸片上。就这么记来记去，过了一段时间就积攒了很多写满我各种想法、认识和奇谈怪论的纸片。

我很怕这些大大小小的纸片会丢掉，有一天觉得应该整理一下，就把这些记录下来的内容敲进计算机里。谁知道这一下就像放开了思维的大闸，脑子里的很多想法都涌出来了，几乎回不到小说的写作里去了。结果又来了一个没想到，也许因为对傻瓜和成功的认识，是一个我想出来的新命题，切身体会太多也太深刻了。我对这个命题感到很兴奋，于是突发奇想，就动起了笔，把这本书写完之后，再回头去写小说吧。

因为自己的控制力不够，也有网瘾，所以我断掉了网线。而且家里没有别人的时候，我绝对不开电视机，全力以赴地写这本书。还是用我的老办法，想到什么就写什么，想怎么写就怎么写。不知道用多长时间才能写成，也不知道能不能出版。但是知道一定要完成，写成之后再去考虑出版的问题吧！

如果在众多朋友里面有几个能愿意帮助你的，是你的荣幸。要是你有一二个愿意批评你的朋友，是你的幸运。哪怕只有一个愿意和你聊天的老朋友，也是你的幸福。

三、学会借助他人的力量

比如秋天的枣树上结了很多大红枣，会爬树的可以爬树摘枣。不会爬树的呢，就要找来梯子，借助梯子的方便，爬上树去摘枣。即使已经在枣树上的人，也有很多远处够不到的地方，那就要用一根杆子，借助杆子的长度打枣。所以借助其它工具和力量，来解决问题达到目的，应该是一种常见的思维方式。但是我们这些人一旦有事情需要别人帮助时，往往不敢、不会，所以就不能得到他人的帮助，很多事情就无法办到了。

"万事不求人"想得简单，说得容易，可是你做得到么？出远门要坐车，更远的地方要乘飞机，过大海大洋也可以坐轮船。这都是借助其它力量来完成我们要做的事情，不借助这些力量，你能跑到其它地方甚至出国到欧洲、美洲、非洲去么？每次出门有多少人在为你服务，知道么？只不过你习惯了，感觉不出来。

也许有人说，这只要花钱就能办到了。这句话正好说明了"舍"与"得"之间的关系。舍不得花钱就难做到或者做不到，同样道理，舍不得放下架子，舍不得改变自己的心态，就难以得到或者得不到别人的帮助。

求人就要张嘴说话，姿态要低一点。尤其是要学习一些东西，就要踏踏实实地承认自己的不知道，然后才能虚心地学习。

天使为什么能飞得很高？因为他把自己看得很轻！

已经知道并且承认自己是傻瓜了，怎么就不能放低一点姿态求人帮忙，请人指导，向人家学习呢？

所以要学会借助外力包括其他人的力量，帮助自己达到目的。

比如写成了一篇文章、一个故事或者一句话，自己看了几遍，对于其中不满意的地方已经想了很多方法，这样或者那样地修改过了，这时候最好找朋友们帮你看看，他会从他的角度为你提出一些建设性的修改意见。

温馨提示：不要以为所有的亲戚朋友都会帮你看，也千万不要以为求到了谁，谁就会热情地帮助你，不会的！即便是满口答应的人，也不一定就能说到做到。很多人自己也在忙，他们根本没有时间再帮助你，因为绝大多数人对自己的事情比对别人的事情要重视得多，或者是由于其它原因帮助不了你。

但是总会有几位真心的"死党"朋友愿意帮助你。看了文章提出修改意见的，一定是你最好的朋友。

对于所有的意见，一定要反复仔细地考虑，如果有不明白的地方还要再次向他请教。

鲁迅先生说过这样一句话："捣鬼有术，也有效，然而有限，以此成大事者，古来无有。"这样深刻简洁的话语，我是说不出来的，但是可以模仿，照着葫芦画瓢。

把鲁迅先生的话，改成这样的一句：做小事容易，也是成功，然而有限，凭一己之力成大事者，古来无有。

只靠自己一个人的力量，也许干一点小事还可以，想干成大一点的事情，必须有其他人的帮助，才能更容易成功。

跑不快可以骑车、坐车，没有翅膀可以乘飞机，能力弱可以借助计算机，钱不够可以借贷。很多事情都是在无中生有，从小变大，借助其它力量来达到自己的目的。不必等到自己长出翅膀来再飞，可以到航空公司去订一张机票，别忘记多走几家寻找打折比较多的，再杀一杀价，让自己买到最便宜的机票。

四、要广交朋友，多交诤友

所谓诤友就是那些肯批评你对你有帮助的朋友，而这些人往往自身也很优秀。多交诤友对一个人的生活、工作都是非常有益的。但真正的诤友也不易结交，因为这种朋友需要付出极大的真诚，发自内心的真诚。

可是三毛说，一个朋友很好，两个朋友就多了一点，三个朋友就未免太多了。知音，能有一个已经很好了，不必太多，如果实在没有，还有自己，好好对待自己，跟自己相处，也是一个朋友……

有句俗语又说，多一个朋友多一条路，少一个敌人少一堵墙。

香港电台主持人梁继璋送给儿子的备忘录中写关于"朋友"的，有这样一句话：

对你不好的人，你不要太介怀，在你一生中没有人有义务要对你好，除了我和你妈妈。至于那些对你好的人，你除了要珍惜、感恩外，也请多防备一点。因为，每个人做每件事，总有一个原因，他对你好未必真的是因为喜欢你，请你必须搞清楚，而不必太快将对方看作真朋友。

有一句格言是这么说的，把敌人变成朋友是消灭敌人的最好办法。

还有人说，如果没有一群朋友做你的支持者，你永远也别指望成功。不能交朋友你就会陷入悲哀的失败。对曾经帮助过我们的朋友一定要感谢，对没帮助过我们的人也要友好，就对了。

我们可以找到很多名人学者关于对朋友的论述，到底该怎么办，我的观点还是朋友多一点比较好，尤其是优秀朋友多点儿更好。

《生死非洲》出版之前，我得到的鼓励和表扬比较多。等到出版之后，有很多人又把他们的意见回馈给我。

有一个朋友真诚地说："这本书写得确实好，没想到能写这么好。说起来我也是一个爱看书的人，可是很少有像这样一口气把一本书看完的现象。拿到这本书之后，有三天时间什么也没做，就买了一点零食坐在沙发上，或者躺在床上看。真的不错！谢谢你和你的这本书！"

可是也有朋友直爽地说："这本书写得不怎么样，真的！每次拿起书想看看，翻开书之后看了几页就看不下去了。我几次下决心要看一遍，可是最后还是看不下去，真看不下去！一点也不精彩，一点也不吸引人。就写成这个水平的书，出版它干什么啊？劳民伤财浪费资源！"

这是两种截然相反的意见回馈，应该怎么看待呢？

我知道自己的写作水平不高，以后要写作的话一定更努力地写好书。但是我绝对不会因为有人提出批评，从此就不写了。还有很多表扬的呢，相信他们说的也是真话，以表扬作动力以批评为借鉴，还要继续写，争取写得更好。

对于交朋友甚至爱一个什么样的人，有一篇网文说出了很高明的见解：

《去爱一个能够给你正面能量的人》

该爱一个什么样的人？在很遥远的某一天，当我的孩子仰头向我提出这个问题，我会微笑地回答他/她：去爱一个能够给你正面能量的人。

每个人的生活都一样，在细看是碎片远看是长河的时间中间接地寻找着幸福，直接地寻找着能够让自己幸福的一切事物：物质、荣誉、成就、爱情、青春、阳光或者回忆。

既然你想幸福，就去找一个能够让你感到幸福的人吧。不要找一个没有激情、没有好奇心的人过日子，他们只会和你窝在家里唉声叹气抱怨生活真没劲，只会打开电视，翻来覆去地调转频道，好像除了看电视再也想不出其它的娱乐项目。人生就是在没完没了的工作和一样没完没了的电视节目中度过的。

拥有正面能量的人，对很多事情充满好奇，无论遇到什么样的新鲜事物都想尝试一下，会带你去尝试一家新的餐厅，带你去看一场口碑不错的电影，带你去体验新推出的娱乐节目，带你去下一个陌生的城市旅行。你会发现世界很大，值得用馨一生去不断尝试。

不要找一个没有安全感的人过日子，他们一直在排查可能的不幸和焦虑未来的灾难。他们一直在想该怎么办，一直担心祸事即将降临。他们命名自己为救火队员，每天扑向那些或有或无、或虚或实的灾情，不停算计、紧张和忧愁。

拥有正面能量的人，会对生活乐观对自己信任。他们知道生活本来就悲喜交加，所以已经学会坦然面对。当快乐来临时，会尽情享受，当烦扰来袭时，就理性解决。他们相信人定胜天，确实无法获胜时，就坦然接受。他们能够正确认识自己，有自知之明，不会自我贬损也不会自我膨胀，他们在该独立的时候独立，该求助的时候求助。乐观和自信后面，深藏着对人生的豁达与包容。

不要找一个无知的人过日子，他们没有树立起完整的人生观，或者对事情价值的判断缺乏基准线。他们常会做出匪夷所思的决定，不能独立思考或者过于固执己见。他们优柔寡断或专横无礼，他们扭捏作态或者刻板无情。不是因为别的，正是因为无知。拥有正面能量的人，拥有大智慧，他们分得清世界的黑白曲直，不会在人生的道路上跑偏也不会随波逐流。他们不会扭曲事物的本质，不会夸大事情的不利面。他们知道世界运作的原理，明白人人都有阴晴阳缺。他们在你需要时给你最中肯的建议，有原则却又求新求变，有主见却又听得进劝。

不要找一个容易放弃的人过日子。他们得过且过永久性地安于现状。他们没有信仰，也没有梦想。他们遇到挫折的第一反应和最终反应都是逃避，为了抵挡失败或者因为怕麻烦，他们可以放弃整个世界。

拥有正面能量的人，坚定自己的信念，拥有人生的目标，知道自己的所需并为之不断努力。他们欢迎变化也制造进步。当困难来临，他们不嫌麻烦或贪图安逸，他们知道山丘后面会有道更美丽的风景。

是的，去爱一个拥有正面能量的人吧。他们会让你觉得人生有意思，会让你觉得世界色彩斑斓。他们会给你惊喜，同时也会带给你感悟。他们让你把路走直，戒断所有扭曲的价值观。

如果你本身不是一个拥有足够正面能量的人，那么就请你一定要爱一个拥有正面能量的人。在这道数学题里，负负并不能得正，另一个同样具有负面能量的人会把你的人生拖垮，不同空间的畸形与病态会让你过得一团糟。让这样具有正面能量的人导正你的灵魂和行为，潜移默化中，你会变得更加开朗和幸福。这一定，比任何财富更能长久地滋养你的心灵。

好文章总是能洗涤人们的心灵，这篇文章立意清新见解不凡，提出的一个新观念"一定要爱一个拥有正面能量的人"发人深省让人深思。

说实话，在见到这篇文章之前，我不知道有"拥有正面能量的人"这样的说法或者概念，更不要说在谈婚论嫁这样大的原则事情上，要把这个概念搬进来。别人在找对象谈恋爱问题上有什么标准我知道得不太准确，但是从来没有见过要求对象是一个"拥有正面能量的人"。或许在所列举的条件里就已经包含了这样的内容，但是至少我从来没有把这个概念当成一条原则问题。

可是在这篇文章里，作者说得多么明确啊："一定要爱一个拥有正面能量的人。"没有商量的余地，一定！因为"具有负面能量的人会把你的人生拖垮，不同空间的畸形与病态会让你过得一团糟。让这样具有正面能量的人导正你的灵魂和行为，潜移默化中，你会变得更加开朗和幸福。这一定，比任何财富更能长久地滋养你的心灵。"

我们的智商不高，但是可以努力让自己做一个拥有正面能量的人。

五、交友之道在于诚

对于很多人来说，交朋友是一件很容易的事。但是对于我们这种人来说，交朋友可不是一件很容易的事情，原因就在于我们不会交朋友。

如果你找的都是一些智商不如你，知识更贫乏，能力比你还要低的人交朋友，虽然你会增加不少优越感，满足了自己的虚荣心，但最后的结果只能使你越来越傻。

虽然与比我们强的人交朋友难一点，因为他们大多数都是天才和聪明人，他们的所作所为，有很多都是我们绝对不可能达到的高度，不可避免地会使我们的自尊心受到伤害。但是也只有他们才能帮助、指导你，使你不断地从他们身上学习到很多新的思考方法与解决问题的新方法。

有钱财才能施舍，有能力才会帮助。

尽管与很多人交了朋友，你也不要抱有太多的希望和要求。谁和你交了朋友，也不说明就欠了你什么。谁也不欠你的，所以人家愿意帮和不愿意帮你都是有道理和应该的，也是别人的自由，所以不要以此去评价他们。

很多人在这个问题上想不通，认为我们之间是朋友，有了事情你就应该帮助我。一旦有了这种想法，而且长时间用这样的标准要求朋友，朋友就会越来越少，一旦大家把你当成了负担，就会在心里产生厌恶，朋友也就很难再交往下去了。

有困难的时候，是不是就不要向朋友求助了呢？不是，可以向周围的朋友求助，但是不要抱着很大的希望，认为人家就一定要帮助你，必须帮助你。能帮助的朋友是好朋友，不能帮助你的朋友，也是好朋友。他们只不过因为没有能力或者其它原因不能帮你，也需要你站在他人的角度去理解他们。

最好是对朋友、对亲人都不要提要求，一旦他们自发地帮你做了一些事情，才会给你一个惊喜。我就是这样要求自己的，所以惊喜很多。

我所说的对朋友没有要求和主动请求帮助并不矛盾，正好体现出这个问题的两个方面。

一方面，主动要求朋友们的帮助，是用他们的善良、大度与智慧帮助我们渡过难关，解决一些我们无法克服的困难。

另一方面，不要求所有的朋友都帮助我们，即使有很多朋友不帮助我们，不管是不愿意或者不能帮助，我们都不应该心存不满和怨恨，更不能指责他们。因为你不可能完全了解真正原因，而且不管是多么好的朋友，也没有必须帮助你的义务。

这种情况就有点像募捐。一个人不管遇到了什么困难，自己无法克服而需要大家的帮助，在向社会募捐的时候，就是向所有人都提出了请求帮助的信号。但是你不能因此就认为，所有的人都应该帮助你。帮助了你的人可以表示感谢，没有帮助你的人也不能怨恨。

还有，对自己的要求，要高一点。对有困难的朋友，一定要尽力帮助。这一方面体现着"舍得"这个大智慧，另一方面也符合"若要人助先助人"的道理。

如果在朋友有了困难的时候，你总是不求回报地鼎力相助，朋友们对你一定会感到亲切，认为你仗义。有了良好的朋友关系，你们必然交往得更多一点，交流、交谈的机会多了，向他们学习的机会也就会更多了。在交情逐渐加深的情况下，一旦有了困难，也会有人来帮助你了。

在二十世纪六十年代的时候，我赶上了一次"学习雷锋"的政治运动，全社会的男、女、老、少，学雷锋做好事蔚然成风。我在上学放学的路上要经过复兴门大桥，那可能是北京第一座立交桥，每当上桥的时候，看见有蹬三轮的人力车或者小推车上桥，我就会主动上前帮着推一把。帮着人把车推上桥，都会得到几声感谢的话语，我心里自然高兴，可是也没当回事过。

有一天下大雨，我没有雨伞，冒雨走路已经习惯了。我正走在回家的路上，那雨却越下越大。一辆无轨电车突然停在旁边打开了车门，车上的售票员喊着："咳！那小孩！快上车！"我疑惑的对她说："我没钱。"她说："不跟你要钱，快上来吧！"

上了车之后，她递过来一条毛巾，让我擦一擦脸上的水。然后说："你就是那个老帮人推车上桥的小孩吧？我们都认识你了！不跟你要钱放心吧！"一句话把我的眼泪都说出来了。我用阿姨那温暖的毛巾，将雨水连着泪水一起擦掉了。

到站之后下了车，我都忘记了说"谢谢"。但是这件事却永远记在我心里，在能帮助别人的时候，我将尽力而为。

如果没有困难的时候想不到朋友，有了困难再去求朋友，困难解决了又忘记了朋友，有好事的时候记不起朋友，算什么朋友？

温馨提示：不能要求那些你帮助过的朋友，一定要帮助你，这就是"不求回报"的原则。交朋友不是做生意，花了一元钱就要拿回一元钱感情的交易思维，让你永远也不会有好朋友。只有掌握了"不求回报"这个原则，你的心情才会开朗愉快，心胸更宽阔，生活的道路才会更顺畅。

再有，对朋友要宽宏大量。即便是他们当中有的人缺点很多，甚至对你曾经有过伤害，也不要斤斤计较耿耿于怀。不必以眼还眼、以牙还牙。谁都有缺点，谁都会犯错误，像我们这样的人缺点尤其多，犯错误更是不可避免。如果要求人家没缺点，先把自己的缺点都改正了再说。

世界虽然很大，但是也没有十全十美的人，对朋友要求过高，实际上就是和朋友绝交了。自己身上有很多毛病和缺点并且总犯错误，反而要求自己的朋友们完美无缺，这道理说得过去么？

在中学的时候，不经意间，我听见了我的好朋友对另一个同学说我的坏话，因为一直将他作为好朋友，这么好的朋友竟然会在背后说我的坏话，我实在想不通，所以从那以后充满怨恨，很长时间不再跟他说话，不一起玩。他后来知道了怎么回事，也满怀歉疚地不再跟我说话了。

不知道老师怎么知道了这件事，把我叫到办公室，问清楚了我俩不团结的原因之后，就问我："你在背后没有说过其他同学的坏话么？好好想一想吧！"我想了一想，只好承认自己也说过其他同学的坏话。老师说："任何一个人在背后都会议论别人，就连老师也不例外。就像所有的人背后都有人议论，这是一件很普通的事情。你不知道的还多得很，如果所有在背后议论你的人，你都不和他们交往了，在这个世界上就得一个人过了。好好想一想吧！"

我按照老师的说法好好地想了想，觉得老师说得是对的，而且知道了古话说，"谁人背后不说人，谁人背后无人说"。于是我找了一个机会与那同学和好了，一直到毕业我们都是好朋友。通过这件事，我经常告诉自己，对朋友、同事、亲戚……都不要苛求，他们和我一样，不可能没有缺点和不犯错误，有缺点和能犯错误的人是正常的人。

通过这件小事，我们也应该体会到，即便是在背后也不要说别人的坏话，背后的议论也应该是赞扬。养成了这个好习惯，也会使那些爱传闲话的人，无话可传了。如果把好话传过去，你的朋友就会越来越多，友谊也越来越长远。

"谁对我好，我就对谁好"是一般情况下人们对别人的处世之道。这种想法是很正常的，可是最近几年我慢慢意识到，这种态度实际上是把"对别人好"的做法加上了一个条件，这个条件就是别人必须要先对我好。

为什么不能主动先对别人好呢？不观望揣摩、不等待期盼着别人先要对你表示出友好，再拿出自己的善意对别人。把被动变成主动，首先对别人好，然后不计较别人对自己好还是不好。这也是一种处世方法，很多聪明人就是这么做的。

这世界是一面镜子，每个人都可以在里面看见自己的影子。你对它皱眉，它还给你一副尖酸的嘴脸，你对着它笑，跟着它乐，它就是个高兴的伴侣。所以年轻人必须在这两条路里面自己选择。

名 利 场

□ 萨克雷

还有一个故事，有个青年总是愤世嫉俗，在学习、生活、工作中遭遇了许多误解和挫折，由于得不到别人的理解，渐渐地养成了以戒备和仇恨的心态看待他人的习惯。在压抑郁闷的环境中，他感觉整个世界都在排斥他，因此度日如年，几乎要崩溃。

有一天为了散心，他登上了一座景色宜人的大山。坐在山上，他无心欣赏幽美的风景，想想自己这些年的遭遇，内心的仇恨像开闸的洪水一样，忍不住大声对着空荡幽深的山谷喊："我恨你们！我恨你们！我恨你们！"话一出口，山谷里传来同样的回音："我恨你们！我恨你们！我恨你们！"他越听越不是滋味，又提高了喊叫的声音。他骂得越厉害回音越大越长，扰得他更恼怒。

就在他再次大声叫骂后，从身后传来了"我爱你们！我爱你们！我爱你们！"的声音，他扭头一看，只见不远处寺庙里一方丈在冲着他喊。

片刻后方丈微笑着向他走来，他见方丈面善目慈，便一股脑说出了自己所遭遇的一切。

听了他的讲述，方丈笑着说："晨钟暮鼓惊醒多少山河名利客，经声佛号唤回无边苦海梦中人。我送你四句话。其一，这世界上没有失败，只有暂时没成功。其二，改变世界之前，需要改变的是你自己。其三，改变从决定开始，决定在行动之前。其四，是自己的决心，而不是环境在决定你的命运。你不妨先改变自己的习惯，试着用友善的心态去面对周围的一切，你会有意想不到的快乐。"

他半信半疑，表情很复杂。方丈看透了他的心思，接着说道："倘若世界是一堵墙壁，那么爱是世界的回音壁。就像刚才我们的回音，你以什么样的心态说话，它就会以什么样的语气给你回音。爱出者爱返，福往者福来。为人处世许多烦恼都是因为对外界苛求得太多而产生的。你热爱别人，别人也会给你爱；你去帮助别人，别人也会帮助你。世界是互动的，你给世界几份爱，世界就会回你几份爱。爱给人的收获远远大于恨带来的暂时的满足。"

听了方丈的话他顿悟，愉快地下山了。

回去后他以积极、健康、友爱的心态对待身边的一切，他和同事之间的误解没有了，没有人和他过不去，工作上他比以往顺利了，他发现自己比以前快乐多了。

这个小故事旨在劝导人们改变自己，主动善待面对世界的一切，和前面萨克雷在《名利场》中说的那句话异曲同音。

我赞成这样的做法，但是不太同意所说的结果。按照这种处世方法，只要自己对别人好了，所有的人就会对自己也好了。

就像所有的比喻都有蹩脚的地方一样，比喻其实是无法周密和准确的。这世界是以它的本来面目存在，是一个非常复杂的世界。它既不是一面镜子，也不是一个山谷。所以绝对不会像山谷的回声和镜子的反射成像那样，因为你对别人都好，所有的人也会都对你好。

至少那些坑、蒙、拐、骗，杀人放火的坏人，不会因为你对他们好，从此他们就都变成不再坑、蒙、拐、骗的好人了，从此公安局、法院、检察院都可以取消，监狱也可以拆除了。

往大一点说，不会因为我们国家对其他国家都友好，其他国家就不会再有对我们的军事侵略和经济侵略了，也没有了恐怖事件了，海盗也不再抢劫、杀人、勒索钱财了。

往小一点说，尽管你对大家都很善良、友好，也避免不了有人会骗你、坑你、欺负你。"你给世界几份爱，世界就会回你几份爱"是不可能的。

在无论多么善良的人周围，都会有各种罪犯存在。因为你很善良，大家知道你是个善良的人之后，会有很多人喜欢你、尊敬你和爱戴你，也会有很多人利用你的善良，欺负你、坑你、骗你。"人善被人欺，马善被人骑"说的就是这个道理。

你对别人好了之后，会在很大程度上改变自己的处境。因为你善待周围的所有人，朋友就会更多一些。给社会的爱多一些，得到的爱也就会多一些。工作会比以前顺利，误解也会减少，快乐会增加，这些都是可能的，而且能达到这一点已经很不错了。

予人玫瑰，手有余香。是也！

六、用什么态度向朋友学习

向朋友们学习要谦虚，就像一个小学徒跟师傅学本领一样。当小学徒跟老师傅学习技术的时候，虚心、主动、恭敬有礼都是我们时刻要注意的。甚至有时候要像偷师学艺一样，时刻注意他们的言谈举止，从对事物的分析判断当中，偷学他们的处事技巧、思考方法、观点看法和解决办法等等。

如果真的学习到了一些东西，不妨把自己的学习心得对他们讲，这里面就包含着对他们的尊敬和表扬，只要不是太过分，这样的赞扬朋友是很爱听的。

谦虚是一种美德，不只是装模作样和故弄玄虚给别人看，而是发自内心自然而然的一种思想品德。谦虚的人总能看到别人的优点，再努力找出自己的不足。他们佩服别人、尊重别人，无论到了什么地方都能看见比自己强的人。为此他们谦虚地向人求教，学习那些人的长处。不管自己是聪明还是愚钝，都会一点一点地进步着。在某些人看来，这是可以装出来给别人看的。其实，真假谦虚的最大区别是，只有真正的谦虚，才对谦虚者有益。这和真正的聪明、真正的自信、真的正直、真的勤奋、真的诚实是同一属性的美德。

听说过"虚怀若谷"这个成语吧，如果你的谦虚是真心实意的，那么你对待朋友的谦虚胸怀，就像一个巨大的山谷，能容纳河流、沙石、树木花草及百兽共生。在这之外还有巨大的空间，再多的东西也填不满。我们的胸怀就要这样，可以容纳得下数不清的知识，装得下所有老师和朋友们的批评与教诲，永远没有满足的时候。活到老学到老不是一句遥远的空话，是从现在就要开始走的最长的奋斗之路。

向朋友请教一定要主动，你自己不说出来，就没人知道你有迷惑不解的地方，谁也猜不出来你存在的问题。不管他能不能帮助你，都要主动请教，主动提出问题。他即使解决不了你的问题，也许会给你一个启发，在交流和探讨中也许你就会弄明白这些问题。实在不行就再向另一位朋友请教，总会有朋友能给你一点帮助。有不知道和不懂的事情并不丢人，不懂装懂才会让人家讨厌和看不起。

以他人为师一定要注意礼貌，不负责任地随口承诺，不准时赴约，对别人送的礼物不感谢，对自己的怠慢和过失从不道歉等等，都属于没有礼貌的行为。没有礼貌和没有教养一样。没有人推荐你，怎样施展你的才华，对我们傻瓜而言，粗暴无礼是成功道路上的杀手。

在交朋友的问题上，还有一个原则我很赞同。有人说，如果你知道这个人不孝敬父母，千万不要和他交朋友。我认为这是对的！一个连父母都不知道孝顺的人，能指望他对朋友真心么？这样的人多是非常功利的，对他没有好处的时候，你绝对找不到他。

七、背后的支持

外国有一句名言，"每一个成功男人的背后，都有一个伟大的女性"。这句话大家都听说过，估计很多男人也都幻想过，希望自己的身后出现一位这样伟大的女性。不怕您笑话，我就望眼欲穿地盼望过。

这句话说出了一个现象，它认为每一个成功男人都是在一个伟大女性的鼎力帮助，全心全意无怨无悔的付出之下，最后获得了成功。

这话说得很巧妙，它不说是"伟大的妻子"而说"伟大的女性"、表示这个伟大的女人，有可能是妻子，但是也不一定是妻子，也许是母亲，是姐妹。也许是在这些人以外的其他女性，例如朋友、情人、知音、红颜知己等等。

如果有一位女性非常崇拜你，愿意用自己所有的力量帮助你，扫清前进路上的一切障碍和艰险困苦，无论在物质上，还是在精神上，都给你极大的支持，一路上任劳任怨无悔地付出，使你减少了很多后顾之忧，你的成功将会更加顺利和提早到来。

在这里有必要泼点冷水，希望我们注意，傻瓜一般没有这种福分。

可是这句话并不是真理，因为说得太绝对了，一方面不是"每一个成功的男人"，背后都有一个伟大的女性。另一方面，也不会在这些男人的背后，只有一个，而且必须是女性。

有些男人是靠自己的艰苦奋斗，得到了大大小小的成功。那些小小的成功，比如写完一篇文章，画好了一幅画，制作成一件小工艺品，想出了一句很有哲理的格言等等，用不着女人支持，只要用心就不难成功。即便是大成功，也有这样的典范，据说陈景润就是在他的斗室里，完全以一个人的力量，演算出了伟大的"陈式定理"。虽然他的衣、食、住、行需要别人帮助，定理的发表、肯定和推出也需要别人，但是没发现有什么女人帮助他完成了这个世界难题的演算。陈景润固然伟大，也实在太艰难了。

还有很多事情要靠大家的力量，才能完成，不能只靠女人。

马克思这个无产阶级伟大理论的奠基人，他成功的背后不仅仅是只有夫人燕妮，还有在精神上和物质上都一直全力支持他的恩格斯。

细想起来，男人成功这件事情，的确是一个很有意思的现象。

有的男人要努力做出成功的事情，就是为了让一个女人满意，就想做给她看看。这个女人可不是在他的背后，而是在他的前面，是一种精神力量在引领着他向前。男人就为了把自己的成功，将来有一天奉献给自己心中的女神，作为一种证明和感情，甘心情愿地艰苦奋斗着。

有的男人努力成功，只为自己心里的那份不甘。不甘失败、穷苦、渺小、低微，要改变自己的命运。这种力量的坚韧不屈，最后远远出乎别人和他自己的预料，不管失败了多少次，迷茫过、痛苦过、灰心过，多少次的头破血流、一败涂地，多少次的失望放弃。到了后来他都为这个不甘心，摔倒了又重新爬起来，奋斗不止。

还有的男人是在生活当中或者在各种励志文学作品中，看到了自己的榜样。在这些榜样的激励之下，他们找到了自己前进的道路。由于这样的光辉榜样，激发出了他们身体当中的潜能，当这种潜能一旦爆发，就像在心里站起了一个巨人，就像引发了一颗无比有威力的核弹。一切成功路上的艰难困苦，都会被摧毁，最后的成功就从可能变成了现实。

更多的男人是因为责任心。因为明白了人生的最终意义，知道了人生的真谛。要做一个当之无愧的"人"，就要为这个世界，为自己的祖国，为了父母、后代以及所有可亲可爱的人们，发出自己的那一点光和热。即使是粉身碎骨，也心甘情愿。所以他们会更加义无反顾地投身自己所信仰的事业，把小我融入了大我的群体，不管有再多再惨重的牺牲，擦干净身上的血迹，掩埋好同伴的尸首，又继续前进，终于铸就了伟大的成功。

这样看来，男人们的成功有很多原因。也许没有女人在背后，也许有女人在背后。也许不止一个女人在背后，也许是一些伟大的男人，或者既有女人也有男人在背后。所以男人的成功，与背后女人的存在，没有必然的联系。

背后的伟大女性，不是男人成功的必然条件。有伟大女性在背后的男人，有可能成功，也有可能不成功。

我们傻瓜在奋斗当中希望有外援，可以找外援、求外援、争取外援，但是千万不要依赖外援。不管有没有外援都要坚持奋斗，甚至不管成功不成功，都要奋斗。成功了固然高兴，不成功也不后悔。如果没有奋斗过，到老了奋斗不动的时候，后悔才是真的来不及了。

八、为什么说吃亏是福

不管是利益上还是体力或者脑力上的付出和纷争，我们这类人总是不会占到上风。在很多情况下我们就是用尽了所有的能力，也依然争不过、争不到，所以常常吃亏是必然的。如果我们总是因此而苦恼、怨恨等等，实际上也是对自己没有自知之明的一种体现。

有了自知之明，我们就会对这样的现象习以为常、司空见惯、一笑了之。可以自嘲地笑一笑，也可以宽慰地笑、满不在乎地笑甚至傻笑，但是千万不要苦笑，据健康专家说，苦笑对身体有害。

年轻的时候干活感到累了，老人们就教导说："你们现在是长身体的时候，用多大力就长多大力。"听了这话我很受启发，所以尽管身单力薄，依然干活不惜力。

我在学校工厂里工作，认真努力；在上山下乡的北大荒，十几年尽力而为；到了钢厂工作，努力负责……

尤其是最后到了钢厂当轧钢工的时候，我已经将近四十岁了，原来就身单力薄再加上年龄渐长，做轧钢工作已经很吃力了，仍然尽自己最大的努力学好技术，操控机器。每一捆钢带都有几百斤重，要搬上轧机轧制，轧完了还要搬下来，一天反复操作八小时，每天搬动几吨钢材的劳动量，我几乎用了全力。

尽管有人不知道我已经尽了全力，依然认为我没有好好干活，不卖力气。我却依然坚持几十年，因此体质慢慢地变好了。原来我那多灾多病的身体，到了中年以后竟然很少得病，尽管现在年纪老了，也没有高血压、心脏病、糖尿病等等各种老年人常见的疾病。年轻的时候吃的亏，成了现在老年的福气。

"礼多人不怪"，虽然说的是礼貌的"礼"，你把它理解为"礼物"也不为过，这句话说的就是这种现象的普遍性。

见了礼物火冒三丈，见到送礼的人就像见到了仇敌一样的人我还没见过。不管人家是因为偏疼、喜爱还是讨好，至少心里装着你。你可以因为礼轻而不屑一顾，但是至少不要因此而恼恨人家吧。

有一些人由于身份地位和其它原因，总会收到各种各样的礼物。因此而感激涕零非要涌泉相报的虽然不多，但至少还有一部分人心存感激。

也有不少人由于习惯了，就把这样的事情看作是想当然了。其中有些人对于谁送了礼品没记住，谁没送礼却记得清楚，以便将来有机会秋后算账。

我们注意一下就会发现，很多小孩都会把自己的糖果分发给其他小朋友，为的是让大家对他好一点，愿意和他一起玩。我们了解了历史，就知道为什么很多皇帝为了政治的需要或经济利益，要把自己的亲女儿或者干女儿远嫁到外邦异族。这既是一种策略，也是一种不得已。

所以我们应该认识到，吃亏是一种策略，也是一种生活艺术。这种生活艺术无处不在，千万不要视而不见听而不闻。会说赞扬的话固然会使大家愿意和你在一起，经常拿话附和人不如送一些小礼品，更让人家记得你。

我们傻瓜大多不富裕，所以不可能送出多么贵重的礼物，那就送一些小礼品，讨得大家对我们的不反感和愿意与我们交往。

我奋斗了几十年，到现在依然是物质上的穷汉，那么要想送礼的话肯定拿不出什么贵重的礼物。于是我就把自己出版的书和写的书法作品送给朋友们，不管怎么说礼轻情意重，有了向朋友们表示友情的诚意和做法了，至少在接到这些礼物的时候大家都很高兴，我的心情也很愉快。

这样做得久了，记得我的人和记得我的书以及书法作品的人也就越来越多了。能让人家记住你并且有个好印象，何乐而不为呢。

如果有人送给我们礼物了，那是人家看得起我们，千万要记得人家托付的事情，能办到的尽量去办，办不到的事情在事先和事后都要说明白。而且我们要做到"礼尚往来，来而不往非礼也"，这才是懂得礼貌。千万不要像那些聪明人一样，认为这都是应该的，理所当然的。

很多聪明人所信奉的原则是"吃小亏占大便宜""有便宜不占王八蛋"。他们看见所有的东西都要据为己有，只许进不许出。因为这些是聪明人的权利，与傻瓜无关。就算是被他们骂做"王八蛋"，我们也千万不要向他们学，更不要养成吃亏难受，占便宜没够的恶习。

所讲的"吃亏是福"，不是吃小亏占大便宜，而是"有福同享"的思维方式，是惦念他人的善良，怀着一颗报答朋友和社会的感恩之心。

这个社会很大，所以不仅有父母、爱人和兄弟姐妹甚至孩子们对我们的关怀和付出，还有太多太多的人们为这个社会尽力，同时也为我们付出了他们的智慧和体力。尽管还有很多不尽人意的地方，只要我们还活着，就一直享受着他们的奉献。

很可能我们不信上帝和其它宗教，但是只要认识到亲人和朋友们，还有那些劳动着的人们，给了我们无尽的关爱和付出，对我们绝对是有恩情的，我们就要感谢他们。不懂感恩的人是智商低、情商也低的典型傻瓜，我就做过很长时间这样智商和情商都很低的傻瓜典型。希望你们不要跟我一样，需要经历几十年的时间，苦苦地思索才明白了这件事。

付出虽然也有"舍得"这个哲理的意思，但是更多的是感恩。要在享受到其他人给我们的付出的同时，也有自己的一份心甘情愿的付出，以求得心理的平静和心安理得。

世界上各色人当中，有这样两种人。一种人要求自己一生不做亏心事，还有一种人是无论做什么事都不亏心。那么他们看待事物和为人处事的方式就绝对不相同，最后的结果也不相同。这是一个很复杂的问题，我说不清楚了，我们傻瓜只要做到，对亲人、对朋友、对社会，尽量不做亏心事就行了。

美国西达克瑞斯特学院的心理学副教授迈卡·萨丁称，良好的人际关系是很好的减压剂，而知道有人一直支持着你，会让你身心都保持健康。有研究显示，有好朋友的人更容易通过对朋友的倾诉，减轻了精神上的各种压力。而慢性压力削弱免疫系统的功能，使细胞加快死亡，最终会使一个人寿命缩短4～8年。

《新英格兰医学杂志》上的一项研究表明，如果你最要好的朋友体重增加了，那么同样情形发生在你身上的可能性是72%。主要研究者尼古拉斯·克里塔基博士称，要想维持一种健康的生活方式，就应该与那些和自己有相同生活目标的人交往。比如参加一个减肥健身的俱乐部，或者发展一个能和你长期一起散步的朋友等等。

孔老夫子说过，"食色性也"，他老人家认为人们的食欲和性欲，都是正常的自然本性。所以贪吃和好色的种种表现，都是正常和普遍现象。其实贪欲是一种普遍心态，是人人都有的正常现象。除去食、色这两种人之大欲以外，占有欲也是如此。

最近这些年，我发现了自己有一个很大的改变，就是占有欲降低了。年轻的时候一旦看见了什么喜欢的东西，我就特别想据为己有。没有能力买来，我也会在心里惦记着，一旦有了钱恨不得马上就把它买来，摆在眼前或者放在箱子里，心里才有了一份满足。现在看见美好的东西我依然喜欢，但是把这些东西据为己有的欲望，却越来越低了。

"这东西太好了，非常珍贵、精美绝伦，不错！"然后走开，如此而已。以后即便是有时候再想起来，我仍然会很高兴很喜欢，但是不会想把它一定要归属于自己才甘心。有了这东西固然很好，没有也不错，这是近年来我的正常心态。

对于"不以物喜，不以己悲"这句古语，我很长时间不能理解，主要是因为没弄明白这句话的含意是什么。大概可以解释为"不要因为得到了一些物质财富之类的东西，就使自己高兴起来。也不要因为自己一些小小的不如意，就无限悲伤。"对于这八个字我们理解起来已经不容易，做到就更难了。

有位名人说"得之我幸，失之我命，得失随缘"，这话说得多好。

第十三章
傻瓜的十大优势

凡事都有正反两个面，真所谓"福兮祸所依，祸兮福所伏"，这完全符合"一分为二"的辩证法。

对于傻瓜，几乎所有的人都认为我们是弱势群体，其实傻瓜也有自己的优势！这是真的！

一、轻信是我们的优势之一

傻瓜有一个明显的特点，就是轻信。轻信是内心软弱，甚至是善良的问题。不管别人说什么，傻瓜几乎马上就相信那是真的。因为在我们心目中世界上所有的人都差不多，说得更明确一点，就是都跟我们差不多。所以往往以傻人之心度他人之腹，自己是个不会骗人、害人的傻瓜，就认为别人也是不会骗人害人的。

当做出一点事情，但是并没有完全理解它的含义，或者没有特别明白它到底有多好的时候，有人说，"你做得不错，太棒了！"于是我们相信了，把这件事的成功当成对自己的鼓励，把他人的赞扬当作奖励，就鼓足更大的干劲，拿出更大的热情，在这件成功事物的基础上，接着再干多一点好一点，使成功由小变大，由少变多了。

比如看到电视节目中，有我参加演出的电影、电视剧或者广告的话，我就会发一些短信给亲朋好友，让他们看看我的"光辉形象"。我也经常会接到亲朋好友的电话和短信，说他们在电视机里看见了，还会说几句演得好之类表扬的话。

不管这些表扬是真诚的还是客气话，我立刻就信心十足，虽然嘴里也能谦虚几句，脸上早已笑开了花。对于这样的夸奖，我总是信其真而不信其假，因为相信是真的，会增加信心。

若是有我的文章刊登在报刊杂志上，我也会告诉大家，甚至买上几百本留着送人。至于出版的书我更是送给了很多朋友，认识的不认识的，叫得上名字来的和叫不上名字来的，都没关系，见者有份。不管是谁只要说一声，写得不错，于是无论人家说的是真是假，我一律当作真心表扬来接受的，而这些表扬最后都变成了我继续努力奋斗的动力。

在不管是真心还是假意一律相信的情况之下，我使听到的表扬都变成了前进中的动力，轻信的缺点，就转变成了优势。

二、容易被感动，是优势之二

社会上流传着一句话"给点阳光就灿烂"，我们就是这样的人。

满头白发使我在乘坐公交车的时候，经常会有人让座。每当这时候我都会尽量大声地，向那人微笑着说几声谢谢。也许我还会问他在哪里下车，表示一下对他的感谢和关心。我绝对不会像那些聪明老头一样，一屁股坐在那里，面无表情、理所应当的一样，对人家不理不睬。

应该怎么看待给老人让座位这件事，其实很简单。大家都活得不容易，一般情况下坐公交车的人都不是富人。不管是开轿车的还是做轿车的，都知道轿车比公交车舒服而且方便快捷，上了公交车的人，谁不知道坐着舒服、轻松一点，看看那些没让座位的年轻人，就明白了他们都知道。

有年轻人让座位，是表示他们的家教、文化修养、做人的素质、心灵的品质等等，都是真诚的、美好的、善良的。

因为即使不把座位让出来，对他一点损失也没有，谁也不能把他怎么样。其中也会有些年轻人感到不安或者不好意思，所以会低头、闭眼，会看书、看报，而看不见你。而让座的那些人，也不会因为做了这件小事就得到什么好处。

但是说一声感谢的话就把我们的真诚、美好和善良表现出来了。

在这种时候我想的是，现在的社会真好，刚刚老了一点，就有人给我让座位了。我更要认真地拍好戏给他们看，写出更多的好书让他们读，为这样和谐的社会尽自己的一点力量。

另外我还会想，就连这样没有人监督很小的好事，这些个年轻人都会很自觉地做到，他们的思想境界一定很高，当他们用这样的思想境界，面对社会上所有的人和事物的时候，心胸是宽阔的、志向是远大的、气质是美好的。只要这样坚持下去，他们的前途一定是光明的。

无论是看电影、电视剧还是看书等等，最容易被感动的就是我们这些傻瓜，最主要的原因是我们相信那里面都是有真情的。

看见云海里冉冉升起蓬勃日出的景象，凝视在战友的墓碑前吊唁的战斗英雄，欣赏"江河水"宛转悠扬如泣如诉的曲调，读"伤逝"这样揭示心灵催人泪下的文章时，我都会发现自己的心在颤抖，止不住泪水在流。

尽管六十多年的岁月，见过了不少人世间的悲欢离合，原来非常脆弱的心，已经磨砺得厚实多了，但是在情感的方寸之地，我依然是那么容易就被触动，感觉灵敏。

所以任何人给我一点好处、一点关爱、一点安慰、一点爱护……，我都会感动，都会想办法尽自己的力量回报他们。用努力做出成绩，回报这个社会。用良好的精神状态和健康的身体，少给别人添麻烦。时时刻刻准备着灿烂的微笑，面对社会面对人生。

容易被感动，使我们对社会常存感恩之心。

三、"无知"是我们的优势之三

俗话说"无知者无畏"，在智力和知识的领域里，我们就像最穷的穷光蛋，什么都没有。

可是毛主席说过，"一张白纸没有负担，好写最新最美的文字，好画最新最美的画图"。对于我们来说，学会一点知识或者技能，就懂得了多一点。干好一点事，就是成功了。只要不变得更傻了，知识和经验只能一天比一天更多，慢慢地就会一天比一天聪明起来。

说起来挺好笑，上面这句毛主席的话在当初刚刚看到的时候，我马上就想到了我就是一张白纸，但是却没乐观起来。

因为想的是，如果我是一张白纸，如果写坏了画坏了，就成废纸了，没有用了。怎么画怎么写，才能不变成废纸被扔进垃圾箱里呢？就算是可以作为再生纸，可要经历一番怎样的历练和改造啊！

这种担心使我战战兢兢，我认真地在这张纸上写着画着。因为想不写不画也不成，每个人一生的历史，每一天、每个月、每一年，都有一部分由自己在写着画着，所以说每个人的历史，很多都是自己写出来的。

每天认真仔细地写和画，也体现着把命运的一部分掌握在自己手里。

几十年过去了，我对这句话有了新的认识。其实根本不用担心这张白纸在写了画了之后，没写好没画好就成了废纸，不会的！父母教育过我"要命的不吃，犯法的不做，无义之财不取"。只要把握好了这个简单的原则，就可以放心大胆地写和画了。

因为我们不是一张没有生命的白纸。一张白纸如果写了不好的字、画了不好看的画，就成了废纸只能扔掉。而我们是有生命的大活人，只不过在知识上、技能上什么也不会，什么也不懂而已。学不会或者没学好，仍然可以再学习，依旧是一张白纸还可以再写、再画。

对于傻子来说，他们几乎永远是一张白纸，或者说是一张很大很大的白纸，只要他愿意学习，就永远没有变成废纸的时候。

所以，要在思想上解放自己，放开胆量，每天都努力地写和画、不停地写和画、尽情地写和画、不慌不忙地写和画，就行了！

如果自己总是不写、不画、不学习的话，就永远是一张白纸，到老了到死了还是一张白纸。自己不动手也不动脑，别人帮助的力量是有限的，最后也许依然是白纸，一张报废的白纸。

自认无知，才会去学习，学，而后知不足。把无知变成学习与思考的动力，就成了我们的优势。

四、容易满足是优势之四

我们还有一个特点，就是容易满足。因为我们对外界的需求，已经降低到了无法再低的地步，只要能混得过去，就能忍着、让着，得过且过尽量不麻烦人。这样就使我们越来越孤独，甚至越来越穷困潦倒。可是一旦做什么事情，会使我们在取得了一点成绩之后，就会很有成就感，很容易满足、高兴起来。

第一次看见我的形象出现在电视机上的时候，我心里突突地跳着。我瞪大眼睛张着嘴，直盯着电视机不敢眨眼，竖起耳朵听着台词。心里说，这就是我演的摄影记者啊！出来了！那时候要是你看见了我的样子，保证你会脱口而出"傻瓜！"这两个字。一个人心里最没有戒备的时候，是他原形毕露的时候。

很有成就感，太满足了！太高兴了！

在那之后的几年里，就像人家说的"跟打了鸡血似的"，我满北京转地跑组，进了剧组拼命背台词，设计怎么演好这个角色。再一次看见电视里自己演的新角色，我就像又打了一次鸡血似的，接着跑组、演出。

我把一本书的初稿写出来之后，打印了一些给亲戚朋友看。他们不管看了还是没看，认真不认真看，是不是认为写得好，至少表示了他们的惊喜。尤其是听到有人说"真好！"的时候，我挺满足地感谢他们。

等到书终于出版了，我看着印刷装订的这一本一本，色彩鲜艳闪闪发光，封面上赫然印着我的大名。我把它们摆在我书房书柜里最显眼的位置，码放在各大书店高高的书架上，呈现在读者面前，网上一搜寻，就能找到相关的结果几千条。尤其是把书送给各位朋友，他们还要求我签名留念的时候，我感觉自己不喝酒已经醉了，没转圈已经晕了。

就凭一个这样的大傻瓜，居然能出书让大家去读了，这是真的啊！那种满足的感觉，我永远铭记在心。

我们有点成绩就会很满足，这样的满足不但不会使我们停滞不前，而且还会成为我们继续努力的动力，鼓舞着也提醒着我们。这点成绩明确地告诉我们，尽管我们是傻瓜，但是只要努力，不怕艰辛地去做了，到了一定的阶段也照样可以做出成绩来。

好吧！大傻瓜加油！

五、记性不好是优势之五

我在写作的时候，经常会发生这样的事情，写完不久再回头看自己的文章，几乎每次都会被自己的文章感动，甚至兴奋、自豪起来。

这些文章是我写出来的么？不会吧？就凭我这样的低能，也能写出这么好的文章么？这段描写真生动！这段叙述太精彩了！这句话绝对精辟！这短语实在有哲理！这个论点所表达的思想确实深刻！真不知道当时是怎么想出来的，又怎么写出来的。居然都忘记了！

也许，对于别人来说，这些文章没有那么精彩、生动、深刻，但是我觉得很是那么一回事，比在幻想写出这部书的时候要好得太多了。于是在这种感觉的鼓舞之下，我继续往下写，越写越多，完成了一部部书稿。

有个文友，虽然比我年轻，但是写出的文章，文笔细腻感情深厚，结构严谨思想深刻。他极富浪漫主义的思维方式，使文章很有感染力。每次看了他的文章，我都会觉得他是站在一个很高的境界，观察着周围，思考着这世界的事情和道理。在一起聊天的时候，我会经常被他对事物中肯、深刻的分析所折服。无论是对事物的叙述还是分析和论断，都是那么严谨而合理。他的智商比我高出多少我不知道，但是高出很多，却是活生生的一个现实。

也许就因为很聪明，使他往往对自己很不满意，这种不满意表现在写作上就成了阻碍。他在写作时，对自己生活当中的一些发现和感悟很兴奋，有了创作的冲动，于是动笔一挥而就，文章大告成功了。

可是等过一段时间回头再看这篇文章时，他就觉得非常不满意。无论是立意、中心思想，还是叙述的方式以及思想，几无可取之处。尽管文章受到了我和很多人的肯定和赞赏，他却觉得太不满意了。而这不满意就阻碍了他继续改写的心情，于是他会很长时间不再动笔。在这种情况下，原来的那些优势却成了在文学创作方面的阻力。

记性不好，就会出现对自己的成绩常看常新的情况，因为总会看见自己有"新成就"，于是兴奋快乐，这些"新成就"也同样产生了鼓舞我继续前进的动力。在这种情况下，健忘居然也可以转化成了优势。

六、傻瓜的优势之六是不会说谎

在六十多年的生活经历当中，我见过太多的聪明人，这些聪明人里相当多有爱说谎话的毛病。经分析，他们之所以这么做的原因，是因为在他们心里，其他人都太傻了。有很多聪明人的谎言，基本不会被揭穿。所以他们拿欺骗人为乐，把撒谎当作家常便饭。

他们会脸不变色心不跳地说谎话，随口允诺下根本不想干的事情，忘记当初给你的保证，否认自己的错误以及曾经的允诺，用极不负责任的借口解释自己的食言，甚至马上就再给你另一个诺言，使你继续对他抱有希望和幻想，继续相信他。

看着他们措词严谨、严肃认真地对你说话的样子，你绝对相信他实在是一个诚实度非常高，完全可以相信的好人，而上次的谎言绝对不是有意的。他们会当着很多人的面，夸奖你是最好的朋友之一，热情和真诚的态度，会使我们觉得自己是以小人之心度君子之腹。

这样你就会认为，也许是由于太忙和其他原因，他们忘记了对你的承诺，你会不好意思再提起他是欺骗了你。至于其他谎言和小小的欺骗他们更是张口就来，随时可以找出很多理由和借口，让你觉得即便是骗了你，也是为了你好。

但是时间长了呢？他多年养成的习惯，可绝对不会只用在我一个人身上。骗了很多人以后，会发生什么事情呢？我曾经以为他们会被大家揭穿，没人愿意和他们来往。

也许我没发现吧，并没出现这样的现象。这些人有一个想法我知道，因为曾经听他们说过。他们说，中国人多得很，怎么骗也骗不完，总会有人继续被骗的。

当然，在这其中也有一些人，说的是善意的谎言。而我在这里所强调的，却是那些真正的谎言，我听得太多了。

我们傻瓜的优势在哪里呢？在于不会或者不大会说谎。即使说谎，大部分也不是为了骗人，而是为了隐瞒自己的傻，生怕别人看出来。善意的谎言在我们的谎言当中占了绝大多数。

这也有原因，因为我们从小肯定也有过多次撒谎的经历，最后却发现几乎每一次都会被人揭穿，使自己陷入非常尴尬的境地。一次又一次被人揭穿丢脸的经历，久而久之使我们不敢再撒谎，最后就成了比较诚实的人。

一旦脱胎换骨成了一个诚实的人，朋友就会信任我们，愿意与我们交往。尽管我们是傻瓜，但是对他们来说，还是最可靠的朋友，最不会对他们造成危害的朋友。于是我们就有很多互无戒备、知心知己，甚至肝胆相照、忠心耿耿的朋友。

有些朋友可以相交几十年而互不相忘，尽管交情只是清淡如水，一旦有事还是可以推心置腹地交流。

七、家庭比较稳定是优势之七

原因更简单了，一个大傻瓜本来找个对象就难，结婚就更难，所以对家庭就比较珍惜。尤其经历了千辛万苦之后，才把家里经营得有点起色了，对其他人可能是比较简单的事，对于我们就太艰难了。不到万不得已，不到了实在无法过下去，不到无路可走的时候，我们才不会轻易把家庭解体呢。

一般情况下我们所找的对象也不会太聪明，聪明人往往不愿意和我们这样的人谈恋爱。所以，大多数傻瓜的家庭，差不多是由两个傻瓜结合而成的。其中如果有一个太聪明了，这个家庭的稳定程度就会下降。两人智力的距离相差越大，家庭的稳定系数就越小。门当户对是众所周知的婚姻条件，智力相当却是在千挑万选中自然形成的。

傻瓜做夫妻因为智力相近，所以常常能互相体谅对方。你看着我傻，我看着你傻，再看看自己也很傻。既然都是傻瓜还互相较劲就没意思了，傻瓜哄傻瓜是很有意思的事情。很多情趣在聪明人眼里根本不值得一提，在我们这里就都成了很有趣的事情。傻瓜比较容易原谅自己，也就更能原谅另一个傻瓜。

聪明人之间的较量，可以比较出来谁更技高一筹，谁更强势、更睿智。傻瓜们比来比去，只能看谁比谁更傻，这结果太没意思，所以没必要比较。

我们常常会有这样的感觉，遇到了一个特别聪明的人，就不知道该说什么和怎么说话了。连话都不会说了还怎么交流呢？不能交流感情的日子怎么过呢？

我们的孩子也往往不太聪明，这也没什么，是遗传基因在起作用，任何人也没办法的事。如果赶上有些变异，变好一些还不错，要是变坏了呢？这都是我们几乎无法掌控的事情。

不过有一个定律我知道，"孩子的聪明程度与将来他和你距离的远近成正比"。越聪明的孩子长大之后，离父母亲的距离越远。越傻越笨的孩子，长大后离父母亲的距离越近。

我们的孩子直到长大了，也会在离我们不远的地方生活，使我们享受到更多的天伦之乐。

八、优势之八是亲人之间关系较好

按理说孩子傻应该是"姥姥不疼，舅舅不爱"吧。可是在一个家庭里，傻孩子往往得到的是格外的关爱。孩子比较多的情况之下，尽管有些照顾不过来，但是同情弱者是人的普遍心理。无形之中我们傻子所受到的关爱，就会比一般聪明孩子更多，因为聪明的孩子会把自己照顾得很好，大多数情况之下，也没人愿意跟我们争这份特殊的关爱。

傻瓜们不善于争利，不仅是在社会当中看不到挣钱的门道，找不着发财的途径，就是在自己的家庭当中，也不会为了财产、遗产等等去争抢。所以最后他们的结局就是比较穷。

傻瓜不但是在社会上属于穷人的位置，就是在兄弟姐妹当中也是比较穷的。穷人之所以受穷的原因之一，就是不会追求也不懂怎样争取更多的财富，而常常把亲情看得很重。

把亲情看得重了，在心中就常常会想到别人对自己的好，忘记了那些不好。傻瓜认为就是再多的钱，也买不来生身父母，买不来同胞的兄弟姐妹，更买不来亲生儿女。

也就是由于这种不争不抢的态度和做法，会使得整个大家庭比较团结，兄弟姐妹互相关心照顾，有那种难得的亲情气氛。

九、糊涂是傻瓜们的优势之九

也许你最想不到的，就是连糊涂这样最严重的缺陷，居然也会是我们的优势。

我们遇事常犯糊涂，分不清是非进退，弄不懂轻重缓急，很多事情考虑再三还是决定不了。因为我们表现得犹豫不决，所以把很多事情都耽误了。也由于这样的糊涂，胆小怕事谨小慎微，使我们耽误了很多正事或者错过了很多机会，以至于经常会犯错误。

那么糊涂的优势在什么地方呢？这样的优势在于，不会犯很大的错误。

聪明人的能力大，做出的成就也会很大，但是能力大的人一旦犯错误的话，所犯的错误也会大一些。在一般情况下，我们傻瓜得到的成功固然不会很大，但是通常也不会犯很大的错误。

立大功、受大奖，当大官、发大财的固然都是聪明人。但是犯大罪、大错受到惩罚的，大多数也是聪明人。

监狱里关着不少傻瓜，但是更多的是聪明人，聪明人进监狱的机会比傻瓜要大得多。所谓"聪明反被聪明误"是也。

我们不敢冒太大的风险，不会孤注一掷，没有贪赃枉法的机会和胆量，更没有祸国殃民的能力。我们犯不了那些不可挽回、令人痛心、给党和国家造成重大损失的大错误。至于杀人放火、抢银行、抢劫强奸都是我们连想也不敢想的事情。对于贪污腐化，打击报复之类的事情，我们最多也就是想一想而已，基本上无法做到，因为既不敢做也不知道怎么去做。

在这样的情况之下，我们所能犯的错误大多数都是一些小错误，只会让自己难过让朋友惋惜。

而且就算是真的做错了一些事，我们也是可以原谅的，因为是傻瓜嘛！

十、傻瓜们最大的优势是寿命长

先说一个极端的例子吧！

比如有一个人不管什么原因，不论是因为各种事故，还是得了疾病，变得痴呆了。他无论在经济上还是精神上，都会给亲人带来很大的折磨，给家庭带来极大的负担。

他的一切生活都要由其他人来照顾，如果是经济实力较强的家庭，还可以把他送进疗养院或者专门陪护的机构，由专业人员进行照顾。这种事情如果发生在一般人家庭，甚至在比较穷困的家庭里面，几乎就是灭顶之灾。

　　痴呆病患者，由于脑子出现了问题，他们不会发愁，不懂思考，对外界的要求不高，常常处于比较满意的高兴状态。很多在别人看来很一般的事情，对于他们来说却是很有趣的，一些非常普通的小事情，都会引得他们一阵傻笑。不知道要求什么，使他们经常处于快乐之中。

　　他不会吃喝，所有的衣、食、住、行都要人操心，一切生活都要由家人照顾。由于他不是一个儿童，所以他带来的一切不便，就会比那些小孩子更多。大家在他身上所付出的精力、体力就会更多。

　　于是，最后的结果很可能是，他一个人把好几个人都耗得筋疲力尽，甚至把别人都耗死了，他却还在痴痴呆呆地活着。

　　我们傻瓜却对大家只有好处，因为我们虽然傻一些，但是生活却还能自理，衣、食、住、行也不会给大家带来更多的麻烦。如果有人来照顾，我们的生活水平会提高一些，没人照顾的话我们也能过得去，无非是吃得差一点，穿得不得体，住得脏乱一些。

　　我们大多不挑食，只要有饭吃，一般都是做什么吃什么，给什么吃什么。只要不是太过于难以接受的食物，我们都会吃得很香，就像俗话说的"吃嘛嘛香，干嘛嘛不灵"。也许我们不会赞不绝口，但是都能接受。用别人的话来说就是"好伺候"。

　　聪明人会品味鉴赏，好烟好酒吃一口喝一口就能辨别出来，各种好茶叶稍加闻香，就能说出是哪里的产地和采茶炒茶的时间，我则绝对分辨不出这些名堂。所以他们会挑三拣四，有很多东西不吃或者不爱吃。我曾经见过由于菜里没加味精，就吃不下饭的人，还有稍微咸一点就大发脾气，或者由于不对口味，就绝食一顿的人。

　　由于记性不好，我们会忘记很多人对我们的伤害，忘记了那些曾经欺负过和看不起我们的人，因而使自己常常处于无忧无虑的愉快心情之中，不会再与他们计较。而对于那些给我们好言好语和各种照顾和帮助的人，我们常常心存感激。我们也会时常想起用傻傻的方式，给他们一点回报和感谢。

　　我们学习到一点知识或者技能，就会高兴。取得一点成就，就能兴高采烈。因为对朋友的真诚和坦率，能听得进朋友之间的倾诉，也有朋友愿意倾听我们那些傻傻的倾诉。所以就是有一点想不开的问题或者情结，也会由于及时的倾诉和发泄，使我们很快地处于心态平和的境地。

我们就算是犯了一些错误，也请你不要和我们计较。就算你不愿意原谅也没关系，我们先原谅自己了。傻瓜们犯错误，是应该可以被原谅的。父母、兄弟姐妹和爱人知道我们傻，也不会要求太高，就没有很大的精神压力，要是有点压力也是自己给自己加上的，所以精神状态常常很轻松。

那些聪明人的胆量和智慧比我们高多了，有一部分人会想出不正当的手段和方法，获得钱财、名望和职位等等。在这种情况之下只要他还有一部分正常人的感情，即便没有受到法律的制裁，他也会内疚，被犯罪感终日折磨着，或者为了逃避法律的制裁心惊胆战、惶惶不可终日。

长期处在这种情况下，怎么可能有心态的平静和愉快，又怎么可能健康长寿呢？因为有健康的心理状态也是长寿的条件之一。

据说有一个人文组织，对世界上的很多国家，做过大量长期的跟踪调查，发现凡是贪污巨款以及携款外逃的人，尽管他们没有被捕入狱、引渡回国，因而没有受到法律的制裁，但是他们的寿命没有一个能超过六十岁的。这说明，如果生活得心绪不宁、不坦然，心惊胆战、惶惶不可终日，就会非常损害身体而减少人的寿命。

设身处地地为傻瓜们想一想吧！我们由于很多原因，心态平和、精神愉快，傻吃、傻喝、傻笑地傻活着，几十年如一日，能不长寿么？

哺乳动物的最高寿命约相当于其性成熟期的8至10倍，人的性成熟期是14至15岁，其自然寿命应该为110至150岁。在所有人当中，我们傻瓜无论是心理成熟还是性成熟都比正常的人较晚，心理和性两方面都成熟得晚，所以也应该属于长寿的那一部分人。

如果找长寿的地方，全世界到处都有长寿村、长寿县、长寿地区甚至最长寿的国家。要是按照智商高低找长寿的人，我认为他们一定在85以下的智商层里。

所以，我们常会看到长寿的人里傻人多，傻人里长寿的多。

古人说"仁者寿"是说怀有仁爱之心，胸怀宽广的人容易长寿。斗胆补充一句"傻者也寿"。

老子在他的《道德经》中说"死而不亡者寿"。"死"的意思大家都知道，"亡"是"没有、消失"的意思，跟"死"不完全一样，是近义词。

对于这句话人们也有很多不同的理解，我的理解是：尽管我们都会死掉，但是如果能有一些永远不消失的东西留下来，给后代子孙们创造出一些永久的财富，那么我们就成为了最长寿的人，因为这样我们可以活在人们的心里，活在历史的记载中。

还有一句话，"比死更可怕的，是从未精彩地活"。

历史不光记着那些帝王将相、才子佳人，也不只记载了伟人智者、圣人和英雄，也记着很多普通的老百姓，但必须是为这个世界做出了一定贡献的人。

木匠鲁班是我国古代的一位出色的发明家，发明了很多工具和生活用具，使后人把他尊为木匠的祖师爷。

黄道婆是我国棉纺业的先驱，十三世纪杰出的纺织技术革新家。她把在海南学得的棉纺织技术带回家乡，并经过改革，创造出一套先进的棉纺工具和纺织技术，泽被故里，造福一方，极大地推动了我国棉纺业。

毕昇初为印刷铺工人，专事手工印刷。他在印刷实践中，深知雕版印刷的艰难，认真总结前人的经验，发明活字印刷术。

蔡伦这个宦官，只不过总结了西汉以来造纸经验，改进造纸工艺，利用树皮、碎布（麻布）、麻头、鱼网等原料精制出了优质纸张，但是由于他给大家带来了很大的好处，所以他在历史上就被大家永远地记住了。

谁创造了永恒，谁就得到了永生。他们的英名，万古长存。

他们到底有多聪明不知道，但是却体现出了一个道理：只要能做出对大家有意义的事情，就会得到大家的尊敬。这件有意义的事情影响越深远，对人们的好处越大，被人们记住的时间就越长。

我就要学习他们，所以写了几本书留下来。让看见这几本书的人有些收获，我就满足了。

世界上有多少书，国家图书馆里有多少书，谁都不知道，应该就像有人形容的那样是一个书的海洋吧。我写的书也存在于这个海洋里，成了这个海洋里的一滴水。不管人家知不知道，我活在这里，永远！

通过我的经历，还可以告诉人们一个道理，只要愿意开始努力，什么时候都不算晚！

人们都知道"性格决定命运"这句话。但是，有些性格是磨练出来的，有些性格是环境影响的，有些是培养出来的，有些是骨子里的。性格有一部分是可以改变的，所以命运也是可以改变的。

大家都懂得"适者生存"这个词汇，自然选择是非常严酷的生存规律和法则。长年与失败为伍的傻瓜们，无数事实证明了我们是不适应社会的。

如果不是生而为人，而是作为一只动物或一棵植物，也许我们早就被残酷的自然环境淘汰了。

既然是人类当中的弱者，我们这些智力上的残疾人，能生存下来，并且活到了很大的年纪，就是因为大多数人心是善良的，在这些善良人的宽容与保护之下，才得以生存生长。就为这一点，我们也应该以感恩的心回报社会，并且要不断地改造自己，使我们能尽可能地适应社会，做出应有的贡献，把自己改造为一个对社会对国家有用的成功者。

我很想做一个成功的人，就陆续看了一些怎样才能成功的书和文章。但是很遗憾，那些书和文章里所讲的道理有很多我看不懂，所举的例子也是关于古今中外的名人、学者、科学家、资本家、企业家之类的。

他们固然有可以学习甚至崇拜的地方，但是我一个傻瓜怎么向他们学习呢？成为与他们一样的人，对于我来说等于天方夜谭、海市蜃楼。很多道理对我来说无异于画饼充饥，基本上是可望而不可及的。

那些书明摆着就是给聪明人看的，聪明人看了那些书，很可能如虎添翼，正确的理论指导着他们，从一个成功走向另一个更大的成功。而这种深奥的书，对于我们傻瓜的指导意义不大。

我现在愿意以一个专业老傻瓜做例子，用自己对世界浅显的认识，说明一些道理，做好一些事情。我觉得这件事挺有意义的。

法国作家维克多·雨果创作的长篇小说《笑面人》中有一句话："人体如果是透明的，就可以看见里面的火焰。"做一个傻傻的透明人，让认识我们的人都看见，在我们的心里有一股奋发向上永不熄灭的奋斗之火。并让我们把这火种传给他们，也许能点燃更多人。

还有一句话大家应该知道：很多时候我们埋怨生命无法重来，其实你想过没有，如果它可以重来，又有谁会珍惜它。

我无论如何也没想到，就是这本小小的书，居然从六十四岁写到七十四岁才写完，也算披阅十载，增删却不止五次。幸而得到原班主任罗柏林和很多朋友的帮助，终于把它修改成了全书的文稿，感激之心我无以言表，顿首致谢。

我曾不解地问罗老师，为什么会在序言中写出"绝顶聪明"四个字。罗老师委婉地说："书中的文字并没有把你这个傻瓜坐实，而且从你知道自己是傻瓜的那一刻，就已经开始变聪明了。"我虽然不同意那四个字的评价，但是不得不承认罗老师后面的话很深刻，老师毕竟是老师啊！

如果这本书里有一句话给了你一些启发或者激励，将是我最大的荣幸。

假如您看这本书很不满意，甚至觉得毫无可取之处，那也不奇怪。可是您千万不要生气，因为写书的人是一个老傻瓜。

跟傻瓜生气，就不值得了！您说呢？

首之

2019 年 5 月 13 日